IL COLPO DELLE STREGHE

UN GIALLO DELLE STREGHE DI WESTWICK

COLLEEN CROSS

Traduzione di

ALESSANDRA LORENZONI

SLICE PUBLISHING

Il colpo delle streghe: un mistero delle streghe di Westwick

Categorie: misteri familiari, maghi e streghe, gialli paranormali divertenti familiari, mistero familiare, misteri divertenti, donne investigatrici, investigatori amatoriali donne, investigatori privati donne, libri di misteri familiari, gialli, suspance, gialli best seller, detective al femminile

eBook ISBN: 978-1-988272-31-3

Edito da Slice Publishing

ISBN: 978-1-988272-31-3

ALTRI ROMANZI DI COLLEEN CROSS

Trovate gli ultimi romanzi di Colleen su www.colleencross.com

Newsletter: http://eepurl.com/c0jCIr

I misteri delle streghe di Westwick

Caccia alle Streghe

Il colpo delle streghi

La notte delle streghe

I doni delle streghe

Brindisi con le streghe

I Thriller di Katerina Carter

Strategia d'Uscita

Teoria dei Giochi

Il Lusso della Morte

Acque torbide

Con le Mani nel Sacco – un racconto

Blue Moon

Per le ultime pubblicazioni di Colleen Cross: www.colleencross.com

Newsletter:

http://eepurl.com/c0jCIr

Il colpo delle streghe: Un giallo delle streghe di Westwick

I misteri delle streghe di Westwick

Vinci, perdi o pareggia...

Un mistero delle streghe di Westwick

Cendrine West non ha un momento di tregua. Sta per avere un nuovo lavoro e le cose con il bello sceriffo Tyler Gates si mettono per il meglio. Ma tutto cambia all'improvviso quando viene rapita da zia Pearl, strega ribelle votata anima e corpo a vendicare la morte premature di un'amica. È Las Vegas o la fine... per tutti i motivi sbagliati.

Rocco Racatelli è un fusto e una figura chiave di Vegas— e anche il prossimo bersaglio della mafia. La signora Buonasorte gli ha fatto tirare una mano perdente e lui vuole vendicarsi. Zia Pearl è anche troppo ansiosa di aiutare e il progetto Vegas Vendetta rapidamente si gonfia trasformandosi in una caotica guerra per il territorio tra mafiosi. Intanto che le streghe vengono scaraventate nel mondo perduto della Città del Peccato, i corpi si ammucchiano e i segreti vengono alla luce.

Non è solo il calore di Las Vegas che brucia... Rocco fa di tutto per conquistare il cuore di Cen. Ma lei desidera solo l'uomo che ha lasciato a Westwick Corners. Tutto quello che deve fare è risolvere il mistero di un omicidio, superare le magia della bizzosa zia e sconfiggere la mafia di Las Vegas. Cosa potrebbe andare male? Quando il crimine organizzato incontra la magia disorganizzata, tutto può succedere! Mentre aumentano i cadaveri, è evidente che a Cen serve più di un miracolo per sistemare le cose.

"...Un affascinante chicca soprannaturale. Se vi piacciono i misteri familiari, adorerete Cendrine West e la sua stravagante famiglia di streghe!"

Se vi piacciono i gialli familiari intrisi di una buona dose di umorismo e soprannaturale, impazzirete per questa storia!

CAPITOLO 1

Mi serviva un lavoro. Mi serviva della benzina e una tregua.

Le possibilità di raggiungere uno di questi obiettivi erano decisamente a mio sfavore. Il serbatoio dell'auto era vuoto e l'unico distributore di benzina di Westwick Corners, Gas N' Go, era fuori uso. La pompa era vecchiotta e non aveva un interfono… e io non sopportavo l'idea di dover essere io ad andare dal gestore camminando su tacchi da sette centimetri.

Ero già in ritardo per il colloquio di lavoro allo *Shady Creek Tattler*. Il fatto che il giornale di mia proprietà, il *Westwick Corners Weekly*, fosse a un passo dalla bancarotta era di per sé umiliante. L'ultima cosa che desideravo era lavorare per la concorrenza, ma avevo bisogno di soldi. Ero combattuta. Non volevo girare le spalle a Westwick Corners, la città quasi-fantasma che stavamo cercando di rivitalizzare. Ma dovevo guadagnarmi da vivere.

Tutti i lavori decorosi erano a un'ora di distanza, a Shady Creek. Mi ero resa conto troppo tardi che Westwick Corners era troppo piccola per qualunque cosa, compreso il giornale che avevo rilevato l'anno prima dal vecchio padrone che era andato in pensione. Il *Westwick Corners Weekly* era stato un acquisto d'impulso. Il mio progetto di comprare il lavoro dei miei sogni si era trasformato in un pozzo monetario senza fondo.

La mia ultima speranza di restare solvente era legata al lavoro part time come reporter a Shady Creek. Almeno avrei potuto avere il minimo indispensabile per vivere mentre cercavo di far risorgere il mio giornale. Ma anche questo lavoro era a rischio se non riuscivo a riempire il serbatoio.

Agitai disperatamente le mani verso la vetrina, sperando che il cassiere all'interno mi vedesse e facesse ripartire la pompa.

Niente.

Imprecai sottovoce osservando l'asfalto. Il mio animo si riprese quando notai un uomo-ragazzo con il volto coperto di lentiggini fermo accanto a un enorme camper. L'inserviente sembrava avere tra i quindici e i vent'anni e indossava una maglietta troppo grande della Gas N' Go e pantaloni ampi. Non lo avevo mai visto in città e ne dedussi che fosse arrivato da poco. Cosa piuttosto strana, dato che avevamo raramente visitatori, figuriamoci nuovi abitanti. Le chiacchiere di solito precedevano di qualche giorno l'arrivo di nuovi residenti.

Feci un gesto al ragazzo ma lui mi ignorò continuando il controllo degli pneumatici del camper. Non mi sorprese. Chiunque si trasferiva a Westwick Corners di solito scappava da qualcuno o qualcosa. Le città quasi-fantasma non erano esattamente in cima alla lista dei posti ideali in cui vivere ma erano perfette per nascondersi. Non veniva mai nessuno a controllare.

Le mie speranze andarono alle stelle quando vidi aprirsi la porta del camper e zia Pearl che ne usciva. Si agitava in modo frenetico e quasi volò verso di me. Poche donne di settant'anni avevano una tale agilità, ma la sorella più anziana di Mamma aveva un vantaggio segreto. Come tutte le donne della famiglia West, era una strega.

"Ho vinto, ho vinto!" La donnina di quarantacinque chili che era mia zia si fermò all'improvviso sull'isola di cemento e vacillò prima di perdere l'equilibrio e cadere verso di me.

"Attenta!" L'erogatore della pompa di benzina mi scappò di mano mentre facevo un salto all'indietro per evitare la zia, urtò il fianco della mia Honda arrugginita e ammaccata e all'improvviso si mise a funzionare.

La benzina sprizzò sull'asfalto crepato come un pozzo di petrolio del Texas. Io avevo uno di quegli attrezzi automatici che si attaccavano all'erogatore e lo avevo bloccato nella posizione di "aperto". Con la mia solita fortuna l'erogatore si era sfilato nel momento in cui mi era sfuggito di mano.

Altri soldi buttati.

Mi agitai scompostamente per cercare di afferrare la manetta della benzina mentre si muoveva a spirale senza controllo, spinta dalla pressione della benzina. Tutto quello che riuscii a prendere fu il carburante. Me lo ritrovai spruzzato dappertutto sul completo nuovo che avevo acquistato appositamente per il colloquio di lavoro.

Sussultai quando lo spruzzo raggiunse le gambe appena depilate. La benzina iniziava a formare pozzanghere ai miei piedi. Rimasi impietrita, inzuppata, furiosa e senza parole.

Ma riuscii ad attirare l'attenzione del ragazzo della pompa di benzina, che corse verso di noi. "Ehi, dovete pagare per questo!"

L'erogatore si muoveva sgroppando per la pressione della benzina e girava incontrollato. In ultimo lo afferrai ma prima di riuscire ad allontanarlo da me mi inzuppò di nuovo da capo a piedi. La mia unica salvezza fu che indossavo ancora gli occhiali da sole.

La benzina mi spruzzò nelle narici e ricoprì gli occhiali. Lasciai cadere di nuovo la pompa mentre con le mani cercavo di evitare che lo spruzzo mi colpisse in volto. Passai le dita sulle lenti degli occhiali, ma tutto, compresa zia Pearl, rimaneva confuso.

"Non farmi male!" Gridò zia Pearl allontanandosi e agitando le braccia in aria.

"Afferra la pompa, veloce. Aiutami, non vedo niente!" Dimenavo le braccia cercando l'erogatore a tastoni. Quando alla fine la mia mano destra si chiuse intorno all'erogatore, cercai di togliere il mio aggeggio dalla maniglia ma mi si piegò un'unghia all'indietro.

"Ahi!" Lo lasciai cadere un'altra volta e nel toccare terra mi spruzzò le caviglie. Cercai la maniglia a tentoni ma non riuscii a stringere abbastanza forte per tenerla. Le dita mi stavano diventando insensibili dopo tutti quei tentativi inutili.

Agitare scompostamente le braccia nel tentativo di afferrare l'erogatore senza riuscire a vedere bene mi fece perdere l'equilibrio. Inciampai e caddi dall'isola di cemento.

Dopo quella che sembrò un'eternità, la pompa si fermò all'improvviso. Mi strappai di dosso gli occhiali e cercai di pulirmi la fronte dalla benzina con il dorso della mano.

L'inserviente era in piedi vicino alla pompa, con l'erogatore in una mano e il mio aggeggio per bloccarlo nell'altra. "Non tocchi niente. Ci penso io."

Borbottai un ringraziamento e mi alzai, zuppa. Ebbi un brivido, nonostante il calore di fine estate.

"È un bel po' di benzina. Venti litri sprecati." Zia Pearl fece schioccare le dita. "Così."

Zia Pearl era una specie di piromane e la benzina sprecata sfiorava la farsa.

"Avresti potuto aiutarmi." Scossi lentamente la testa osservando il mio vestito rovinato. Non ci sono parole per descrivere lo scoramento che provavo in quel momento. Tutto quello che facevo sembrava portarmi un passo più vicina alla rovina economica.

"Dovresti riuscire a farcela da sola, Cen. Hai tutto quello che serve, se solo ti impegnassi. In un modo o nell'altro, devi venire a patti con i tuoi talenti soprannaturali." Zia Pearl mi diede una pacca sulla schiena. "Puoi scegliere."

"Non imbroglierò." Mi girai verso l'inserviente ma era tornato al camper, dove non poteva sentire. "Non voglio avere vantaggi scorretti, tutto qui."

"La magia non è un imbroglio, se sei una strega. Smettila di far finta di non esserlo."

Ero già di cattivo umore. L'ultima cosa di cui avevo bisogno era una discussione con la mia bizzosa zia. "Voglio solo essere come tutti gli altri."

"Beh, non lo sei, quindi è meglio che ti ci abitui." Zia Pearl sbuffò. "Perché devi perdere il tuo tempo con un lavoro? Chiunque altro con i tuoi poteri ne farebbe buon uso. Invece, tu li lasci semplicemente perdere."

"Voglio guadagnarmi da vivere onestamente." Le parole mi uscirono di bocca prima che potessi fermarle.

"Essere una strega sarebbe una cosa disonesta?" La rabbia di zia Pearl traspariva dalle sue parole.

Era indispettita perché non avevo proseguito con le lezioni di magia alla Scuola di Fascinazione di Pearl. Avevo intenzione di farlo ma si mettevano sempre in mezzo altre cose. E non mi sembrava giusto usare poteri speciali che le persone normali non avevano. Non avevo fatto niente per averli. Il caso aveva voluto che nascessi nella famiglia di streghe West.

"Sono in ritardo per il colloquio. Non puoi riportare tutto indietro e mettermi un po' di benzina nell'auto?" Zia Pearl era una strega molto abile. Per lei sarebbe stato facilissimo.

"Potrei, ma perché dovrei?"

"Per favore, zia Pearl. Mi farò perdonare." Avevo bisogno di quel lavoro.

Lei scosse la testa. "Voi giovani siete così egocentrici. Niente che valga la pena è facile, Cen."

"Ma sarebbe facile," protestai. "Per te."

"Lo potrebbe essere anche per te. Con la pratica ci si perfeziona, Cendrine. Tutto quello che devi fare è impegnarti. Perché per te è così difficile?"

L'inserviente aveva finito di riempire il serbatoio della mia auto e tendeva la mano per il pagamento. Guardai l'indicatore della pompa e mi allungai dal finestrino del passeggero per prendere il portafoglio dalla borsetta, appoggiata sul sedile del passeggero. Ne presi l'ultimo biglietto da venti dollari e rimisi il portafoglio al suo posto. Gli porsi il denaro, seccata che la maggior parte del carburante pagato in realtà formava una pozza sul cemento. Solo una piccola parte era riuscita a centrare il serbatoio dell'auto.

"Ah, Cen, lui è Wilt Chamberlain."

Feci un cenno con la testa all'uomo-ragazzo magrolino, lentigginoso, bianco e per niente somigliante al famoso giocatore di basket di diversi anni prima. Era più vecchio di quello che mi era sembrato in un primo momento: forse aveva già vent'anni. La pelle era così chiara da essere quasi bluastra, a parte un segno a forma di diamante sulla fronte, che probabilmente aveva dalla nascita. Era del colore della ruggine ed era piazzato proprio in mezzo alla fronte, come un bersaglio.

"La prossima volta, chiedi aiuto." Wilt ripose l'erogatore al suo posto. "Ora devo chiudere la pompa e pulire questo disastro."

"Non c'è tempo per pulire," zia Pearl fece un gesto verso il camper. "Dobbiamo andare."

"Eh?" Mi accigliai, chiedendomi cosa stesse combinando ora mia zia.

Zia Pearl mi fece un segno con la mano. "Lascia perdere il colloquio, Cen. Ho un lavoro per te."

Scossi la testa. "Non lavoro alla Scuola di Fascinazione di Pearl."

Fece un gran sorriso. "Non è quello che avevo in mente. Ti volevo affidare una missione. In incognito."

Scossi la testa. "Non mi interessa."

Guardammo Wilt che tornava nel gabbiotto della stazione di servizio. Ne prese un enorme anello portachiavi e chiuse la porta.

"Ehi! Non mi hai ancora dato il resto!" Gettai un'occhiata alla pompa. Secondo l'indicatore il totale che dovevo pagare era di dieci dollari, e comprendeva tutta la benzina sprecata. Qualunque cosa fosse entrata nel serbatoio non era nemmeno sufficiente per uscire dalla città, figuriamoci arrivare fino a Shady Creek.

"Wilt!"

Mi ignorò di proposito.

Afferrai l'erogatore della pompa e lo agitai in aria come un'arma.

Non si scompose. "Mi dispiace, siamo chiusi."

Infilai l'erogatore nel serbatoio dell'auto. Azionai la pompa, questa volta senza il mio aggeggio. Inutile. O Wilt aveva chiuso tutto oppure la pompa era davvero rimasta senza carburante.

Imprecai sottovoce girandomi verso una zia Pearl sogghignante. "Perché non mi aiuti?" I miei occhi si fissarono sulla tanica rossa che teneva in una mano.

"Dimenticati della benzina. Ho vinto la lotteria, Cen. Sono ricca. Posso permettermi qualunque cosa. Anche tutta la benzina che voglio." Agitò la tanica avanti e indietro formando un arco.

Io feci un cenno verso il camper. "Avrai bisogno di benzina per quello. Dove lo hai preso?"

Zia Pearl sembrava un po' sovrappensiero, pensai che forse ci si sentiva così a vincere la lotteria. A parte che non credevo alla sua storia. Mia zia amava essere al centro dell'attenzione e io supponevo che la storia della lotteria fosse una bugia colossale, condita da qualche trucco magico come il camper scintillante e anche la benzina.

La benzina.

La tanica da venti litri di zia Pearl faceva un rumore sciaguattante, quindi conteneva qualcosa. Venti litri di benzina mi avrebbero portata a Shady Creek e al mio colloquio di lavoro. Problema risolto.

"Zia Pearl! Quella tanica è piena di benzina? Mi serve un favore."

"Sei una strega, Cendrine. Fatti la tua benzina."

"Non ora, zia Pearl." Era la versione di zia Pearl per le maniere forti. La irritava terribilmente che avessi trascurato le mie lezioni di magia.

"Ah, dimenticavo. Non sai come fare." Zia Pearl espose il labbro inferiore in un falso broncio.

Non volevo altro che dimostrarle che si sbagliava. Ma non sapevo fare nemmeno quello. Tutto quello che potevo dimostrare erano un'impresa fallita, qualche spicciolo e sfortuna. Sembrava che tutto fosse contro di me. La mia vita faceva schifo e non avevo idea di come migliorarla.

CAPITOLO 2

Lanciai un'occhiataccia a zia Pearl. Solo perché i poteri soprannaturali della famiglia West erano il segreto di Pulcinella nei dintorni di Westwick Corners, questo non significava che dovevamo sbandierarli. Per generazioni avevamo operato la politica del "non chiedere, non dire". Considerato che Wilt era nuovo in città, probabilmente non sapeva niente della nostra stregoneria. Fino a zia Pearl, ovviamente.

"Smettila di preoccuparti di cose banali e salta su. Ti accompagnerò io al colloquio di lavoro." Zia Pearl mi regalò un sorriso tenero tirato, che sapevo essere falso.

Wilt si accigliò, mostrando il suo disappunto all'idea che andassi insieme a loro.

Avevo paura a chiedere. Ma lo feci comunque. "Perché ti serve un camper?" Avrei anche voluto chiedere alla zia perché aveva bisogno che Wilt la accompagnasse, ma mi sembrava scortese fare la domanda con lui presente.

Zia Pearl alzò gli occhi al cielo. "Non ne ho bisogno, Cen. Lo voglio. È il mio personale albergo su ruote. Lo chiamo il Palazzo di Pearl."

Era evidente che l'aveva creato con la magia, ma non potevo

parlarne di fronte all'inserviente della stazione di servizio. Il fatto che la famiglia West fosse composta da streghe non era proprio un segreto ben conservato a Westwick Corners.

Dal momento che zia Pearl faceva continuamente sfoggio dei suoi poteri magici, mi chiesi quanto aveva visto questo tizio. Il nuovissimo camper da dieci metri non passava certo inosservato e probabilmente costava più di quanto io avrei potuto guadagnare in due anni. Se fosse stato vero, cosa che non poteva essere. Come la carrozza di Cenerentola, sarebbe svanito nel nulla dopo un po'. Se eri un passeggero, era un po' come stare seduti su una specie di bomba a orologeria.

"Ti accompagnerò io," disse. "Shady Creek è sulla strada per Vegas. Nessun problema."

Contro i miei principi, acconsentii.

Zia Pearl aprì la porta del camper e mi fece segno di entrare. "Salta su. Devo raccogliere un altro passeggero, poi passeremo a Shady Creek e ti lasceremo giù."

Non riuscivo a immaginare qualcuno che volesse andare in vacanza a Las Vegas con zia Pearl. Nessuno dei suoi pochi amici viveva nei dintorni. Non che fosse un mio problema, mi dissi. Alcune cose era meglio non saperle.

Mi sistemai nell'angolo cottura e allargai il vestito per farlo asciugare più rapidamente. Trovai strano che la zia non avesse iniziato con la sua solita tiritera di utilizzare la magia per andare a fare il colloquio. Aveva criticato la mia mancanza di pratica, ma comunque era stata pronta a offrirmi un passaggio.

Zia Pearl si arrampicò al posto del passeggero e si girò all'indietro. Fece un cenno verso il posto dell'autista, occupato dall'inserviente magrolino. "Ho assunto Wilt come autista."

Avevo dimenticato che zia Pearl non guidava. "E l'altra persona?"

Fece segno di lasciar perdere. "È un lungo viaggio per qualcosa di queste dimensioni. Comunque, sono ricca. Posso permettermi l'autista."

A dire il vero, mi sembrava comunque strano che Wilt avesse accettato. Ma era meglio non farne un affare di stato perché zia Pearl si irritava facilmente.

Tornai a pensare al colloquio. Avrei avuto bisogno di tornare indietro da Shady Creek, ma me ne sarei preoccupata poi.

Non c'è niente di peggio di una strega sfortunata. A parte forse una strega un po' troppo fortunata. Mettile insieme e potrebbe succedere qualunque cosa.

CAPITOLO 3

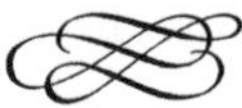

"Allacciate le cinture." Zia Pearl agganciò la sua e si mise a gridare. "Vegas, baby, o morte!"

Con uno strappo in avanti e una sgommata lasciammo il parcheggio della stazione di rifornimento. "Wow. Non avrei mai detto..."

La zia si girò da dove stava seduta. "Rilassati, Cen. Ti accompagneremo al colloquio di lavoro."

Mi aggrappai al tavolino della zona cucina mentre Wilt girava bruscamente su Main Street. Probabilmente avevo un desiderio di morte o qualcosa del genere. Non vedevo altro motivo del viaggiare con un autista pazzo e una strega bisbetica.

"Stiamo andando dalla parte sbagliata!" Wilt e zia Pearl o mi ignorarono o non sentirono. A parte il fatto che non eravamo diretti a Shady Creek, la guida di Wilt faceva presagire il peggio.

Eppure ero lì, apparentemente in condizione di non poter agire. Wilt arrivò ai confini della città e si inerpicò sulla strada serpeggiante che portava al Westwick Corners Inn.

"Perché andiamo a casa?" La dimora della mia famiglia era stata trasformata in un grazioso bed and breakfast frequentato soprattutto nei weekend. Noi vivevamo lì, quindi ora mi ritrovavo al punto di partenza. A parte che non avevo più la mia auto.

A ogni minuto la possibilità di arrivare in tempo al colloquio di lavoro mi sembrava sempre più remota. Mi allungai per prendere la borsetta al mio fianco e in quel momento mi resi conto che l'avevo lasciata sul sedile del passeggero della mia auto.

La mamma ci salutò mentre il camper faceva il giro del vialetto. Poi salì all'interno trascinandosi dietro una grande valigia, che posò sul letto posteriore. Dopo pochi secondi tornò nell'area cucina col fiato corto e si lasciò cadere su una panca di fronte a dove stavo io. "Era davvero pesante."

"Mamma? Cosa succede? Non puoi lasciare la locanda. Ci sono degli ospiti in arrivo." La locanda non poteva andare avanti senza Mamma. Era lo chef, il manager e l'impiegato della reception, tutto nella stessa persona. Zia Pearl ufficialmente era responsabile della manutenzione, ma era completamente inaffidabile. Io di solito ero di supporto alla zia, dal momento che lavorava in orari imprevedibili e soprattutto non dava retta a nessuno. Era prima di tutto una strega e il suo lavoro alla locanda aveva una priorità bassissima.

Io, dall'altra parte, mi barcamenavo tra un paio di lavori che portavano poco guadagno. Lavorare per me stessa o per la mia famiglia non mi permetteva di tirare avanti né dal punto di vista economico né altrimenti. Se volevo un futuro, dovevo cercare altre strade. Il *Shady Creek Tattler* non rappresentava esattamente l'America delle grandi aziende, ma almeno era un passo avanti rispetto a qualunque cosa nella piccola Westwick Corners.

Zia Pearl ci interruppe. "Dobbiamo occuparci con urgenza di affari di famiglia, Cen. Non abbiamo tutto il giorno, quindi smetti di fare domande e lascia che Ruby riprenda fiato."

"Di cosa stai parlando? La locanda sono gli affari di famiglia."

"Ti spiegherò dopo." Zia Pearl agitò le mani con impazienza. "Dobbiamo andare prima che sia troppo tardi."

"Voglio una spiegazione, ora." Incrociai le braccia.

"Mi dispiace, ma la nostra è una missione top secret. Si deve sapere solo il necessario e al momento non hai bisogno di sapere niente. Ti racconterò quando sarà il momento." Zia Pearl lanciò un'occhiata all'orologio poi si girò verso l'autista. "Siamo in ritardo. A tavoletta, Wilt."

La forza di gravità mi spinse con violenza indietro sul mio sedile mentre il camper accelerava.

"È tutto a posto, Cen." La mamma lanciò uno sguardo incerto a zia Pearl. "Non abbiamo ospiti fino a venerdì e io mi annoio. Un viaggetto mi farà bene."

Mi accigliai. La mamma era una pessima bugiarda. Era evidente che zia Pearl l'aveva convinta. Qualunque cosa fosse doveva essere abbastanza seria per farle lasciare la locanda e la città.

"Ah, sì?" La grossa valigia della mamma mi rendeva ancora più sospettosa sul fatto che il viaggio fosse improvvisato. Aveva avuto tempo di prepararla, quindi doveva essere una cosa organizzata con anticipo.

La mamma non rispose e invece si aggrappò al tavolino mentre il camper ballonzolava lungo la ripida collina che si allontanava dalla nostra proprietà, diretto verso la strada principale che portava fuori città.

La mamma sembrava stressata, anche se cercava di non mostrarlo. "Che bello stare seduti. Questo camper è più grande di quello che pensavo."

"Da dove arriva questo camper, zia Pearl?" Sembravano tutti al corrente della sua storia tranne me.

Nessuna risposta.

"Zia Pearl?"

La zia si girò e sogghignò stringendosi il naso tra il pollice e l'indice. "Gesù, Cendrine, puzzi in modo indicibile."

"Non cambiare argomento. È la benzina. Mi stavi aiutando a pulire, ti ricordi?"

Zia Pearl mi ignorò e aprì il finestrino dalla parte del passeggero.

La mamma fece un cenno di assenso. Era seduta di fronte a me nell'angolo cucina. "Nessuno ti assumerà con questa puzza di benzina. È meglio se rimandi il colloquio."

"Non lo rimando." Aprii il finestrino nella speranza che il vento portasse via la puzza. Rimaneva poco tempo, ma avevo ancora una possibilità di arrivare in orario. Tutto quello che dovevo fare era restare in silenzio e collaborare finché mi avessero scaricata a Shady Creek.

Mi guardai intorno e notai una bottiglia d'acqua mezza piena appoggiata nel lavandino. Mi alzai per prenderla barcollando sui tacchi mentre il camper scendeva la collina a tutta velocità. Poi ci fu una brusca frenata al segnale di stop alla fine del vialetto. Con la stessa rapidità Wilt diede gas e girò l'angolo ripartendo di scatto. Recupererai l'equilibrio e presi la bottiglia d'acqua. Mi ero a malapena riseduta al mio posto che il camper slittò verso il lato sbagliato della strada per poi ritornare in carreggiata. Io svitai il tappo e versai un po' d'acqua sul davanti del vestito.

La mamma alzò un sopracciglio. "È un po' presto per quello, non pensi?"

Restai sbalordita dal suo commento ma poi riconobbi l'odore. La bottiglia conteneva vodka, non acqua.

Ora puzzavo di alcol. Non sarei mai riuscita a passare il controllo di sicurezza, figuriamoci arrivare al reparto delle risorse umane. Non avevo nemmeno fatto il colloquio e già non rispettavo le regole sulla droga e l'alcol.

Imprecai sottovoce e mi rivolsi alla mamma. "Non posso andare al colloquio così. Puoi darmi un aiuto speciale?" Era la nostra espressione in codice per riferirci agli incantesimi. Mi preparai a una ramanzina sul fatto che avevo trascurato le mie lezioni di magia. La mamma di solito era più comprensiva di zia Pearl, ma entrambe criticavano la mia mancanza di impegno. Dovevo ammettere che avevo altre priorità. Ma loro avevano ragione su una cosa. Non avrei saputo fare un incantesimo nemmeno per salvarmi la vita.

"Non capisco perché tu senta il bisogno di lasciare Westwick Corners." Mamma scosse la testa dispiaciuta. "Puoi avere un lavoro a tempo pieno alla locanda, se vuoi. Non hai bisogno di un lavoro come giornalista in un'altra città. Il giornalismo non è la tua vocazione, Cen, e non capisco perché ti vergogni tanto delle tue origini. Potresti avere praticamente tutto se solo facessi un po' di pratica con la magia."

Rimasi in silenzio. Non potevo spiegare a due streghe esperte che io volevo l'unica cosa che la magia non avrebbe potuto darmi: integrarmi ed essere una normale donna di 20 e passa anni, con un lavoro normale e una famiglia normale. Io desideravo ardentemente essere accettata, qualcosa che semplicemente non si ottiene con un incantesimo. Volevo essere come tutti gli altri. "Io voglio solo vivere la mia vita. La magia causa più problemi del necessario qualche volta."

"Hai un tale talento naturale, Cen." Sospirò Mamma. "Stai sprecando le tue capacità. Un giorno ti sveglierai e te ne renderai conto ma sarà troppo tardi. Io semplicemente non voglio che tu ti debba pentire."

Mi ingobbii. Anche la mamma era dalla parte di zia Pearl. Ero scioccata. "Zia Pearl non ha vinto sul serio la lotteria, vero?" Ero sicura che questa fosse una delle bugie bianche di mia zia. "L'ha creato con un incantesimo."

La mamma scosse la testa. "È reale, Cen. Wilt le ha venduto il biglietto vincente alla stazione di rifornimento. È uno dei motivi per cui l'ha assunto come autista."

Neanche a farlo apposta, zia Pearl si girò. "È il mio portafortuna."

Fui inchiodata all'indietro sul mio sedile quando Wilt schiacciò l'acceleratore. "L'estrazione della lotteria è stata ieri sera. Non ha avuto il tempo di incassare la vincita, figuriamoci comprare un camper."

"Conosci Pearl. Lavora in fretta."

Proprio quello che temevo. Zia Pearl poteva creare scompiglio in pochi minuti. Scivolai lungo la panca e puntai il piede in basso in modo da evitare di cadere nel corridoio.

Il camper vibrò mentre prendeva velocità e sfidava il vento. Ero terrorizzata, non avevamo nemmeno lasciato la rampa dell'autostrada.

"Rallenta!" Le nocche delle mani mi divennero bianche tanto stringevo il tavolino.

Wilt ignorò la mia richiesta mentre procedevamo sbandando verso l'autostrada.

Dopo pochi minuti la sirena della polizia ululò alle nostre spalle. Le luci lampeggianti si riflettevano nello specchietto retrovisore mentre Wilt tentava barcollando di fermarsi a lato della strada. Ricaddi sul mio sedile, sollevata dal fatto che fossimo stati fermati. La sosta ci aveva probabilmente salvati da un carnaio sull'autostrada.

Il volto di mamma si fece bianco come un fantasma. Spalancò il finestrino e si sporse vero l'esterno. Sembrava che stesse per vomitare.

Mi girai per dire qualcosa a Wilt, ma era troppo occupato a imprecare e ad abbassare il vetro per ascoltarmi.

Piegai il collo e vidi il SUV dello sceriffo parcheggiato dietro al camper, di sbieco, nello stile della polizia.

Ottimo.

Lo sceriffo Tyler Gates era l'ultima persona che desideravo vedere in quel momento. Non perché non mi piacesse. In effetti, mi piaceva molto. Troppo, forse. Avevo rotto il fidanzamento con un altro uomo a causa sua, solo che lui non lo sapeva. Non lo avrei mai ammesso, ma era la verità.

"Lo sta facendo di nuovo. Sono perseguitata." A zia Pearl lo sceriffo non piaceva nemmeno un po'. Non avevo alcun dubbio sul fatto che la mia poco legale zia stesse per metterci tutti quanti in imbarazzo.

Tyler e io stavamo uscendo insieme in segreto da qualche mese, ci vedevamo a Shady Creek per evitare i pettegolezzi e l'interferenza di zia Pearl. Era riuscita a far scappare tutti gli altri sceriffi della città e perdere Tyler era un rischio che non volevo correre.

Mi accasciai sul sedile, sperando che Tyler non mi vedesse mentre camminava davanti al finestrino del camper.

Mi notò subito e mi sorrise. Io sorrisi a mia volta e Mamma fece un rapido cenno.

Zia Pearl borbottò qualcosa dal sedile davanti.

"Ciao Pearl." Tyler scrutò all'interno dal finestrino del guidatore. Sembrava riuscire a tenere testa alla mia bizzosa zia.

Zia Pearl grugnì senza farsi sentire. Sospettavo che avesse altri assi nella manica oltre a una magica vincita alla lotteria e a un camper creato con l'incantesimo.

Trattenni il fiato, sperando che non scoppiasse una lite.

Lo sguardo di Tyler si spostò verso la mamma e me. Fece un cenno e sorrise. Per una frazione di secondo pensai di chiedere a Tyler un passaggio fino a Shady Creek, ma scacciai l'idea nello stesso istante. A parte far infuriare zia Pearl, avrebbe potuto rivelare la nostra relazione segreta.

"Patente e libretto, per favore." Tyler Gates osservò attentamente all'interno mentre aspettava i documenti. "Andate in vacanza?"

"Siamo diretti a Vegas," disse Pearl. "È contro la legge?"

Tyler assunse un'espressione sconsolata mentre i suoi occhi fissavano i miei.

Io scossi la testa. Nessuno andava a Vegas, men che meno io. Anche se avevo perso il colloquio, ce l'avrei fatta per il nostro appuntamento. Tyler e io avevamo in programma di cenare in un grazioso nuovo ristorante francese a Shady Creek, lontano dagli occhi indiscreti di familiari e amici. Fino a quel momento, non volevo che si avvicinasse tanto da vedere o sentire l'odore del mio vestito rovinato. Avrei comprato un vestito nuovo appena terminato il colloquio.

La traccia di un sorriso comparve sulle labbra di Tyler mentre si girava verso zia Pearl. "No, ma un fanalino rotto lo è: dovete aggiustarlo."

"Stiamo andando a comprarlo, agente," disse Wilt. "Il pezzo di cui abbiamo bisogno è a Shady Creek."

Mi rilassai a sentir nominare Shady Creek. Ultimamente il mio tempismo faceva davvero schifo, proprio come nel caso di questo colloquio. Come se fosse intervenuto il destino o qualcosa del genere. Forse era positivo, dato che avrei preferito non lavorare allo *Shady Creek Tattler*. Ma comunque dovevo guadagnarmi da vivere.

Scivolai più vicino al finestrino per far evaporare l'odore di *eau de* benzina. Il vestito si era asciugato in fretta grazie al calore estivo. E a parte il leggero puzzo, non c'erano macchie visibili. Forse alla fine sarebbe andato tutto bene.

Lo sceriffo ci lasciò andare con una raccomandazione e Wilt promise che avrebbe sostituito al più presto il fanalino.

Mi concentrai sull'autostrada quando superammo l'indicazione che ci informava che avevamo raggiunto la città di Shady Creek. Sentii un barlume di speranza guardando l'orologio. Non eravamo rimasti fermi a lungo quanto pensavo. C'era una piccola possibilità che potessi fare il mio colloquio, dopo tutto, grazie alla velocità eccessiva di Wilt. Cosa che, a giudicare dall'espressione atterrita di Mamma, la stava davvero spaventando.

Era strano che la mamma avesse intrapreso quel viaggio, dato che in generale odiava ogni genere di viaggio. Era già raro che andasse a Shady Creek. Las Vegas avrebbe potuto anche essere su un altro pianeta. Probabilmente la mamma si era aggregata per il timore che Pearl si cacciasse in un mare di guai.

Improvvisamente il camper ondeggiò e sbandò superando la linea di mezzeria. La foresta che fiancheggiava l'autostrada divenne una confusione di verde, marrone e asfalto.

Girai la testa dalla parte opposta mentre percorrevamo l'autostrada a tutta velocità e superavamo l'uscita di Shady Creek. "La mia uscita è appena passata."

Wilt si girò indietro e il camper sterzò finendo sulla corsia opposta.

"Guarda la strada!" Le nocche di Mamma diventarono bianche dalla forza con cui stringeva il tavolino. "Ci ucciderai!"

Io gridai mentre cadevo dalla panca nel corridoio, sicura che fossimo sul punto di avere uno scontro frontale. Rotolai sul pavimento per un paio di metri prima di andare a sbattere contro un mobiletto della cucina.

Con la stessa rapidità il camper sterzò di nuovo e tornò in carreggiata. Mi alzai in piedi appena in tempo per vedere che avevamo giusto sfiorato un rimorchio che andava nella direzione opposta. Eravamo sulla corsia sbagliata di un'autostrada a quattro corsie. Wilt era meno abile come autista di quanto lo fosse come inserviente alla stazione di servizio. Il viaggio puntava dritto verso il disastro.

Ripresi il mio posto nell'angolo cucina, senza fiato. Cercai il cellulare ma non lo trovai. Imprecai quando mi resi conto che sia il cellulare che il numero dello *Shady Creek Tattler* erano ancora nella borsetta sul sedile dell'auto. Erano passati cinque minuti dall'ora fissata per il colloquio e noi eravamo diretti dalla parte opposta.

Avevo perso la mia occasione. Era poco probabile che il giornale fosse interessato ad assumere una giornalista che saltava l'appuntamento senza nemmeno avere la decenza di avvisare.

Non potevo nemmeno chiamare Tyler. Avrei potuto non essere in condizioni di presentarmi al nostro appuntamento. Cosa avrebbe pensato di me?

Zia Pearl si girò. "Cen, smettila di agitarti. Non hai bisogno di quel lavoro. A dire il vero, non avrai più bisogno di lavorare un solo giorno in vita tua. Ci penso io. Ho vinto la lotteria, ricordi?"

"Quanto hai vinto, esattamente?"

La zia mi congedò con un gesto della mano. "Tutto quello che devi sapere è che pago con soldi veri. Ma devi superare il periodo di prova, ovviamente."

Sospirai. Un'altra scusa di zia Pearl per darmi continuamente ordini. La vincita alla lotteria era solo un'altra delle sue bufale. Non avevo creduto alla sua spudorata storia nemmeno per un minuto e l'ultima persona di cui volevo essere alle dipendenze era la mia bizzarra zia. "Perché il camper? Sai che le regole del WICCA proibiscono di usare la magia solo per il gusto di farlo."

Il WICCA, *Witches International Community Craft Association,* aveva regole severe riguardo l'uso frivolo della magia. Ogni incantesimo doveva avere una motivazione e l'uso indiscriminato di incantesimi era punito con una multa salata. Zia Pearl trascurava le regole con totale sconsideratezza e riusciva sempre a cavarsela.

Era contro le regole anche parlare apertamente di stregoneria, ma a questo punto ne avevo abbastanza. Davvero non mi importava niente se Wilt mi sentiva o no.

"Non contravvengo a nessuna regola," scattò zia Pearl. "Se tu facessi più pratica con la magia sapresti che ci sono delle scappatoie."

"Non litigate." La mamma si rivolse a me. "Sei troppo suscettibile, Cen. Hai davvero bisogno di questa vacanza."

Zia Pearl apparentemente aveva stregato la mia nevrotica mamma e l'aveva trasformata in uno zombie rovesciato. Eravamo stati tutti rapiti, che lo sapessimo o no. L'unica cosa che mi dava un po' di sollievo era che almeno il camper non era rubato. Lo sceriffo Tyler Gates aveva di sicuro controllato la targa quando ci aveva fermati.

Superammo l'uscita successiva in un lampo e io ebbi la sensazione che non ci fosse possibilità di tornare indietro. Mi girai verso la mamma. "Lasci che mi rapisca?" A parte aver perso l'uscita, stavamo acquisendo velocità con una rapidità allarmante. Il cuore mi batteva più veloce mentre il camper barcollava di nuovo contrastando la spinta del vento. Legai più stretta la cintura di sicurezza.

"Dai Cen, sai che Pearl non infrange volutamente le regole." Le parole di Mamma erano in aperto contrasto con il linguaggio del corpo. Il colore lasciava il suo volto mentre si aggrappava al tavolino. La Mamma stava nascondendo qualcosa. "Solo se è assolutamente necessario."

"Non è mai necessario," protestai. Zia Pearl di solito agiva e poi avvisava. Io desideravo solo che fosse un po' più rispettosa della legge e un po' meno combina-guai. Ma aveva già avuto la sua buona dose di scontri con lo sceriffo Tyler Gates e la legge fuori dai confini di Westwick Corners non era certo così indulgente.

"Non mi interessa quale sia il motivo. Gira questo coso e riportami indietro."

"Neanche per sogno, signorina." Zia Pearl cacciò uno strillo e agitò in aria il pugno ossuto. "Whoo-hoo! Vegas, baby, arriviamo!"

"Fatemi scendere, torno indietro con l'autostop."

"Tu non fai l'autostop." La mamma agitò il dito. "Sai quanto è pericoloso? Non posso lasciartelo fare."

"No." Zia Pearl si alzò dal posto del passeggero e si unì a noi al tavolino di cucina. "Devi venire con noi a festeggiare."

"Non capisco. Se davvero hai vinto milioni alla lotteria, perché giocare d'azzardo e rischiare di perdere tutto?" Non avevo mai capito perché i vincitori delle lotterie continuavano a giocare. Io avrei lasciato perdere l'azzardo e mi sarei accontentata della mia buona sorte. In ogni caso, non ero molto fortunata, quindi le possibilità che questo potesse succedere erano remote.

"È la scarica di adrenalina." Mamma fece un cenno di assenso verso zia Pearl. "Non può farci niente."

Lanciai un'occhiata a Wilt al posto dell'autista che, per una volta, era concentrato sulla strada e non sulla nostra conversazione. "Sei una strega, lo puoi dire forte. Puoi creare praticamente ogni cosa dal nulla con un incantesimo."

"La Vegas-mobile non è magia, Cen. È un test drive della Shady Creek Motors."

"Dubito che pensassero che avresti fatto un viaggio su strada di diciassette ore."

Zia Pearl alzò le spalle. "Mi hanno detto che potevo tenerlo quanto volevo. Mi sento fortunata e voglio andare nella città del peccato."

"Il gioco d'azzardo non premia."

"Forse non te, Cen," Disse zia Pearl. "Perché sei una tale criticona?"

"Sono solo pratica riguardo..."

Zia Pearl alzò gli occhi al cielo. "Ok, allora festeggeremo la mia vincita alla lotteria, ma questa non è la vera ragione del viaggio."

"Festeggiamo la vita," Aggiunse la mamma.

"È morto qualcuno? Chi? Non conosciamo nessuno a Vegas."

Zia Pearl ignorò la mia domanda. "Andremo al funerale, forse a un paio di spettacoli e a fare un po' di shopping. Una serata tra ragazze."

"Ci vorrà tutta la notte per arrivarci. Las Vegas è a diciotto ore di viaggio da qui."

"Qualche volta si devono cambiare i piani," disse zia Pearl. "Sei così inflessibile da essere ridicola."

"Ma io ho i miei progetti. Non potete stravolgerli così, senza chiedermelo." Ero chiusa in una prigione di acciaio e vetroresina che barcollava lungo l'autostrada, senza via d'uscita.

"Mi dispiace, Cen, ma c'è bisogno di te al funerale." Mamma mi picchiettò la mano. "Questa è una festa a cui non puoi mancare."

CAPITOLO 4

Avevo un mal di testa martellante a causa dei fumi della benzina e dell'alcol che emanavano dal mio vestito. La stoffa si era asciugata ma l'odore in qualche modo si era concentrato. Sembrava permeare ogni angolo e accessorio del camper a mano a mano che proseguivamo. Forse perché zia Pearl si rifiutava di accendere l'aria condizionata e invece aveva alzato il riscaldamento.

Mi asciugai il sudore dalla fronte mentre cercavo di capire qualcosa sul misterioso funerale e sullo strano corso degli eventi. "Chi è morto? E io cosa c'entro?"

"Prima o poi ti spiegheremo tutto. Ma in questo momento abbiamo un lavoro da fare." La mamma mi osservò con occhi pieni di sentimento. "Abbiamo bisogno del tuo aiuto, Cen. Ti ricordi della signora Racatelli?"

"La donna della mafia?"

"Non chiamarla così. Carla aveva una sua vita. Comunque non c'è alcuna prova che metta in collegamento Tommy con la mala. Era semplicemente uno che viaggiava molto e faceva orari strani."

"Dai, mamma. È andato in galera per ricettazione. Di quali altre prove hai bisogno?" Tommy 'piedini di fata' Racatelli aveva anche fraternizzato con alcuni dei mafiosi importanti. "Aspetta un attimo:

Carla Racatelli non si era trasferita a Las Vegas?" Conoscevo appena Carla, ma alla scuola superiore ero con suo nipote, Rocco. Sia Carla che Rocco avevano improvvisamente lasciato la città dopo la morte di Tommy, senza dare spiegazioni.

Mamma annuì e si asciugò una lacrima. "È morta un paio di giorni fa e noi siamo state convocate."

"Convocate da chi?" In pochi avevano il genere di potere necessario per convocare la famiglia West. Nemmeno i mafiosi. La famiglia West discendeva da una linea ininterrotta di potenti streghe. Nel mondo soprannaturale godevamo di un certo status.

Tranne me, ovviamente. Il nome West mi dava diritto a un po' di rispetto, ma le mie capacità come strega erano a un livello infimo. Ero un fallimento in qualunque cosa riguardasse la stregoneria e il soprannaturale. Le capacità speciali portavano ogni sorta di cose imprevedibili e io desideravo una vita normale; il genere di esistenza libera che tutti, tranne me, sembravano avere.

Zia Pearl era un'altra storia. I suoi poteri erano leggendari e lei non rispondeva a nessuno. Era tutt'altro che normale, anche nel mondo delle streghe. Pochi potevano convocarla e ancora meno ottenere da lei collaborazione e rispetto.

"Carla ci ha chiamate." Il volto di zia Pearl guardava la strada di fronte a sé e io non potevo decifrare la sua espressione. Non era da lei piangere, ma mi sembrò di sentirla tirare su con il naso.

"Ma è morta. Non capisco come..."

"Ci sono tante cose che non capisci, Cendrine," scattò zia Pearl. "Smettila di discutere."

"Ma non posso semplicemente lasciare tutto e andare," protestai.

"Non hai scelta in questo caso. Dobbiamo andare tutte."

"Ma se la signora Racatelli è morta, non è un po' tardi?" Carla Racatelli era stata la migliore amica di zia Pearl, fino al momento della sua improvvisa partenza da Westwick Corners. Zia Pearl non aveva più parlato di lei fino a quel momento, e ora era tutta piangente e ansiosa di partecipare al suo funerale. Era quanto meno strano.

"Non è mai troppo tardi per raddrizzare un torto. Dobbiamo cancellare la maledizione dei Racatelli." Mamma prese un fazzoletto dalla borsetta e si asciugò una lacrima. "Ci sono cose che tu non capisci, Cen."

"Mettimi alla prova." Ero sempre più frustrata e scettica sulla possibilità di ottenere la verità. Ero ben conscia del gap generazionale ma avevo ventiquattro anni ed ero abbastanza adulta per meritare un po' più spiegazioni. Le maledizioni erano decisamente sopravvalutate. Non l'avrebbero presa bene nella mia famiglia di streghe, ma io credevo davvero che ci fossero ragioni logiche per le cose che andavano male.

La mamma scosse la testa. "Non ora, Cen. Lo scoprirai prima di quanto pensi."

"Sei peggio di zia Pearl. Se devo essere rapita ho diritto di sapere il motivo."

"Andiamo al funerale di Carla e allo stesso tempo ci occuperemo di alcune cose. È tutto quello che posso dirti per ora. Agiamo sulla base di quello che sappiamo al momento." La mamma lanciò un'occhiata a zia Pearl seduta al posto davanti e abbassò la voce. "Ti dirò di più quando sarà il momento. Ci saranno alcune persone molto interessanti al funerale."

"Se questo dovrebbe catturare la mia attenzione, non funziona." Il tono conciliante della mamma mi aveva irritata. Mi infastidiva anche che prendesse le parti di zia Pearl.

"Ci saranno dei mafiosi, Cen. Tipi tosti che non possono competere con la magia." Sorrise.

"Mischiarsi a dei criminali è una pessima idea, Mamma. Mi sorprende che tu vada dietro a zia Pearl." Mamma era eccessivamente prudente, di certo non una che si vantava dei suoi poteri.

"Facciamo un buon affare. C'è qualcuno che ha bisogno del nostro aiuto."

"Non capisco perché c'è bisogno di me. Sai che non riuscirei a fare un incantesimo anche se ne dipendesse la mia vita." Zia Pearl aveva convinto la mia mamma benefattrice che c'era bisogno dei suoi poteri soprannaturali, ma io non riuscivo a capire come c'entravo.

Non avevo nessun bisogno di salvare il mondo e non avrei potuto nemmeno se avessi provato. Ero una strega solo di nome. Conoscevo alcuni incantesimi ma niente che potesse servire contro una maledizione. La mia vera capacità era di stare addosso a zia Pearl e cercare di tenerla fuori dai guai.

"Per te sarà una buona lezione. Pensala come un'esercitazione sul campo."

"Non sono ancora pronta per quello. Mescolarsi ai mafiosi sembra un po' pericoloso." Avevo promesso a me stessa che non sarei mai tornata alla Scuola di Fascinazione di Pearl per riprendere le lezioni, ma non avevo ancora avuto il coraggio di dirlo alla mia famiglia. Per quanto ne sapevano, avevo solo preso un semestre di pausa dalle Perle di Saggezza di Pearl.

Mamma mi lanciò uno sguardo comprensivo ma per il resto mi ignorò.

Sospirai. "Zia Pearl ti ha fatto il lavaggio del cervello, non te ne accorgi?" Non capivo per niente il suo atteggiamento. "A parte questo, ho dei programmi per stasera."

Zia Pearl si girò dal suo posto. "Mettiamo in chiaro le priorità, signorina. Dobbiamo arrivare da Rocco prima che lo facciano i suoi nemici."

"Rocco?" Mi ero quasi dimenticata del nipote di Carla Racatelli, che, avendo la mia età, era abbastanza grande per unirsi al giro di affari della famiglia Racatelli. Era noto che la loro azienda di import-export era una facciata per coprire attività losche.

"Sì, Rocco." La mamma mi diede un colpetto sulla mano. "Ha disperatamente bisogno del nostro aiuto."

"No." Il mio appuntamento con Tyler sembrava più impossibile ogni minuto e ora gli avrei dovuto mentire. Non avrei potuto ammettere che ero una strega in missione e di certo non avrei potuto dirgli che andavo ad aiutare un mafioso. Mi gonfiai di rabbia.

"Quindi, Cen..." La mamma cominciò a parlare.

"Non avete certo bisogno di me."

"Ma certo che ne ho bisogno," disse zia Pearl. "Sei la mia forza."

"Ma peso solo qualche chilo più di te." Zia Pearl pesava quarantacinque chili ma io ero di qualche centimetro più alta e avevamo più o meno la stessa costituzione.

Zia Pearl sbuffò. "Guardati bene. Sei almeno dieci chili più di me, forse anche di più."

"Questo non fa di me il tipo della guardia del corpo." Andavo ogni tanto in palestra ed ero abbastanza in forma, ma non avrei certo intimorito i bravi ragazzi della mafia. Imprecai sottovoce. "La situazione diventa più assurda ogni minuto. Esigo che fermiate il camper per lasciarmi scendere."

"Non si può fare." Sogghignò zia Pearl. "Ogni tanto riesci a pensare anche agli altri oltre a te stessa?"

"Mamma?" La mamma di solito riusciva a far ragionare zia Pearl, ma aveva subito il lavaggio del cervello. Il funerale era stato il suo asso nella manica.

La mamma spostò lo sguardo. La sorella maggiore l'aveva costretta oppure le aveva fatto un incantesimo, o entrambe le cose. Qualunque fosse il motivo, la mamma era del tutto dalla sua parte.

Mi girai verso di lei. "Sei sicura che non ci siano ospiti in arrivo?" Gli affari non erano proprio floridi, ma avevamo sempre una o due camere prenotate per il weekend. Non ci potevamo permettere di trascurare nessuno.

"Questa è la parte migliore, Cen. Staremo a Vegas un paio di giorni e torneremo venerdì, in tempo per l'arrivo dei nostri ospiti." La mamma sorrise e si appoggiò allo schienale della poltrona girevole. "Rilassati e goditi il viaggio."

La mamma era sempre esageratamente ansiosa, ma al momento sembrava così rilassata che mi venne il dubbio che fosse drogata, o peggio. Mi girai verso zia Pearl. "Le hai fatto un incantesimo. Annullalo."

"Rilassati, Cen. Ruby ha lavorato troppo ed era proprio ora che si prendesse una vacanza, e Vegas è il posto perfetto. Cosa c'è di male nell'aiutarla a rilassarsi? Prendi un calmante."

"No." Strinsi i denti, determinata a non arrendermi.

Mi trovai davanti un muro di silenzio.

"Almeno lasciami usare il tuo telefono per chiamare lo *Shady Creek Tattler* e spiegare. Non posso semplicemente non presentarmi al colloquio."

"Non c'è bisogno. Ho già chiamato io per annullare il tuo appuntamento." Sogghignò zia Pearl.

"Cosa hai fatto?" Il mio volto arrossì dentro al camper soffocante.

"Ti ho fatto un favore. Renditi conto, Cen. Non sei proprio la più grande giornalista dei dintorni."

Le parole di zia Pearl colpirono nel segno. Probabilmente aveva ragione. E, peggio ancora, non potevo usare il suo telefono per chiamare Tyler o avrebbe scoperto la nostra relazione segreta.

"Per l'ultima volta, tu vieni con noi." Zia Pearl tolse dalla tasca il biglietto accartocciato e me lo agitò davanti. "Il mio biglietto vincente è il motivo per cui possiamo andare a dare l'ultimo saluto a Carla. Nessuna magia. Ho vinto davvero senza trucchi i soldi alla lotteria. Ne ricaveremo una bella vacanza."

Alzai gli occhi al cielo. "Non avresti dovuto prima incassare la vincita?"

La zia mi allontanò con un cenno della mano. "C'è tutto il tempo di farlo in seguito. Andrò a ritirare la vincita quando torniamo."

Incrociai lo sguardo di Wilt nello specchietto retrovisore. Anche lui aveva qualche dubbio.

Mi girai sul mio sedile. Per la prima volta osservai attentamente l'interno del camper. Era arredato con gusto e completamente nuovo. Doveva valere più di centomila dollari, ma ero sicura che la storia della lotteria di zia Pearl era una bugia. Mi allungai e le diedi un colpetto sulla spalla. "E se tu avessi sbagliato quando hai controllato i numeri?"

Silenzio. Di nuovo l'udito selettivo di zia Pearl.

"Hai rapito anche Wilt? Che ne sarà del suo lavoro alla stazione di servizio?"

"Ora lui lavora per me." Zia Pearl si girò e fissò fuori dal finestrino.

"Wilt, accosta e fammi scendere." Non avevo praticato la magia abbastanza da poter fare un incantesimo di teletrasporto, ma avrei comunque potuto fare l'autostop. "Troverò un passaggio per tornare in città."

Questo attirò l'attenzione di Mamma, nonostante l'incantesimo di zia Pearl. "Te l'ho già detto, non farai niente del genere. Ma Pearl, hai detto che Cen aveva acconsentito a venire."

Zia Pearl buttò in aria le braccia, quasi colpendo la mano di Wilt e rischiando di fargli lasciare il volante. "Per l'ultima volta, non ci fermiamo e tu non fai l'autostop. Andremo tutti a Vegas per partecipare alla celebrazione della vita di Carla Racatelli." Fece una pausa e poi aggiunse rapidamente: "Quando avremo porto il nostro omaggio, prenderò in considerazione la tua richiesta."

I minuti successivi furono un ricordo confuso perché il camper aveva lasciato l'asfalto e correva sulla spalletta di ghiaia.

CAPITOLO 5

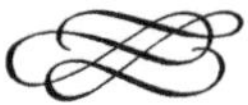

Riprendendo coscienza sentivo l'asfalto bollente che mi bruciava la guancia. Vedevo tutto grigio. Gli occhi piano piano misero a fuoco il cemento e mi resi conto che ero atterrata a pochi centimetri dalla struttura di cemento che divideva l'autostrada.

Ero stata sbalzata fuori dal camper.

Rimasi immobile per alcuni secondi, inebetita. Fortunatamente niente di rotto, solo parecchie abrasioni dove avevo strusciato sulla strada. Mi misi a sedere e mi spaventai nel rendermi conto che ero in mezzo alle quattro corsie dell'autostrada. Un camion mi rombò accanto e mi mancò di pochissimo mentre a quattro zampe raggiungevo il bordo.

"Cos'era successo?" Il camper giaceva su un fianco, in parte infilato in un fosso sul lato opposto dell'autostrada. Io, in qualche modo, avevo saltato la corsia. Il lato esposto alla mia vista era ammaccato e segnato come se avesse rotolato un bel po' prima di fermarsi.

Nessuno rispose.

"Mamma? Zia Pearl?" Il cuore mi batteva forte mentre perlustravo la strada cercando qualche segno delle mie parenti o di Wilt. Infine vidi mamma e zia chine su Wilt che aveva perso conoscenza, una ventina di metri prima del camper. Fui percorsa da una sensazione di sollievo mentre mi mettevo in piedi. Mi faceva male dappertutto. Feci l'inventario di tutte le ammaccature mentre zoppicavo verso di loro.

"Un disastro dopo l'altro," mormorai tra me e me. Poi colsi un movimento con la coda dell'occhio. All'inizio pensai che il camper si stesse muovendo, ma non era così. Stava lentamente diventando trasparente. La prova che non era altro che un incantesimo di zia Pearl.

Doveva essere finto anche il biglietto della lotteria. L'unica cosa di cui ero sicura era il funerale di Carla Racatelli. Ero certa che nemmeno zia Pearl avrebbe mentito sulla morte della sua migliore amica. Speravo solo saremmo riusciti ad arrivare al funerale tutti interi.

Ero a pochi metri, abbastanza vicino per sentire Mamma e zia Pearl che discutevano.

"Non essere sciocca, è semplicissimo da sistemare," diceva zia Pearl. "È solo che non ho fatto durare abbastanza l'incantesimo."

"Non devi rischiare in questo modo le nostre vite, Pearl. Non farlo più."

"Smettila di essere una tale guastafeste e cerca di divertirti, per una volta." Gli occhi di zia Pearl si fissarono nei miei. "Ah, bene, mi chiedevo dove fossi andata."

Aprii la bocca per rispondere ma la mamma scosse la testa guardandomi. "Aiutami con Wilt."

La mamma scosse Wilt per le spalle e i suoi occhi sbatterono un po' prima di aprirsi. "Cos'è successo? Non ricordo niente."

"È tutto a posto, abbiamo urtato un cervo."

Wilt si stropicciò gli occhi e si mise seduto. "Non me ne ricordo, né che il camper si sia rovesciato."

"Sei ancora un po' incosciente. Ti tornerà la memoria," disse la mamma.

Wilt si alzò lentamente e scrutò l'autostrada. "Non vedo il cervo."

"È scappato." Odiavo dover coprire la mia famiglia, ma mi sentivo male per Wilt. "Chiamiamo qualcuno per recuperare il camper. Poi possiamo tornare a casa."

Zia Pearl borbottò qualcosa a bassa voce e il camper tornò a solidificarsi. Le ammaccature erano sparite. "Per niente. Siamo pronti per riprendere il viaggio."

Wilt guardò una seconda volta. "Ma io pensavo..."

"Hai preso un colpo alla testa e ora non riesci a pensare chiaramente," disse la mamma. "Né a vedere bene."

"Ruby ha ragione," disse zia Pearl. "Per un po' guiderò io."

"Io non ho intenzione di entrare in quel coso," protestai. "Non è sicuro." Con zia Pearl al volante ci saremmo cacciati dritto nei guai e non c'era modo di evitarlo.

"Invece devi. Dipende tutto da te, Cen."

"Perché da me? Non ha alcun senso."

"Ha perfettamente senso, Cen. Stai per trovare la tua vocazione." Zia Pearl mi strinse tra le sue braccia e mi abbracciò con calore.

A mia memoria era il primo abbraccio dalla zia, dura come acciaio, in tutti i miei ventiquattro anni. Avrei dovuto sentirmi bene, ma conteneva un che di disperato. Stava succedendo qualcosa e non ero sicura che mi piacesse.

* * *

Arrivammo all'Hotel Babylon di Las Vegas la mattina presto, diciotto ore dopo aver lasciato Westwick Corners. Avevamo viaggiato tutta la notte, fermandoci solo per fare benzina. Ero malconcia, acciaccata e distrutta dall'incidente con il camper e dalla guida folle di Wilt e zia Pearl.

E il mio vestito puzzava ancora di benzina.

"Cen, ma guarda che posto!" La mamma indicava le enormi colonne di marmo che circondavano la reception e salivano verso l'alto nell'atrio multi-piano. "Questo è l'hotel e casinò dei Racatelli."

"Sono proprietari di questo albergo?" La loro fortuna aveva decisamente svoltato da quando, anni prima, a Westwick Corners, vivevano in affitto in una catapecchia di due stanze e tiravano avanti commerciando in rottami.

Avevo sempre sospettato che i rottami fossero una copertura per le attività illegali di Tommy Racatelli. L'improvvisa ricchezza sembrava dimostrare che l'albergo fosse stato acquistato con guadagni illeciti. A meno che, come zia Pearl, non avessero avuto un incredibile colpo di buona fortuna.

Qualunque fosse la verità, Lady Buonasorte sembrava essersene scappata. Prima per Tommy e ora per Carla. Rocco probabilmente sarebbe stato il prossimo. Speravo solo che lui non facesse parte di qualunque missione segreta stessimo per affrontare. A scuola mi prendeva sempre in giro e più ripensavo al mio antipatico compagno di classe, meno avevo voglia di rivederlo.

Mi guardai intorno mentre Mamma e zia Pearl facevano il check in. L'aspetto opulento dell'albergo si ispirava a una villa romana, completa di imponente cortile con fontane e giardini pensili. Ogni piano si affacciava sul cortile-reception. Essendo Las Vegas, non era all'aperto. Trentadue piani sopra l'atrio c'era una cupola di vetro che rifletteva la luce del sole. La scenografia era fatta per tenerti all'interno, non all'esterno.

Nella sterile reception, resa ancora più finta dall'aria condizionata, mi vennero i brividi nel veder passare alcuni giocatori d'azzardo con le occhiaie.

Non avevo ancora avuto altri dettagli sul perché fossimo lì. Tutto quello che avevo capito era che ero bloccata a Vegas, almeno temporaneamente. Avevo anche caldo, fame ed ero stanca e con un disperato bisogno di chiudere gli occhi. Pensai che dovevo chiamare Tyler non appena fatto il check in e scusarmi per non averlo raggiunto. Poi avrei dormito qualche ora e avrei cercato di capire come potevo tornare a casa, con o senza Mamma e zia Pearl.

CAPITOLO 6

Non mi ero aspettata esattamente il comitato di benvenuto, ma le pallottole furono una vera sorpresa. Ci arrivavano addosso da ogni direzione, i bossoli che rimbalzavano sulle colonne di marmo. Corsi verso l'uscita e andai a sbattere contro due omaccioni grossi il doppio di me che correvano nella direzione opposta. Indossavano polo e bermuda. Sembravano turisti, a parte il fatto che agitavano in aria delle pistole. Il più piccolo dei due imprecò mentre mi spingeva via dal suo percorso.

La mia scarpa si impigliò nel tappeto e caddi, proprio mentre due uomini in abito scuro giungevano dal lato opposto. Stavano chiaramente inseguendo quelli in bermuda e si comportavano come se fossero i padroni.

Il cuore mi batteva forte mentre gli uomini si avvicinavano e il ritmo dei loro passi echeggiava sul pavimento di marmo. Ero bloccata e combattuta tra due scelte ugualmente pessime: restare ferma ma ben in vista o rannicchiarmi per cercare di nascondermi.

Strisciai verso un salottino e mi accucciai sotto un grande tavolo da caffè di mogano.

Gli spari smisero all'improvviso come erano iniziati.

Lasciai andare un sospiro di sollievo finché notai che entrambi gli uomini in abiti sportivi stavano ricaricando le pistole. Quelli in completo si fermarono a pochi metri da me, le pistole semiautomatiche puntate sugli avversari. Uno dei completi abbaiò un comando in una cuffia e pochi secondi dopo le porte dell'hotel si chiusero.

"Ehi, lasciatemi uscire!" Un uomo magro, con i capelli grigi, in jeans e t-shirt scuoteva la maniglia del portone senza successo. La porta non si muoveva. Si girò verso gli uomini con un'espressione colma di panico. Si accucciò dietro una fila di palme in vaso.

La gente gridava.

Una delle palme in vaso cadde e colpì il pavimento di marmo.

Eravamo intrappolati nel mezzo di una sparatoria. Non credevo che il cessate il fuoco fosse temporaneo, ma non avevo idea di cosa fare. Il panico crebbe nel mio animo mentre valutavo le possibilità. Ero protetta dal tavolino da caffè, ma il mio nascondiglio era proprio nel centro della reception. Ero paralizzata dal terrore. Qualunque mossa avessi fatto mi sarei messa sulla linea di fuoco.

Gli uomini si affrontarono, proprio a pochi metri dal mio nascondiglio sotto al tavolo di mogano. Rimasero in silenzio per alcuni secondi, valutandosi a vicenda. Uno dei completi sussurrò qualcosa che non riuscii a capire.

Qualcuno imprecò, poi scoppiò l'inferno. Si sentì uno sparo solitario. Non vedevo molto dal mio punto di vantaggio, ma dopo pochi secondi il più piccolo dei due tipi con la polo lasciò cadere la pistola e si accasciò. Barcollò per qualche passo mentre una macchia rossa si allargava rapidamente alla vita dei bermuda beige.

Il compagno afferrò l'uomo ferito sotto un braccio e lo trascinò verso l'uscita. Ero agghiacciata, incapace di muovermi. Ero sia una testimone che un bersaglio facile. Mamma e zia Pearl non si vedevano da nessuna parte.

I due completi arrivarono subito, ma si tenevano a una certa distanza dagli avversari vestiti casual. Non sembrava volessero far fuoco di nuovo. Se le pallottole erano un invito ad andarsene, erano abbastanza convincenti.

La porta telecomandata si aprì e gli uomini inseguiti vi sparirono attraverso.

Quando quelli se ne furono andati, gli uomini con il completo tornarono indietro e si avviarono lentamente alla reception. Parlavano sottovoce, ma la sala cavernosa amplificava la loro conversazione. Commentavano un combattimento di pesi massimi della sera precedente, come se la sparatoria di poco prima fosse la cosa più normale del mondo.

Mi venne subito in mente Carla Racatelli quando sbirciai fuori dal mio nascondiglio sotto al tavolo. Considerati i legami della famiglia con la malavita, mi chiesi se la sparatoria avesse qualcosa a che fare con la morte di Carla. Sembrava molto più probabile rispetto alla maledizione di cui parlavano Mamma e zia Pearl.

Vegas o no, non avevo nessuna intenzione di mettere alla prova la mia fortuna partecipando al funerale. Nemmeno l'albergo era sicuro e il funerale lo sarebbe stato ancora meno. Dovevo fare tutto il possibile per distogliere Mamma e zia Pearl da qualunque cosa stessero cercando. Qualche volta era meglio non provocare il destino.

Dovevo riportare tutti a Westwick Corners, e non c'era tempo da perdere.

CAPITOLO 7

In reception non scorsi nessun altro a parte gli uomini armati. Mamma, zia Pearl, Wilt e gli altri non si vedevano. Se ci fossero altre persone nascoste dietro i pesanti mobili e le colonne di marmo, non riuscivo a vederle. O si erano nascoste all'inizio della sparatoria o erano scappate dalle scale o dagli ascensori.

Trattenni il fiato sentendo dei passi risuonare nell'atrio di marmo. Uno sconosciuto si avvicinava a passo veloce a quelli con il completo. Veniva dalla parte degli ascensori, anche se prima non lo avevo notato. Si comportava come se una sparatoria nell'atrio di un albergo fosse cosa da tutti i giorni. Lo guardai camminare restando nella mia posizione protetta sotto il tavolo. Indossava jeans neri, una camicia di lino bianca dall'aspetto costoso avvolgeva il torso muscoloso e il sorriso compiaciuto diceva che era il capo.

Era il tipo arrogante che disprezzavo, ma non riuscivo a togliergli gli occhi di dosso. Era alto, scuro e vagamente familiare. Si fermò all'improvviso e giro la testa nella mia direzione. Il mio cuore sprofondò quando i suoi occhi blu acciaio incontrarono i miei.

Scoperta.

Mi ritirai più indietro sotto il tavolo e trattenni il fiato. La mia vita stava per terminare prima ancora di essere iniziata. Questo doveva essere il suo territorio e sicuramente non voleva lasciare testimoni.

Dopo quella che mi sembrò un'eternità, distolse lo sguardo e riprese a camminare nella stessa direzione degli uomini con il vestito. Diede un calcio alla pistola caduta con uno stivale di pelle, mandandola a sbatacchiare sul pavimento verso di me. Si fermò a pochi centimetri da dove ero nascosta.

La canna era puntata contro di me e io ringraziai le mie stelle fortunate che l'arma non avesse sparato nell'impatto. Trattenni il fiato, terrorizzata all'idea che uno degli uomini venisse a prendere la pistola e mi trovasse sotto il tavolo.

L'uomo raggiunse quelli con il completo vicino alla porta principale. Era chiaro che quei due erano ai suoi ordini. Il capo si fermò e si girò. I suoi occhi perlustrarono l'atrio ancora una volta prima di tornare su di me.

Quell'uomo in qualche modo mi aveva notata, nonostante il nascondiglio. Mi sentivo esposta e vulnerabile, come se il tavolo non fosse lì a coprirmi. D'altra parte, lui non aveva fatto niente per farmi scoprire, così abbassai un pochino la guardia.

Sentii anche un'ondata di adrenalina e qualcosa che non riuscii a descrivere. La strana attrazione per quell'uomo era quasi tanto potente da farmi lasciare il nascondiglio. Mentre mi spostavo sotto al tavolo in modo da tenerlo in vista, sbattei la testa nella parte di sotto.

"Cazzo!" Il tavolo mandò onde d'urto nella mia testa mentre la mia voce attraversava l'atrio silenzioso.

Il capo si accigliò. Qualche secondo dopo si girò senza dire una parola e spedì i due col vestito attraverso le pesanti porte di vetro, che ora erano aperte. Uno degli uomini andò avanti, seguito dal capo.

L'ultimo uomo rimasto percorse con la pistola un semicerchio nell'atrio per evitare che qualcuno lo seguisse. Dopo quella che sembrò un'eternità, lasciò l'edificio. Secondi dopo le porte di un'auto sbatterono e pneumatici stridettero in lontananza.

Dopo una frazione di secondo di silenzio all'improvviso scoppiarono grida e urla di spavento. Dopo tutto, non ero da sola nell'atrio.

Gente uscì dai propri nascondigli e cominciò a correre per cercare i propri cari.

Io restai sotto il tavolo, shockata dalla sparatoria e dalla mia attrazione verso il bello straniero. Aprii la bocca ma non ne uscii alcun suono. Ero un disastro.

"Ahi!" Qualcuno mi aveva dato un calcio alla caviglia e mi girai, trovandomi di fronte a zia Pearl. Ero sicura che non fosse sotto il tavolo, qualche secondo prima.

"Lasciami andare a casa, zia Pearl. Questo sembra un brutto film, ma invece è vero. Che diavolo è successo poco fa?" Non riuscivo a immaginare alcun motivo per quella sparatoria nel nostro hotel a cinque stelle.

Zia Pearl si rabbuiò strisciando fuori da sotto il tavolo.

Il panico mi prese lo stomaco mentre cercavo la mamma e Wilt. Erano in piedi vicino a me pochi secondi prima dell'inizio della sparatoria, ma ora non si vedevano più. Iniziai a sudare sentendo le sirene della polizia all'esterno. Mi avvicinai al bordo del tavolo e guardai fuori dal mio nascondiglio mentre le sirene si avvicinavano.

C'era gente dappertutto, alcuni piangevano, altri si stringevano, sotto shock. Una dozzina circa di persone spingevano e strattonavano verso l'uscita, dimenticandosi che stavano seguendo le orme degli uomini armati che se ne erano appena andati.

Scivolai lentamente fuori da sotto il tavolo e mi misi in piedi. Ero incerta se lasciare il mio rifugio così presto. Una donna alle mie spalle gridava freneticamente al cellulare mentre altri si stringevano negli ascensori, ansiosi di fuggire nella sicurezza delle loro stanze al piano di sopra.

Notai la mamma quando si alzò da dietro un grande divano troppo imbottito. Wilt era di fianco a lei. Sollevata, guardai di nuovo verso zia Pearl. Sedeva dritta con le gambe incrociate su uno spesso tappeto a pochi metri dal tavolo. Le mani erano appoggiate sulle cosce, in una posizione in stile yoga, come se in quel caos stesse meditando.

Ma io sapevo la verità. Stava lanciando qualche sorta di incantesimo. Allungai la mano, che lei subito allontanò.

"Maledizione, l'abbiamo perso."

"Chi, abbiamo perso?" Chiesi. "Cosa diavolo sta succedendo che non mi vuoi dire?" A quel punto quasi una decina di poliziotti erano sciamati nell'atrio. Stavano allineando le persone vicino al bancone della reception, dove interrogavano uno a uno i testimoni. C'erano agenti posizionati alle uscite e agli ascensori, in modo che nessuno potesse andarsene. Era solo questione di tempo prima che interrogassero anche noi.

"Hai visto quel tizio di bell'aspetto?" Gli occhi di zia Pearl si spalancarono con finta innocenza.

Alzai le spalle, per il timore di dire qualcosa che potesse rivelare la mia attrazione.

"Ovvio che sì, a giudicare dalla tua reazione. Quello era il nipote di Carla, Rocco." Sogghignò zia Pearl. "Come hai fatto a non riconoscerlo dopo tutti questi anni? Voi due giocavate insieme, da bambini, ricordi?" Lo sguardo di zia Pearl vagò pensieroso.

"Quel tizio decisamente non era Rocco." Non vedevo Rocco dai tempi della scuola superiore, ma il mio ex compagno non assomigliava per niente al misterioso e attraente uomo che ci aveva tenuti in scacco. Lo sapevo perché gli avevo dato davvero una bella occhiata. L'uomo misterioso era indimenticabile.

Mi alzai e mi diressi verso il divano alle mie spalle, tenendo d'occhio la reception. A parte gli schiamazzi dei turisti intontiti, non c'era traccia della sparatoria. Solo alcuni fori di pallottola nei muri, che la polizia stava esaminando attentamente.

Era decisamente incredibile che nessuno fosse rimasto ferito. "Dobbiamo parlare alla polizia. Siamo testimoni."

"Non essere sciocca, Cen. Non possiamo attirare l'attenzione su di noi. Rocco lo fa già a sufficienza. È così portato per il teatrale." Zia Pearl fece un risolino sciocco portandosi la mano alla bocca. "Spero che si dia una calmata, però. A Manny non piacerà."

Dubitavo che la polizia ci avrebbe lasciate andare senza interrogarci, ma la situazione nell'atrio era ancora piuttosto caotica.

"Cosa c'è di divertente? Ci hanno appena sparato. Dobbiamo andarcene da qui." Volevo anche chiedere chi fosse Manny, ma zia

Pearl mi stava sicuramente provocando e non avevo intenzione di abboccare facendole la domanda.

Zia Pearl scosse la testa. "Hai ragione. Lasciamo i nostri bagagli di sopra e poi andiamo al casinò. Hai bisogno di rilassarti. Magari vedremo anche Rocco."

"È l'ultima persona che voglio vedere, in questo momento." Era vero... sì e no. Avrei potuto restare a fissare quell'uomo per sempre. Ma non avevo intenzione di essere la pedina di una delle bravate di zia Pearl. Non volevo nemmeno riprendere i contatti con un ragazzo del passato che tra l'altro non mi era mai piaciuto molto. Indipendentemente da quanto fosse bello.

"Smettila di essere sempre negativa." Zia Pearl alzò gli occhi al cielo. "Ti sei lamentata della benzina e del tuo stupido colloquio di lavoro per tutto il viaggio."

"Perché non avrei dovuto? Mi hai imbrogliata per farmi venire qui."

Zia Pearl agitò una mano in segno di noncuranza. "Il povero Rocco ha appena perso la nonna e tu riesci a pensare solo a te stesa. Non avrei mai dovuto portarti."

"Proprio così. Non avresti dovuto. Non voglio avere niente a che fare con Rocco e con qualunque idea assurda tu ti sia messa in testa." Il mio umore si rasserenò un po' quando Mamma e Wilt ci raggiunsero nel salottino.

Zia Pearl fece un sogghigno cattivo. "Rocco non è solo un bel ragazzo, Cen. È ambizioso e brillante. Voi due sareste una bella coppia."

"Non vedo come questo possa aver a che fare con tutto il resto." L'idea che zia Pearl stesse cercando di mettermi insieme a Rocco mentre lui stava ancora piangendo la nonna era davvero di cattivo gusto, anche per lei. Speravo solo che non facesse niente per mettermi in imbarazzo.

"Oh, te ne accorgerai, Cen." Un sorriso allargò le labbra della zia mentre mi appoggiava un braccio sulle spalle e le stringeva. "Vedrai."

CAPITOLO 8

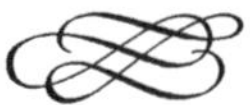

Facemmo il check in dopo che la polizia di Las Vegas ebbe raccolto la nostra testimonianza e i dati personali. Ero distrutta, anche se era passata da poco l'ora di colazione.

Ero furiosa con zia Pearl per il modo in cui distorceva la realtà. "Perché non hai detto alla polizia che conoscevi Rocco?"

"Non me l'hanno chiesto, quindi perché dirlo? Non fa comunque alcuna differenza."

Scossi la testa. "Fa una grandissima differenza. Lui era con due degli uomini armati."

"Lascia perdere." Zia Pearl fece un gesto con la mano. "Abbiamo un lavoro da svolgere che comporta vita o morte, non dobbiamo dare nell'occhio."

"Che lavoro?"

Zia Pearl fece il gesto di chiudere la cerniera sulle labbra e si girò dall'altra parte. Mi ignorò del tutto mentre seguivamo il fattorino e i nostri bagagli attraverso l'atrio e verso gli ascensori, zigzagando tra i gruppi di ospiti esterrefatti.

L'unico lato positivo nella scena caotica dell'atrio fu che Wilt a un certo punto sparì. Aveva deciso di restare nel camper invece che nella suite che si supponeva avremmo diviso tutti quanti. Ne fui sollevata, perché ogni tanto anche le streghe riluttanti come me hanno bisogno di lasciarsi andare ed essere magicamente sé stesse.

Sarebbe stato impossibile con Wilt nella suite e la mia pazienza era già stata messa a dura prova durante l'interminabile viaggio. Una di noi si sarebbe sbagliata, prima o poi. Tenere nascosto il talento magico 24 ore al giorno 7 giorni su 7 era quasi più difficile che essere una strega.

Il fattorino ci fece segno verso un ascensore privato alla fine del gruppo degli ascensori principali. Le porte si aprirono ed entrammo da VIP, attirando gli sguardi delle decine di persone che facevano la fila davanti agli altri ascensori. Il nostro trattamento speciale quasi certamente aveva un secondo fine.

Il fattorino ci seguì dentro l'ascensore, tirandosi dietro il carrello dorato e bordato di velluto sul quale portava i bagagli. Passò la tessera nel lettore e poi selezionò uno dei tanti bottoni contrassegnati da lettere invece che dai numeri dei piani. Spinse il bottone con incisa sopra una "R" in caratteri eleganti.

Fui sorpresa di vedere la mia valigia in cima al mucchio dei bagagli. Non avevo fatto nessuna valigia per quel viaggio improvvisato. O zia Pearl mi aveva portato un bagaglio perché aveva progettato di rapirmi lungo la strada o aveva usato la magia.

Ebbi a malapena il tempo di chiedermelo prima che le porte dell'ascensore si aprissero su un ampio ingresso in marmo, con il soffitto incredibilmente alto. Era nello stesso stile della reception ma più piccolo. Ai muri erano allineati grandi quadri impressionisti sopra una fontana di marmo dalla quale gorgogliava acqua colorata.

La mamma uscì dall'ascensore e guardò con aria istupidita tutto intorno. "È la stanza giusta? Sembra più una villa."

L'arredamento era una via di mezzo tra l'appartamento francese di provincia e la villa italiana di metà '900, sottoposta a una strana ristrutturazione negli anni Settanta. C'erano numerosi altri temi decorativi mescolati, ma quelli erano i principali. Come la reception, era una miscela di aree differenti.

L'architettura ornata in stile europeo contrastava con la moquette dorata. Esattamente in mezzo alla pianta c'era un salottino affossato, come in una sitcom di Mary Tyler Moore degli anni Settanta. Una scala a chiocciola di ferro battuto portava al piano superiore, dove supponevo fossero le stanze da letto.

La decorazione esagerata degli interni mi fece dimenticare per un momento che eravamo in un nuovissimo grattacielo di Las Vegas e non in una Versailles retro e hippy. Rimasi ferma nell'ingresso, a bocca aperta.

"Forza, non abbiamo tutto il giorno." Zia Pearl mi afferrò per il braccio e mi tirò dentro la suite. "Ci dobbiamo occupare di alcune cose."

Liberai il braccio dalla sua presa e mi fermai a guardare uno dei grandi dipinti a olio. A giudicare dalle pennellate e dalle cornici di pregiata fattura i dipinti erano autentici e molto antichi.

Il ritratto sembrava essere degli anni Trenta del Novecento. Un piccolo uomo in abito gessato era in piedi dietro a una donna seduta. L'abito in paillettes della donna era accentuato da una lunga fila di perle. Aveva gli stessi penetranti occhi azzurri dell'uomo nell'atrio.

Feci passare la mano lungo la parte inferiore della cornice. Scivolò un po' fuori posto e lo raddrizzai. Era la prima suite in cui alloggiavo dove i quadri non erano incatenati al muro. Ma c'era qualcos'altro. Al posto di uno degli occhi dell'uomo c'era il buco di una pallottola.

Boccheggiai e mi girai verso Mamma e zia Pearl, ma avevano già lasciato l'ingresso. Le seguii all'interno della suite e guardai il fattorino portare le nostre borse su per la scala a chiocciola.

"Benvenute!" Una voce maschile profonda risuonò alle mie spalle.

Feci un salto e mi girai, trovandomi di fronte un biondo atletico sui trenta, vestito in modo formale con un completo scuro. Il mio primo pensiero fu che fosse vestito per il funerale.

Sorrise e allungò la mano. "Sono Christophe, il vostro maggiordomo."

Mi accigliai stringendogli la mano. Esaminai la suite. Dovevano essere più di seicento metri quadrati solo al piano terra, più lo spazio aggiuntivo al piano superiore. "Penso che ci sia un errore. Questa non è la nostra stanza."

Christophe sorrise educatamente ma non rispose.

"Non ci possiamo permettere un posto come questo." La mamma si girò verso Pearl. "Deve costare una piccola fortuna. Esattamente quanto hai vinto alla lotteria?"

Zia Pearl fece un gesto con la mano indicando di lasciar perdere. "Non ti preoccupare. Te lo dirò dopo."

"Posso offrire alle signore qualcosa da bere?" Chiese Christophe.

"Non sono nemmeno le nove di mattina," dissi. "Non pensi che sia un po' presto?" Le bevande preparate dal maggiordomo dovevano essere infinitamente più costose delle bibite al minibar. Anche se la vincita di zia Pearl alla lotteria fosse stata vera, dubitavo che ce lo potessimo permettere.

"Non c'è momento migliore del presente." Ridacchiò la mamma. "Goditi un po' la vita, Cen."

Afferrai il braccio ossuto di zia Pearl e la tirai da una parte. "Cosa hai dato alla mamma? Non l'ho mai vista così."

"Rilassati. Finalmente si sta divertendo un po', così per cambiare, invece di lavorare fino a sfinirsi in quella stupida locanda."

"Tu vuoi che il nostro bed and breakfast fallisca. Non c'è un vero motivo per cui ci hai portate qui tutte e due." Non era un segreto che la zia non approvasse il nostro business del bed and breakfast a Westwick Corners. Tornai a guardare la mamma, in piedi vicino al bar dove Christophe stava dando gli ultimi tocchi a tre bevande dall'aspetto fruttato.

Zia Pearl prese un bicchiere e si diresse alla porta finestra che conduceva alla veranda.

La mamma afferrò il suo drink e ne buttò giù metà in un solo sorso. "Quest'uomo è un genio. Vorrei poterti assumere per lavorare alla nostra locanda."

Christophe sorrise. "Forse si può. Il mio contratto tra poco scade e sono stanco di Las Vegas. Raccontami della locanda."

"Beh, non è niente di grandioso come l'Hotel Babylon. Il Westwick Corners Inn ha solo dodici stanze. Ed è in una città quasi fantasma." La mamma sogghignò mentre finiva il resto della bevanda. "Troppo monotono per un giovanotto come te. Sono stata sciocca a parlarne."

Christophe prese il suo bicchiere e si diresse al bar per riempirlo nuovamente.

La mamma lo seguì.

Io uscii sulla veranda e raggiunsi zia Pearl. La grande veranda panoramica coperta era quasi delle stesse dimensioni della suite. Aveva la piscina, la vasca idromassaggio e delle sedute disposte in modo da godere al massimo della vista della città, probabilmente spettacolare di sera. A quest'ora mattutina era ancora tutto tranquillo, come se metà della città stesse ancora dormendo.

Mi girai verso la zia. "La mamma ha ragione. Non ci possiamo permettere in alcun modo questo posto, nemmeno con un forte sconto."

"Tranquilla," disse zia Pearl. "Sarà anche una suite da ricconi, ma a noi non costa nulla."

Mi girai per affrontarla. "Noi non siamo ricconi e non possiamo stare qui senza pagare. Dov'è il trucco?"

"Nessun trucco." Zia Pearl strizzò l'occhio.

La mamma arrivò dalla suite proprio al momento giusto. Mi superò barcollando, facendo gocciolare sul pavimento di cemento il secondo bicchiere. "Niente è gratis, l'hotel si aspetta che spendiamo migliaia di dollari al gioco. Anche la tua vincita alla lotteria potrebbe non essere sufficiente. In effetti, potrebbe essere una catastrofe."

La mamma si riferiva al problema di zia Pearl con il gioco. Le vincite alla lotteria erano un'arma a doppio taglio. Dubitavo che la zia riuscisse a stare lontano dalle slot machine o dai tavoli da gioco a lungo.

"Non ho speso un centesimo per la suite né per altro. Siamo ospiti di Rocco perché ci considera parte della famiglia. Non che io non me lo potrei permettere. Comunque, posso anche giocare se voglio. Sono miliardaria e ho soldi da buttar via."

Ritornai con la mente al *bravo ragazzo* e alla sparatoria nell'atrio. Non mi piaceva essere in debito con qualcuno che aveva bisogno di guardie del corpo. Zia Pearl probabilmente aveva frainteso il suo invito, sempre che ce ne fosse stato uno. Mi feci una nota mentale di chiedere più tardi in reception quale fosse il costo della nostra camera.

La mamma puntò l'indice verso Pearl. "Io sono sempre convinta che saremmo dovuti restare nel camper. Tu sarai nei guai con il conto, se qualcosa dovesse andare storto." Si diresse a una delle sedute panoramiche senza aspettare una risposta.

Zia Pearl si girò verso di me alzando gli occhi al cielo. "Voi due dovete smetterla di preoccuparvi e cercare di divertirvi."

"Come possiamo? Ci hai ingannate entrambe costringendoci a partecipare al tuo *magical mistery tour* e sei troppo vaga sul come e quando avresti vinto la lotteria. Io non mi rilasserò finché non mi avrai detto cosa sta succedendo sul serio." Mi venne quasi voglia di raggiungere Wilt sul camper. Quasi, non decisamente.

"Ok, va bene. Te lo dirò ma tu non dirlo a Ruby." Zia Pearl si massaggiò le tempie. "È piuttosto complicato. Non so nemmeno da dove iniziare."

"Che ne dici di iniziare dalla sparatoria nell'atrio?"

La mano di zia Pearl volò alla bocca. "Non è stato terribile? Non ho idea di cosa sia successo..."

Alzai la mano per protestare. "Io penso che tu sappia esattamente cosa sta succedendo e se non me lo dici, me ne vado. Troverò il modo di tornare a casa." Sembrò che avesse pianificato tutto da tempo, come protagonista di una confessione esageratamente drammatica che stava per fare. "Affitterò un'auto o qualcosa del genere."

"Come? Ti sei dimenticata la borsetta e non hai soldi."

"Mi inventerò qualcosa."

"Se tu avessi praticato la magia potresti creare qualcosa. Che talento sprecato." Zia Pearl scosse lentamente la testa.

"Smettila di cambiare argomento, zia Pearl."

"Ok, va bene." Sospirò. "Cosa vuoi sapere?"

"Tutto. A cominciare dai tizi di sotto. Tu sai qualcosa che non vuoi dire." O era coinvolta in qualche modo oppure sapeva più di quanto diceva.

Zia Pearl si tamponò una lacrima immaginaria. "Non volevo

parlarne a nessuno ma, a dire la verità, sarà un sollievo avere una confidente. Qualcuno dalla mia parte."

"Non ho mai detto niente sul fatto di essere dalla tua parte. Voglio solo sapere in cosa ti sei cacciata."

"Hanno già preso Carla, e Tommy prima di lei." Zia Pearl sospirò. "Prenderanno anche Rocco, a meno che non li fermiamo. Ho un piano."

Mi coprii gli occhi. "Noi non fermiamo nessuno. Mamma non sa niente?"

"Ci sono alcune cose che è meglio che lei non sappia."

"Per esempio?"

"Segreti di famiglia," disse zia Pearl. "Questo spezzerebbe il cuore di Ruby."

CAPITOLO 9

Ingollai il mio drink alla frutta. Il racconto di zia Pearl era difficile da mandare giù. Non ricordavo che Mamma fosse mai uscita con qualcuno, figuriamoci avere una relazione seria. E non aveva motivo di avermelo tenuto segreto.

Papà era sparito senza lasciare tracce quando ero alle elementari. Da allora la mamma era sempre stata presa dalla cucina e dal giardinaggio. Aveva anche fatto il vino con il prodotto della nostra vigna e trasformato la dimora di famiglia in un elegante bed and breakfast. Si era tenuta impegnata, senza mai nominare Papà. Non aveva nemmeno mai parlato di uscire con qualcuno o di un fidanzato.

Ma zia Pearl sosteneva il contrario. "Ruby è stata lasciata dal suo amante. Lui ha piantato Ruby per Carla Racatelli."

"Quale amante? Ti stai inventando tutto." La mamma non aveva mai lasciato Westwick Corners, che io ricordassi, e non aveva avuto nessun corteggiatore di cui fossi al corrente. Era un tipo troppo casalingo per condurre una doppia vita. Ma la zia sembrava seria. Questa volta non pensavo mentisse.

Zia Pearl scosse lentamente la testa. "Vorrei essermelo inventato. Se solo potessi cancellare tutto quello che è successo. Ma non posso. Torniamo dentro dove possiamo parlare senza che Ruby ci senta."

La seguii con riluttanza, shockata dalla possibilità della relazione segreta di Mamma. Mi sentivo anche un po' ferita dal fatto che avesse dei segreti per me. "Perché la mamma non mi ha detto di questo tizio? Quando lo vedeva?"

"È una strega, Cen. Una strega competente ha diversi modi a disposizione per essere in più di un posto allo stesso tempo. Se tu ti fossi esercitata più spesso con gli incantesimi lo sapresti." Zia Pearl si accigliò. "Ruby sapeva che non avresti approvato la sua relazione, per questo non te ne ha mai parlato. Tu sei così severa e morigerata."

"E da quando è una cosa negativa?" Mi sedetti in una poltrona enorme, ad angolo rispetto a zia Pearl, appollaiata a un'estremità di un divano di pelle bianca incredibilmente lungo.

"Non ho detto che lo sia. Ma Ruby sapeva che l'avresti giudicata."

"Io *non* giudico." Il pensiero che Mamma avesse una vita amorosa non mi era mai passato per la testa. Suppongo che avrei dovuto immaginare che prima o poi sarebbe uscita con qualcuno, erano passati decenni da quando Papà se ne era andato. Ma lei non era mai sembrata interessata a una relazione e non era una da segreti. Doveva esserci dell'altro in questa storia. E, probabilmente, c'era.

"Ruby dovrebbe essere contenta di essersi liberata di quel buono a nulla." Zia Pearl si appoggiò all'indietro contro il bracciolo del divano, le gambe ossute stese davanti a lei. "Chi lo sa, sarebbe potuto succedere a lei."

Restai senza fiato. "Pensi che lui abbia ucciso Carla? Chi è questo tizio?"

"Bones Battilana. Uno dei più potenti boss mafiosi in America. Voleva spostarsi a Las Vegas, ma tutto il Nevada è controllato dai Racatelli. Gira voce che Bones abbia fatto fuori Tommy alcuni anni fa per assumere il controllo della famiglia Racatelli. Non si era aspettato che Carla prendesse le redini. Lei si è dimostrata più abile negli affari di quanto fosse Tommy. E così il suo piano per consolidare il potere si è rivelato controproducente."

"E quindi ha deciso di corteggiare Carla?" Lentamente acquisii coscienza degli eventi. "Stai dicendo che la mamma usciva con un mafioso e che lui l'ha piantata per provarci con Carla? È folle."

"In effetti lo sembra. Io non so cosa fare." Zia Pearl alzò in aria le mani, versando gocce del suo cocktail alla frutta su tutto il divano. "Ora capisci perché ho bisogno del tuo aiuto. Non voglio che lei vada fuori di testa al funerale quando vedrà Bones."

"Suppongo sia meglio che tu la avvisi subito." Il drink alla frutta era decisamente tosto. Mi sentivo ubriaca dopo averne bevuto solo qualche sorso. In effetti, sembrava che quelle bevande avessero già avuto un notevole effetto su di noi. Forse ero un po' paranoica, ma cominciavo a pensare che forse contenevano qualcosa di più dell'alcol.

Christophe apparve qualche secondo dopo con uno strofinaccio e una bottiglia di acqua gasata. In un minuto aveva pulito da esperto le macchie sul divano. Orgoglioso e raggiante di gioia, mi ricordò una Martha Stewart al maschile, in attesa di poter mostrare le sue numerose capacità.

Christophe fece un leggero inchino e tornò verso la cucina. Noi restammo in silenzio finché non fu più a portata d'orecchio.

"Sai, Cen... tu hai un ottimo modo di gestire le crisi." Zia Pearl si strofinò il mento come se stesse riflettendo sui miei talenti – o sulla loro mancanza – per la prima volta. "Questa è una questione davvero delicata e tu sei molto più brava di me in queste cose."

"No. Come dovrei fare a dire a Mamma qualcosa che io per prima non dovrei nemmeno sapere?"

"Qualcosa inventerai." Esaminò attentamente la suite per essere sicura che nessuno stesse ascoltando. La sua voce si abbassò a un sussurro. "Bones Battilana è un pezzo piuttosto grosso da queste parti. Dobbiamo mantenere un profilo basso."

"Penso che tu abbia inventato tutto. La mamma non uscirebbe per nessuna ragione al mondo con un mafioso, figurarsi un tipo soprannominato 'Bones'." L'idea che Mamma potesse uscire con qualcuno chiamato come le ossa del corpo mi faceva venire i brividi.

"Ruby sarà anche tua madre, ma non è diversa da qualunque altra donna. È uscita con lui per quasi dieci anni. Abbiamo tutte dei bisogni, Cen. Ne ho anch'io."

La storia stava diventando più stramba ogni minuto. Già era difficile immaginare Mamma con un uomo, ma l'idea che la bizzosa zia

Pearl avesse dei 'bisogni' faceva a pugni con la sua personalità e il suo stile di vita. Non si era mai sposata e sembrava avere un'innata antipatia per chiunque avesse il cromosoma Y.

"Questo tizio deve avere un vero nome."

"Danny. Sembrava tutto a posto fino a circa tre settimane fa. Fu in quel momento che Bones – voglio dire Danny – ha detto a Ruby che doveva fare un viaggio d'affari di un mese in Asia. Lei non lo vede da allora. È convinta che tra loro vada tutto bene. In realtà lui l'ha lasciata per Carla, ma non ha avuto il coraggio di dirglielo in faccia."

"E ora Carla è morta. Quando si dice il tempismo..."

"Ma forse il tempismo è a nostro favore. Sono abbastanza sicura che Bones abbia ucciso Carla," disse zia Pearl. "Per questo ti ho assegnata al progetto *Vegas Vendetta*. Dobbiamo indagare sull'omicidio di Carla e vendicare la sua morte. Ah... il tuo primo compito è dire a Ruby cos'ha combinato il suo fidanzato buono a nulla."

Almeno l'ex fidanzato della mamma era un 'ex', ma il pensiero che potesse essere sospettato dell'omicidio di Carla mi faceva rizzare i capelli. Non sapevo quasi niente della morte di Carla, ma ci doveva essere un'altra spiegazione. Feci un salto quando la porta finestra si aprì e la mamma tornò dentro. "Non faremo niente del genere!"

"Eh?" Mamma sogghignò guardandoci dalla soglia. Stava in piedi ondeggiando mentre sollevava il bicchiere vuoto in segno di brindisi. La mamma beveva di rado e io non l'avevo mai vista ubriaca prima. Quel giorno sembrava il primo per una serie di cose, nessuna delle quali bella.

"Sarà molto meglio se lo verrà a sapere da te piuttosto che da me. Sai che io tendo a fare casino." Zia Pearl scivolò lungo il divano e si portò le ginocchia al petto. Mi fece un sorriso falso. "Prego?"

Zia Pearl non accettava il no come risposta e per me le conseguenze sarebbero state infinite se non avessi partecipato al suo piano. Mi sentivo messa all'angolo. "Non hai mai detto che Carla è stata uccisa. Questo Mamma lo sa?"

La mamma fece roteare il bicchiere da cocktail e ci superò barcollando, diretta verso la cucina alla ricerca di Christophe e del suo elisir magico.

Zia Pearl aspettò che avesse lasciato la stanza. "Sì."

"Avresti dovuto dirmi tutto un bel po' di tempo fa."

"Cosa posso dire? La relazione di Ruby era il suo segreto e mi ha chiesto di giurare che l'avrei mantenuto." Zia Pearl alzò le mani con i palmi all'esterno. Il labbro inferiore le tremò. "Lo so, Cen. Decisione pessima da parte mia. Ma ora è un po' tardi per rimediare. Sai che non sono per niente brava in queste cose. Incasinerei tutto e farei arrabbiare Ruby ancora di più. Lei non ha idea di questa relazione. Le si spezzerà il cuore. Era convinta che Bones stesse per chiederle di sposarlo."

"Danny."

Zia Pearl alzò gli occhi al cielo. "Ok. Danny."

Un altro fulmine a ciel sereno. "La sparatoria nell'atrio... faceva parte del viaggio di lavoro di Battilana?"

Zia Pearl annuì. "Gli uomini di Rocco lo stavano difendendo dall'ennesimo tentativo di Battilana. Dobbiamo prenderli prima che si prendano Rocco. Per questo devi dire a Ruby di questa relazione illecita con Carla. Non possiamo rischiare che lei gli si avvicini, è davvero pericoloso e imprevedibile."

"La polizia non lo ha ancora arrestato?"

Zia Pearl scosse a testa. "Sta facendo la parte del marito addolorato e la polizia gli sta dando retta. Comunque il marito è sempre il sospetto numero uno. Nel frattempo, lui va avanti come niente, cercando di prendere il controllo dei beni di Carla. Per questo prima di tutto l'ha voluta sposare. Non poteva ottenere con la forza il controllo di Las Vegas dai Racatelli, così ha deciso di unirsi a loro. Ora si sta dando da fare."

"Cosa... Bones ora è sposato a Carla?" Mi girava la testa per tutto quello che zia Pearl mi aveva appena raccontato. "Quanto devo dire a Mamma?"

"Tutto. Senza Carla, Ruby potrebbe cercare di riconciliarsi con lui. Questo sarebbe un errore serio. Mentre te ne occupi io procuro altri drink forti." Zia Pearl saltò giù dal divano e andò a cercare il maggiordomo. "Christophe, yu-hu!"

Saltai su dopo di lei. "Aspetta... Devi dire tutto quello che sai alla polizia prima che vengano a fare domande. Forse possono proteggere la mamma." Mi girava la testa per le pretese della zia. Il fatto di aver perso il colloquio di lavoro ora sembrava irrilevante.

"Meglio di no, Cen. Non possiamo fidarci di nessuno. Nemmeno della polizia."

CAPITOLO 10

Uscii dall'ascensore, ancora shockata dalla confessione di zia Pearl. Anche l'effetto dei potenti cocktail di Christophe si faceva ancora sentire. Avevo perso il conto di quanti ne avevo bevuti, e dire che non avevo intenzione di berne per niente. Per quanto riguarda zia Pearl, non ero sicura se dovevo essere spaventata o arrabbiata. Forse un po' tutte e due.

Attraversai la reception diretta al casino. Non era davvero difficile da trovare con tutte le luci lampeggianti, le campanelle e le orde di turisti di mezza età sovrappeso. La maggior parte indossava magliette inneggianti a Las Vegas e pantaloncini. Il contrasto tra gli abiti casual e gli arredi sfarzosi mi urtò i nervi.

Certo, i casinò non scacciavano nessuno. Soprattutto non le persone con soldi in tasca, per quanto vestiti miseramente. E, da quello che potevo vedere, il business andava a gonfie vele.

Tornai a concentrarmi sulla mia missione: trovare un telefono per chiamare Tyler e scusarmi per l'appuntamento mancato. Avevo pensato di prendere un aereo per tornare a casa, ma senza soldi né carte di credito, era proprio impossibile. In ogni caso, zia Pearl avrebbe stroncato ogni mio tentativo. Voleva che fossi presente al funerale a qualunque costo e non avrebbe accettato una risposta negativa.

Non riuscii a identificare un telefono pubblico e in albergo gli unici apparecchi che emettevano un trillo erano le slot machine. L'atmosfera generale mi tendeva i nervi già provati. Non c'erano finestre né orologi. Senza un orologio era impossibile capire che ora fosse. Qualunque cosa potesse distrarre i giocatori non era prevista.

Attraversai l'atrio, mi diressi alle porte girevoli dell'uscita e mi ritrovai in strada. Il cielo era leggermente coperto, ma questo non influiva sul calore che aveva già assalito la mia pelle abituata all'aria condizionata. Pensai che probabilmente era tarda mattinata, anche se avevo perso il senso del tempo.

Mi fermai a qualche metro di lato all'entrata e mi presi un momento per orientarmi. Andai verso quello che sembrava un centro commerciale, sperando di trovare un supermercato o un negozio dove averi potuto comprare un telefono cellulare usa e getta.

Tyler probabilmente si stava chiedendo come mai non l'avevo chiamato dopo avergli dato buca all'appuntamento della sera precedente. Forse mi ero giocata l'unica possibilità che avrei mai avuto con lui.

Prima avrei chiamato Tyler e poi avrei trovato il modo per tornare a casa. Il modo più veloce e facile di viaggiare si basava sugli incantesimi, ma le mie capacità non erano abbastanza buone da padroneggiare niente che si avvicinasse al teletrasporto. Dubitavo seriamente che Mamma o zia Pearl mi avrebbero aiutata. Se non altro, avrebbero sottolineato le lezioni di magia perse e ritenuto che mi stesse bene.

Pensai a lungo a quanto raccontare a Tyler. Volevo che lui capisse che non avevo semplicemente annullato il nostro appuntamento. Ma la storia del mio rapimento suonava davvero incredibile. Dire la verità avrebbe semplicemente peggiorato l'impressione già pessima che aveva di zia Pearl.

Due isolati dopo non trovai né negozi né qualunque posto in cui comprare un cellulare. Le uniche attività lungo la Strip sembravano essere altri casinò. La poca conoscenza che avevo di Las Vegas implicava che ci sarebbe voluto molto tempo prima di trovare un telefono.

Restai all'angolo, insicura e frustrata sul da farsi. Poi mi venne un'illuminazione sulle altre possibilità che avevo. Anche se le mie capacità magiche non erano sufficienti per trasportarmi di nuovo a Westwick Corners, conoscevo alcuni incantesimi di base ed ero riuscita in passato a creare dal nulla oggetti inanimati. Mai un telefono cellulare, ma forse avrei potuto farcela. Desiderai di aver fatto più esercizio, in quel caso le mie capacità non sarebbero state così arrugginite.

Invece, avevo trovato l'unico vantaggio che mi avrebbe consentito di uscire da quella situazione. Potevo anche accusare zia Pearl di avermi rapita, ma il casino in cui mi ero cacciata alla fine era solo colpa mia.

Avevo deciso da poco che usare il mio talento naturale non corrispondeva a imbrogliare. In realtà non si trattava di talento, dato che ogni incantesimo doveva essere studiato per ore e poi si doveva fare molta pratica per mantenersi al corrente. Ottenevo un risultato pari al mio sforzo. Niente di più, niente di meno.

Questa rivelazione mi era giunta quando avevo fatto una scommessa con zia Pearl… e avevo perso. Perdere la scommessa aveva comportato l'impegno di seguire tutte le settantadue lezioni del corso di Perle di Saggezza della Scuola di Fascinazione di Pearl. Il curriculum comprendeva tutto quello che si doveva sapere per diventare una strega di successo. Sfortunatamente, ero arrivata solo alla terza lezione. Questo significava che ero piuttosto brava a far sparire le cose, ma un po' meno abile nel farle apparire.

Ma avevo creato dal nulla alcune cose piccole. Il risultato aveva avuto spesso conseguenze inattese, ma almeno era qualcosa. Valeva la pena tentare.

Mi massaggiai le tempie mentre cercavo di ricordare le parole esatte dell'incantesimo sui piccoli oggetti imparato nella seconda lezione. Pezzi della formula lentamente mi tornavano alla mente mentre immaginavo le parole.

Cambiai direzione e tornai di nuovo verso l'hotel. Potevo fare pratica nella mia stanza della suite senza che Mamma o zia Pearl lo sapessero. Almeno sarebbero state nei pressi se avessi avuto qualche problema.

Un, due, tre
Un cellulare qui per me...

No, non mi sembrava giusto. Iniziai a camminare lentissima.

Un, due, tre
Il cellulare ora c'è...

Lo scambio di una sola parola poteva avere risultati disastrosi, quindi provare e sbagliare non era una buona idea. Se solo avessi avuto un esempio a cui rifarmi.

Entrai in albergo e mi diressi all'ascensore. Ero così immersa nei miei pensieri che andai dritta contro il petto di un uomo.

Un petto duro e muscoloso.

E mi ritrovai a fissare dritto negli occhi azzurro intenso di un uomo che non vedevo da molto tempo.

CAPITOLO 11

Arretrai e cominciai a scusarmi, improvvisamente imbarazzata.

"Cendrine West! Ti riconoscerei dovunque." Rocco Racatelli fissò il mio petto prima di alzare lentamente lo sguardo verso il mio volto.

"Sono felice di vederti qui." Mi infastidì il fatto che mi aveva mangiata con gli occhi, ma mi resi conto di aver fatto esattamente la stessa cosa. Studiai la sua espressione, per capire se fosse serio o se scherzasse. A sentire zia Pearl, Rocco non solo sapeva che eravamo lì ma aveva anche fatto in modo che avessimo quella fantastica suite da ricconi. L'ultima persona cui avrei voluto dover un favore era Rocco Racatelli.

"Sei sorpreso di vedermi?" Tornai con la mente alla sparatoria in reception. Mi aveva sicuramente notata quella mattina anche se, nelle ore passate da quel momento, ero diventata leggermente più disordinata e decisamente alticcia.

Secondo quanto diceva zia Pearl, se lui ci stava aspettando, il nostro incontro poteva a malapena essere considerato una coincidenza. Ma zia Pearl raccontava tante bugie bianche, quindi era impossibile sapere la verità. Tenni la bocca chiusa, per ogni evenienza.

"Ma certo." Strizzò gli occhi azzurri. "Quanto tempo è passato? Dieci anni?"

Incrociai il suo sguardo e annuii, senza parole di fronte a questo bellissimo estraneo che non aveva niente in comune con il Rocco che mi ricordavo. Il teenager paffuto e brufoloso che avevo conosciuto a Westwick Corners era sparito. Dieci anni e parecchio tempo in palestra avevano completamente trasformato l'aspetto di Rocco. Si era vestito casual dopo la sparatoria nella reception, ma era sempre attraente. I muscoli sagomavano la stretta t-shirt bianca, quasi smagliante come il suo sorriso. Indossava jeans sbiaditi e stivali da cowboy. Sul volto abbronzato portava una traccia di barba.

E quei penetranti occhi azzurri. Quasi non riuscivo a guardarlo negli occhi, ma non potevo nemmeno staccarmene. Ne ero completamente soggiogata.

Aprii la bocca per rispondere, ma non uscì niente. Non era solo il suo bell'aspetto a lasciarmi senza parole. Sembrava avere un'aura che mi attirava come una calamita. Il cuore mi batteva forte e arrossii fino alla radice dei capelli.

Dovetti combattere lo strano desiderio di tirarmelo vicino e seppellire il volto nel suo petto muscoloso. Il buonsenso mi tratteneva, ma a fatica. Questo non era per niente lo stesso Rocco con cui ero cresciuta a Westwick Corners.

Wow.

Cosa diavolo stava succedendo? Sembrava che fossi sotto incantesimo o qualcosa del genere.

O sotto l'influenza della stregoneria di zia Pearl.

Se Rocco aveva notato il mio silenzio imbarazzato aveva fatto finta di niente.

"Prendiamo qualcosa da bere e mettiamoci in pari." Gli occhi di Rocco si spostavano continuamente mentre lui controllava la strada affollata.

"Ehm, in questo momento non posso, Rocco. Stavo andando a comprare un cellulare." Il cuore sembrava scoppiarmi nel petto mentre una sottile striscia di sudore mi spuntava sulla fronte. "Sai dove posso trovarne uno?"

"Devi chiamare qualcuno? Tieni, usa il mio." Sbloccò lo schermo e me lo passò.

Stavo per restituirgli il telefono ma ci ripensai. Avrebbero potuto volerci ore per comprare o far apparire un telefono. Usare il suo avrebbe risolto all'istante il mio problema. Prima riuscivo a chiamare Tyler, meglio era. "Certo, grazie. Ci metterò un minuto."

Mi allontanai di qualche passo verso una panchina in un giardinetto e digitai il numero di Tyler. Rocco tornò verso l'ingresso dell'-hotel e mi fece segno di seguirlo. Mi accodai a lui mentre si dirigeva verso il bar accanto alla reception. Ero praticamente costretta ad andargli dietro, dato che avevo il suo telefono.

Tyler rispose al primo squillo. "Ho immaginato che doveva essere successo qualcosa. Dove sei?"

Era così bello sentire la sua voce e non sembrava nemmeno arrabbiato. Sembrava piuttosto preoccupato. Molto dolce considerando il fatto che gli avevo dato buca.

"Ehm, a Las Vegas." Lanciai un'occhiata a Rocco, che era lontano qualche metro e non poteva sentire. Era arrivato al bar e stava fermando un cameriere. "Direi che zia Pearl non scherzava riguardo al viaggio." Non gli raccontai del colloquio di lavoro perso e del presunto biglietto vincente della lotteria. Era tutto troppo difficile da spiegare e non avevo molto tempo per parlare dato che stavo usando il telefono di Rocco. "Mi dispiace molto per il nostro appuntamento. Capirò se sei arrabbiato con me."

Tyler sogghignò sommessamente. "Sono cose che succedono. Soprattutto con quella tua zia. Ci riorganizzeremo. Quando tornerai in città?"

"Ehm... Non sono ancora sicura. Siamo qui per un funerale, solo che zia Pearl non mi vuole dire per quanto tempo dobbiamo fermarci." Evitai di menzionare il progetto di zia Pearl *Vegas Vendetta* e la sparatoria nella reception. Il primo era impossibile da spiegare è la seconda rischiava di mandarlo fuori di testa.

"Sì? Chi è morto?"

"Carla Racatelli, una vecchia amica di zia Pearl. La sua morte è stata piuttosto improvvisa." Sembrava meglio non dire che era stata assassinata.

Tyler fece un respiro profondo e poi la linea rimase muta.

Nei miei pensieri si fece strada il dubbio. Forse dopo tutto Tyler era davvero arrabbiato. E se non fosse più voluto uscire con me? "Sei ancora lì?"

Tyler si schiarì la voce. "Racatelli? Come Tommy e Carla Racatelli?"

"Già. Li conosci?"

"No, ma ne ho sentito parlare. Dovete conoscerli bene, per fare tutta quella strada fino a Las Vegas per il funerale."

"Vivevano a Westwick Corners circa dieci anni fa. Io andavo a scuola con il nipote, Rocco. È cresciuto con Carla e Tommy dopo che i genitori sono morti in un incidente automobilistico quando era molto piccolo." Ovviamente, Tyler non poteva saperlo dato che si era trasferito a Westwick Corners solo pochi mesi prima, quando aveva accettato l'incarico di sceriffo.

Ma invece lo sapeva. Ne sapeva più di me su di loro e trascorse i dieci minuti successivi parlandomene.

"I genitori di Rocco non sono morti in un incidente automobilistico, Cen. Gli hanno sparato mentre erano in auto. Sono stati uccisi, una vera esecuzione."

Il mio cuore accelerò i battiti. "Ne sei sicuro?"

"Certo che sono sicuro. È stato un omicidio di mafia. Mi sorprende che tu non lo sapessi. Westwick Corners è così piccola. Avrei pensato che un segreto non potesse restare tale a lungo."

"Evidentemente sì." Le piccole città erano note per essere ambienti in cui niente restava segreto, a parte quelle poche cose che potevano allontanare le persone. Queste tendevano a restare nascoste per sempre. Gli affari di mafia evidentemente rientravano in quest'ultima categoria. Mi chiesi che altro la mia famiglia non mi aveva raccontato.

Arrossii alzando lo sguardo verso Rocco, che non sapeva della mia conversazione sulla sua famiglia. Fortunatamente non incrociò il mio sguardo oppure non sarei stata in grado di pensare. La strana presa che aveva su di me sembrava indebolirsi con la distanza. Un altro segno che c'era di mezzo la magia.

"Cen?"

"Eh?"

"Per favore fai attenzione. Sei a conoscenza degli affari di quella famiglia, vero?"

Annuii, ma era una cosa sciocca perché Tyler era a chilometri di distanza e non mi poteva vedere. "I Racatelli contrabbandavano alcolici durante il proibizionismo e Tommy era coinvolto in qualche scandalo politico, bustarelle e cose del genere. Ebbe tutto termine dieci anni fa con un incidente mortale."

"C'è molto altro oltre a questo, Cen. Ti ricordi come è morto Tommy Racatelli?"

"Un incidente in auto. Ha tirato dritto in un tornante ed è caduto in un burrone." Mi rabbuiai. "O i Racatelli sono pessimi guidatori o sono davvero sfortunati con le automobili."

"L'incidente di Tommy è stato ordinato da un boss rivale. Piedini Dolci Racatelli era un uomo potente."

"Piedini Dolci? Non avevo mai sentito prima quel soprannome." Ricordavo vagamente lo strano incidente in cui era morto il nonno di Rocco. Era sembrato strano già all'epoca, dato che il signor Racatelli aveva la cataratta e non guidava mai quando faceva buio.

"Racatelli teneva gli affari e la vita privata molto separati. Per questo viveva nella sonnacchiosa Westwick Corners. Questi bravi ragazzi sono pericolosi, Cen."

"Non più, dato che lui è morto."

"No, ma i suoi soci sono vivi e vegeti. Sai che Carla partecipava alla gestione degli affari di famiglia, vero? Quasi certamente anche Rocco."

"Rocco?" Mi sentii strana a parlare di lui usando il suo telefono. "Ne dubito."

"Solo, stai molto attenta quando gli sei vicina. Ancora meglio, stargli alla larga. Se qualcuno lo vuole eliminare, potresti restare coinvolta."

Tornai con la mente alla sparatoria nella reception. Tyler aveva ragione. Ora che non c'era più Carla, Rocco era l'unico Racatelli sopravvissuto. Non ero sicura che Rocco fosse un criminale, ma avrei potuto controllare. "Starò attenta, ma non c'è proprio niente di cui preoccuparsi." Nel mio intimo ero contenta della preoccupazione di Tyler.

"Sono mafiosi, Cen. Carla comandava un'organizzazione piuttosto grande. Se lei non c'è più, puoi scommetterci che ci sarà una lotta di potere già in corso per prendere il comando."

"Come fai a sapere tante cose su di loro?"

"Sono un poliziotto, ricordi? Ho lavorato anche sotto copertura. I Racatelli erano, e sono, una questione importante. Stanne lontana se puoi."

Nonostante gli avvertimenti di Tyler, non avevo molta scelta. Evitai di dirgli di Rocco e della sparatoria in reception mentre dubitavo della logica di prendere in prestito il telefono di Rocco. "Starò bene. Le nostre famiglie non sono così vicine. Zia Pearl era amica di Carla, vuole solamente presentarle i suoi rispetti."

"Stai attenta. Chiamami se c'è qualcosa che ti preoccupa."

"Ok." Promisi a Tyler che lo avrei chiamato dopo il funerale, quando gli impegni di zia Pearl fossero conclusi e avremmo potuto tornare a casa.

Improvvisamente tutto aveva un senso. Una piccola città come Westwick Corners era il posto ideale per condurre un'impresa criminale. Nessuno poteva andare o venire senza che l'intera città lo sapesse. Era come un antiquato sistema di allarme, anche se alla fine aveva tradito i Racatelli. Anche lo sceriffo poteva essere comprato o, in alternativa, spaventato.

Altre illusioni dell'infanzia cancellate.

Quanto sapevano Mamma e Pearl che non stavano dicendo? Se zia Pearl conosceva qualcuno dei segreti degli affari di Carla, anche lei avrebbe potuto essere un bersaglio. La conoscenza poteva essere una cosa molto pericolosa.

CAPITOLO 12

Salutai Tyler proprio nel momento in cui Rocco mi faceva segno di raggiungerlo a un tavolino d'angolo. Sedeva con la schiena al muro, in modo da avere una buona visuale di chiunque entrasse o uscisse dal bar. Annuì verso due giovanotti corpulenti in abito scuro che sedevano al tavolo vicino.

Il tipo di fronte a me aveva la testa rasata che luccicava per il sudore, nonostante la freddissima aria condizionata del casinò. Sembrò essere il più esperto dei due. Fece un cenno a Rocco mentre mi sedevo.

Non avevo notato prima quegli uomini, ma era evidente che erano le guardie del corpo di Rocco.

Loro invece mi avevano notata, a giudicare da come mi squadravano per lungo e per largo.

Li guardai in cagnesco e mi sedetti di fronte a Rocco. "Sono così dispiaciuta per tua nonna, Rocco."

Zia Pearl non aveva fornito molti dettagli, quindi non sapevo esattamente cosa dire. "Cosa è successo, di preciso?"

"È stata colpita." La voce di Rocco era piatta e lui era stranamente calmo, considerando che la nonna era stata uccisa.

"È stata colpita da un'auto?" Mi tornarono in mente i commenti di

Tyler. Forse era un altro incidente che, dopo tutto, non era così casuale. Non riuscivo ancora a credere che qualcuno potesse aver ucciso Carla, nonostante quello che sosteneva zia Pearl.

Scosse la testa. "Non letteralmente."

"Ah... come è morta, allora?" Sorseggiai la birra e mi preparai ai dettagli raccapriccianti. Mi sentivo male a fare certe domande in un momento simile, ma dovevo sapere se il racconto di zia Pearl era vero.

"L'ho trovata in piscina, galleggiava con il volto verso l'alto. All'inizio ho pensato che stesse semplicemente lì con gli occhi chiusi. Ma non si è più svegliata." La voce di Rocco si spezzò. "La polizia dice che è stato un incidente... che è annegata."

"Ma tu hai detto che qualcuno..."

Lui annuì. "Qualcuno l'ha fatta fuori. Ne sono sicuro. Solo non so come provarlo."

Fremetti per il disgusto. Avevo scritto alcuni pezzi su annegamenti per il *Westwick Corners Weekly*. Non avrei saputo dire cosa, ma c'era qualcosa che non mi convinceva. "Quando l'hai trovata?"

"Avevamo cenato insieme meno di un'ora prima. Ero tornato da lei solo perché avevo dimenticato il portafogli."

"Sei stato l'ultimo a vederla viva?"

Lui annuì. "Ho sospettato qualcosa appena l'ho vista in piscina. Lei non sarebbe mai e poi mai entrata per più di tre metri in quella piscina. Aveva una paura folle dell'acqua."

Dato che ero bloccata in quella città fino a funerale eseguito, avrei potuto fare un po' di indagini. "Il medico legale ha già eseguito l'autopsia?"

"No. Non penso nemmeno che lo farà. Ho sentito che lo considerano un indicente."

Ero sorpresa del fatto che non conducessero nemmeno una indagine rapida, considerato il nome dei Racatelli. L'annegamento accidentale di un boss della malavita avrebbe dovuto far alzare ogni genere di bandierina rossa. "Forse il medico legale farà comunque un'autopsia. Nonostante quello che dice la polizia."

Potevo pensare a un solo motivo perché la polizia avesse concluso che si trattava di un incidente senza fare ulteriori indagini.

Insabbiamento.

Tornai a concentrarmi su Rocco, cercando di trovare un senso a tutta la storia.

Rocco si strofinava una mano nell'altra. "Ho davvero bisogno del tuo talento per arrivare in fondo alla questione, Cen."

"Perché io? Non ho la minima idea di cosa potrei fare per aiutarti. Non vedo come..." A dire il vero non facevamo pubblicità alle nostre capacità soprannaturali ma, avendo abitato per molto tempo a Westwick Corners, Rocco conosceva bene almeno alcuni dei talenti della famiglia West.

"Pearl mi ha già dato la sua parola. Diceva che tu sei un po' arrugginita e tutto quanto, ma lei ti avrebbe dato una mano."

"Ah, sì?" Ero furiosa con zia Pearl e quel suo modo di continuare a insistere, anche se mi sentivo male per Rocco. Era davvero strano, ma la mia preoccupazione su come tornare a casa era stata sostituita dalla vicinanza ai sentimenti di Rocco. Volevo fare qualunque cosa fosse nelle mie capacità per vendicare la morte di sua nonna. Ma tutto quello che riguardava il nostro incontro mi suonava un po' strano. Rocco si era mostrato sorpreso di vedermi, eppure lui e zia Pearl avevano già parlato di me. Forse era stata tutta una recita.

Rocco annuì. "Chiunque sia stato deve pagare. In tanti mirano al nostro business perché la nonna ha costruito un impero che rendeva bene. Bones Battilana non fa eccezione. Vuole una parte dell'attività senza fare neanche un po' di fatica."

Il più grosso dei due bravi ragazzi al tavolo vicino imprecò e abbatté un pugno sul tavolo al sentir nominare il marito di Carla, ora vedovo.

"Non riusciranno a entrare nell'attività, se posso evitarlo." Rocco si accigliò. "Ma prima devo fermarli. Ecco dove entri in gioco tu."

"Eh?" Se i sospetti di Rocco erano fondati, avrebbe dovuto parlarne con la polizia, non con una strega incompetente. "Hai parlato alla polizia dei tuoi sospetti?"

"Non ho insistito. Non avrebbero fatto molto comunque. Sono contenti se ci facciamo fuori uno con l'altro. Gli rende il lavoro più facile. Per quanto li riguarda, queste lotte per il territorio sono il prezzo da pagare per i nostri affari. La nonna aveva messo in piedi un'operazione per il riciclaggio di denaro che aveva molto successo. Lei gestisce, voglio dire, gestiva, tutto tramite questo casinò. Gli uomini di Battilana mi hanno minacciato, dicendomi che sarò il prossimo. Quando non ci sarò più, il business sarà loro."

Anche se mi dispiaceva per Rocco, non ero disposta a unire le mie forze con un'associazione criminale.

Mi coprii le orecchie. "Perché mi racconti tutte queste cose? Più cose so, più sarò in pericolo anch'io." Ora ero doppiamente infuriata con zia Pearl. La suite gratuita in hotel ci poneva decisamente in obbligo di aiutare Rocco.

"Ora sono l'unico Racatelli sopravvissuto, quindi le attività sono mie. Questo significa che sono il prossimo della lista." Rocco si rabbuiò e rimase per un momento a pensare. "Non preoccuparti, comunque. Dato che non sei coinvolta negli affari, verrai lasciata in pace."

"Cosa ti fa essere così sicuro?" Il battito cardiaco mi accelerò mentre mi sporgevo sul tavolo. Farmi tirare in mezzo era una pessima idea. Il cuore mi diceva di sì, anche se il cervello diceva di no. Alla fine vinsero le emozioni. Volevo aiutarlo.

"È una regola non scritta. Ora che sai tutto, non dobbiamo perdere tempo. Lascia che ti racconti della nonna." Rocco fece segno al cameriere di portare un altro giro e si sporse in avanti.

Come giornalista, una parte di me moriva dalla curiosità di conoscere i retroscena della storia. La parte prudente di me preferiva rimanere all'oscuro. Ingollai quello che restava nel boccale di birra. "Ti ascolto."

CAPITOLO 13

"Sai che farei qualunque cosa per te. Dimmi solo di cosa hai bisogno." Mi sporsi in avanti sul tavolo e fissai Rocco Racatelli nei suoi bellissimi occhi azzurri. Forse zia Pearl aveva ragione, dopo tutto. Avevamo entrambi dei segreti di famiglia, sembrava normale che ci sentissimo simili. Eravamo destinati a metterci insieme.

"Sono così felice che tu e la tua famiglia siate venute per il funerale." Rocco mi diede dei colpetti sulla mano. "Sono ancora shockato per quello che è successo, ma questa mattina c'è mancato poco. Per un pelo non sono finito con una croce sopra sulla lista dei nemici di Bones Battilana."

"I tizi nella reception?"

Rocco annuì. "Progetta di uccidermi e far fuggire spaventati i clienti allo stesso tempo. A quel punto sarà libero di entrare con la forza negli affari dei Racatelli senza che nessuno si metta in mezzo. O io prendo lui, o lui prende me."

"Forse c'è un'altra soluzione. Potremmo lanciare un incantesimo per immobilizzarlo o qualcosa di simile." Non ero sicura dei progetti di zia Pearl, a parte che quasi certamente comprendevano la stregoneria. Ora la sua cattiva idea sembrava buona. Un incantesimo avrebbe ridotto le probabilità che si ricorresse alla violenza.

"Anche se funzionasse per quanto durerebbe?" Rocco guardò di lato verso le corpulente guardie del corpo, che sembravano più interessate al menu che a qualunque potenziale pericolo. Mi chiesi se erano gli stessi uomini che proteggevano Carla. In quel caso, la loro disattenzione era sicuramente parte del problema.

"Penso che possiamo trovare una soluzione permanente." Ero tutt'altro che sicura, ma qualcosa dentro di me voleva che dicessi qualunque cosa avrebbe fatto star meglio Rocco.

Una cameriera si avvicinò al nostro tavolo con i drink. Era una ragazzina che sembrava appena uscita dalla scuola superiore. La mano con il vassoio tremava visibilmente mentre appoggiava i bicchieri sul nostro tavolo.

Rocco sorrise e le fece segno di andarsene. Quando fu lontana si sporse verso di me e parlò sottovoce. "Sei sicura di questo, Cen? Potrebbe essere pericoloso."

"Se tu ci copri le spalle mentre organizziamo il tutto, dovrebbe andare bene. Ci occuperemo di Bones così tu potrai tornare a occuparti degli affari." Gli strinsi la mano. L'elemento di pericolo sembrava semplicemente rafforzare i miei sentimenti. Rocco era una variabile nota e avremmo potuto vivere una vita agiata insieme. Che differenza faceva il fatto che aveva un lavoro poco convenzionale? Anch'io non ero molto convenzionale.

Ero una strega, dopo tutto.

Forse avrei dovuto semplicemente dimenticare Tyler. Come sceriffo di Westwick Corners, seguiva regole e norme. La mia famiglia le infrangeva. Lui rappresentava l'ordine e noi eravamo il caos. Per lui sarei stata solo un problema.

Rocco, d'altra parte, era un emarginato proprio come me. Avevamo qualcosa in comune e niente di quello che avrebbe potuto fare la mia famiglia gli avrebbe rovinato la reputazione.

Lui mi diede un colpetto sulla mano e sorrise.

Gli sorrisi anch'io.

Saltai al rumore di qualcosa che andava in frantumi dall'altra parte del bar. Il rumore fu seguito da quello di vetri infranti. Mi girai verso il rumore giusto in tempo per vedere la cameriera cadere in un mucchio accanto al bar. Si era scontrata con un'altra cameriera, che era caduta sul barista obeso dietro al bancone. Lui aveva colpito lo scaffale dei bicchieri alle sue spalle ed era crollato tutto come un domino.

"Ma che..." Rocco saltò in piedi. Sembrava incerto se aiutare e potenzialmente attirare l'attenzione o se restare nell'ombra.

"È appena successo qualcosa." La mano mi volò sul petto.

"Non scherzare."

"No, voglio dire che a me è appena successo qualcosa." Quel rumore forte mi aveva appena portata alla consapevolezza.

Fissai Rocco, che all'improvviso non mi sembrò più così attraente. Sembrava semplicemente una versione più grande e cresciuta del mio compagno di scuola. Il petto muscoloso si era trasformato in quello di un uomo tarchiato con una leggera pancia da bevitore.

Buttai fuori tutto senza pensare. "Penso che zia Pearl ci abbia fatto un incantesimo di attrazione."

"Di cosa stai parlando?"

"Quello che stiamo provando non è reale. L'incantesimo si è spezzato con quel rumore forte." L'incantesimo aveva un meccanismo di sicurezza per garantire che coloro in suo potere ne fossero liberati in caso di situazioni potenzialmente pericolose. Quel rumore aveva riportato le sensazioni reali, almeno le mie.

Rocco si accigliò. "Ma certo che è reale." Uno sguardo di incertezza gli balenò sul volto. "Mi stai dicendo che hai finto i tuoi sentimenti nei miei confronti?"

"No... Voglio dire, per prima cosa non erano davvero i miei sentimenti. Mi piaci Rocco, ma non in quel senso." Mi resi conto con stupore di aver essenzialmente obbedito a una volontà soprannaturale sotto l'influenza dell'incantesimo di zia Pearl. Tutto quello che desideravo in quel momento era di affrontarla e dirle tutto quello che pensavo.

Ma avevo dato a Rocco la mia parola.

Una promessa che non avrei potuto mantenere.

Rocco sembrava ferito. Si girò dall'altra parte, confuso.

"Sono solo io, Rocco. Riesci a sentire la differenza tra i tuoi pensieri per me un momento fa e ora?"

Lui scosse la testa. "Io voglio ancora portarti..." Si accigliò. "Che strano. Ho dimenticato quello che stavo per dire."

"L'incantesimo si è esaurito. Mi dispiace, ma io non posso essere coinvolta nelle tue attività criminali. Prenderemo di certo l'assassino di Carla, ma non sarà con la stregoneria." Ero ancora confusa su quello che avevo realmente promesso ma forse lo era anche Rocco.

"Devi aiutarmi, Cen. Gli sgherri di Bones mi sono alle costole, stanno solo aspettando il momento buono per farmi fuori."

"Sono sicura che possiamo fare un incantesimo di protezione. Ne parlerò a zia Pearl." Una cosa ancora mi restava da chiarire. "Tu erediti le proprietà di Carla, ma cosa succede se muori? Chi è il prossimo per la successione?"

Rocco fece una pausa. "Suo marito."

Mi cascò la mandibola.

"Bones Battilana."

"Ne sei sicuro?"

Rocco mi guardò con un'espressione confusa.

"Voglio dire che... lui non è già il primo? Il marito viene prima di un figlio o di un nipote, non importa quanto è recente il matrimonio. Se questo è il caso, lui non ha nessun motivo per volerti uccidere. Erediterà già tutto quanto."

L'espressione shockata di Rocco mi disse che avevo ragione. Stava succedendo qualcos'altro e io ero decisa a scoprire cosa.

Ero anche furiosa con mia zia. A causa del suo incantesimo, avevo essenzialmente promesso di eliminare un mafioso. Era pericoloso, illegale e accorciava la vita.

Ma una promessa era una promessa e io mantenevo sempre la parola data.

Dovevo solo trovare un modo diverso per farlo.

CAPITOLO 14

La sorte di Rocco era cambiata radicalmente nei dieci anni passati da quando lo avevo visto l'ultima volta. Forse anche il suo carattere.

Tornai a concentrarmi sulla sua storia. Ero ancora stupita della vastità delle proprietà dei Racatelli, di cui l'Hotel Babylon sembrava essere una minima parte. I possedimenti di famiglia dovevano valere centinaia di milioni di dollari.

Tagliai la testa al toro. "A quanto ammonta il business dei Racatelli?"

"Se te lo dicessi, dovrei ucciderti dopo." Rocco sorrise per la prima volta. "Seriamente, comunque, non è niente di cui ti debba preoccupare."

"Non sto scherzando, Rocco. Non ti posso aiutare se tu non mi dici tutto." Mentre mi sporgevo verso di lui, mi resi conto che stavo facendo esattamente quello che aveva in mente zia Pearl. Ero caduta nella sua trappola, avevo abboccato con amo, lenza e galleggiante.

Rocco sorseggiò il suo drink. "La nonna aveva sbaragliato gli avversari. Non con la paura o la violenza, ma pagando stipendi più alti e bonus. I dipendenti le erano molto fedeli. Non ha comprato attività già fiorenti. No. Invece, ha preso quelle male in arnese e le ha trasformate in vincenti con tanto duro lavoro. A Bones non piaceva. Voleva solo il meglio per sé. Ma non era solo quello. Bones non sopportava di essere superato da Carla."

"Perché è una donna?"

Rocco alzò le spalle. "Penso di sì. La cosa è peggiorata quando lei è diventata sua moglie. Non so. La nonna mi ha detto che per lei era solo un matrimonio di convenienza, ma penso che Bones la vedesse in modo diverso."

Mi cascò la mandibola. "Lei lo stava usando?"

"Perché no? Lui stava usando lei, dopo tutto. Entrambi volevano qualcosa dal loro 'accordo'." Rocco fece il segno delle virgolette con le dita. "La nonna voleva solo qualcosa di poco impegnativo."

Non mi era mai passato per la mente che le signore con i capelli grigi come Carla o zia Pearl avessero flirt o si sposassero con persone che non amavano. "Lo fai sembrare sordido."

"Tu sembri una settantenne. Hai bisogno di un po' di Las Vegas per lasciarti andare."

Fulminai Rocco con lo sguardo, arrabbiata per il fatto che avesse emesso un giudizio così deciso su di me. "Sto bene come sono, grazie."

"La nonna era semplicemente uno spirito libero. Voleva solo rimorchiare. Bones ha insistito per il matrimonio."

Mi mancò il fiato. Quella non era certo la Carla che ricordavo, ma ancora una volta, non la vedevo da quando ero adolescente.

"Ma alla fine lei lo ha sposato. Come mai questo cambiamento improvviso?" I coniugi o i fidanzati erano solitamente i sospetti numero uno, ma le coppie coinvolte erano, solitamente, anche molto più giovani.

"La nonna pensava che avrebbe evitato un aumento della violenza. Gli dava quello che voleva. O almeno lasciava che lo pensasse. Comunque gli ha fatto firmare un accordo prematrimoniale. Era preoccupata che Bones volesse sposarla solo per ottenere il controllo delle nostre proprietà."

"Come questo albergo?" Molte persone probabilmente volevano intrufolarsi nel racket dei Racatelli. Ero sorpresa che Bones avesse voluto procedere con il matrimonio visto che c'era l'accordo prematrimoniale. D'altra parte, non ero a conoscenza di tutti i dettagli legali. Forse Bones aveva ancora qualcosa da guadagnare, anche con l'accordo. Comunque sembrava che Rocco avesse da guadagnare più di chiunque altro dalla morte di Carla. Se poteva appropriarsene, in effetti.

Rocco annuì, gli occhi umidi di lacrime. "Quello e alcune altre cose. Ultimamente la nonna ci stava ripensando e ha cercato di tirarsi fuori dal matrimonio, ma Bones l'ha minacciata. Così è andata avanti. Ma ha lasciato tutto a me."

"Non sembra proprio vero amore." All'improvviso mi sentii molto dispiaciuta per Rocco. Criminale o no, gli era appena stata portata via tutta la sua famiglia. Accordo prematrimoniale o no, Bones evidentemente cercava qualcosa di diverso dall'affetto di Carla.

"Dov'è Bones? L'hai visto?"

"Lo evito il più possibile," disse Rocco. "Sarà al funerale, ovviamente... a recitare la parte del marito addolorato."

"È strano."

Rocco annuì lentamente. "Chiunque sia stato deve pagare. Ma dovrà aspettare fino a dopo il funerale."

Un cameriere portò dei martini per Rocco, me e i due sgherri al tavolo a fianco, anche se non avevamo ordinato niente. L'ultima cosa di cui avevo bisogno o voglia era altro alcol.

Rocco si allungò attraverso il tavolo e mi toccò la mano. "A proposito del funerale... Ti vedrò là, domani?"

Annuii, senza sapere che altro dire. Nonostante le voci sul crimine organizzato che avevano sempre circondato la famiglia, non avevo mai sospettato che Carla ne fosse in qualche modo coinvolta. Ora la mia curiosità era stimolata. Avrei voluto saltare su dalla sedia e correre di sopra a cercare tutto quello che potevo sulla famiglia Racatelli, le loro vite segrete e morti premature.

Il funerale aveva assunto un nuovo significato per me e volevo fare tutto quello che potevo per aiutare Rocco. Qualunque fosse il suo lavoro ora, era ancora lo stesso ragazzo con cui ero cresciuta. Anche i criminali volevano bene alle nonne e nessuno meritava di essere portato via da un killer a sangue freddo. E comunque non ero mai stata a un funerale mafioso.

Mi tornò in mente l'avvertimento di Tyler. Se stavo attenta, sarebbe andato tutto bene.

Sorrisi a Rocco mentre sorseggiavo il mio drink. "Ci sarò."

CAPITOLO 15

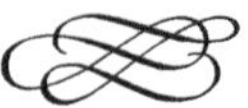

"Tutto è lecito in amore e in guerra," disse zia Pearl. "Ma noi probabilmente possiamo gonfiare un po' le possibilità di Rocco."

Ero tornata alla suite e avevo trovato Mamma che dormiva, Christophe che cucinava qualcosa e zia Pearl tutta intenta a guardare la televisione. Era una sorta di campionato di poker.

Incrociai le braccia e mi misi in piedi davanti alla televisione, impedendole la visuale. "Stai perdendo tempo con i tuoi stupidi incantesimi. Qualunque cosa hai fatto a Rocco e me ora è sciolto."

"Di cosa stai parlando? Non ho mai fatto niente." Zia Pearl agitò la mano per farmi andare via. "Ora togliti da davanti così non mi perdo nessuna mossa. Credo che qualcuno stia per puntare alto e mandare tutto al diavolo."

Mi girai a guardare lo schermo. Tre uomini e una donna fissavano con attenzione le loro carte. Era più noioso di un replay al rallentatore di un torneo di golf. Afferrai il telecomando e spensi la TV.

"Ehi! Stavo guardando." Zia Pearl cercò di prendermi di mano il telecomando, ma io lo tenni fuori dalla sua portata.

"Una cosa è rapirmi, ma farmi un incantesimo e mettere in pericolo la mia vita? Non va bene, zia Pearl. Per fortuna l'incantesimo si è spezzato." Se dovevo stare in mezzo a una guerra per il territorio, almeno volevo essere in possesso delle mie facoltà.

"Hai usato un contro-incantesimo? Ben fatto!" Si illuminò subito. "Vedi, tutto quello che dovevi fare era applicarti."

"Io non ho fatto niente. L'incantesimo si è spezzato perché non era abbastanza forte. In ogni caso, non sopporto il tuo tentativo di combinare matrimoni e intrometterti." Appoggiai il telecomando sul tavolino da caffè.

Zia Pearl sporse il labbro inferiore facendo il broncio. "Stavo solo cercando di aiutare, Cen. Sei sempre così irritabile da quando hai annullato il matrimonio che pensavo di poter mettere un po' di pepe nella tua vita. Non devi essere così irriconoscente."

Era proprio da zia Pearl ricordarmi il mio quasi-matrimonio con Brayden Banks, che mi aveva venduta per 30 denari solo per riempirsi le tasche. I soldi sembravano essere all'origine di tutti i mali del mondo. La ricchezza di Carla era stata anche la causa della sua rovina.

"Non sono irriconoscente e ho già abbastanza pepe..." Avevo detto troppo.

Zia Pearl alzò gli occhi al cielo mentre afferrava il telecomando e riaccendeva la TV. "Mi avevi quasi imbrogliata."

"Non avresti mai dovuto fare quell'incantesimo a Rocco e me. Ora gli ho promesso qualcosa che non posso mantenere." Le raccontai dell'errata convinzione di Rocco di essere l'erede di Carla. "Lui sa del matrimonio, ovviamente, ma ha detto che Bones ha firmato un accordo prematrimoniale."

Zia Pearl rise. "Bones non firmerebbe mai niente del genere. Ma non è un gran problema. Ci inventeremo qualcosa."

"Ma come... Rocco sta per perdere i suoi mezzi di sostentamento. E Bones ha appena guadagnato un intero nuovo impero d'affari." Raccontai la versione di Rocco della relazione di Carla – se vogliamo chiamarla così – e del matrimonio forzato. "Rocco mi ha detto che la polizia considera la morte di Carla un incidente."

"Non è possibile," disse zia Pearl.

"E cosa ne è di Bones? Pensi che l'abbia uccisa lui?"

"Cosa ne è di lui?" Il volto di zia Pearl si scurì. "Non preoccuparti. Ne parleremo più tardi."

Qualcosa nella voce di mia zia mi fece capire che non era il caso di insistere, ma lo feci comunque.

"Carla deve aver avuto tonnellate di nemici, considerando il suo campo d'affari. Anche Rocco aveva un movente."

"Non Rocco." Zia Pearl scosse la testa. "Rocco amava sua nonna. Hai ragione sulle altre persone che la volevano morta, comunque. Vorrei solo che fossimo arrivate qui prima. Quando la situazione ha cominciato a peggiorare, mi ha pregata di aiutarla. Ma sono arrivata tardi." Una lacrima solitaria le scorse lungo la guancia.

Mi buttai accanto alla zia sul divano e le strinsi le spalle. Zia Pearl per me era sempre stata una colonna portante, nonostante la sua statura minuta. Ora sembrava semplicemente piccola e vulnerabile.

"Per favore dimmi che non sei anche tu una mafiosa." Mi sentivo come se non conoscessi più davvero mia zia e non potevo tollerare altri segreti. Soprattutto non segreti che riguardassero gangster dal grilletto facile. Eravamo davvero troppo coinvolte negli affari degli altri. Gente spietata, che non si sarebbe fermata davanti a niente per liberarsi di noi, se ci fossimo trovate in mezzo.

Si allontanò. "Certo che no. Ma sono amica di Carla. Con o senza di te, farò qualunque cosa per proteggere Rocco. E vendicare la morte di Carla. Ora, ci stai o no?"

"Certo che ci sto." Sospirai. Zia Pearl mi aveva tirata come una corda di violino e non mi restava altro che suonare.

CAPITOLO 16

Non avrebbe potuto essere un giorno più caldo per un funerale. Stavamo sul vialetto d'asfalto, a pochi passi dall'imponente mausoleo dei Racatelli che offuscava tutte le altre tombe del cimitero. Una decina circa di ospiti stava in un silenzio tetro, nell'attesa che il funerale prendesse l'avvio.

Mi girai verso zia Pearl. "Bones sarà al funerale? Non lo vedo."

Lei alzò le spalle. "Chi lo sa?"

Lui aveva certamente un movente per uccidere Carla, anche con l'accordo prematrimoniale. Senza Carla, aveva un concorrente in meno. Anche così, non potevo immaginare che il marito di Carla non presenziasse al funerale, ma Bones non si vedeva da nessuna parte.

Forse se l'era già data a gambe, anche se la polizia riteneva che la morte di Carla fosse un incidente. O forse stava già con i piedi a mollo nell'impero dei Racatelli mentre l'attenzione di Rocco era concentrata sul funerale.

"Avvisami quando lo vedi," dissi.

Zia Pearl era al mio fianco, ma avrebbe potuto essere un milione di chilometri lontano. Forse era il sole caldo o forse era troppo presa dai ricordi di Carla. Le diedi un colpetto sul braccio.

"Eh?"

"Quando vedi Bones, indicamelo, ok?" La processione del funerale era in ritardo e io stavo arrostendo a quel calore di quasi quaranta gradi. Il vestito nero di lana che zia Pearl aveva creato per me con la magia era pesante e soffocante. Le mie gambe erano imprigionate in pesanti calze nere e decolleté troppo piccole, anche queste dono di zia Pearl. Come al solito, le sue scelte in fatto di guardaroba erano volte contemporaneamente a punirmi e a incentivarmi a migliorare le mie capacità come strega. Al modo tipico di zia Pearl, il mezzo era il messaggio. La sua scelta di un vestito di lana in una località nel deserto era pensata per farmi soffrire il caldo.

"Tieni bassa la voce, Cendrine." Zia Pearl strizzò gli occhi. "Non pronunciare il suo nome o attirerai troppo l'attenzione."

La gravità della situazione mi colpì all'improvviso. Questo era un vero funerale mafioso. Forse la mia eccitazione nel prendere parte ai Soprano della vita reale era mal posta. Avremmo potuto facilmente trovarci in mezzo alla sparatoria di una guerra tra famiglie mafiose.

"Forse dopotutto non avremmo dovuto venire al funerale," dissi. "E se succedesse qualcosa?" Più ci pensavo, meno mi sembrava che avesse senso per noi trovarci in mezzo a criminali conosciuti. "E se questi bravi ragazzi della famiglia vengono a porgere i loro rispetti?"

Zia Pearl alzò le spalle. "Un motivo in più per noi per essere qui. Rocco ha bisogno di ben più che guardie del corpo. Ha bisogno di uno scudo magico se vuole superare la giornata."

La zia mi strizzò il braccio per rassicurarmi. "Andrà tutto bene, Cen. Rilassati. Dobbiamo essere qui. Carla faceva praticamente parte della famiglia."

Mi girai verso la mamma, che aveva un aspetto chic ed elegante con un vestito nero di lino senza maniche che arrivava appena sotto al ginocchio. Era semplice, fine e molto più adatto al clima di Las Vegas rispetto al mio abito in lana. "Io conoscevo a malapena Carla Racatelli quando viveva a Westwick Corners. Non le sono di certo mancata quando si è trasferita dieci anni fa. E certamente non avrebbe notato se non avessi partecipato al funerale."

"Forse no, ma la tua presenza farà una grande differenza per

Rocco, che saprà di avere il tuo supporto." La mamma mi diede un colpetto sulla mano.

Rocco. Gli avevo promesso che sarei stata al funerale, ma lui aveva tante cose per la mente che probabilmente si era già dimenticato di me. Se l'incantesimo di zia Pearl era svanito per me, lo era di sicuro anche per lui. In qualche modo strano, questo mi dispiaceva.

"Perché Rocco dovrebbe aver bisogno del mio supporto? Non l'ho visto né gli ho parlato per anni."

Il battito del mio cuore accelerò al ricordo della sua mano sulla mia. Mi sentivo stranamente attratta da lui a livello fisico, anche se il mio cervello mi diceva che non era proprio la persona giusta per me. Forse l'incantesimo non era svanito completamente.

Desideravo Tyler, non Rocco, ma non l'avrei visto finché non avessi lasciato Las Vegas. Ritornai con la mente a quando Tyler ci aveva fermati sull'autostrada. Il suo sorriso affascinante, il suo bell'aspetto nell'uniforme.

All'improvviso mi sembrò chiaro che zia Pearl sapeva della mia attrazione segreta per Tyler. Forse mi aveva rapita non solo per aiutare Rocco, ma per tenermi lontana da lui. Come sceriffo era l'incubo della sua esistenza. La zia sperimentava continuamente i limiti della legge e del mettersi nei guai. Sarebbe inorridita sapendo che uscivo con lui. Ma ci eravamo dati un gran daffare per mantenere il nostro segreto al sicuro da tutti, compresa zia Pearl, quindi era possibile che non ne sapesse niente.

O forse sapeva tutto. Mi vennero i brividi.

"Ehi, Cen?"

"Sì?"

"Ti ho detto che devi portare la bara? È meglio che tu prenda posto dietro a Rocco." Indicò verso Rocco, che stava in piedi con altri quattro uomini anziani. Mi chiesi se fossero parenti di Racatelli anche loro lì per portare la bara. Se lo erano, sembravano parecchio più anziani di quanto fosse Carla.

"Cosa? No!" All'improvviso erano tutti in silenzio e tutti mi fissavano. Anche il traffico sulla strada vicina sembrava essersi fermato.

"Cendrine West, muovi il culo e vai a metterti in posizione." Zia

Pearl mi spinse verso quegli uomini. Per la prima volta notai la bara dietro di loro.

E tutti notarono me. Strisciai verso il gruppetto e, dato che non avevo scelta, presi il mio posto.

Saltai sentendo un leggero fischio.

"Pssst!" Zia Pearl mi mostrò il pollice alzato.

Quel gesto attirò l'attenzione di due uomini in abito scuro con il fisico da giocatori della nazionale di football. Li riconobbi immediatamente come guardie del corpo di Rocco e mi chiesi perché dovevo portare io la bara al posto di uno o di entrambi quegli uomini muscolosi.

Ma certo.

Loro dovevano avere le mani libere, nel caso avessero dovuto estrarre le armi per proteggere Rocco.

Provai un brivido d'orrore. Chiunque avesse sparato a Rocco avrebbe mirato anche a me. Mi sarei trovata solo qualche passo dietro di lui per portare la bara.

Era chiedere troppo per chiunque e io non desideravo certo mettere la mia vita in pericolo mortale portando la bara di un boss criminale. Camminai verso zia Pearl. Era girata di spalle e parlava con la mamma così non mi vide finché non le toccai il gomito.

"Cendrine West, torna al tuo posto." Gli occhi di zia Pearl si spalancarono. "Veloce!"

Scossi la testa. "No, zia Pearl. Questo non è il mio posto e io voglio tornare a casa." Senza auto e senza soldi per comprare un biglietto aereo, le mie possibilità erano limitate. Guardai Mamma impotente. Avrebbe potuto fare qualcosa?

La mamma scosse la testa davvero piano, sperando che la sorella non la notasse.

"No, devi restare, Cen." Zia Pearl sporse fuori le labbra. "La processione ha bisogno che tu porti la bara. E anche io ho disperatamente bisogno del tuo aiuto."

"Perché io?" Mi sentivo colpevole a sollevare un polverone in un'occasione così seria, ma sentivo anche guai in vista. Qualunque asso zia Pearl avesse nella manica sarebbe stato pericoloso, imbarazzante o entrambi.

"Sei una distrazione." Mi sistemò una ciocca ribelle di capelli dietro l'orecchio. "Lo sai, bel bocconcino. Devi catturare l'attenzione di questi pistoleri dal grilletto facile mentre Ruby e io facciamo le nostre magie."

"Non capisco perché..."

"Non discutere con me. Ricorda, mi sono slogata la caviglia e quindi tu mi sostituisci per portare la bara." Il labbro inferiore di zia Pearl si sporse in avanti in un broncio esagerato mentre un bastone le appariva magicamente davanti. "Questa è la storia. Mi farò perdonare, lo prometto."

Mi accigliai. "Non mi ricordo che tu ti sia fatta male. Sembravi decisamente in forma questa mattina."

"Stavo recitando, Cen. Guardami, riesco a malapena a camminare." Il labbro inferiore di zia Pearl tremò. "Se non prendi il mio posto rovinerai il funerale di Carla."

"Dubito che lo noterà."

"Aiutami solo a uscire da questo casino," disse zia Pearl. "Si tratta di fare qualche passo e sarà finita."

Discutere con zia Pearl era inutile. Aveva sempre ragione lei e io ero troppo stanca per controbattere seriamente.

Gli altri portatori mi fissavano insistentemente. Evidentemente ero la protagonista dello show.

Non sapevo che cosa fosse più terribile: portare un cadavere a un funerale della mafia o la mia attrazione apparentemente incontrollabile verso Rocco. Tutto quello che sapevo era che zia Pearl avrebbe fatto una scenata se io non avessi ubbidito.

L'ultima cosa che desideravo era di stringere legami con qualcuno che operava ai limiti della società. Perché, se c'era una cosa che sapevo della famiglia Racatelli, era che era collegata ad alcuni personaggi molto potenti del mondo criminale. Persone che io non volevo nemmeno sapere che esistevano.

La cosa più preoccupante era l'apparente legame di zia Pearl con la famiglia Racatelli. Non aveva nominato Carla neanche una volta da quando la famiglia se n'era andata improvvisamente da Westwick Corners circa dieci anni prima e lei non era una da mantenere le comunicazioni a distanza. C'era dietro qualcos'altro, ne ero sicura.

CAPITOLO 17

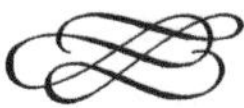

Il funerale infine prese l'avvio con un'ora di ritardo, senza nessuna spiegazione. Mentre Rocco e i suoi aspettavano nella limousine con l'aria condizionata, zia Pearl, Mamma e io eravamo sull'asfalto cocente con il resto dei partecipanti, in attesa che la cerimonia iniziasse. Quel pomeriggio il sole picchiava senza pietà e mi sembrava di essermi già scottata. Mi asciugai il sudore dalla fronte e spostai il peso da una scarpa scomoda all'altra.

Rocco uscì dalla limousine affiancato da quattro guardie del corpo nerborute. Due le riconobbi da prima, le altre due non le avevo mai viste. Aspettammo che Rocco e i suoi percorressero lentamente il vialetto di asfalto su cui eravamo allineati, all'esterno dell'edificio.

Era la giornata ideale per indossare canottiera e pantaloncini piuttosto che abiti invernali in lana e io mi sentivo svenire per il caldo. Non sarei riuscita ad aspettare che finisse la cerimonia.

Il becchino fece scivolare la bara dal carro funebre e indirizzò i portatori nella nostra direzione. Invece di essere alle spalle di Rocco come pianificato, ero strizzata tra due uomini di circa settant'anni dall'aspetto fragile. Erano entrambi gobbi e sembravano ancora più vicini al collasso di quanto lo fossi io.

Non avevo mai portato una bara prima ed ero molto nervosa. Non era esattamente il genere di cosa per cui si fanno le prove. Fortunatamente avevo uno dei posti in mezzo così avrei dovuto semplicemente seguire gli altri. Erano tutti più vecchi di me di decenni, quindi ritenevo che avessero già fatto questo genere di servizio.

Presi il mio posto e afferrai la maniglia di metallo. La bara era alla mia destra. Non avevo nessun genere di confidenza con gli altri portatori, che avevano l'aspetto di chi avrebbe avuto problemi anche a portare la borsa della spesa per un solo isolato. Speravo solo che tutti insieme saremmo stati abbastanza forti. La distanza dal cimitero era solamente di una cinquantina di metri, ma poteva succedere di tutto.

Sembrava curioso che fossi l'unica donna a portare la bara, soprattutto dato che ero la sostituta dell'ultimo minuto per zia Pearl. Era una sagoma di neanche un metro e mezzo e non sarebbe riuscita a sollevare la bara in alcun modo senza ricorrere alla magia. Era strano che fosse stata scelta. Lo eravamo tutti, considerando quanti uomini giovani e prestanti c'erano lì intorno. I presenti erano un centinaio di persone circa e tutte erano probabilmente più vicine a Carla o Rocco di quanto lo fossi io. Potevo capire che le guardie del corpo non fossero state prese in considerazione, ma tutti gli altri convenuti con buone capacità fisiche? Perché non erano stati scelti come portatori?

Mi asciugai il sudore dalla fronte con la mano libera quando mi resi conto che zia Pearl aveva organizzato il mio servizio di portatrice già da tempo. Come al solito aveva un piano. Avrei solo voluto sapere quale.

Mi sentivo più stanca ad ogni passo. Facevo fatica a mantenere la bara di Carla all'altezza degli altri portatori che, anche se deboli, erano un po' più alti di me. Dovevo tenere il braccio alto in modo scomodo per mantenere l'allineamento con gli altri.

La cassa era incredibilmente pesante e mi sentivo come se dovessi cadere in ogni momento. Considerando il nostro procedere lento, anche gli altri portatori dovevano avere problemi a reggere il peso.

Continuammo con la massima calma a percorrere l'asfalto irregolare. Contavo ogni passo mentre perdevamo l'equilibrio e poi lo ritrovavamo di continuo. Arrancammo fino al cimitero, ancora lontano una trentina di metri. Ero sempre più sudata mentre la maniglia di metallo affilata della bara mi si conficcava nella mano. Eravamo quasi a metà, ma il dolore alla mano era diventato insopportabile.

Se avessi continuato così, sarei potuta svenire prima di raggiungere il cimitero. Guardai i miei compagni fragili e anziani e dubitai della nostra possibilità di arrivare alla fine.

Uno, due, tre...

Contavo silenziosamente i passi, pensando che ne mancavano al massimo cento prima di poter posare la pesante cassa di legno.

Quattordici, quindici...

L'uomo davanti a me inciampò in una crepa dell'asfalto e barcollò in avanti e di lato. Cadde sulle ginocchia, tenendo comunque la bara con una mano. Avevo le ginocchia tese sotto quel peso e non potevo fare altro per evitare di cadergli addosso. Rimpiansi subito di aver saltato gli allenamenti di sollevamento pesi. La gamba destra mi si storse mentre facevo un balzo in avanti. Questo mi fece perdere il ritmo degli altri portatori e il loro passo strascicato. Vacillai per un attimo ma poi riacquistai l'equilibrio. Ci fermammo tutti un momento mentre il peso della bara si spostava in modo pericoloso.

Qualcuno aiutò l'uomo a rimettersi in piedi. Con mia sorpresa, riprese il suo posto davanti a me. Mi sarei aspettata che qualcuno lo sostituisse, ma non lo fece nessuno.

"Accidenti, quanto pesa," dissi sottovoce. "Carla doveva essere ingrassata parecchio." Se qualcuno degli altri portatori mi aveva sentito, non lo diede a vedere.

"Pronti? Uno, due, tre." L'uomo davanti aveva parlato con voce appena udibile. "Questa volta andiamo più lenti."

Io gemetti. Avevo pensato che avremmo potuto accelerare un po' prima di perdere lo slancio. Comunque non osai dire niente.

Obbedimmo e trascinammo i piedi sull'asfalto verso il becchino come una squadra militare geriatrica al rallentatore. Il becchino ci diede indicazione di girare a destra lasciando l'asfalto e camminando sull'erba. Barcollammo sul terreno irregolare lungo una fila di lapidi. Stava diventando sempre più difficile restare in formazione, mantenere l'equilibrio e tenere la bara alla stessa altezza tutto nello stesso momento.

Mi concentrai sui miei passi, mettendo un piede davanti all'altro.

Facemmo qualche altro metro sull'erba quando persi l'equilibrio. La maniglia della bara era entrata ancora più a fondo nella mia mano, impedendo la circolazione. Non sentivo più la mano e non potevo più sentire la maniglia di metallo. Mi costrinsi ad andare avanti. Ancora qualche passo e ce l'avrei fatta.

Era passato tanto tempo da quando avevo visto Carla Racatelli, ma anche concedendole dieci anni di porzioni da Las Vegas, la bara era pesante oltre ogni dire.

Davvero strano, perché la Carla che mi ricordavo era una donnina come zia Pearl che a malapena pesava cinquanta chili. Tutto il peso in più sarebbe stato diviso tra noi sei, quindi non avrebbe dovuto richiedere una forza sovrumana. Ancora una volta le ginocchia mi si tesero per lo sforzo.

La mano mi pulsava per il dolore mentre mi concentravo sul terreno, contando gli ultimi passi e i secondi che ci separavano dal momento in cui avremmo raggiunto il luogo del riposo eterno di Carla e dove finalmente avrei potuto riposare la mano dolorante.

Un piccolo gruppo di uomini e donne vestiti di nero si erano radunati intorno alla tomba aperta, mentre il resto della processione era dietro di noi. Mentre ci avvicinavamo andavamo sempre meglio.

Mancavano pochi metri e poi avrei potuto riposare la mano.

Gli ultimi momenti finirono in confusione perché il fondo della bara si spezzò e ne uscì qualcosa. Restai agghiacciata mentre il peso si spostava.

Una donna urlò indicando nella nostra direzione.

Guardai la bara e la mia bocca si aprì per l'orrore.

Delle gambe uscivano dalla parte inferiore della cassa proprio vicino a me.

Gridai.

Gambe pelose. Cosce senza dubbio maschili fuoriuscivano da gambe di pantaloni sollevate. Le gambe erano attaccate a un corpo che era sicuramente di un uomo, con una pancetta a malapena contenuta in un abito nero gessato.

Non era Carla.

Il cadavere cadde sul terreno come una bambola da crash test sofferente di rigor mortis avanzato.

La bara si mosse verso l'alto per l'improvvisa diminuzione di peso. Io cercai di mantenermi dritta. Questa volta troppo poco, troppo tardi. La bara ci sfuggì di mano e cadde di testa in avanti, sull'erba. Poi si raddrizzò in un colpo sopra al cadavere.

La mamma gridò e indicò la cassa. "Non è Carla."

Non la era di certo, a meno che Carla Racatelli non si fosse trasformata in un uomo sovrappeso.

Zia Pearl perse i sensi e cadde all'indietro tra la folla di persone radunate intorno alla bara. Due trentenni robusti in vestito nero la presero e la aiutarono ad arrivare dietro al carro funebre, dove si riposò appoggiandosi al portellone.

Un cardine scricchiolò e il coperchio della bara si aprì. La minuta Carla Racatelli sorrise serenamente alla folla, le braccia piegate con cura sul suo corpo rigido. In qualche modo era rimasta dentro alla cassa e ne fui felice.

Una coppia di ragazzini scattava foto con il cellulare. Io rabbrividii al pensiero di cosa avrebbero potuto postare su Facebook, Instagram o qualche altro sito di social media. C'era di mezzo la morte, ma Carla e il suo ospite non invitato sarebbero diventati virali.

"Ehi, mettete via quei telefoni e aiutateci con la bara!" Indicai i ragazzi e li indirizzai a raccogliere la cassa e portarla alla tomba.

Furono così shockati dalla mia reazione che di malavoglia misero via i telefoni nelle tasche e ubbidirono.

"Le sta bene," borbottò un uomo ingobbito vestito di nero. "Se l'è cercata."

Scoppiò un litigio tra due uomini in piedi alle sue spalle, mentre gli altri discutevano su chi sarebbe stato il prossimo. Il triste funerale si era trasformato in un diverbio e mi chiedevo quando avrebbero iniziato a lanciarsi cose l'un l'altro.

O peggio, pensai quando vidi le guardie del corpo di Rocco infilare le mani sotto le giacche dei vestiti.

"Cosa diavolo sta succedendo?" Rocco Racatelli arrivò davanti all'impresario di pompe funebri bloccandogli la strada. "Cosa avete fatto a mia nonna?"

"Io... Io non capisco. Ho messo la signora Racatelli io stesso nella bara." L'impresario di pompe funebri arrossì e iniziò a sudare mentre si inginocchiava nell'erba. Fece un respiro profondo e chiuse il coperchio della cassa. "Va tutto bene. Lei è ancora lì dentro."

"Mia nonna aveva pagato in anticipo per un funerale con tutti i crismi," disse Rocco. "Non uno di quegli affari tipo Groupon, due al prezzo di uno e una cassa improvvisata. Te ne pentirai."

I due uomini che avevano aiutato zia Pearl all'improvviso si avvicinarono all'impresario di pompe funebri. Lui tremava, visibilmente spaventato.

"Non ora, ragazzi." Rocco fece loro segno di andare.

Zia Pearl si materializzò all'improvviso al mio fianco. "Carla ne sarebbe mortificata. Non ha mai volato in classe economica. Non avrebbe mai fatto niente di economico come una bara condivisa."

L'impresario di pompe funebri impallidì. "Qualcuno ha manomesso la bara. Ha un doppio fondo."

"Vuoi dire come una bara a due piani?" Questo spiegava il peso della cassa. Insieme, Carla e l'uomo misterioso probabilmente pesavano più di centotrenta chili.

Certo era un modo ingegnoso per liberarsi di un cadavere e poteva funzionare solo grazie alla piccola statura di Carla.

O perlomeno, aveva quasi funzionato.

Il corpo di Carla stava sopra e, se non fosse stato per la rottura della cassa, nessuno avrebbe saputo che c'era un altro corpo sotto. Di rado si cercavano le persone scomparse nei cimiteri.

Ma di chi era il corpo non identificato? Qualcuno doveva sentirne la mancanza. "Qualcuno sa chi è questo tizio?"

Mi guardarono tutti come se fossi stata un'idiota.

"Non lo sai?" Rocco esitò prima di rispondere. "Danny 'Bones' Battilana."

"Bones?" Boccheggiai. Quest'uomo con la pancetta non assomigliava per niente al suo soprannome e non potevo credere che lui avesse spezzato il cuore di Mamma. Colsi un'occhiata di Mamma, che singhiozzava in un kleenex.

"Ah, pensavo solo che tu lo conoscessi." Rocco corrugò la fronte sorpreso.

Scossi la testa, un po' scocciata di essere l'unica che apparentemente non era a conoscenza della storia romantica di Mamma. "Io, ehm, ne ho sentito parlare."

La morte forniva a Bones un alibi a prova di bomba. A giudicare dalle condizioni del corpo era morto da più tempo di Carla. Il foro di pallottola in mezzo alla fronte faceva anche pensare che la sua morte non fosse dovuta a cause naturali.

Se Bones non aveva ucciso Carla, allora chi era stato? Forse la stessa persona aveva ucciso tutti e due. Erano entrambi a capo di una famiglia criminale, quindi chiaramente qualcuno stava puntando al potere.

Osservai attentamente la folla, sentendomi improvvisamente vulnerabile. Chiunque fosse l'assassino, lui o lei probabilmente era qui al cimitero. Mi allontanai da Rocco, nel caso fosse lui il prossimo bersaglio.

Saltai quando mi sentii toccare il gomito. Mi allontanai con uno strattone. "Che diavolo..."

"Cen, smettila di essere così agitata." La mamma mi prese per il braccio. Le lacrime le rigavano il volto ed era chiaramente stravolta. Si appoggiò contro di me. "Chi potrebbe fare qualcosa del genere?"

Avrei dovuto far finta di non sapere niente di Bones? Guardai zia Pearl per avere indicazioni ma lei era troppo occupata a parlare con Rocco per notarmi. Decisi che non era né il momento né il luogo per fare domande sul suo amante segreto. "Qualcuno che voleva nascondere un omicidio, suppongo."

"Perché nasconderlo nella bara di Carla, di tutti i posti che ci sono?" Le sopracciglia di mamma si incupirono. "Sembra che dormano insieme."

"Mi dispiace." Non era mio compito dirglielo, ma Mamma non aveva idea di quanto avesse ragione. Sperai che non lo facesse nessuno, per risparmiarle il dolore. "Sembra che tu la stia prendendo bene."

"Eh? Beh, sono cose che succedono." La mamma alzò le spalle. "Non c'è molto che possiamo fare."

Morivo dalla curiosità di sapere tutto sulla relazione di Mamma con Bones Battilana, ma non osavo chiedere, nel caso qualcuno avesse potuto sentire. Chiunque fosse al corrente della relazione della mamma con Bones avrebbe potuto venire a cercarla, supponendo che fosse al corrente dei segreti dell'amante. Non ci voleva un genio per immaginare che una vendetta mafiosa sul genere pan per focaccia avrebbe solo potuto portare a un peggioramento delle cose. Dovevo trovare un modo per fermare la guerra per il territorio prima che ci fossero altre vittime.

CAPITOLO 18

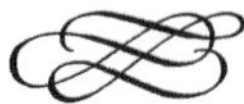

Rocco non aveva badato a spese per il funerale di Carla. C'era abbastanza cibo da gourmet per un intero esercito di partecipanti e i mafiosi ai funerali sembravano avere un appetito particolarmente vorace. Un flusso continuo di ospiti scorreva lentamente dentro e fuori dalla sala del ricevimento per salutare Rocco. Lui stava vicino alla porta, chiacchierando con tre donne che sembravano avere l'età di Carla.

Un'altra decina circa di persone si aggirava attorno a un grande tavolo da buffet carico di tartine, sandwich, paste e frutta esotica. Ma la maggior parte della gente si affollava al bancone del bar, dove un barista versava abbondanti dosi di whisky, brandy e liquori italiani. Il tono della conversazione si alzava a ogni giro e volgeva soprattutto attorno alla rottura della bara con Bones Battilana, cercando di immaginare come si era potuti arrivare alla sua fine drammatica.

Era difficile ignorare una pallottola in fronte.

Io stavo in un angolo della stanza, cercando con poco successo di confondermi con i drappi color carbone che incorniciavano le grandi finestre. All'aperto la vista scorreva libera verso il cimitero e la tomba, ora scena del crimine delimitata dai nastri, dove la polizia stava affannosamente raccogliendo prove.

Cosa piuttosto strana, la polizia restava all'esterno. Nessuno era entrato per interrogarci. Avevo la sensazione che avessero già la loro lista di sospetti, la maggior parte dei quali probabilmente era già nella stanza. Comunque, nessuno all'interno sembrava aver notato l'attività che si svolgeva lì fuori. I partecipanti al funerale sembravano, per la maggior parte, non curarsene.

Ero ancora scossa per aver lasciato cadere la bara. Era imbarazzante essere l'anello più debole tra i portatori, che avevano tutti per lo meno quarant'anni più di me. Mi promisi di riprendere l'abitudine di allenarmi non appena fossi tornata a casa.

Ma il mio sbaglio aveva avuto un risvolto positivo. Se non fosse stato per me, 'Bones' Battilana sarebbe rimasto il principale sospetto per l'omicidio di Carla, portando l'indagine sulla strada sbagliata. Ora che lui non era più sulla lista dei sospetti potevamo concentrarci su altre piste invece di dare per scontato che Danny Battilana fosse colpevole e fosse scappato. Mi sentii come un qualche genere di eroina incompresa, avendo 'scoperto' il corpo. Stranamente, nessuno sembrava condividere i miei sentimenti.

Mi sentii malissimo per la mamma. Una cosa era scoprire il fidanzato morto, ma vederlo cadere dalla bara di qualcun altro era qualcosa di completamente diverso. La mamma si era comportata in modo esemplare, con calma e dignità. In quel momento era al mio fianco, a metà della seconda porzione di tiramisù.

"Sei sicura di stare bene?" La osservai attentamente.

"Perché non dovrei?" Mamma si pulì le labbra con un tovagliolo. "Viaggio gratis a Vegas, buon cibo e un incredibile attico in cui stare. Che altro potrei chiedere?"

"Sai cosa intendo. Bones."

"Cosa c'entra lui?" Le sopracciglia di Mamma si incupirono.

"Lui era il tuo... ehm, amico, no? Non sei almeno un po' sconvolta?"

"Cosa? Lo conoscevo a malapena, ma non ho mai potuto capire cosa ci trovasse Pearl. Era innamorata di lui."

CAPITOLO 19

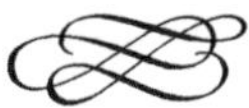

Mamma e io eravamo a un'estremità del bancone del bar e quella posizione ci consentiva una buona visuale sia della stanza che delle attività della polizia all'esterno. A parte i numerosi agenti di polizia in uniforme che perlustravano la scena, non sembravano esserci grandi novità.

Mi girai verso la mamma. "Ma con quante donne usciva Bones? Ho contato Carla, zia Pearl e te." Feci il segno con le dita. "Mi manca qualcuna?"

"No, Cen, ti ho già detto che io non sono mai uscita con Bones," disse la mamma. "Non ne sopportavo nemmeno la vista. Ma Pearl e Carla avevano entrambe perso la testa per lui. Questo probabilmente ha rovinato la loro amicizia. Bones ha lasciato Pearl per Carla e poi loro volevano uccidersi a vicenda. Quel tipo non ne vale la pena, se vuoi sapere cosa ne penso."

Mi cascò la mandibola. "Ma zia Pearl ha detto..."

Mamma fece un cenno con la mano per indicare di lasciar perdere. "Sai com'è. Mai una risposta sincera e inventa continuamente cose. Le piace fomentare le controversie."

Zia Pearl non solo aveva taciuto sulla contesa romantica con Carla, ma sembrava anche che mi avesse mentito sulla relazione di Mamma con Bones. Credevo più alla mamma che a zia Pearl e mi sentivo sollevata dalla sua affermazione.

Ma quanto aveva detto Mamma comportava un problema. Significava che zia Pearl aveva un movente per uccidere sia Carla che Bones. Sapevo che non sarebbe stata capace di farlo, ma nessun altro lo avrebbe creduto della mia irascibile e bugiarda zia.

Avrei potuto garantire su dove fosse la zia durante il nostro viaggio in camper, ma per nessun altro momento in precedenza. La polizia non poteva ignorare il foro di pallottola sulla fronte di Bones e questo significava che avrebbero cercato dei sospetti. Era solo questione di tempo prima che puntassero l'attenzione su eventuali relazioni personali come zia Pearl.

Mi girai di nuovo verso la mamma. "Sei assolutamente sicura di non essere uscita con Bones? Mai nemmeno una volta?" Volevo essere del tutto sicura dei fatti.

"Lo giuro sul mio cadavere! Non sopporto quell'uomo."

"Sssh. Non vogliamo che qualcuno si faccia idee sbagliate." Alcune persone al bar guardarono verso di noi, compresa zia Pearl, che non era a portata di orecchi all'altra estremità del bancone. Era praticamente seduta in braccio a un uomo sulla settantina. Il tipo indossava una camicia rosa su misura dall'aspetto costoso sotto a un abito nero gessato rosa in tinta. Sembrava che il gessato fosse un classico senza tempo nel mondo mafioso. "Chi è l'uomo con cui sta parlando zia Pearl?"

"Quello è 'L'uomo'."

"Eh?" Era ovvio che non aveva passato molto tempo a piangere Bones.

"Manny 'L'uomo' La Manna," spiegò la mamma. "Pearl ha un debole per lui e penso che la cosa sia reciproca."

Seguii il suo sguardo puntato verso l'altra estremità del bancone, dove i due avevano intrecciato le braccia e alzavano i bicchieri per brindare. "Zia Pearl ha una cotta anche per lui? Da quando?"

La mamma alzò le spalle. "Da circa un paio di mesi. È impazzita per gli uomini, Cen. Non so davvero cosa le ha preso, ultimamente. Forse è a causa di quei frullati di cavolo che beve."

"Vado a vedere cosa sta combinando." Mi diressi verso il centro del bar e attirai l'attenzione del barista. Volevo prima riempire nuovamente il mio bicchiere di Sauvignon Blanc. Dio sa se avevo bisogno di rinfrancarmi per tirar fuori la verità da mia zia. Sospettavo che zia Pearl, Mamma o entrambe mi avessero mentito riguardo a Bones e non intendevo lasciar perdere finché non ne fossi venuta a capo.

Zia Pearl si materializzò al mio fianco dopo qualche secondo. "Non mandare tutto all'aria e non immischiarti, Cen. Pensa agli affari tuoi e non fare domande."

"Pensavo che fosse per questo che mi hai portata. Per immischiarmi." Avevo una quantità di domande che necessitavano di una risposta. In meno di ventiquattro ore eravamo state coinvolte in un incidente con il camper, in una sparatoria, avevamo scoperto un uomo morto e ora ci trovavamo in una stanza con tutti i Principali Ricercati d'America. "Se non mi dirai la verità, forse lo farà qualcun altro. Quel gentiluomo del tuo amico, per esempio. Il signor La Manna."

"Lascia Manny fuori da questa storia."

"Ma non vedo l'ora di conoscerlo. Ne ho sentito tanto parlare."

Gli occhi di zia Pearl si spalancarono per la sorpresa. Lanciò un'occhiata di fuoco a Mamma dall'altra parte della stanza e fece il gesto di un incantesimo.

La mamma alzò le spalle, anche se avrei giurato di vedere una traccia di sorriso sulle sue labbra.

"Prima o poi vi presenterò. Ora sono in modalità controllo danni, sto cercando di evitare che vada dietro a Rocco o all'impero Racatelli. Queste trattative per la fusione mi sfiniscono."

"Anche Manny è un boss criminale?" Il ruolo di zia Pearl come paciere mi sorprese. La diplomazia non era certo il suo lato forte e la parte dell'Harry Kissinger del mondo della mafia sembrava tanto pericolosa quanto perfettamente inutile. A parte la sua completa mancanza di tatto e capacità di persuasione, era davvero poco probabile che qualunque genere di tregua durasse più di qualche ora tra questi bravi ragazzi.

Zia Pearl annuì. "Con Carla e Bones fuori gioco, Manny non sta perdendo tempo per dargli il colpo di grazia. Vuole Rocco fuori dai piedi. È disposto a fare un'offerta generosa, ma il fatto che Rocco dica 'no' è fuori discussione."

"Non posso credere che tu sia in rapporti così personali con questa gente. Pensi sia stato Manny a uccidere Carla e Bones? Forse Rocco è il prossimo." Mi sembravo mia zia e la cosa mi fece inorridire.

"È per questo che dobbiamo agire velocemente."

"Non sembra proprio che il tuo flirt senza ritegno sia una recita. Sembra che tu ti stia divertendo."

"Ma cresci, Cendrine. Lo sto facendo con grande sacrificio personale. È ciò che è meglio per tutti noi."

Chiusi la mano sul suo braccio. "No, zia Pearl. Penso che dobbiamo farci gli affari nostri. Andiamo."

Con mia sorpresa, zia Pearl acconsentì. "Ok, va bene. Andiamocene da qui."

CAPITOLO 20

Osservai attentamente la folla del ricevimento alla ricerca di Rocco. Volevo salutarlo, ma senza che nessuno lo notasse. Se Rocco era in pericolo, non volevo essere associata a lui.

Ripensandoci, l'idea di voler passare inosservata era sciocca. Avevo già attirato l'attenzione di ogni anima viva sulla terra con il gesto teatrale del lasciar cadere la bara. Dato che la stavo portando, chiunque doveva aver pensato che ero vicina a Rocco e alla famiglia Racatelli.

Rocco mi vide e attraversò la stanza. "Ti sei ripresa dalla caduta?"

Arrossii. "Mi dispiace davvero per quello che è successo. Deve essere stato il caldo o qualcosa del genere. Probabilmente è meglio che torni in albergo e mi riposi un po'." Avevo una scusa perfetta per andarmene. A parte il calore di Las Vegas, il vestito di lana e i colleghi portatori da reparto geriatrico non mi avevano certo favorita.

"Non è colpa tua." I suoi intensi occhi azzurri si fissarono nei miei.

Feci un cenno verso il bar. "Carla aveva davvero tanti amici." Gli ospiti sembravano più in animo festoso che triste, ma ognuno a modo suo la piangeva. I mafiosi probabilmente piangevano i loro morti più spesso degli altri, quindi era comprensibile che fossero un po' stanchi.

"Amici?" Soffocò una risata. "Qualcosa più come avversamici...

vengono qui a celebrare la morte di Nonna e magari pensano a come prendersi una fetta degli affari. È un gioco ad alto rischio e spietato. La gente uccide per prendere parte al racket. L'assassino della nonna è senza dubbio uno di noi."

"Forse la polizia riaprirà l'indagine."

Rocco mi guardò confuso.

"Sai, con l'incidente della bara e tutto il resto. Sembra una strana coincidenza che sia Carla che Bones siano mancati così all'improvviso. Forse qualcuno li voleva entrambi morti."

Rocco sospirò. "Probabilmente la metà delle persone che sono qui. Uno o più di loro sa cosa è successo alla nonna nella piscina. Lei aveva paura dell'acqua e non vi si avvicinava mai. La teneva sempre asciutta. Hai visto quanto è piccola e bassa."

Mi rattristai. "No."

"Ma certo che l'hai vista, Cen. State nella sua suite."

"Cosa? Ah, sì, certo." Mi ricordai della piscina, shockata. Ero furiosa con zia Pearl per aver trascurato un particolare così importante. Non avrei mai immaginato che la nostra suite fosse in realtà il luogo dov'era morta Carla, senza contare la scena del crimine. "Forse dovremmo alloggiare da qualche altra parte."

"Non c'è bisogno. La polizia ha finito il lavoro nella suite e ha ripulito la scena. Quello è un posto davvero protetto. In un certo senso è meglio. Mi sento tranquillo sapendo che siete tutte al sicuro."

"Noi, ehm, siamo in pericolo?"

"No... no per niente. Ma a essere sincero, la vostra vicinanza a me può portare qualche rischio. Ho avvisato Pearl ma lei ha insistito che non era un problema."

Zia Pearl comunque aveva un altro genere di problema. Ero risentita per la sua reticenza e avevo intenzione di farglielo presente.

"Ma se la polizia pensa che sia annegata accidentalmente, cosa che non è, questo significa che c'è un assassino in libertà. Forse Bones è stato preso dalla stessa persona."

"Può essere, ma non lo sapremo mai."

La polizia poteva trovare una spiegazione razionale a un corpo in una piscina, ma uno in una bara che non è la sua e con un foro di pallottola in fronte era una storia diversa. "La polizia non può certo lasciar perdere..."

"La polizia è venduta e sul libro paga." Fece un gesto con la mano. "So cosa stai pensando. Bones Battilana era un bersaglio facile. La polizia troverà il modo di chiudere anche questo caso. Forse getteranno la colpa su un altro tizio morto. Qualcuno vuole una fetta del nostro ricco business e il denaro parla."

"Mi sembra un po' esagerato." A Westwick Corners non si era mai parlato degli affari della famiglia Racatelli, soprattutto perché avevamo la vaga sensazione che ci fossero di mezzo attività illegali e non volevamo esserne coinvolti. La nostra piccola città viveva sul motto "non chiedere, non raccontare" per questo genere di cose. Comunque, il riferimento diretto di Rocco agli affari della sua famiglia nel mondo della criminalità mi sorprese.

Rocco fece vagare lo sguardo verso l'area recintata dalla polizia all'esterno. "La cosa più semplice per la polizia sarebbe contaminare la scena del crimine. Forse è quello che stanno facendo ora, per eliminare ogni possibilità che il procuratore abbia prove a sufficienza per incriminare qualcuno."

"Un insabbiamento?" Non ero convinta che la polizia avrebbe di proposito incasinato l'indagine. Ma forse a Las Vegas le cose funzionavano in modo diverso. "Bones aveva una pallottola in fronte. Almeno su quello devono indagare."

Rocco annuì. "Lo faranno, ma sarà un lavoro maldestro. Oppure cercheranno di affibbiarlo a me."

"Ma quale movente avresti tu..." Conoscevo la risposta prima di aver finito la frase. Come nuovo marito di Carla, Bones si era messo sulla strada di Rocco per prendere in mano il business dei Racatelli. "Lascia stare."

"Perché mai Carla aveva una piscina se aveva una paura mortale dell'acqua?" Sobbalzai alla mia scelta infelice di parole non appena mi uscirono dalla bocca, ma Rocco sembrò non farci caso.

"La suite dell'attico aveva già la piscina quando abbiamo comprato l'albergo. Lei insisteva nel voler vivere lì. Non si può certo togliere una piscina dal cemento. Riempirla sarebbe stato di cattivo gusto, così la nonna la lasciava asciutta. Tranne, ovviamente, il giorno della sua morte. In quel giorno la piscina era piena. Per questo penso sia stata una messinscena." Rocco si fermò, con lo sguardo nel vuoto. "Almeno sono stato io a trovarla."

"Mi dispiace davvero, Rocco."

"La polizia può sostenere che sia stato un incidente, ma io so la verità. È stato un delitto di mafia."

Avevo così tante domande che non sapevo nemmeno da dove cominciare. Sul momento dimenticai che volevo andarmene. "Forse non è troppo tardi per richiedere un'autopsia. Considerate le circostanze..." Gettai uno sguardo all'esterno. "Certo la scoperta di Battilana richiede qualche indagine ulteriore e la tomba deve ancora essere coperta."

Rocco alzò le spalle con il palmo delle mani rivolto verso l'alto. "Anche se lo facessero, probabilmente non rilascerebbero i risultati. Cercano di temporeggiare. Penso di sapere anche perché."

"Dobbiamo ottenere il risultato dell'autopsia, Rocco." Nonostante i miei progetti di farmi gli affari miei volevo anche ottenere giustizia.

CAPITOLO 21

Nonostante le mie buone intenzioni, restai al rinfresco del funerale. Mi trovavo in un angolo della stanza con Rocco. Non potevo farci niente: mi sentivo nuovamente attratta da lui. Forse zia Pearl aveva rinnovato l'incantesimo. Ma non era solo la seduzione fisica che mi portava verso di lui. Mi sentivo veramente triste per la sua situazione.

Quando gli ospiti ebbero porto il loro saluto, le cose cominciarono a diventare un po' più interessanti. In pratica, quasi tutti si stavano ubriacando al bar.

Zia Pearl e la mamma sembravano non preoccuparsene. Barcollavano entrambe per il troppo vino bevuto.

"Vedi quel tizio là?" Rocco indicò il toy boy di zia Pearl. Aveva lasciato il bancone del bar ed era vicino al tavolo da buffet che si caricava il piatto con la seconda dose di dessert. "Quello è Manny 'L'uomo' La Manna. Sta cercando di liberarsi dei concorrenti per entrare nei nostri affari."

La Manna non sembrava molto abile nel muoversi, nemmeno al tavolo da buffet. Era poco più alto di un metro e mezzo e la sua presenza fisica non avrebbe certo intimidito qualcuno, figuriamoci infilarsi nel territorio di qualcun altro. Ma supposi che fossero altri a fare il lavoro sporco al suo posto.

"È lui?" Annuii, non volevo fargli capire che sapevo già chi fosse. Lo guardai mentre si leccava le dita e poi si puliva le mani sul vestito gessato. Non riuscivo a capire cosa ci trovasse in lui zia Pearl. A parte l'occupazione dubbia, gli mancava anche la buona educazione, qualcosa cui zia Pearl, stranamente, teneva in modo particolare. Il suo coinvolgimento con un capo mafioso mi inquietava. "Tu pensi che possa essere coinvolto?"

"Non ho dubbi."

"Perché questi soprannomi così strani?"

Restammo entrambi a guardare Manny che tornava al bancone del bar con un piatto colmo di tiramisù.

"Tutti hanno un soprannome. È per sicurezza, nel caso in cui ci sia qualcuno che origlia o la polizia che sorveglia."

Questo confermava decisamente le loro attività criminali che, essendo a Vegas, probabilmente riguardavano qualcosa come incontri truccati, gioco illegale o riciclaggio. Mi sembrò poco sensibile insistere per avere ulteriori dettagli da Rocco in quel momento, così invece chiesi di cosa si occupava La Manna. Dovevano essere nello stesso settore, considerati i progetti di Manny di acquisire le attività di Rocco. "Qual è il suo giro?"

"Strozzinaggio, estorsione, riciclaggio, dinne una. Praticamente tutto quello che succede qui, dietro le quinte."

Tornai a concentrarmi su Manny, che era rimasto accanto al bancone. Aveva attaccato il suo tiramisù con una tale ingordigia che mi sarei aspettata che alla fine avrebbe leccato il piatto.

L'uomo alle spalle di Manny all'improvviso attirò la mia attenzione.

"Conosco quell'uomo." Indicai Christophe, accanto al gomito di Manny. "Mi sorprende vedere il nostro maggiordomo al funerale. Ma suppongo che abbia un senso. Dopo tutto, era il maggiordomo di Carla."

"Maggiordomo?" Rocco si accigliò. "La nonna non ha mai avuto un maggiordomo."

"È compreso nella suite. Almeno è quello che ci ha raccontato lui."

Rocco mi fissò con lo sguardo vuoto. "Crisco non ha niente da fare nella suite. E, sicuro come l'oro, non è un maggiordomo."

"Crisco? Ma che razza di nome è?"

"Meglio che tu non lo sappia. Crisco lavora per Manny. Fa tutto quello che nessun altro oserebbe fare." Rocco si strofinò il mento con aria pensosa. "Forse non è così male. Dopo tutto se è nella suite potrete tenerlo d'occhio."

Manny sembrava avere i suoi tentacoli dovunque e apparentemente era arrivato fino alla mia famiglia. Mi vennero i brividi, nonostante la stanza affollata fosse calda.

Il cuore mi batté più forte. Qualunque motivo avesse Christophe di essere nella nostra suite non aveva niente a che fare con tartine o cocktail. Voleva qualcosa da noi. "No. Dobbiamo andarcene di qui. Devo avvisare Mamma e zia Pearl."

La mano di Rocco si chiuse a tenaglia sul mio braccio. "Non puoi farlo. Lo faresti scoprire. E comunque, non cerca voi. È a me che punta. Pensa che ritornerò alla suite."

"Ma se lui..."

"Non gli potrebbe importare di meno di te e della tua famiglia, Cen. Senza offesa, ma probabilmente sta preparando una trappola per me. Lasciami solo un po' di tempo prima di fare qualcosa. Dovete restare lì. Altrimenti, si insospettirà. Tienilo d'occhio finché ho ideato un piano. Non posso lasciare che arrivi a me."

"Ma questo non ha senso. Lui è proprio qui al funerale. Potrebbe colpirti ora, se volesse."

Rocco mi condusse fuori nel corridoio. "Nessuno mi colpirà qui, davanti agli occhi di tutti, al funerale. Troppi testimoni. A parte che è un funerale. Ci sono alcuni confini che nemmeno i bravi ragazzi superano."

Il discorso di Rocco non mi convinse. Qualunque mafioso con un minimo di dignità avrebbe tenuto la bocca chiusa. Se un omicidio di mafia non era una buona occasione per l'omertà, allora non sapevo cosa lo fosse.

Dentro di me cresceva la rabbia. "Come hai potuto lasciarci stare nella suite senza dirci niente."

"Pearl sapeva già qual era il piano e Crisco non è questa gran cosa. Voi ragazze tenete gli occhi su di lui mentre io mi concentro su Manny."

"Non ne sono così sicura. Christophe potrebbe già avere un vantaggio su di noi." Ritornai con la mente al vino forte di Christophe, un modo eccellente per neutralizzare una strega o anche tre. Ma come era riuscito a entrare nella suite, per cominciare? Quanto tempo prima? Forse Christophe aveva ucciso Carla.

Christophe avrebbe potuto avere noi nel mirino, ma anche noi potevamo metterlo all'angolo.

"Cercate solo di stare attente," disse Rocco. "Ma, davvero, ho bisogno di tutto l'aiuto che potete darmi. Il piano di Manny è abbastanza chiaro. Prima la nonna, poi Bones Battilana. Questo significa che io sono il prossimo della lista. Una volta che ci avrà eliminati, tutta Las Vegas sarà a sua disposizione."

Era un po' complicato, ma Rocco sembrava sapere di cosa stava parlando.

Tornai a concentrarmi su Christophe, ma lui non sorrideva più nella mia direzione. Il sorriso si era trasformato in un ghigno diretto a Rocco. Christophe piegò la testa e si rivolse a Manny, che ricambiò lo sguardo. Manny fece un cenno a un uomo corpulento che li aveva raggiunti e quest'ultimo mimò il taglio attraverso la gola.

I tre uomini risero.

Avevo la sensazione che non mi sarei goduta nessun altro cocktail killer di Christophe per tanto tempo.

CAPITOLO 22

Uscii dall'ascensore dietro a Mamma e zia Pearl. Mi fermai nell'ingresso di marmo. Avevo bisogno di un momento per raccogliere i pensieri. Invece, mi trovai di fronte alla coppia dell'epoca di Al Capone nel quadro a olio.

Sembravano fissare proprio me. In quel momento mi resi conto che dovevano essere i genitori di Carla o di Tommy. Gli occhi azzurro intenso della donna erano proprio come quelli di Rocco e l'uomo avrebbe potuto essere il gemello di Rocco, vestito anni '30.

La nostra suite sembrava più una prigione che un rifugio, ma era troppo tardi per tornare indietro. Che mi piacesse o no, ci eravamo impegnate ad aiutare Rocco.

Rilassai le spalle mentre perlustravo l'appartamento. Christophe non si vedeva da nessuna parte, ma mi aspettavo che sarebbe arrivato da un momento all'altro.

Mi vennero i brividi alla schiena. Dovevamo scoprire per quale motivo Christophe ci ronzava intorno. I miei nervi vacillarono al pensiero di doverlo affrontare. Non era quello che voleva Rocco, ma io avevo bisogno di sapere cosa stava succedendo e chiederglielo sembrava l'unica possibilità. Avevamo bisogno di un piano e dovevamo agire rapidamente.

Zia Pearl si lasciò cadere sul divano, stanca ma apparentemente rilassata e senza pensieri. La mamma inciampò dirigendosi verso la porta del patio, ridacchiando per aver bevuto un paio di drink di troppo al rinfresco del funerale.

L'aria condizionata della suite mi rinfrescò, ma non ebbe effetto sui miei nervi provati. Mi diressi subito di sopra, dove mi liberai dello scomodo vestito di lana mettendomi pantaloncini e maglietta. Sollevai la valigia, la appoggiai sul letto e sistemai le mie cose. Volevo essere pronta a partire al momento giusto. Forse Christophe non sarebbe più tornato, ma era meglio non contarci troppo. Manny voleva liberarsi di Rocco e qualunque confidente di Rocco era probabilmente un bersaglio facile. Avremmo potuto essere usate anche come merce di scambio, o peggio. Avevo cercato di convincere Mamma e zia Pearl di questo fatto mentre tornavamo in albergo, ma avevano respinto le mie idee come ridicole.

Con o senza Mamma e zia Pearl, ero decisa a tornare a casa. Per quanto mi riguardava, Rocco era da solo. Solo lui poteva districarsi dalla vita criminosa che si era scelto. Io avevo seri dubbi sull'opportunità di lasciare Mamma e zia Pearl in mezzo a una guerra mafiosa per il territorio, ma non ero in grado di fermarle.

Ritornai con la mente a Rocco e a quello che aveva detto di sua nonna e della causa della sua morte. Si supponeva che Carla fosse annegata, ma era stata trovata in piscina con il volto verso l'alto. Quello stesso dettaglio mi aveva impensierita anche prima, ma solo ora mi resi conto del perché.

Le vittime di annegamento normalmente hanno la faccia verso il basso. Quando si affoga, si è necessariamente immersi nell'acqua o si ha testa rivolta in basso. Un corpo tende a galleggiare nella stessa posizione in cui muore, se non viene toccato. I morti non si spostano a meno di non essere mossi dalla corrente o da qualcos'altro.

O da qualcun altro.

Questo confermava l'affermazione di Rocco. E mi dava anche motivo di preoccupazione, dato che l'unica persona che accedeva senza autorizzazione alla suite di Carla poteva tornare da un momento all'altro.

Schiacciai la valigia per chiuderla e mi diressi alle scale. "Zia Pearl!"

"Cosa c'è ora?"

"Se ti rifiuti di andartene, dobbiamo almeno liberarci di Christophe. Non può restare con noi." Mi ricordai di quello che aveva detto Rocco. Ora che la recita del maggiordomo era stata scoperta, mi aspettavo qualcosa di molto più sinistro di cocktail elaborati.

Zia Pearl rise. "Non essere ridicola. Chris è innocuo. Fa qualunque cosa Manny gli dice di fare."

Alzai le mani per portare la mia obiezione. "È proprio questo il problema. Christophe lavora per Manny e Manny vuole uccidere Rocco." Non riuscivo a costringermi a chiamarlo Crisco. Era troppo inquietante.

"... e Manny fa tutto quello che voglio io." Zia Pearl sistemò una ciocca di capelli grigi dietro l'orecchio e mi strizzò l'occhio.

"Perché hai una storia romantica con un mafioso?" Alzai in aria le mani. "Questa è una cosa seria, zia Pearl. Siamo nel mezzo di una guerra per il territorio e resteremo ferite. Potresti anche farci uccidere."

"Ma certo che è una cosa seria. Siamo qui per un motivo, Cen. Trovare e far mettere sotto chiave il vero assassino."

Mossi la testa in direzione del patio, dove Mamma era seduta vicino alla piscina, con i piedi nell'acqua. Proprio nella stessa piscina in cui Carla aveva incontrato la sua fine. Rabbrividii.

"Sta bene." Zia Pearl alzò un dito. "Solo un secondo."

La seguii in cucina. "Solo perché la polizia non fa il suo lavoro non vuol dire che dobbiamo farlo noi. Potremmo restare uccise. E questo non riporterebbe indietro Carla."

"Noi daremo solo l'avvio. Sarà come una spintarella ai poliziotti." Prese due bicchieri dalla credenza e schioccò le dita. Una brocca di margarita ghiacciato si solidificò lentamente davanti a noi.

Tutto questo consumo di alcol avrebbe potuto essere dannoso. Intorpidiva i nostri sensi, ma anche i poteri soprannaturali.

Zia Pearl versò due bicchieri e ne spinse uno davanti a me. "I poliziotti sono tutti uguali."

Ignorai sia il bicchiere che la sua evidente allusione a Tyler. Ero l'unica ad avere un po' di buon senso e non potevo permettermi di offuscarlo con altro alcol. "Non siamo all'altezza del crimine organizzato."

"Se mai, definirei l'operazione di Rocco crimine 'disorganizzato'. Chiunque sia il colpevole, deve pagare, non c'è dubbio. Nemmeno Jimmy Hoffa aveva mai dovuto condividere una bara."

Gli occhi di zia Pearl si inumidirono mentre portava il bicchiere alle labbra. Lo trangugiò in un sorso e fece picchiare il bicchiere sul bancone. "Da dove devo partire?"

Le feci segno di seguirmi e tornammo in soggiorno. Diedi un'occhiata fuori dove la mamma era ancora seduta sul bordo della piscina. Sembrava soddisfatta e rilassata, non con il cuore spezzato. Anche se, a posteriori, nei giorni precedenti si era comportata in modo un po' strano. "Dimmi, presto, prima che la mamma torni dentro."

Le storie di Mamma e di zia Pearl non coincidevano, quindi una o entrambe non mi stavano dicendo la verità.

Zia Pearl alzò gli occhi al cielo. "Come ti ho detto prima, Bones ha trovato di certo la strada per il cuore di Carla. Le ha fatto perdere completamente la testa e l'ha sposata, tutto nell'arco di circa tre settimane."

Scossi la testa. "La mamma scoprirà tutto. Sarà sui giornali."

"Sì, il matrimonio segreto di Carla diventerà pubblico. Come anche il fatto che tutte le proprietà di Carla Racatelli erano in comunione dei beni."

"Bones ha ereditato al posto di Rocco?" Mi mancò il fiato. "Vuoi dire che ha mantenuto il casinò a nome suo invece che intestarlo a una società? Come ha potuto essere così...?"

"Stupida? Non so, Cen. L'amore qualche volta fa agire tutti in modo stupido. Quel Danny era davvero affascinante. Non puoi capire l'effetto che ha sulle donne finché non lo conosci di persona. Ovviamente ormai è troppo tardi." Infilò la mano nella borsetta e ne estrasse una foto. "Questi tipi non amano essere fotografati, ma io sono riuscita ad averne una tutti insieme, a un doppio appuntamento. Questa era pochi mesi prima che Danny lasciasse Ruby per Carla."

Le strappai la foto di mano. La mamma e zia Pearl erano a un varietà a Las Vegas. Sedevano a un tavolo in prima fila con due uomini. Uno era Manny La Manna e l'altro Danny Bones Battilana, senza foro di pallottola in fronte.

Manny era seduto di fianco a zia Pearl, vestito in modo sportivo, mentre Bones era impeccabile con la camicia bianca di lino e un blazer. Sorrideva con calore alla macchina fotografica, il braccio attorno alle spalle di Mamma. Lei si appoggiava a lui, splendente d'amore e felicità.

Il mio cuore accelerò. Nonostante la negazione di Mamma, sembrava che lei e Bones avessero, per lo meno, una relazione romantica. E sembravano entrambi felici. E invece dopo mesi, Bones sembrava aver sposato Carla. Dopo tutto avevo bisogno di quel margarita. Sollevai il bicchiere e bevvi un sorso.

"Cosa ha fatto Rocco quando Bones ha cominciato a uscire con sua nonna?"

"Non ne era felice. Aveva cercato di avvisare Carla. Lei non voleva ascoltare, pensava che Rocco fosse arrabbiato perché usciva con qualcuno."

"Rocco aveva un movente per uccidere Bones," dissi. "Voleva il controllo."

Zia Pearl annuì. "Rocco ha resistito e questo è quello che ha fatto scattare la sparatoria nella reception. Bones voleva spaventare gli impiegati dell'Hotel Babylon e sostituirli con i suoi uomini. Poi avrebbe avuto il controllo di tutto."

"Pare che non abbia funzionato molto bene per Bones. Solo che Bones non era in reception questa mattina. Era già morto." Mi accigliai. "Se era già morto, perché la sparatoria?"

Zia Pearl alzò le spalle. "I suoi ragazzi seguivano semplicemente le sue istruzioni."

Ripensai al cadavere. "Devono essere state istruzioni vecchie, perché Bones sembrava morto già da un po' di tempo." La mano mi volò alla bocca. "Rocco potrebbe aver ucciso Bones. Aveva un movente."

"Vero."

"Non sembri per niente preoccupata."

"Sono più preoccupata di sapere chi sia morto prima, Bones o Carla," disse zia Pearl. "Se Bones è stato ucciso per vendicare Carla, allora Rocco ha un problema. Significherebbe che Bones è sopravvissuto a Carla. Sarebbe diventato lui l'erede di Carla, non Rocco. Ma sono sicura che tu proverai il contrario."

"Io?"

"Tu sei brava in queste cose di indagini e hai un aggancio con la polizia. Ci tirerai tutti fuori dai guai in men che non si dica."

Era la prima e unica volta che zia Pearl aveva tirato fuori lo sceriffo Tyler Gates, e non ero sicura del perché. Lui lavorava a Westwick Corners, non a Las Vegas, quindi non capivo come potesse entrare in questa storia.

"No. Zia Pearl. Dobbiamo davvero andarcene da qui." Abbassai la voce a un sussurro. "Cosa facciamo con Christophe? Quel tizio mi fa paura."

"Non essere sciocca. Christophe è troppo impegnato a preparare cocktail e stuzzichini per pianificare omicidi. Potrebbe davvero dare a Ruby del filo da torcere sul lato dell'ospitalità, comunque."

Immaginai Christophe a fare il barman per noi a Westwick Corners, poi con la stessa rapidità lo scacciai dalla mente. "È una cosa ridicola. Non mi piace che tu fraternizzi con i mafiosi. È pericoloso."

"Stai esagerando. Crisc... voglio dire, Christophe, è qui per proteggerci, Cen. Manny lo ha mandato perché si prenda cura di noi."

"Ne sei certa? Questa suite è estremamente sicura e scommetto che Rocco..."

"Rocco non sa cosa sta facendo in questo momento. È troppo preso da altre cose. Comunque non ho detto di aver creduto a Manny. Sto solo dandogli retta per non far saltare la mia copertura."

"Cosa? Saresti qualche genere di agente segreto?"

"Recuperi rapidamente, Cen." Zia Pearl alzò gli occhi al cielo. "Ci teniamo gli amici vicini e i nemici ancora più vicini."

CAPITOLO 23

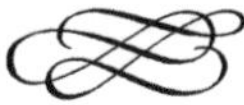

Zia Pearl tenne lo sguardo fisso nel vuoto. "Ruby non avrebbe mai voluto che tu scoprissi qualcosa su Danny, ma io non ho nessun altro con cui confidarmi." Zia Pearl sistemò le gambe e scivolò abbastanza vicina perché potessi sentire l'odore di alcol del suo alito. "Dobbiamo dire a Ruby la verità sul suo fidanzato. Le farà male ma forse coglierà il lato positivo del fatto che Bones usciva con Carla di nascosto, ma solo per appropriarsi del casinò, da utilizzare per riciclare denaro."

"Non vedo come la sua ulteriore motivazione del riciclo di denaro potrebbe farla sentire meglio." Tornai con la mente al ricevimento del funerale. Scoprire che il tuo fidanzato ha sposato un'altra rovinerebbe la giornata a chiunque. "La mamma sarà ancora sconvolta. Perché dobbiamo dirle qualcosa? Lui ormai è morto, certi fatti non hanno più molta importanza."

"Certo che hanno importanza," scattò zia Pearl. "Ora torniamo a Carla. Ha impedito a Danny di riciclare il suo denaro."

"E posso capire perché," dissi. "Carla aveva già il suo denaro da riciclare. Esagerare avrebbe potuto farla scoprire." Grande. Ora stavo anche pensando come un criminale. "Bones è stato bravo a sposare

Carla. Come moglie, lei non avrebbe mai dovuto testimoniare contro di lui in tribunale."

"Guarda dove l'ha portato questa strategia. Ora è morto." Zia Pearl tirò su con il naso. "Bones non è davvero il marito di Carla. Non lo è mai stato."

"Ma il matrimonio a Las Vegas..."

"Una messinscena. Carla è... voglio dire, era... una tipa sveglia." Gli occhi di zia Pearl si inumidirono e le si spezzò la voce. "Sapeva esattamente cosa aveva in mente Bones. Per questo ha avuto l'idea di un matrimonio finto. Bones avrebbe pensato che erano sposati e Carla avrebbe guadagnato un po' di tempo. Voleva evitare una guerra per il territorio a tutto campo."

"Ha funzionato bene."

"Ha lasciato che Danny le offrisse lauti pasti, sapendo tutto il tempo che lui voleva prendere il suo posto negli affari. Poi lei ha inscenato il finto matrimonio, completo di testimoni e falsi documenti. Solo che lui pensava che fosse tutto vero. Era sembrata una buona idea," disse zia Pearl. "Ma forse era troppo poco, troppo tardi."

"Bones... voglio dire, Danny... deve averlo scoperto e l'ha fatta fuori."

Zia Pearl tirò su con il naso. "Chi lo sa? Non abbiamo ancora nessuna prova solida che incrimini qualcuno. Bones aveva un movente, ma la sua morte gli fornisce un alibi di ferro."

"Dipende dai tempi," Era vero che il cadavere di Bones era in forma molto peggiore di quello di Carla, ma forse c'era un motivo. "Il corpo di Carla è stato imbalsamato, ma immagino che Bones non abbia avuto lo stesso trattamento: è stato semplicemente gettato sul fondo della bara di Carla."

"Quindi?"

"Lui sembra essere morto prima, ma solo perché non ha avuto il trattamento post-mortem, trucco e tutto quello che fanno ai cadaveri gli impresari di pompe funebri." Guardai verso l'esterno, preoccupata perché la mamma era sparita dalla nostra vista. Feci un respiro profondo, pensando che probabilmente stavo esagerando. Il patio circondava la suite su tre lati, lei era probabilmente in un punto non visibile e si stava godendo il panorama.

Mi girai di nuovo verso zia Pearl. "Vorrei che facessero un'autopsia a Carla. L'annegamento non è plausibile."

"Questo si può fare facilmente. Ogni tuo desiderio è un ordine per me." Zia Pearl mosse una mano in aria e guardò verso il soffitto. "Vedo che finalmente sei dei nostri, Cen. Meglio tardi che mai."

Un fascio di documenti cadde da sopra e mi atterrò in grembo. Li misi in ordine. "Li hai creati tu?"

"Non essere ridicola. Non lo avrei mai fatto..."

"Ma il medico legale non ha..."

"Lo ha fatto. L'autopsia è stata tenuta nascosta, come tutto il resto."

Alzai il rapporto dell'autopsia. "Dove l'hai preso?"

Zia Pearl alzò gli occhi al cielo. "Non importa. Leggilo mentre io faccio qualche indagine al casinò."

"Senza giocare, zia Pearl. Sai che effetto ti fa." L'impulsività di zia Pearl e il suo problema con il gioco erano una combinazione letale. Anche se il suo biglietto vincente della lotteria era vero, aveva probabilmente speso una piccola fortuna per averlo. Le streghe potevano creare praticamente qualunque cosa, tranne la moneta sonante. Un biglietto vincente della lotteria comunque assomigliava molto ai soldi. Crearne uno era una specie di falsificazione soprannaturale. Era una violazione abbastanza seria per ottenere la messa al bando dal WICCA a vita.

Mia zia infrangeva le regole ogni tanto, ma non avrebbe mai messo a rischio il suo essere una strega, per nessun motivo. D'altra parte, i giocatori compulsivi devono soddisfare la loro dipendenza, così poteva anche essere qualcosa al di là del suo controllo.

Zia Pearl alzò le spalle. "Lascia stare. Posso prendere o lasciare. Ma non dimenticare: ho vinto la lotteria. Posso permettermi di giocare, se mi va."

Stavo per chiedere a zia Pearl per la millesima volta quanto aveva vinto quando la mamma gridò.

"Aiuto!"

Corremmo entrambe fuori e la trovammo immersa nella piscina

fino alla vita. I capelli erano inzuppati e il mascara le colava lungo le guance. Doveva essere caduta in acqua.

"Come hai…?" Allungai la mano verso di lei.

"Non so. Forse mi sono appisolata, immagino. Mi ricordo solo di essermi trovata a faccia in giù nell'acqua." Le parole della mamma uscivano confuse e batteva i denti nonostante il caldo.

La portammo via dalla piscina e zia Pearl afferrò un asciugamano per avvolgerlo attorno alle sue spalle.

La mamma si piegò da un lato. "Ahi! Penso di essermi slogata la caviglia nel cadere."

L'incidente in piscina era l'ennesima prova che la mamma non era la solita persona attenta, anche se non riuscivo a ricordare che avesse bevuto più di un paio di bicchieri al funerale. Di certo non tanti da appisolarsi, anche se barcollava un po'. Qualunque cosa fosse, non era proprio da lei.

Rabbrividii al pensiero del rischio corso. Un incidente in piscina era sufficiente. Se era davvero quello che era successo.

Zia Pearl e io prendemmo ognuna un braccio della mamma e la accompagnammo al divano, dove si addormentò subito. Almeno stava respirando normalmente. Le misi un cuscino sotto la testa e la coprii.

Tornai a concentrarmi sui risultati dell'autopsia di Carla. Era una lettura arida, soprattutto perché la maggior parte dei termini medici non mi erano familiari. Una cosa era chiara, comunque. La vera causa della morte di Carla non era l'annegamento.

Secondo il rapporto, i polmoni di Carla non contenevano acqua e questo significava che era già morta quando era entrata in piscina. Continuai a scorrere il documento fino ad arrivare al punto in cui veniva indicata la causa della morte. Il medico legale aveva stabilito che era morta di morte violenta, strangolamento.

Alzai lo sguardo verso zia Pearl che si stava infilando le scarpe, pronta per andare al casinò. "Aspetta. Hai letto questo?"

"Come potrei averlo letto? Ce l'hai avuto tu per tutto il tempo." Tornò verso il divano e si appollaiò sul bracciolo vicino a me. "Perché?"

"Guarda qui." Indicai la sezione dove si trovava la causa della morte. "Carla è stata strangolata. L'incidente in piscina è stato inscenato, per far sembrare che fosse affogata."

"Ti ho già detto che era una copertura. Non è stato un indicente."

"So che lo hai fatto, zia Pearl, ma ho supposto che i risultati dell'autopsia comunque concludessero che si era trattato di incidente." Alzai i documenti. "Questo prova che era un insabbiamento, ma solo da parte della polizia, non del medico legale. Come e perché la polizia dovrebbe tenerlo nascosto?" Mi girai verso zia Pearl tenendo la voce bassa in modo da non svegliare la mamma.

"Sono stati comprati."

"Potrebbe essere, ma perché il medico legale non ha parlato?"

Zia Pearl alzò le spalle. "È stata comprata anche lei."

Scossi la testa. "No. Se fosse così, il rapporto dell'autopsia avrebbe concluso che la morte era stata per incidente. Sarà meglio che l'andiamo a trovare."

Gli occhi di zia Pearl si spalancarono. "Anche lei è in pericolo."

Annuii e controllai l'orologio. Erano già passate le sette di sera. "Non è l'ora giusta, suppongo che dovremo aspettare fino a domani."

"Nel frattempo, sarà meglio che proteggiamo Rocco," disse zia Pearl. "Gli metterò intorno uno scudo magico protettivo per le prossime ventiquattro ore. Solo un'altra strega potrebbe romperlo."

Zia Pearl era ostinata e inarrestabile quando aveva uno scopo e quella sera non faceva differenza.

"Rocco non ha bisogno di essere protetto, zia Pearl. Fermati e pensaci. La gente muore come mosche, ma lui ne esce illeso. Perché?" Ora che l'incantesimo di attrazione della zia si era annullato del tutto, potevo pensare in modo più chiaro. O zia Pearl gli aveva messo intorno uno scudo di Teflon o lui in qualche modo era coinvolto.

"È stato fortunato, finora, immagino." Zia Pearl evitò il mio sguardo. "Ma la fortuna non ti porta molto lontano."

"Non è fortuna. Probabilmente è coinvolto, almeno nella morte di Bones."

"Come puoi accusare il povero Rocco? È solo un'altra vittima di tutto questo." Scosse la testa delusa.

"Non sei obiettiva, zia Pearl. Ti stai lasciando prendere dall'emozione."

Zia Pearl si alzò davanti a me. "Devo mantenere la mia promessa, Cen. È stato il desiderio di Carla morente che io avessi cura di Rocco."

Scossi la testa ripensando a Rocco e alle sue guardie del corpo armate. "Rocco non ha bisogno di te. È abbastanza grande per difendersi da solo. Aspetta un momento. Tu sei la sua..."

"Madrina." Zia Pearl finì la mia frase. "Quando avremo risolto il mistero e messo in prigione l'assassino, dobbiamo rimettere in carreggiata Rocco. Avrà bisogno del mio consiglio nel suo ruolo di capo della famiglia Racatelli."

Sperai seriamente che avesse inteso fata madrina e non madrina nel senso mafioso. Zia Pearl come 'don', o 'donna', era un pensiero decisamente inquietante.

"Il sindacato del crimine Racatelli non è un'azienda come le altre, zia Pearl. Dubito che Carla volesse che tu lo guidassi in quel senso." Mi rendeva triste pensare che c'era voluta la morte di Carla per parlare apertamente degli affari di quella famiglia. "Sono persone pericolose quelle con cui ti stai immischiando."

"Non pericolose come una strega che si vuole vendicare. Qui entri in gioco tu." Zia Pearl si strofinò i palmi delle mani. "Tu tieni impegnato Rocco mentre io preparo la magia."

Alzai le mani per protestare. "Oh, no. Non mi lascerò coinvolgere in niente del genere. Tu prendi questa storia della madrina troppo seriamente."

Zia Pearl si erse minacciosa di fronte a me, con le mani sui fianchi. "Non sono una madrina in senso tradizionale, Cendrine. Carla mi ha assegnato l'incarico alla morte dei genitori di Rocco, quando lui era ancora adolescente. Sapeva che non sarebbe vissuta per sempre. Rocco, come suo successore negli affari, doveva essere pronto. Lei ha pensato che fossi la donna giusta per questo lavoro."

"Nemmeno tu sei poi così giovane," sottolineai. Zia Pearl era comunque sulla settantina, solo di un paio d'anni più giovane di Carla. La storia sulla pianificata successione suonava come estremamente esagerata o una vera bugia.

Comunque, non riuscivo a pensare a nessun altro più focalizzato della zia, quindi quella era una scelta che aveva senso. Ma cosa poteva sapere degli ingranaggi interni di un'associazione criminale? Niente, per quello che ne sapevo io. "Penso che tu stia cercando di leggere troppo tra le righe. Se tu sei la sua madrina, tecnicamente non dovresti essere il capo delle imprese Racatelli?"

Zia Pearl annuì. "È per questo che siamo venute a Vegas. Dobbiamo assicurarci del successo di Rocco."

"Ma perché io? Non ho poteri molto forti." E l'ultima cosa che volevo era aiutare un criminale a rafforzare il suo potere. Amico d'infanzia o no, non importava.

"Esattamente."

Aspettai che zia Pearl aggiungesse qualcos'altro o almeno che facesse una ramanzina sul fatto che dovevo applicarmi di più ma non lo fece. "Non poteri magici. Ma i tuoi poteri di attrazione sono molto forti."

"Poteri di attrazione... oh, no. Non mi metterai insieme a Rocco." Usarmi come esca era quanto meno offensivo, per essere gentili. Poi tornai con il pensiero all'incontro in reception. Quel petto muscoloso e gli occhi azzurri penetranti...

Accidenti. Che diavolo c'era di sbagliato in me? Desideravo Tyler, non Rocco. Ne ero sicura. E comunque la mia attrazione magnetica verso Rocco sembrava far impazzire le mie emozioni.

"Tu sei esattamente il tipo di distrazione di cui Rocco ora ha bisogno. Sarai anche vicina per la sua sicurezza. Puoi proteggerlo in caso qualcosa vada male."

"Come cosa?" Mi sentivo sempre più a disagio.

"Non so, Cen." Zia Pearl fece una pausa e scelse attentamente le parole.

"Ricorda che solo una strega può rompere lo schermo protettivo che ho messo intorno a Rocco. Tu non sei la migliore strega... nemmeno per sogno... ma almeno puoi entrare in azione se necessario."

"Aspetta... che genere di azione?"

"Non c'è tempo di entrare nei dettagli. Lo saprai se ci sarà bisogno."

"Forse mi rifiuterò."

"Non puoi. Qual che è fatto, è fatto, Cen. Non puoi evitarlo. Fidati di me per questo."

"Mi hai fatto un altro incantesimo!" Di nuovo provai una strana attrazione verso il mio compagno d'infanzia. Se solo avessi fatto esercizio con la magia; allora sarei stata in grado di neutralizzare quella di zia Pearl. Mi aveva usata per i suoi fini e aveva fatto in modo di darmi una lezione allo stesso tempo. Tutto perché rifiutavo di esercitarmi nella magia, cosa che mi lasciava indifesa di fronte alla mia potente zia.

Dovevo diventare una strega migliore, se non altro per evitare di essere manipolata da zia Pearl. Mi aveva imbrogliata di nuovo. La fulminai con lo sguardo. "Togli subito l'incantesimo."

"No, signorina. Non finché non abbiamo preso l'assassino di Carla e ci siamo assicurate che l'impero dei Racatelli resti in mano a Rocco."

"Sono sicura che Rocco preferirebbe che tu non interferissi." Nemmeno io lo volevo. Le cose potevano peggiorare molto rapidamente.

"Non importa. Ci sono ehm... questioni d'affari di cui Rocco non è ancora a conoscenza. Anche questioni personali." L'espressione di zia Pearl era vuota. "Carla aveva qualche problema sul lato delle relazioni."

"Quei problemi sono scomparsi con la sua morte."

"Tu penserai di sì, ma..."

"Ma cosa?"

"Carla aveva una relazione sentimentale con qualcun altro. In un momento di passione, potrebbe aver fatto qualcosa di cui poi si è pentita."

"Un altro uomo oltre a Bones? Ma quando trovava il tempo per tutto?" Carla nello stesso tempo conduceva un business criminale multimilionario, teneva a bada i mafiosi e manipolava diversi uomini. Io facevo un decimo ed ero di circa cinquant'anni più giovane. In confronto a lei ero una fallita. D'altra parte, ero ancora viva.

"In qualche modo ce la faceva."

"Chi era l'altro... un altro boss criminale?" Stavo un po' scherzando.

"Mm-hmmm. Manny," disse zia Pearl.

"Il tuo Manny?"

Zia Pearl annuì. "Lei e Manny avevano fatto il grande passo e questa volta il matrimonio era reale."

"Ma tu e Manny..."

"Tutta una recita. Sapevo che Manny aveva sposato Carla in segreto, ma lui non sapeva che io sapevo. Ancora non lo sa."

"Non sei gelosa?"

Zia Pearl alzò le spalle. "Veramente no. Volevo solo un appuntamento. Nessun impegno incasinato."

Mi coprii le orecchie perché non volevo sentire altri dettagli. Mi venivano in mente immagini che non desideravo vedere. "Perché Carla era così desiderosa di risposarsi? È rimasta single per decenni."

"Tu pensi che voi ragazzi siete gli unici ad apprezzare un po' di sentimento? Carla era matura, ok, ma non era troppo vecchia per godersela un po' di tanto in tanto." Zia Pearl sospirò. "Questo è il vero problema. È stata presa in un vortice di passione e si è dimenticata dell'accordo prematrimoniale. Quindi alla sua morte va tutto a Manny La Manna. Compreso questo albergo."

Il toy boy mafioso di Carla all'improvviso era parecchio più ricco. "Allora potrebbe averla uccisa Manny."

"Forse. A dire il vero non so cosa pensare," disse. "Penso che ne sarebbe capace, comunque. Lei valeva probabilmente circa cinquanta milioni. E poi ci sono tutte le proprietà dei Racatelli, le controllate..." Gli occhi di zia Pearl si riempirono di lacrime. "Carla sarebbe mortificata da tutti questi litigi."

"Chiamiamo la polizia e lasciamo che se ne occupino loro. Raccontiamo dei tuoi sospetti."

Zia Pearl scosse la testa con enfasi. "Assolutamente no. Non possiamo coinvolgere la polizia perché Carla ha in corso diverse attività illegali. Non possiamo nemmeno dirlo a Ruby. Lei disapprova il mondo losco in cui operano i Racatelli."

"Ma certo che glielo dobbiamo dire." Dubitavo che Mamma non

fosse a conoscenza del genere di attività di Carla. Era solo troppo gentile per dire qualcosa in proposito.

Una cosa di cui ero sicura era che zia Pearl non si rendeva conto di quanto era in pericolo.

La morte di Carla non aveva cambiato solo il futuro di Rocco o di Manny. C'era di mezzo anche la relazione di zia Pearl con Manny. E quello che faceva Christophe nella nostra suite.

CAPITOLO 24

Zia Pearl e io sedevamo sul divano mentre la mamma dormiva serena all'estremità opposta a noi. Wilt era poco lontano, davanti a un tavolino. Era piegato in avanti, con la testa tra le mani, abbattuto. Se ne fossi stata capace, avrei fatto un incantesimo di rewind per farlo sentire meglio. Ma non avrebbe risolto il problema. Jimmy sarebbe comunque venuto a cercarlo per il risarcimento delle sue perdite al poker.

Christophe era tornato alla suite da pochi minuti, comportandosi come se l'intera scena del funerale non fosse mai accaduta. Si era diretto in cucina e a me andava bene così.

Dopo cinque minuti di rumori di ante che sbattevano e piatti che tintinnavano, ne emerse con un vassoio di spuntini che appoggiò sul tavolino da caffè davanti a noi. "Qualcuno ha fame?"

Di solito non ero molto brava nelle chiacchiere generiche e applicarmi con uno degli sgherri di Manny La Manna mi metteva a disagio. Temevo anche di dire la cosa sbagliata, quindi feci un grugnito e infilzai un pezzo di formaggio.

"Che ore sono?" La mamma si mise a sedere e fece vagare lo sguardo per la suite. Si alzò, dimenticandosi della caviglia dolorante.

Ricadde subito sul divano, con una smorfia di dolore sul volto. "Vorrei tornare alla piscina. È così rilassante."

"Non penso che sia una buona idea, Mamma."

"Lascia che me ne occupi io." Christophe si precipitò a prendere Mamma tra le braccia come un eroe da romanzo rosa e la portò vicino alla finestra su un divano dall'aspetto confortevole. La appoggiò delicatamente e le passò un asciugamano bianco soffice. "Almeno da qui puoi goderti la vista."

La mamma fece un risolino; era evidente che era compiaciuta dalle attenzioni di Christophe. "Penso di stare bene. Forse solo qualche livido per la caduta."

Le fossette di Christophe si accentuarono con il sorriso. Si comportava come se non fosse successo niente di diverso dal solito. "Posso offrire alle signore qualcosa da bere? Dovete essere stanche per il funerale." Fece l'occhiolino a Mamma.

La mamma arrossì. "Perché no?"

Seguii zia Pearl fino al divano, tenendo la voce bassa. "Perché continua a recitare la parte del maggiordomo? Sa che lo abbiamo visto con Manny."

"Shhh." Zia Pearl si portò un dito alle labbra.

Christophe ci ignorò e continuò a tenere lo sguardo sulla mamma. "Ti porto un po' di ghiaccio per la caviglia."

"Per me un cosmo, Chris," gridò zia Pearl verso Christophe che si dirigeva in cucina. "Un vino bianco per Ruby."

La mamma restò in silenzio e io pensai fosse un consenso.

"Per me un po' d'acqua. Non sono nemmeno le cinque," protestai.

"Questo è il fuso orario di Vegas, Cen. Questa città non dorme mai e non dovresti nemmeno tu. Lasciati andare, tanto per cambiare." Zia Pearl si passò una mano tra i capelli grigi. "Comportati come una della tua età."

Christophe sparì dietro un angolo e ricomparve nel giro di pochi secondi con un grande vassoio carico di bevande e diversi piattini di formaggio, tartine saporite e cracker. Mi passò un bicchiere di vino bianco ghiacciato. "Mi sono preso la libertà di scegliere un gustoso chardonnay della valle di Sonoma per te, Cendrine. Dato che Pearl e Ruby stanno bevendo alcolici ho pensato che ne volessi anche tu."

La mia forza di volontà vacillò. Presi il vino dal vassoio di Christophe e lo assaggiai. Lo chardonnay era delicato sulla lingua e mi stimolò l'appetito. Assaggiai un pezzo di formaggio e fui sopraffatta dalla stanchezza. Ero troppo esausta per preoccuparmi di qualunque cosa. Avevamo viaggiato tutta la notte per arrivare lì, per trovarci in mezzo a una sparatoria, gangster che giocavano d'azzardo e un assassinio. Non dormivo da ventiquattr'ore e non avevo più energia per contrastare i piani di zia Pearl e nemmeno per tenere d'occhio Christophe.

"Sei davvero un lampo, Chris." Zia Pearl buttò giù il cosmo e sbatté il bicchiere vuoto sul tavolino. "Fai magie o qualcosa del genere?"

Sul punto di soffocare, sputai lo chardonnay tutto intorno sui vestiti. Mi ripresi e lanciai un'occhiataccia alla zia, infastidita dal suo accenno al soprannaturale.

Se Christophe era seccato, non lo diede a vedere. "È un segreto industriale. Posso anche preparare qualcosa per cena, se volete." Restò in piedi in attesa di istruzioni. Forse dopo tutto non era un gangster.

"Ne sarei felice, Chris, grazie!" zia Pearl saltò in piedi. "Penso che resteremo qui per cena. Perché non ci sorprendi?"

"Bene. Uscirò un momento a prendere qualcosa per preparare." Christophe si diresse all'ingresso, le suole di gomma che scricchiolavano sul pavimento di marmo.

Aspettai finché non sentii chiudere le porte dell'ascensore e mi girai verso la zia.

"Se davvero lavora per Manny, dovremmo preferire che non tornasse."

La mamma sorseggiava il suo vino e si teneva abbracciata al telo morbido, ignara del nostro dilemma.

"Bene, metteremo un lucchetto alla porta o qualcosa del genere." Zia Pearl scosse lentamente la testa. "Conosco il modo in cui potresti impedirgli di tornare."

"Qualunque cosa sia, la farò. Come?"

Zia Pearl sorrise. "Un incantesimo di protezione tutto intorno. Ti sei esercitata? O sei stata troppo occupata con altre cose?"

Sapeva benissimo che non avevo fatto pratica e ora stava per farmela pagare. Di nuovo.

"Non puoi…"

"No, Cen. Devi imparare a camminare da sola."

"Ma questa è una situazione grave. Non potresti fare un'eccezione solo per questa volta?"

Mi scacciò con un gesto della mano. "Quale modo migliore per imparare? Almeno ora sei motivata."

Sospirai. "Il tuo amore malavitoso ci sta mettendo in ogni sorta di guai. Fallo almeno per la mamma."

"Ti preoccupi troppo, Cen. Goditi la suite, è probabile che non avrai mai più occasione di stare in un posto del genere."

"Potremmo stare nel camper," dissi.

Zia Pearl agitò il dito. "Ti sentiresti più al sicuro in una scatola di latta nel parcheggio sotterraneo? Non mi pare un'idea brillante se la mafia ti sta cercando."

Non aveva tutti i torti ed era troppo tardi per fare qualcosa riguardo alla stanza, quella sera. "Passiamo solo questa notte qui. Staremo sempre dentro e poi domani vedremo."

"Io non starò a ciondolare qui. Questa è Vegas, baby. Andrò di sotto al casinò. Vuoi unirti a me?"

Scossi la testa e mi resi conto che la zia era già sparita sulla scala a chiocciola che portava alle stanze.

Forse zia Pearl aveva ragione sul fatto di ricavare il meglio da questa situazione, ma tutto quello che volevo davvero fare era andare a dormire. La cosiddetta missione di zia Pearl ormai non sembrava più così importante.

Finito il funerale, non c'era molto altro che potesse succedere prima della nostra partenza il giorno seguente. Cosa sarebbe potuto andare storto?

Sorseggiai il vino e guardai la mamma, che si era addormentata di nuovo. Russava delicatamente sul divano. Mi avvicinai e le tolsi di mano il bicchiere di vino vuoto, appoggiandolo sul tavolino. Le aggiustai il cuscino sotto la caviglia gonfia e mi sentii gli occhi pesanti.

La mamma priva di conoscenza e la mia mancanza di capacità magiche ci lasciava piuttosto indifese e zia Pearl ne era ben consapevole. Comunque, non ci avrebbe lasciate lì se fossimo state davvero in pericolo. Nonostante tutti i guai che provocava, era protettiva e leale.

Ma forse zia Pearl aveva ragione. Anche se ero bloccata, c'erano un sacco di posti peggiori di uno lussuoso in cui venivamo servite e riverite. Fu il mio ultimo pensiero e poi cedetti al sonno.

CAPITOLO 25

Mi riscossi dal sonno e mi ritrovai sul divano, disorientata. A giudicare dalla poca luce all'esterno era ormai il crepuscolo. Dovevo aver sonnecchiato.

Sollevai la testa in direzione di un rumore.

Tump.

Tump, tump, tump.

Non mi ricordavo di essermi addormentata ma era chiaro che avevo dormito perché mi sentivo intorpidita. Avevo un mal di testa martellante, anche se mi sembrava di aver bevuto solo qualche sorso di vino. L'alcol, la disidratazione e il troppo sole al funerale mi avevano stremata.

Tenevo ancora stretta in mano la tessera magnetica che serviva da chiave per la suite e mi resi conto che non avevo più chiamato Tyler dopo il funerale. Tutta colpa dello stupido incantesimo su Rocco. Metà del tempo non ero in grado di pensare con la mia testa e per il resto dovevo cercare di tenere il passo di zia Pearl.

Un'altra promessa infranta.

Tump, tump.

Probabilmente mi ero giocata tutte le chance con l'uomo che avevo desiderato per mesi. E tutto per colpa della zia impicciona e del suo rapimento.

Ora ero convinta che aveva sempre saputo della nostra relazione. Avrebbe fatto di tutto per allontanarlo da me compreso sabotare in ogni modo la nostra relazione al suo nascere. La storia dei Racatelli aveva funzionato come scusa ideale.

Tump, tump.

Il fatto che Tyler non piacesse a zia Pearl non era niente di personale. Lo trovava semplicemente frustrante perché le dava del filo da torcere. Era il solo sceriffo che non fosse riuscita a scacciare dalla città. Probabilmente mi aveva rapita di proposito per evitare che tra noi crescesse qualcosa.

Tump.

Gli occhi si abituarono lentamente all'oscurità, girai lo sguardo in direzione del rumore. Percorsi con gli occhi la scala a chiocciola e fermai lo sguardo su un paio di tacchi a spillo attaccati a due belle gambe.

"Yu-huu! Come ti sembro?" La voce di zia Pearl echeggiava sul soffitto alto e la sua mano ben curata stringeva la ringhiera della scala. Dal punto in cui mi trovavo, sul divano al piano di sotto, vidi solo la metà inferiore di un vestito da sera di paillettes rosso brillante che luccicava sotto le luci alogene.

Saltai in piedi e imprecai sottovoce mentre prendevo atto della scena. Il breve attimo di spensieratezza di poco prima era svanito. Non era affatto zia Pearl, era Carolyn Conroe. "Non puoi trasformarti in Carolyn qui."

Carolyn Conroe era l'alter ego di zia Pearl, un clone magico di Marilyn Monroe che mia zia trasformava come voleva per divertirsi. Carolyn era ancora più sconsiderata di zia Pearl, con un lato equivoco e imprevedibile. Il pensiero di Carolyn senza controllo e senza supervisione a Las Vegas mi terrorizzava.

"Perché no? Carolyn ama Vegas ancora più di me." Uno spacco fino alla coscia mise in mostra la gamba ben tornita mentre zia Pearl, o piuttosto Carolyn, lentamente e rigidamente scendeva le scale sui tacchi incredibilmente alti.

La giovinezza di Carolyn era solo apparente; doveva comunque appoggiarsi sulle gambe artritiche della settantenne zia Pearl. Nemmeno la stregoneria poteva cambiare la natura di base.

"Quello che succede a Vegas rimane a Vegas." Si fermò a qualche gradino dalla fine e strizzò l'occhio. "Progetto *Vegas Vendetta* fase due."

"E Christophe? Non puoi mettere in scena le tue buffonate con lui in giro. Non deve scoprire che siamo streghe." Non avevo idea di quando quell'uomo avesse programmato di tornare. Dato che eravamo arrivate solo quella mattina, non sapevo se fosse un maggiordomo che viveva in casa o se staccava alla fine della giornata.

Zia Pearl scosse la testa mentre scendeva gli ultimi gradini. "A chi importa? Non lo vedremo mai più dopo questo weekend. Se vede Carolyn, raccontagli che è un'amica."

Come se avessi avuto scelta. "E Wilt?"

"Wilt è così preso dal gioco che non noterà niente. Smettila di preoccuparti degli altri, Cen. Cavolo." Carolyn afferrò una borsetta argentata dal tavolino da caffè e fece scattare l'apertura mentre camminava verso l'atrio. Sporse le labbra e applicò il rossetto. "Devo scappare."

L'umore allegro di zia Pearl sembrava fuori luogo per qualcuno che stava piangendo l'amica appena morta. Lanciai un'occhiata di fianco a me sul divano dove la mamma continuava a dormire, ignara della nostra conversazione. "Vedo che stai ancora piangendo."

"Carla sarebbe perfettamente d'accordo con il mio travestimento," disse. "Comunque, non preoccuparti, continuerò il pianto nel mio intimo. Devo solo lasciarmi un po' andare al casinò, prima."

"Cambiati di nuovo prima che qualcuno ti veda." Mi pulsava la testa, come se avessi bevuto troppo. Guardai verso il bicchiere di margarita ancora mezzo pieno sul tavolino. Christophe non era l'unico a correggere le bevande. Sospettavo che zia Pearl avesse reso più forte il cocktail aggiungendo qualcosa.

"Le ragazze vogliono solo divertirsi, Cen. Non fare la lagna. Vieni con me."

La testa sussultò mentre mi alzavo. Zia Pearl sembrava non aver subito conseguenze, anche se aveva bevuto molto più di me. Indicai verso la mamma sul divano. "Non posso lasciarla così. Qualunque cosa abbia bevuto al funerale le ha fatto uno strano effetto."

Carolyn mi ignorò e zoppicò verso la porta sui tacchi altissimi.

"Zia Pearl?" Saltai su dal mio posto e la raggiunsi nell'atrio. "Per quanto starai via?"

"Dipende dal movimento che troverò di sotto."

"E se tornasse Christophe?"

Alzò gli occhi al cielo. "Non so. Fagli preparare dei drink, la cena, quello che ti pare. Tienilo occupato."

Alzai le mani al cielo. "Non puoi lasciarci qui così. Mi hai imbrogliata facendomi venire con delle scuse accampate. Ho già perso un colloquio di lavoro e un appuntamento galante. Non sono disposta a sopportare oltre le tue pazzie."

"Tutto quello che abbiamo fatto è stato partecipare a un funerale. Ammetto che non è da tutti i giorni che qualcuno lasci cadere la bara, ma tutto sommato è andata bene."

"Stai cambiando argomento." Pestai il piede. "Lo hai fatto di proposito, solo per rovinarmi la possibilità di avere un lavoro normale e per impedire che io continui a vedere Tyler." Sapevo che lo sapeva. Potevo anche dirlo.

"Oh, Cendrine! Smettila di piagnucolare. Non essere ossessionata da quell'uomo. Non ne vale la pena." Si mise le mani sui fianchi. "E per cominciare, perché sei venuta?"

"Mi hai rapita, ricordi?"

Carolyn sbatté le ciglia finte. "Sei esageratamente drammatica. Non gira tutto intorno a te, ricordati."

Mi cascò la mandibola. "Io? Sei tu quella melodrammatica."

"Hai ragione. Lo sono." Fece un sorriso compiaciuto. "Forse sarebbe meglio se tu tornassi a Westwick Corners dopo tutto. Ne parleremo meglio quando torno."

"Mi aiuterai con un incantesimo?" Mi illuminai al pensiero. Un pizzico di aiuto magico da parte di zia Pearl e avrei potuto teletrasportarmi a casa in pochi minuti. Stasera avrei potuto dormire nel mio letto.

"Perché non ti eserciti un po' con la magia così vediamo quando rientro."

"Non possiamo farlo ora?"

Carolyn picchiettò l'orologio. "Mi dispiace, non ho tempo. Forse più tardi. Devo occuparmi di alcune cose prima che sia troppo tardi."

Mi ingobbii per la delusione mentre la guardavo uscire. Tornai in soggiorno, pensando che alla peggio avrei potuto prendere un volo e tornare a casa. Forse non stasera, ma domani mattina. Avrei preso in prestito la carta di credito della mamma e le avrei restituito i soldi più avanti. Avrei potuto essere a casa entro qualche ora.

Mi illuminai vedendo il portatile della mamma sul tavolo da pranzo e lo aprii. Le mie speranze svanirono rapidamente quando mi resi conto che la suite non disponeva di Internet. Probabilmente il fatto era legato alla regola 'niente telefono'. Ma doveva esserci un collegamento wireless nella reception. Forse anche un agente di viaggi che avrebbe potuto prenotarmi il rientro a casa.

La mamma russava pacifica sul divano, la caviglia gonfia appoggiata sui cuscini. Era un peccato svegliarla, ma non avrei nemmeno voluto lasciarla sola.

Mi illuminai al pensiero che aveva un maggiordomo a disposizione. Christophe sarebbe rientrato presto e avrebbe potuto portarle qualunque cosa avesse bisogno mentre ero via. Che lavorasse per Manny o no, sembrava che per noi, soprattutto per la mamma, avesse un occhio di riguardo.

A parte i cocktail micidiali, mi ricordai.

Non era la soluzione ideale lasciare la mamma, ma il pensiero di zia Pearl abbandonata a se stessa era anche peggiore.

Scrissi un biglietto e lo lasciai sul tavolino nel caso la mamma si fosse svegliata, poi mi diressi al casinò.

CAPITOLO 26

Non avevo fatto molta strada quando mi imbattei in Rocco. Era seduto al bar, allo stesso tavolo di prima. Stava con la schiena al muro in modo da avere la visuale completa di chi andava e veniva dalla reception. Me compresa. Incrociò il mio sguardo e mi fece segno di raggiungerlo.

Mi sentii battere forte il cuore quando ci guardammo negli occhi. Incantesimo o no, la mia attrazione nei suoi confronti era irresistibile. A giudicare dal suo sguardo, la cosa era reciproca. Nonostante sapessi che era un trucco di zia Pearl, non avevo la forza di combatterlo.

"Cen… dobbiamo parlare." Mi fece segno di sedermi.

Presi il mio posto, osservando gli stessi due sgherri seduti al tavolo vicino. Mi sembrò un deja vu, anche se pensandoci era una cosa normale. Come proprietario dell'albergo, Rocco doveva avere un tavolo permanentemente riservato a lui.

Rocco buttò giù il suo drink e si sporse in avanti. "La morte della nonna non è stata un incidente. Aveva un sacco di nemici, gente abbastanza potente da insabbiare l'indagine. Il problema è che la polizia è corrotta."

L'ironia di un criminale che si lamentava della corruzione della polizia mi colpì. "Da chi?"

"Zio Manny. Penso ci sia lui dietro la morte della nonna." Lo sguardo di Rocco divenne malinconico. "Non è un mio parente di sangue, ma prima che iniziasse la guerra per il territorio le nostre famiglie erano abbastanza vicine. Cambiò tutto con il crescere delle ambizioni di zio Manny. Ha creato una spaccatura tra le due famiglie. Una cosa è combattere per il territorio, ma uccidere per questo non me lo sarei mai aspettato da lui."

Ed era così che si comportavano le famiglie criminali, per quello che ne sapevo. Rocco ovviamente lo negava. Non sapevo esattamente in quale genere di affari criminosi fosse coinvolta la famiglia Racatelli e nemmeno lo volevo sapere. Ma in un modo o nell'altro, zia Pearl mi aveva coinvolta. "Carla ovviamente conosceva i rischi dell'essere coinvolti in attività illegali."

Rocco annuì. "Sì, ma voleva solo fare ancora un po' di soldi per potersi godere la pensione. Sia per lei che per me, dato che anch'io volevo lasciare gli affari della famiglia. Avevo in mente di tenere l'albergo e qualche altro investimento, ma progettavo di liberarmi della parte più sordida e seguire le regole. La nonna aveva cercato di raggiungere un accordo con Manny per legittimare il tutto. Ma lui voleva di più. In questo genere di affari, c'è un solo modo in cui si può lasciare. In una bara."

Rocco non disse niente del matrimonio segreto tra Carla e Manny e io non ero sicura che ne fosse al corrente. In caso negativo, non volevo essere io a farglielo sapere.

"Pensi che Manny sia responsabile della morte di Carla?" Le circostanze riguardanti la sua morte erano di certo sospette, ma non puntavano necessariamente a lui. "Ha un alibi?"

"Dice che era al casinò ma io ho riguardato tutti i video di sorveglianza e non c'è traccia di lui. Eppure ha diversi testimoni che affermano che partecipava a un poker con scommesse forti. Secondo i miei video è evidente che mentono."

"Lo hai detto alla polizia?"

"Certo, ma non ne hanno tenuto conto. Pensano ancora che sia stato un incidente, quindi non indagano oltre."

All'improvviso mi ricordai del rapporto dell'autopsia che avevo lasciato appoggiato sul tavolino nella suite. E se Christophe fosse tornato e lo avesse visto?

Mi alzai. "Verrà fuori qualcosa. Devo andare, Rocco."

"No... aspetta." Mi prese per il polso ma lo lasciò subito. "Penso di poterli convincere a riaprire la cassa."

"Grande!" Mi allontanai.

"Sì e no. Se riaprono le indagini e devono affibbiare l'omicidio a qualcuno è più probabile che arrestino me che Manny. Non ho un alibi e ho solo da guadagnare dalla morte della nonna. Dovrei ereditare tutto."

Scossi la testa. Il povero Rocco era davvero all'oscuro. "Non è un motivo sufficiente. Hanno bisogno di prove contro di te."

"Sembra che abbiano qualcosa o almeno il movente."

"Tu? Ma perché..."

"Possono sostenere che ero stanco di aspettare che la nonna andasse in pensione. Non solo quello ma io avrei beneficiato del suo ritiro. È vero che erediterò tutto, ma lei divideva già tutto con me. Non ero addentro agli affari come lei e l'ultima cosa che avrei voluto... anche da una prospettiva di business... era che lei se ne andasse. Non sono in grado di condurre il business come faceva lei, nemmeno un po'. Ma forse con il tuo aiuto..." La voce di Rocco si spezzò.

"Mi dispiace, Rocco. Non vedo davvero come potrei aiutarti. Ti serve un avvocato, non una giornalista di provincia." E oltretutto una giornalista senza lavoro. Mi alzai.

"No... Cen. Aspetta. Vedi, tu conosci i segreti della mia famiglia, voglio che tu sappia anche il mio. Sei l'unica che mi può aiutare, Cen. Se non posso combattere la corruzione, mi serve aiuto per portarla alla luce. Esattamente il tipo di aiuto che mi puoi dare tu, come strega."

Mi cascò la mandibola nel rendermi conto che Rocco sapeva esattamente quale fosse il segreto della famiglia West. "Un incantesimo non riporterà in vita Carla, Rocco."

"Questo lo so, ma forse mi puoi aiutare in un altro modo. Trovando le prove che Manny non era dove diceva di essere."

"Non vedo come..."

"Puoi tornare indietro nel tempo, seguire i suoi passi e vedere esattamente come si sono svolti gli eventi che hanno portato all'omicidio. Poi possiamo trovare il modo di confutare il suo alibi e far sì che la polizia possa agire."

"Cosa ti fa pensare che potrei farlo?"

"Una volta Pearl ha fatto un incantesimo di rewind per me. Un favore quando avevo perso una quantità di soldi che non erano miei. Quel giorno mi ha salvato la vita."

Zia Pearl che contravveniva alle regole come al solito. "E allora perché non chiedi a lei di aiutarti?"

"Non posso," disse rocco. "È ancora sconvolta per via della nonna. Non voglio doverla mettere di fronte al vero motivo della sua morte. Qualunque questo sia."

Mi girai per cercare con lo sguardo Carolyn Conroe, ma l'alter ego di mia zia non sembrava essere da nessuna parte. In un certo senso era positivo perché non era esattamente l'amica addolorata che Rocco pensava fosse.

"Vorrei aiutarti, ma la verità è che non sono molto brava come strega. Soprattutto non con gli incantesimi di rewind. Si tratta di magia piuttosto avanzata." Tecnicamente avrei potuto fare l'incantesimo, ma c'erano troppi rischi di fare errori. Sembrava una pessima idea quella di mischiare la magia con la mafia. A dire la verità, mi spaventava a morte. Se lo avessi fatto per bene, Rocco avrebbe chiesto altri favori e se avessi fallito, chi sa quali avrebbero potuto essere le conseguenze?

"Ho fiducia in te, Cen. In effetti, in questo momento sei l'unica persona di cui mi fido."

CAPITOLO 27

Lasciai il bar dopo aver convinto Rocco a chiamare prima un avvocato e poi a fare visita al medico legale.

Forse avrebbe potuto cavare la verità dalla dottoressa. Speravo che scoprisse da solo la verità, senza ricorrere a misure estreme. Se solo fossi riuscita a ottenere una copia di quel rapporto sull'autopsia in modo legale. Avrebbe aiutato entrambi. Valeva la pena provare.

Se non avesse trovato risposte, Rocco avrebbe potuto chiedere la riesumazione di Carla per una seconda autopsia, ma questa era una cosa alla quale in quel momento non volevo nemmeno pensare.

La diagnosi di morte per annegamento creava numerosi problemi. Tornai con la mente al disastro della bara. A parte la mancanza di acqua nei polmoni di Carla, la sua espressione serena indicava qualcosa. I morti annegati non erano mai privi di espressione. Il loro volto esprimeva inevitabilmente terrore e disperazione, fissando il momento finale in cui si rendevano conto che avrebbero perso l'ultima battaglia della vita.

Mi sentii all'improvviso molto triste. Qualunque fossero state le azioni di Carla in vita non erano così malvagie da farla finire in quel modo. Mi sentii triste anche per mia zia che aveva perso l'amica di una vita, anche se aveva scelto un modo inappropriato per esprimere il suo dolore.

E poi c'erano i miei strani sentimenti per Rocco. Non ero mai stata attratta da lui, ma mi ritrovavo ad averlo sempre in mente. Almeno quasi quanto Tyler, a dire il vero.

Tyler.

Mi aveva avvisata di non lasciarmi coinvolgere e aveva ragione. Avrei dovuto semplicemente salire di sopra, godermi la suite di lusso e guardare la mamma finché si fosse svegliata. La promessa di zia Pearl di riportarmi a casa aveva certamente un lato negativo, ma al momento era la mia unica possibilità accettabile.

Camminavo stordita, ancora incerta se cercare di rintracciare zia Pearl e tirarla fuori da qualunque guaio nel quale si fosse cacciata o semplicemente andarmene di sopra. Ero dilaniata. Ben presto mi trovai a pochi passi dagli ascensori della reception dove si era radunata una piccola folla.

Piegai il collo per vedere meglio cosa provocava tutta quella eccitazione. I fischi e il mormorio acceso della gente mi fecero pensare che lì in mezzo ci fosse una rockstar o una personalità di Hollywood. Mi chiesi chi si esibisse quella sera.

Un lampo di paillettes rosse e lunghi capelli biondi attirarono la mia attenzione e mi sentii poco bene.

La mia paura si concretizzò quando riuscii a vedere zia Pearl, o meglio il suo alter ego Carolyn Conroe. Faceva girare tra le dita una collana di strass mentre cantava *Diamonds are a girl's best friend* con voce sensuale.

“Chi è quella?” Una ragazzina mi passò il suo telefono e indicò se stessa e la sua mamma. “Ci fai una foto?”

Grande. Non solo zia Pearl aveva dato vita al suo numero di Carolyn Conroe, ma si stava anche esibendo facendo finta di essere una celebrità. Feci un paio di foto alla ragazza e alla madre su entrambi i lati di una Carolyn che sorrideva compiaciuta, poi restituii il telefono alla proprietaria.

Fulminai Carolyn con lo sguardo, indispettita dal suo fan club e dalla mia pietà mal riposta. Sembrava incosciente degli eventi intorno a noi. Pareva piuttosto che fosse semplicemente lì a godersela.

Carolyn strizzò l'occhio con impertinenza.

Chiusi la mano intorno al braccio di Carolyn e la trascinai via dalla folla. "Dobbiamo parlare."

"Ma tu non ti diverti mai?" Carolyn imprecò sottovoce. "Tutto quello che succede a Vegas, resta a Vegas. Lo sai."

Ignorai il suo commento e le strinsi più forte il braccio. "Andiamo di sopra, ora!"

"Cen, aspetta. Non possiamo andare senza Wilt. Penso che abbia dei problemi." Carolyn fece il broncio.

La sua espressione sembrava sincera anche se io sapevo che non mi potevo fidare. Mi ingannava sempre. "È abbastanza grande. Può pensare a se stesso." Sembrava inappropriato che mia zia, che avrebbe dovuto essere sofferente, fosse così irriverente riguardo la sua magia da trasformarsi in Carolyn e attirare ogni sorta di attenzione.

Carolyn scosse la testa. "Mmhh. È un giocatore compulsivo. Non avrei mai dovuto portarlo qui."

"Non avresti dovuto fare un bel po' di cose," rimproverai mia zia. "Come portarmi qui contro la mia volontà."

Un leggero sorriso comparve sulle labbra di Carolyn. "Hai solo bisogno di divertirti un po'. Lascia prima che trovi Wilt. Poi andremo di sopra."

* * *

QUALCHE MINUTO dopo trovammo Wilt a un tavolo da poker dove si puntava forte. Anche da sei metri di distanza era evidente che era nei guai. La carnagione normalmente pallida era paonazza e stava sudando copiosamente. "Non ha quella che si dice una faccia da poker, vero?"

"Non importa. Tutto quello che serve è una buona mano." Carolyn mi mise da parte con un cenno. "Fatti gli affari tuoi e lascia che Wilt si diverta un po'."

L'esperienza di Wilt in quel momento non sembrava nemmeno un po' corrispondente al divertimento, ma si illuminò decisamente quando scorse Carolyn. Io divenni subito sospettosa. "Lo stavi aiutando a vincere, non è vero?"

"Forse per un po'." Carolyn mostrò il sorriso e un po' di gamba per la gioia degli altri tre uomini al tavolo di Wilt. In cambio loro diedero una sbirciata. "Li ho distratti al punto che sarebbe stata un'occasione sprecata non farlo."

"Sai che non è giusto, zia Pearl." Scossi la testa. "È contrario alle regole del WICCA utilizzare i poteri magici per fare soldi." Le regole erano particolarmente severe per quanto riguardava l'utilizzo della magia per arricchirsi. Creare i soldi era assolutamente proibito. Anche se non ero al corrente di ogni regola specifica riguardante il gioco d'azzardo, ero abbastanza sicura che fossero analoghe. Zia Pearl non stava esattamente stampando banconote, ma quello che faceva ci andava molto vicino.

Mia zia alzò gli occhi al cielo. "Conosco le regole, Cen. Chi dice che uso la magia? Non ne ho bisogno. È semplice aritmetica."

"Hai contato le carte?" Il casinò probabilmente aveva telecamere ovunque. Conoscendo la zia, quasi certamente l'aveva fatto in modo evidente.

"Qualcosa del genere." Carolyn si avvicinò leggermente al tavolo dove catturò immediatamente l'attenzione di un uomo robusto. Il grosso bracciale d'oro sprofondava nel polso carnoso mentre sventolava le sue carte, caricatura oscura uscita dritta da un film di gangster. La sua espressione soddisfatta era o un bluff o una prova inequivocabile che la sua mano avrebbe battuto quella di Wilt. L'altra mano la teneva sulla coscia, vicino alla fondina.

"È piuttosto divertente prendersi gioco di questi bravi ragazzi. Pensano di essere più furbi di chiunque altro. Dovresti provarci qualche volta." Carolyn gettò all'indietro la chioma bionda con un gesto esagerato mentre si pavoneggiava intorno al tavolo.

Contare le carte era già abbastanza grave, ma controllare la mano degli avversari di Wilt era un imbroglio anche peggiore. Afferrai il braccio di Carolyn e la tirai indietro dove stavo io, a qualche passo di distanza da Wilt. "Non sarà divertente ancora per molto. Wilt non si può permettere di giocare d'azzardo con il suo lavoro al minimo salariale." Incrociai il suo sguardo mentre Wilt spingeva una pila di fiches da cinquanta dollari verso il centro del tavolo. Abbassai la voce. "È in guai seri."

Sapevo molto poco del poker ma comunque avevo visto che la sua mano era pessima. Non aveva figure e nemmeno una misera coppia di carte basse. Non era capace di bluffare e non aveva alcuna speranza di vincere. Che stesse spendendo i suoi soldi o parte delle vincite alla lotteria di zia Pearl i soldi non sarebbero durati a lungo.

Carolyn mi ignorò.

Mi avvicinai al tavolo. "Wilt, finisci la tua mano e andiamocene."

Si girò per un attimo, il tempo sufficiente di fulminarmi con un'occhiata. "Lasciami in pace. Mi stai togliendo la concentrazione."

Zia Pearl, sempre mascherata da Carolyn Conroe, imprecò sottovoce. "L'hai sentito. Fatti gli affari tuoi, Cendrine."

Io strinsi i denti. "Concentrati, zia Pearl. Ricordati perché siamo qui."

"Voi due vi conoscete?" Wilt alzò le sopracciglia sorpreso.

Io annuii, indispettita dal fatto di dover nascondere la doppia identità di mia zia.

"Il mondo è piccolo." Wilt si girò di nuovo al tavolo e tornò alla sua patetica mano di poker.

"Più piccolo di quanto tu pensi." In un certo senso ero sollevata dal fatto che Wilt non avesse idea che Carolyn in realtà era zia Pearl, e una strega, ma il suo modo di fare ingannevole mi seccò. Wilt era ovviamente attratto dall'alter ego di zia Pearl e Carolyn lasciava che pensasse che il sentimento era reciproco.

Mi girai verso Carolyn. "Fallo per il suo bene, zia Pearl."

"Ssshh... Non chiamarmi così."

"Mi hai detto che ha un problema con il gioco d'azzardo."

"L'ho fatto? Non me ne ricordo."

"Proprio tu, dovresti saperlo." Fece un respiro profondo mentre i giocatori intorno al tavolo rilanciavano la scommessa di Wilt. Discutere non aveva senso. Prolungava solamente il disastro che ci attendeva.

Carolyn arrivò dietro a Wilt e gli appoggiò una mano sulla spalla.

Wilt si girò a guardarla e sorrise, chiaramente innamorato. Stava facendo un po' di scena per il suo nuovo oggetto amoroso e questo rendeva il suo gioco a carte ancora più sconsiderato. Era evidente che Wilt non aveva mai avuto molto interesse per il sesso femminile, figuriamoci uno schianto come Carolyn. Si crogiolava all'attenzione della donna e dei suoi avversari di poker invidiosi.

Carolyn aveva catturato l'attenzione degli altri tre uomini al tavolo che continuavano a guardare nella sua direzione.

"Vedo," il Tipo Mafioso gettò le carte sul tavolo e sogghignò.

Aveva un full: tre assi e due dieci.

Afferrai Carolyn per il braccio. "Wilt sarà annientato. Fallo fermare, ora." Non potevo più restare a guardare il disastro al rallentatore che si stava preparando davanti ai miei occhi.

"Vuoi che lo interrompa prima che abbia la possibilità di vincere indietro i suoi soldi?" Fece sbattere le ciglia finte guardandomi con finta innocenza.

"Sai cosa intendo."

Lei alzò le spalle e guardando il giocatore che aveva posato le carte strizzò l'occhio.

Anche lui le sorrise, affascinato.

Prima che potessi dire un'altra parola, tutte le persone al tavolo erano in trance.

Letteralmente.

Carolyn Conroe aveva praticato su di loro un incantesimo di rewind. Un attimo dopo, davanti a noi si presentò la stessa scena. Solo che questa volta, Wilt aveva una coppia di assi.

"Zia Pearl!" Le afferrai il braccio. "Questo è peggio che contare le carte! Rimetti tutto com'era prima."

"Non lo posso fare, signorina. Non ti stavi lamentando poco fa quando mi pregavi di aiutarti con un incantesimo."

"Ma il mio incantesimo era solo per riportarmi a casa. Non avrebbe rovinato finanziariamente nessuno."

"Tutti quelli che giocano d'azzardo corrono dei rischi."

Incrociai le braccia. "Quello che stai facendo non è giusto. Riporta tutto subito com'era prima o ti denuncerò al WICCA. Conosci le regole." Imbrogliare al gioco era motivo di immediata e perpetua espulsione. Nessuna strega che si rispetti avrebbe rischiato di perdere i propri poteri.

"Tradiresti tua zia?" Carolyn incrociò le braccia e sbuffò. "Per cosa? Questo non è imbrogliare al gioco, Cen. Ho solo spostato Wilt all'indietro in un momento precedente. Entrambe le sue scelte sono state fatte con la sua volontà."

"Ma questa volta lui ha fatto una scelta diversa," protestai. "Ha tirato carte diverse."

"Sono solo probabilità."

"Non puoi semplicemente riportare indietro la vita finché non ottiene i risultati che desideri," dissi. "Non funziona in questo modo."

"Ti sbagli, Cen. È esattamente così che funziona la vita."

CAPITOLO 28

Wilt si alzò dal tavolo e raccolse le sue fiches. Zia Pearl e io lo seguimmo mentre si dirigeva all'uscita e verso la reception. Sentivo molti occhi addosso a noi. O piuttosto su Carolyn, dato che ad ogni passo mostrava la gamba e la scollatura. Avevamo percorso una decina di metri quando Wilt si fermò affascinato da una schiera di slot-machine. Sembrava essersi completamente dimenticato di noi: era come se fosse in trance.

"Wilt." Mi misi davanti a lui ma i suoi occhi vitrei guardarono oltre me verso le slot-machine. Pescò dei gettoni del casinò dalle tasche e si sedette davanti alla prima della fila.

Uno per uno infilò i gettoni nella macchina.

"Fermalo, zia Pearl! Wilt non se lo può permettere." Sei uomini ubriachi sulla ventina ci avevano seguiti dal casinò. Si erano fermati a qualche metro di distanza, bisbigliando mentre ci osservavano. A giudicare dalle ridicole camice hawaiane e dai cappelli di paglia, stavano partecipando a un addio al celibato.

"Lui non se lo può permettere, ma io si," disse zia Pearl. "Sta giocando a mie spese."

Scossi la testa. "Non importa chi paga. Stai solo peggiorando la sua dipendenza dal gioco." Non capivo come la sua vincita alla lotteria potesse giustificare la rovina della vita di un uomo.

Il nostro fan club si chiuse intorno a noi a semicerchio. Da quello che riuscii a capire dai bisbigli ubriachi, stavano cercando il modo di presentarsi. Mi girai verso Carolyn.

"Non hai nemmeno incassato il tuo biglietto," protestai. "E se tu ti fossi sbagliata nel trascrivere i numeri?" Mi venne anche in mente che se non aveva ancora incassato il biglietto, doveva prendere i soldi da qualche altra parte. Avevo paura di chiedere dove. Non era nemmeno lontanamente ricca a sufficienza per finanziare un viaggio per il gioco d'azzardo.

"Il biglietto è valido. Ho usato quella macchina apposta, quindi sono sicura. Cosa potrebbe andar male?" Agitò la mano in modo vistoso quasi abbattendo lo sposo, che nemmeno se ne accorse mentre perdeva il cappello.

"Tutto," dissi. "Forse c'è stato un errore con i numeri. E se tu avessi perso il biglietto? Spero che tu l'abbia messo in un posto sicuro."

Carolyn infilò una mano nella scollatura, cosa che provocò alcuni fischi dai suoi ammiratori. I suoi occhi si spalancarono e iniziò a sudare.

"Cosa succede?"

Si portò la mano alla bocca. "Era qui pochi minuti fa. Oh mio Dio! Ho perso il biglietto!"

Mi si contorse lo stomaco mentre pensavo al camper, al conto del gioco d'azzardo e a chissà quale altra cosa zia Pearl aveva comprato a credito. "Almeno abbiamo quello che resta delle fiches da gioco di Wilt."

Afferrai il braccio di Wilt proprio nel momento in cui infilava gli ultimi gettoni nella slot-machine e tirava la maniglia.

Troppo tardi. Imprecai sottovoce.

Carolyn Conroe scoppiò a ridere mentre mi dava una pacca sulla schiena. "Calmati, Cen. Stavo solo scherzando."

Gli uomini dell'addio al celibato fissarono Carolyn che si sistemava la scollatura e dava un colpetto finale al petto. Sogghignò guardandoli. "Ce l'ho ancora."

Allontanai Wilt dalla slot-machine.

"Quella è la mia macchina fortunata! Stavo per vincere." Wilt con uno strattone liberò il braccio dalla mia presa.

"Non vincerai mai," dissi. "Andiamocene finché possiamo."

Wilt scosse la testa. "È la prima volta in tanto tempo che vinco e tu vuoi che io smetta?"

"Non stavi vincendo niente," dissi. "Hai terminato le tue fiches."

"Una pausa temporanea," protestò Wilt.

Guardai Carolyn ma lei era troppo occupata per accorgersene. Gli uomini dell'addio al celibato l'avevano circondata e cercavano di attirare la sua attenzione. Si stava godendo ognuno di quei minuti.

Avevo ancora un vantaggio. Wilt non sapeva che Carolyn in realtà era zia Pearl.

Abbassai la voce in modo che Carolyn non sentisse. "Wilt, ho bisogno il tuo aiuto. Zia Pearl non c'è e ho bisogno di trovarla. Tu non dovresti essere il suo autista e guardia del corpo personale?"

Wilt impallidì. "Oh, sì. Oh mio Dio. È meglio che la trovi."

Mi sembrò una reazione esagerata, ma almeno Wilt prendeva il suo lavoro sul serio.

"So che stai solo rilassandoti dopo il lungo viaggio per arrivare qui, ma dobbiamo trovarla con urgenza. Ha bisogno della sua medicina." Se c'era qualcuno che aveva bisogno di medicine in quel momento, ero io, ma Wilt credette alla mia piccola bugia.

La sua bocca si spalancò. "Ho fatto casino, vero? Mi dispiace, non so cosa mi ha preso."

"Nessun problema, Wilt." Mi allontanai dalla slot machine e gli feci segno di seguirmi. Uno del gruppo dell'addio al celibato ci diede uno spintone, seccato per la perdita della sua posizione vicino a Carolyn.

Wilt mi seguì con aria contrita. "Sono stato preso dalle carte invece di stare attento e tenere d'occhio Miss Pearl. Non riesco a evitarlo, Cendrine. Tutte le luci forti e i rumori mi infastidiscono. Mi sembra di essere drogato."

"Non ti preoccupare. Vai di sopra nella suite e vedi se riesci a trovare qualcosa. Io guarderò qui intorno." Non ne avevo intenzione, ma avevo bisogno che Wilt se ne andasse dal casinò. Dovevo parlare a

Carolyn da sola e convincerla a trasformarsi di nuovo in zia Pearl. Carolyn Conroe attirava troppo l'attenzione maschile.

Wilt annuì e si girò per andarsene. Aveva fatto solo qualche passo quando un enorme uomo nerboruto gli bloccò la strada.

Il mio cuore fece un salto quando riconobbi il Tipo Mafioso, il giocatore di poker di qualche momento prima.

CAPITOLO 29

"Perché hai lasciato il tavolo? Stavamo iniziando a conoscerci." Il Tipo Mafioso piazzò una mano carnosa sulla spalla di Wilt. "Abbiamo un problemino, io e te."

"Ho finito di giocare." Wilt tremava mentre parlava. "Ho pagato tutte le mie scommesse, quindi non vedo dove sia il problema."

"Non vedi come contare le carte possa essere un problema?" L'uomo rinforzò la stretta. "Non mi prendi in giro nemmeno un po'. Hai perso la mano alla fine solo per farlo sembrare reale."

"Ma non ha alcun senso," protestai. "Ha perso un sacco di soldi alla fine." Mi chiesi se fosse il caso di andare a cercare Rocco. Poi mi ricordai della sparatoria e decisi di lasciar perdere. Queste rivalità tra famiglie tendevano a diventare mortali.

Il Tipo Mafioso mi fulminò con lo sguardo in modo che sembrava gli stessero uscendo gli occhi dalla testa. "Nessuno ha chiesto il tuo parere, dolcezza."

Wilt sobbalzò per il dolore mentre il Tipo Mafioso stringeva sempre più forte.

"Ho visto cosa stavate macchinando tu e la tua amica." L'uomo fece un cenno verso Carolyn. "Lei serve per distrarre, no? Attira l'attenzione di noialtri finché non stiamo più attenti al gioco."

"Per niente. Ho vinto in modo onesto e pulito." Wilt si divincolò dalla stretta dell'uomo. "Devo andare."

"Tu non vai da nessun parte. Sei in debito con me." L'uomo prese Wilt per il colletto e lo strattonò così forte verso l'alto che per poco Wilt non ne uscì dall'altra parte. Era grosso il doppio di Wilt, quasi centotrenta chili, con un carattere ugualmente sovradimensionato.

Wilt scosse la testa. "Non devo niente a nessuno. Nemmeno del tempo."

La risposta impertinente di Wilt stava per metterci in un gran casino. Gli diedi un colpetto al braccio. "Wilt, andiamo."

Il Tipo Mafioso tirò Wilt in direzione opposta, strappando la cucitura della sua camicia. Saltò via un bottone che atterrò sulla morbida moquette del casinò.

Il volto del Tipo Mafioso divenne di un rosso rabbioso, non sapeva perdere.

"Carolyn," gridai. "Vieni qui."

Con mia sorpresa, Carolyn si liberò immediatamente dei suoi ammiratori. "Cos'è tutta questa agitazione?"

"Abbiamo bisogno di aiuto," sussurrai. "Sarebbe un buon momento per il rewind."

"Oh, cielo," Carolyn si accigliò. "Wilt è davvero nei guai. Quello è Jimmy, il braccio destro di Manny La Manna. Ha un temperamento impetuoso. Wilt è davvero bravo a scegliersi i nemici."

"Non l'hai riconosciuto prima? È stato a giocare a carte con Wilt tutto il tempo in cui tu stavi contando. Come hai potuto non notarlo?"

"È molto diverso dall'ultima volta che l'ho visto. È ingrassato parecchio. Comunque, stavo facendo molte cose insieme, Cen. Contavo le carte, contavo gli uomini... ho fatto un po' di confusione."

"Fai attenzione, zia Pearl. Dobbiamo rimettere le cose a posto."

"Shhh... non chiamarmi così. Sono Carolyn, ricordi?"

"Ok. Tiraci fuori da questo casino."

Carolyn fece un passo indietro e incrociò le braccia. "Tu mi parli in quel modo e ti aspetti un favore, signorina? Beh, non avrai la mia collaborazione. Vuoi un altro incantesimo di rewind? Fattelo da sola."

"Ma io non posso..."

"Allora ammetti di aver sbagliato e chiedi scusa."

Un paio di ammiratori di Carolyn si avvicinarono per vedere cosa aveva scatenato la discussione. Non volevo una rissa, ma non vedevo perché avrei dovuto chiedere scusa. Non avevo fatto niente di sbagliato.

Il braccio carnoso di Jimmy si avvolse intorno al collo di Wilt in una stretta soffocante.

Le braccia di Wilt si agitavano ai suoi fianchi mentre cercava di sfuggire a quella morsa.

"Zia Pearl, per favore... Dimenticati di me. Fallo per Wilt."

"Smettila di usare il mio vero nome!" Strinse gli occhi. "Ti dispiace o no?"

"Ok, va bene, mi dispiace. Ma fai l'incantesimo e togli Wilt da quella situazione!" Non sopportavo di guardare un altro secondo. Gli occhi di Wilt sporgevano per la stretta di Jimmy. Sembrava un insetto che sta per essere schiacciato.

"Vorrei davvero che tu facessi pratica di magia e non dovessi appoggiarti a me tutte le volte." Borbottò Carolyn. "Se solo tu ti applicassi."

Alzai gli occhi al cielo. Era troppo tardi per fare qualcosa ora, ma per una volta ero d'accordo con zia Pearl. Appena di ritorno a Westwick Corners decisi che avrei ripreso le mie lezioni, se non altro per contrastare l'irresponsabilità di zia Pearl.

Zia Pearl fece schioccare le dita. "Uno, due, tre, quel che era non è..."

Il mio respiro affannoso echeggiò per tutto il casino. L'enorme spazio divenne silenzioso in modo irreale, senza voci o rumori delle slot machine. Centinaia di giocatori alle slot machine o ai tavoli erano congelati in diversi stati di animazione sospesa.

"Oh, oh." La gaiezza di Carolyn di poco prima era stata sostituita dalla preoccupazione.

"Cos'è successo?" Guardai in alto sul soffitto, chiedendomi se l'incantesimo di rewind avesse avuto effetto su qualcun altro nell'edificio, come per esempio gli impiegati della sicurezza che controllavano il casinò dai video. La magia di zia Pearl era registrata per i posteri, nel caso qualcuno avesse riguardato i video della sorveglianza. Ero sicura che in un casinò fosse un'attività che veniva svolta regolarmente.

Carolyn fece una smorfia mentre cercava di togliere le dita di Jimmy dal collo di Wilt. "Non funziona. Ho fermato l'incantesimo al momento sbagliato e ora non so cosa fare."

"Non puoi semplicemente fare il rewind da qualche secondo prima?" Sembrava ovvio e non capivo perché l'idea non le fosse venuta.

"Mmhh. Non posso fare unwind e rewind con una tale precisione da centrare la frazione di secondo. Anche se fossi abbastanza veloce potrei mettere in pericolo la sicurezza di Wilt."

"Beh, non possiamo lasciare che Jimmy strangoli Wilt." Mi avvicinai ai due uomini per guardare più da vicino. "Dammi la tua scarpa."

"Non è male, no?" Carolyn piegò la testa osservando i due uomini. Il volto di Wilt era congelato in un'espressione di terrore e le sue mani stringevano quelle di Jimmy in una stretta mortale.

"Dai, dammi la tua scarpa, veloce!"

Carolyn di malavoglia mi passò il suo tacco a spillo. Io feci leva con quello sotto le dita di Jimmy e lentamente spinsi fino a riuscire a liberare il collo di Wilt. Poi indietreggiai e tirai con tutta la mia forza. Le nocche di Jimmy scrocchiarono e le sue dita si aprirono lasciando libero Wilt. In quel momento persi l'equilibrio e caddi sul pavimento di moquette del casinò.

Una frazione di secondo dopo Jimmy cadde sopra di me e diventò tutto nero.

CAPITOLO 30

Mi misi a sedere e vidi Wilt e Carolyn che mi fissavano preoccupati. "Dov'è Jimmy?" Boccheggiai per riprendere a respirare mentre la mia cassa toracica ricominciava lentamente a espandersi. Dopo essere stata schiacciata dal peso di Jimmy mi sentivo come un panino appiattito.

"Andato," Carolyn indicò la porta con la mano tesa. Si era anche già rimessa la scarpa. "Alzati. Non abbiamo tempo da perdere."

Ubbidii ma mi sentivo confusa. Avevo anche un mal di testa lancinante. Restai in piedi di fronte a Carolyn e scrutai il casinò. La gente ciondolava attorno a macchine e tavoli, facendo scommesse come se non fosse successo niente. "Che fretta c'è?"

Carolyn si accigliò. "Jimmy andrà a dire tutto a Manny e quando Manny verrà a cercare Wilt scoprirà che c'entro qualcosa anch'io. Ci saranno dei problemi."

Mi cascò la mandibola. "Manny sa che sei una strega?"

"Certo che lo sa, Cen."

"Pensavo che avessi detto che era un'avventura senza importanza?" Doveva essere un po' più importante per lei, se sapeva dei suoi poteri soprannaturali. "Esattamente quanto è seria questa relazione?"

"Io non racconto questi dettagli e di certo non condividerò ogni minimo particolare della mia vita amorosa con mia nipote." Si mise le mani sui fianchi. "Non sono affari tuoi."

"Hai fatto incazzare un gangster. Ora sono anche affari miei."

Carolyn mi allontanò con un gesto. "Non è il momento, ora. È meglio che ce la filiamo."

Wilt si stava avvicinando con movenze da zombie a una slot machine. Frugò nelle tasche e alla fine le rovesciò: vuote. Carolyn gli fece cenno di venire con noi e lui ci seguì. Uscimmo dal casinò e ci dirigemmo alla reception.

Lo spazio era nuovamente affollato di ospiti, la maggior parte dei quali probabilmente non aveva idea della sparatoria di quella mattina.

"Non lascerò perdere finché non mi dirai qualcosa di più sulla tua relazione con Manny. È da prima o dopo che ha sposato Carla?" Mi sentivo vestita in modo inappropriato vicino a Carolyn, anche se il mio abbigliamento era sicuramente più in tono con quello di chiunque altro nella reception.

"Da prima, ma non vedo che importanza abbia. Ci siamo conosciuti a una delle feste di Carla, quando lei viveva ancora a Westwick Corners. Manny era venuto in città qualche giorno per affari. È stato subito attratto da me." Carolyn sorrise e si passò le dita tra i lunghi capelli biondi.

"Attratto da Pearl o attratto da Carolyn?"

"Cosa importa?"

"Importa molto. Conosce il travestimento da Carolyn?"

"Mmhh. Sa tutto. E non chiamarla così," Carolyn tirò su con il naso. "Carolyn è estremamente reale per me. Posso assicurarti che è molto reale anche per diverse persone qui intorno. Compreso Manny. Lui pensa che sia piuttosto sexy."

Mi coprii le orecchie. "Troppe informazioni." Non volevo pensare alla mia anziana zia, anche nel suo alter ego di Carolyn, in intimità con un membro del sesso opposto.

Mi girai e vidi che due tipi dell'addio al celibato ci stavano ancora seguendo, restando qualche passo indietro. "So che ti senti adulata da tutte queste attenzioni, ma fa accapponare la pelle. Sembrano stalker."

Wilt scattò sull'attenti e marciò verso quegli uomini. "Me ne occupo io."

Carolyn aspettò finché il ragazzo non fu più a portata d'orecchi e mi si avvicinò. "Almeno terranno occupato Wilt per un po'." Strizzò l'occhio ai due e mi seguì verso gli ascensori.

Alzai gli occhi al cielo, spinsi il bottone dell'ascensore e pregai che le porte si aprissero prima che Wilt o Carolyn si mettessero di nuovo nei guai.

Le mie preghiere furono esaudite, le porte si aprirono e io entrai nell'ascensore vuoto.

Carolyn entrò dopo di me. "Anche Jimmy contava le carte. È per questo che era così furioso. Supponeva che non avrebbe avuto concorrenti a quel tavolo. Manny penserà che ho aiutato Wilt."

"È quello che hai fatto." Spalancai la bocca per la sorpresa al pensiero di cosa implicava quell'affermazione. "Aspetta un attimo. Stai dicendo che Jimmy contava le carte d'accordo con il casinò?" Questo voleva dire che anche Rocco era coinvolto.

"Il casinò deve sapere. Controllano tutto, come avrebbero potuto non notarlo?" Carolyn lasciò cadere la testa e borbottò tra sé.

"Ehi! Aspettatemi!" Wilt saltò nell'ascensore appena prima che le porte si chiudessero alle sue spalle. Qualunque cosa avesse detto ai nostri ammiratori aveva funzionato, perché se ne erano andati.

"La stregoneria può essere peggio del contare le carte? In ogni caso si imbroglia." Per quello che capivo, Jimmy era stato battuto al suo stesso gioco e non sapeva perdere. Non capivo cosa questo c'entrasse con Manny o perché la stregoneria doveva essere peggio del contare le carte. Ai miei occhi erano due modi di barare.

"Forse, ma Manny non la vede a questo modo. Contare le carte è uno dei modi in cui Manny e i suoi ragazzi ricavano parte dei loro soldi. Ogni magia che compromette i suoi affari è qualcosa che non è disposto a tollerare."

"Contare le carte sembra incredibilmente faticoso. Jimmy dovrebbe vincere moltissimo perché ne valga la pena." Mi chiesi se Rocco sapeva cosa stava succedendo nel suo casinò.

Carolyn alzò gli occhi al cielo. "Aspettano che arrivi un riccone come Wilt sembra essere."

"Di cosa state parlando?" Wilt si strofinò la fronte. "Chi contava le carte?"

"Non preoccuparti, ne parliamo più tardi." Mi girai verso Carolyn. "Manny non saprà che sei coinvolta."

Carolyn scosse la testa. "Le videocamere di sorveglianza. Chiunque le guardi vedrà che qui al pianterreno tutto si è immobilizzato con il mio incantesimo di rewind. È ovviamente magia."

"Ne dubito. La maggior parte delle persone penseranno che l'immobilità temporanea sia dovuta a un problema del video o qualcosa di simile."

"Ma non eravamo tutti immobilizzati," disse Carolyn. "Non capisci? Questo fatto in sé prova che siamo streghe. Chiunque guardi quei video di sorveglianza vedrà che noi ci muoviamo mentre tutti gli altri sono immobili."

"Oh," dissi. "Non ci avevo pensato. Ma, ok. Baserà dirlo a Rocco. Lui sa già che siamo streghe e può semplicemente cancellare quel pezzo di video."

"Mmmhh." Carolyn si rabbuiò.

"Cosa c'è che non va? Manny non lavora al casinò di Rocco, quindi non vedrà mai le registrazioni."

"Forse ho dimenticato di parlartene." Carolyn fece una pausa e un respiro profondo. "Manny si è già infiltrato nel casinò. Alcuni dei suoi uomini sono qui nel reparto sicurezza. Ora che non c'è più Carla, niente gli impedisce di prendere il controllo in modo ufficiale."

CAPITOLO 31

Uscii dall'ascensore ed entrai nella suite sulla scia di Carolyn e Wilt. Dopo tutta la confusione e il viavai di gente del piano inferiore, il silenzio dell'appartamento mi infuse uno strano senso di calma. Odiavo ammetterlo, ma cominciavo a sentirmici a casa.

"Non possiamo restare qui. Facciamo i bagagli e andiamo." Carolyn si diresse alle scale, ma si fermò all'improvviso. "Gli uomini di Manny seguiranno ogni nostra mossa."

Mi cascò la mandibola. Christophe era seduto di fianco a Mamma sul divano, con una bottiglia di birra in mano. Sembrava strano che bevesse sul lavoro, ma forse a Vegas le cose funzionavano in modo diverso. Era ancora più strana la scelta della bevanda, considerata la sua propensione per la preparazione di cocktail raffinati.

Ma fu l'uomo seduto di fronte a Christophe, in poltrona, ad attirare la mia attenzione.

"Tyler! Sei qui!"

Sogghignò e si alzò per venirmi a salutare. "Quando non ho più avuto tue notizie, mi sono preoccupato. Queste famiglie criminali sono pericolose, così ho pensato che fosse meglio fare un salto. Ho preso l'aereo."

Come se fosse la cosa più facile del mondo.

"Come ci hai trovate?" Corsi verso di lui e lo baciai sulla guancia.

Alzò le spalle. "Non era difficile immaginarlo. Semplicemente dove sono i Racatelli."

Carolyn scosse la testa, chiaramente non contenta di vedere Tyler. "Schierarsi con la legge. Come hai potuto, Cen? Hai cambiato bandiera."

Tyler si accigliò. "Ci conosciamo? Hai un aspetto familiare."

"Non penso," Carolyn fissò Wilt che andava verso il patio. "Torno subito."

"Vengo anch'io." Seguii Carolyn verso l'esterno.

"Dobbiamo andarcene, Wilt." Carolyn gli fece segno con un movimento della mano.

"Ci siamo appena conosciuti." Wilt si fermò sulla soglia. "Sei carina e tutto, ma ti conosco a malapena. Perché dovresti voler scappare con me?"

Carolyn sbuffò e gettò in aria le mani. "Diglielo, Cen."

"Dirgli cosa?" Non sarei stata certo io a spiegare che Carolyn era solo il travestimento magico creato da zia Pearl. "Ti sei messa tu in questo casino e tu ti devi tirare fuori."

Wilt scosse lentamente la testa. "Voi due potete discutere finché volete. Io devo scappare da qui prima che quel tipo venga a cercarmi. Me ne andrò da qualche parte con il camper. Forse mi nasconderò nel deserto."

"Con un camper enorme?" Carolyn sbuffò. "Certo, così non ti noterà proprio nessuno."

"Non c'è bisogno di essere sarcastici," disse Wilt.

Li raggiunsi e afferrai il braccio di Wilt. "Sei matto? Non puoi competere con questi sgherri. Anche se lasci Las Vegas probabilmente ti verranno a cercare."

"Non essere ridicola, Cen. Wilt potrebbe sparire facilmente."

"Facilmente?" Improvvisamente sembrò dubbioso. "Non vedo come. Non ho un posto dove andare. Non sono bravo in niente. Ho anche perso Miss Pearl."

Incenerii Carolyn con lo sguardo. "Puoi farci qualcosa?"

"Vuoi dire… come tornare…"

"È esattamente quello che intendo." Mi girai verso Wilt. "Prometti di stare qui buono finché ritorno. Penso di sapere dov'è zia Pearl."

Wilt non sembrava convinto.

"Non ti posso aiutare se tu non collabori, Wilt."

"Fai come dice," aggiunse Carolyn mentre mi seguiva all'interno dell'appartamento. Sorrise con indulgenza. "Wilt ha bisogno di un po' d'aria fresca, possiamo lasciarlo sbollire ancora un po'. Penso che abbia bevuto troppo. E a questo proposito, gradirei un cosmo, Chris. Nessun altro li prepara come te."

Christophe aggrottò le ciglia. "Non ti ho mai preparato un drink."

Gli feci cenno di lasciar stare con la mano. "Probabilmente ho parlato a Carolyn di te e delle tue abilità con lo shaker." Fulminai la zia con lo sguardo.

"Un uomo dai molti talenti." Sorrise Tyler. "Almeno voi, signore, siete state in buone mani con Christophe che vi proteggeva. Sarà meglio restare nella suite nelle prossime ore."

"Non è possibile," disse Carolyn. "Noi dobbiamo andare."

Gli occhi di Tyler si strinsero. "Sei sicura che non ci siamo già incontrati? Giurerei di averti vista a Westwick Corners."

Il battito cardiaco mi accelerò mentre mi preparavo alla risposta di Carolyn.

Lei sbatté le ciglia. "West-che?"

"Niente." Tyler si girò verso di me. "Le cose stanno precipitando. Mi prometti che resterai nella suite?"

"Non andremo da nessuna parte." Risposi per tutte e due.

Andammo di sopra ed entrammo in camera. "Trasformati subito in zia Pearl."

"Non si può aspettare?"

"No, zia Pearl. Fallo ora."

Per una volta mi diede ascolto.

Lasciai andare un sospiro di sollievo mentre la fascinosa Carolyn lentamente sbiadiva e 'niente assurdità' zia Pearl si materializzava davanti a me. Indossava un completo bianco da tennis, non proprio il suo abbigliamento usuale. La gonna corta lasciava scoperte le gambe magre e rugose un po' rovinate dal sole.

"Bene. Andiamo di sotto e facciamo in modo che Christophe aiuti Wilt."

"Dobbiamo davvero coinvolgere la polizia?"

La incenerii. "Non penso che abbiamo scelta."

"Va bene. Facciamo a modo tuo." Zia Pearl sollevò un'enorme sacca da viaggio bianca dal letto e la mise in spalla.

"Non stiamo andando da nessuna parte," le ricordai.

"Lo so, lo so." Sembrava pronta per una partita di tennis con la borsa delle racchette in spalla.

La seguii da vicino mentre scendevamo le scale.

"Sceriffo Gates, che sorpresa!"

"Vai da qualche parte, Pearl?" Chiese Tyler.

Zia Pearl scosse la testa. "No. Stavo solo preparando le mie cose per la partita di tennis di domani."

"Bene. Penso che sia meglio che restiamo tutti qui per un po'."

CAPITOLO 32

Essere imprigionati nella suite di un lussuoso albergo di Las Vegas non era così male, dopo tutto, ora che c'era Tyler. Non mi sarebbe nemmeno dispiaciuto prolungare il soggiorno ancora un po'. Ero commossa all'idea che avesse fatto un viaggio così lungo solo per assicurarsi che fossi al sicuro.

Nessun uomo aveva mai fatto prima qualcosa del genere per me.

Forse avevamo ancora una chance.

Gli sorrisi.

Tyler mi restituì il sorriso. "Non è stato così difficile rintracciarvi dato che sapevo che eravate venute a trovare Rocco Racatelli. Ho immaginato che sareste comparse al suo albergo, prima o poi."

Rocco.

Tyler.

Non provavo niente per Rocco in quel momento, ma era perché non era vicino a me. L'incantesimo di attrazione avrebbe ancora una volta preso il sopravvento sulla mia volontà? Ero preoccupata di cosa avrebbe potuto rappresentare per Tyler e me.

"Ma come..." I miei occhi corsero da Christophe e poi di nuovo a Tyler. Sembrava che si fossero già presentati. Una cosa positiva, dato che non avrei saputo in che modo spiegare a Tyler quello strano maggiordomo.

Tyler sembrò leggermi nel pensiero. "Christophe è un mio ex collega. L'unico motivo per cui è in questa suite è per la vostra protezione."

"Sei anche tu un mafioso, sceriffo Gates? Non me lo sarei mai aspettato." Gli occhi della mamma si spalancarono per la sorpresa mentre scivolava all'altra estremità del divano, lontano da Christophe. Mi guardò per essere rassicurata.

"È ok, mamma." La reazione della mamma sembrò un po' esagerata, soprattutto considerando chi si era scelta come fidanzato.

Tyler rise. "Non preoccuparti, Ruby. Christophe e io abbiamo lavorato insieme sotto copertura. Prima di venire a Westwick Corners lavoravo a Vegas."

"Sapevo che eri troppo bello per essere vero." Zia Pearl impallidì squadrando Christophe. "Ma sei così bravo a preparare i martini. Che tremendo peccato."

Christophe sorrise. "Cosa posso dire? Sono un uomo dai molti talenti."

"Perché abbiamo bisogno di protezione?" Sapevo esattamente il motivo, ma volevo una risposta sincera da Christophe. Se la polizia pensava che la morte di Carla fosse un incidente, la sua presenza non aveva senso.

"Niente che tu debba sapere, in questo momento." Disse Christophe.

"Come facevi a sapere che saremmo state qui?" Chiesi. "E Rocco? È lui quello che ha davvero bisogno di protezione in questo momento." Volevo delle risposte, ma non riuscivo ad andare lontano.

"Non preoccuparti di lui. Non ci può sfuggire. Abbiamo pensato a tutto. Ora lasciate che faccia il mio lavoro e starete tutti bene," disse Christophe.

"Non abbiamo bisogno di protezione," protestò zia Pearl. "Siamo perfettamente in grado di prenderci cura di noi stesse."

Afferrai zia Pearl e la trascinai in cucina. "È la nostra possibilità per fare giustizia per Carla. Dobbiamo mostrare a Christophe il rapporto dell'autopsia."

"Non possiamo. Probabilmente lui è corrotto come tutti gli altri. Sono convinti che Carla sia morta per un incidente e io non voglio alzare un polverone. Non c'è molto che io possa fare per la loro incompetenza."

"Di tutte le persone, pensavo che tu avresti cercato a tutti i costi di ottenere giustizia per la tua amica. Mi accusi di non applicarmi con la magia. Beh, tu non ti sforzi molto nella vita reale." Scossi la testa. "Pensavo che Carla fosse tua amica. Non ti importa di lei?"

"Certo che sì. Ma ci sono altri modi di fare giustizia."

"Nessuna delle tue idee ha funzionato finora. In effetti, ci stai cacciando in guai sempre maggiori. E il povero Wilt ora deve cercare di salvarsi la vita, tutto perché l'hai messo nei pasticci con il tuo assurdo sistema di contare le carte. Devi smettere subito con le tue sceneggiate magiche, prima di mandare all'aria qualunque indagine stia conducendo la polizia." Non mi era ancora chiaro cosa fosse e speravo di riuscire ad avere qualche informazione da Tyler.

"Dammi il rapporto dell'autopsia." Stesi la mano.

Zia Pearl si allontanò, i palmi delle mani stesi. "Sembra che l'abbia messo nel posto sbagliato."

"Sarà meglio che lo trovi. A meno che quel rapporto non fosse stato creato da te."

Gli occhi di zia Pearl si inumidirono di lacrime. "Certo che no. Non creerei mai qualcosa del genere. Sarebbe orribile."

"Ti dò una possibilità di fare la cosa giusta, zia Pearl." Indicai verso il soggiorno. "Dall'altra parte della porta ci sono due persone che ci possono aiutare. Gli fornirai la prova che Carla è stata strangolata o hai intenzione di nascondere quello che sai?"

"Ok, va bene. Faremo come vuoi tu." Mi indirizzò verso la porta della cucina e mi ci spinse attraverso. "Non dobbiamo perdere tempo. Jimmy verrà a cercarci."

"Io chiamo Wilt." La superai e mi diressi al patio per cercare Wilt. Aprii la porta finestra e uscii. Percorsi tutto il terrazzo ma non lo vidi. Cominciai a correre, ripercorrendo i miei passi e controllando meticolosamente ogni angolo e nascondiglio dell'area che girava tutto intorno all'appartamento. Mi sporsi sulla ringhiera per guardare di sotto, sulla strada lontana, dove persone che sembravano macchioline giravano intorno all'ingresso dell'albergo.

Wilt era sparito senza lasciare tracce.

Corsi verso le porte e quasi mi scontrai con zia Pearl. "Se n'è andato."

Il labbro inferiore di zia Pearl tremò. "Come ha fatto?"

"L'hai aiutato, vero? Perché non c'è nessuna possibilità che abbia lasciato il ventiseiesimo piano di questo albergo senza l'aiuto della magia."

"Forse." Gli occhi di zia Pearl scattavano in tutte le direzioni.

"Scappare non risolve niente, zia Pearl. In effetti, rende la situazione ancora più grave per Wilt. È da solo e non riesce nemmeno a pensare chiaramente. Trovalo, zia Pearl."

Wilt era di gran lunga troppo trasandato e disorganizzato per portare a termine un crimine, figuriamoci un assassinio. Non era nemmeno riuscito a seguire il complicato schema di conteggio delle carte di zia Pearl.

Ma forse non era colpa di Wilt, dopo tutto. Ritornai con la mente ai commenti del giovane in ascensore. Era sembrato completamente all'oscuro del fatto che qualcuno contasse le carte. I racconti di zia Pearl avevano così tanti punti oscuri che non sapevo da dove cominciare. "Entriamo e diciamoglielo."

Zia Pearl incrociò le braccia. "No."

"Wilt può scappare dalla polizia, ma non può sfuggire all'organizzazione di La Manna per sempre. Dovunque vada lo scoveranno e si vendicheranno. Allora sarà troppo tardi. Almeno con la polizia sarà protetto e in custodia."

Per la prima volta zia Pearl vacillò. "Immagino che tu abbia ragione. Lo rintracceranno e io non posso proteggerlo per sempre con la mia magia."

"Bene. Allora siamo intesi." Agganciai la mano attorno al suo braccio ossuto e la guidai attraverso la porta. "Voglio che tu racconti tutto a Christophe e Tyler."

"Sei sicura? Tutto?"

"Lascia da parte le cose magiche, ovviamente. Raccontagli tutto il resto, compresa le relazioni romantiche e i matrimoni di Carla, finti o veri."

Entrai e diedi la notizia. "Wilt se ne è andato."

"È impossibile. Avrebbe dovuto passare proprio davanti a noi. E non avrebbe potuto saltare giù per tutti quei piani e sopravvivere." La mamma si portò la mano alla bocca e comprese cos'era successo davvero.

Zia Pearl tossicchiò.

"Non è vero," sussurrò la mamma stringendo il braccio della sorella. "L'hai aiutato, è così?"

"Ahi!" Zia Pearl diede una manata sul braccio della mamma. "Dovevo fare qualcosa. Altrimenti, Wilt è già morto se Manny riesce a prenderlo."

La bocca di Tyler si aprì per la sorpresa. "Hai aiutato Wilt a scappare? Ma se era fuori..."

Il commento di Tyler mi suonò strano dato che non poteva sapere cosa fosse successo poco prima giù al casinò. "Lo troveremo. Possiamo parlare dei dettagli più tardi, ma zia Pearl ha delle informazioni più urgenti per voi, giusto zia Pearl?"

"Mmhh," borbottò.

"Racconta, Pearl," disse Tyler. "Non tralasciare nessun dettaglio. Abbiamo a che fare con gente senza scrupoli."

Cominciai a sudare. "Raccontagli degli uomini di Manny e di come si sono infiltrati nella sicurezza dell'albergo. La fuga di Wilt sarà evidente dai video di sorveglianza, è condannato."

Zia Pearl annuì. "Potrebbe essere già troppo tardi."

CAPITOLO 33

Zia Pearl si diresse all'ingresso, con il borsone ancora appeso alla spalla." So dove trovare Wilt."

"No, Pearl," disse Tyler. "Non vai da nessuna parte."

Zia Pearl lo incenerì con lo sguardo ma tornò nel soggiorno.

Christophe andò verso le porte della veranda. Parlò a bassa voce al cellulare. Meno di un minuto più tardi, tornò al divano. "Sono sicuro che troveremo Wilt piuttosto in fretta. Ma le persone innocenti di solito non spariscono così. Da cosa sta scappando?"

"Da Manny, ovviamente," disse zia Pearl.

"Ne dubito," disse Christophe. "Era protetto dalla polizia in una suite sicura. Perché avrebbe dovuto andare all'esterno ad affrontare Manny se non ci fosse qualcos'altro sotto?"

"Non lo sopporto più! Ma certo che c'è qualcos'altro sotto. Solo che voi siete troppo stupidi per vedere. È la chiave di tutto quello che è successo." Zia Pearl si strinse la testa tra le mani. "Non riuscite a immaginarlo, quindi tanto vale che ve lo dica. Danny ha ucciso Carla. Wilt ha visto tutto."

"Danny 'Bones' Battilana? È impossibile, era già morto. Voglio dire, lo abbiamo anche visto al funerale." Christophe mi fissò e si schiarì la gola.

"Questo non vuol dire che sia morto prima di Carla," dissi.

Christophe scosse la testa. "Certo che sì. Lui era già nella parte inferiore della cassa. Tra l'altro, la morte di Carla è stata giudicata un incidente."

"Beh, so da fonte sicura che non è così che sono andate le cose." Zia Pearl incrociò le braccia in atteggiamento di sfida.

"Non vedo come. Siete arrivati tutti dopo la morte di Carla, compreso Wilt. Come avrebbe fatto ad assistere alla morte di Carla?" Christophe si accigliò.

Io tornai con la mente al disastro della bara. "C'è ancora una cosa che non mi torna. Al funerale, Bones sembrava così… così…" Faticai a trovare le parole giuste.

"Come se fosse scaduto?" Chiese la mamma.

"Sì," dissi. "A giudicare dalle condizioni del suo corpo, probabilmente era morto prima di Carla."

"No, non è così.," disse zia Pearl. "Carla è stata imbalsamata, ma Danny no. Ecco perché aveva un aspetto così brutto. Oltretutto, qualunque imbalsamatore degno della sua professione avrebbe mascherato il buco di pallottola sulla fronte."

Gli occhi di Christophe si strinsero. "Sembra che tu sappia molte cose."

Zia Pearl scosse la testa. "A dire il vero, no. Sono solo una brava osservatrice."

"Beh, una cosa è evidente. Rocco non avrebbe mai nascosto Danny nella bara di sua nonna," disse la mamma.

"Non esserne così sicura," disse Christophe. "La gente commette azioni disperate per nascondere le proprie tracce."

"Possiamo ritornare sull'argomento?" Zia Pearl aggrottò le ciglia. "Wilt mi ha chiamata non appena è successo."

"Ma quando? Non siamo partiti per Vegas fino a…"

"Ci sono cose come i telefoni e le email, Cen."

Mia zia era notoriamente negata per la tecnologia, quindi dubitai che avesse utilizzato quei metodi. Ogni comunicazione doveva essere stata fatta di persona. "Quando sei stata l'ultima volta a Vegas?"

Zia Pearl strizzò gli occhi. "Un po' di tempo fa."

"Quando, esattamente?" Christophe scarabocchiava appunti su un piccolo taccuino che aveva estratto dalla tasca della camicia.

"Un paio di giorni fa."

La mamma trattenne il fiato. "Prima della morte di Carla? Perché non ne hai mai parlato finora?"

"Non me l'hai chiesto." Zia Pearl fulminò la mamma con lo sguardo. "Ah, un'altra cosa. Nessuno ha chiesto la tua opinione. Tutte le tue supposizioni stanno solo confondendo le cose."

La mamma si ammosciò visibilmente.

"Carla mi ha convocata qui. Ha detto che si trattava di un segreto ma quando sono arrivata era andata."

"Andata nel senso di morta?" chiese la mamma.

"Certo, nel senso di morta." Zia Pearl camminava avanti e indietro davanti alle porte della veranda. "L'ho trovata nella piscina. Mi addolora pensare che se n'è andata a pochi metri da noi."

"Questa suite era la sua casa," disse zia Pearl.

"Ma... Io sono stata in quella piscina." La voce di Mamma si spezzò.

Christophe guardò da un'altra parte, chiaramente a disagio.

"La polizia ha concluso che si trattava di un incidente senza nemmeno guardarsi intorno," disse zia Pearl. "Caso chiuso. La polizia locale o è incompetente o corrotta."

Tyler si arrabbiò. "Non fare accuse senza averne le prove, Pearl. Questo è il mio vecchio lavoro e conosco la maggior parte di loro. Nessuno dei poliziotti con cui ho lavorato insabbierebbe un assassinio."

Odiavo prendere le parti di zia Pearl, ma aveva una buona ragione. "C'era qualcosa di strano nel modo in cui hanno trovato Carla, nella piscina con il volto verso l'alto. Le vittime di annegamento sono per lo più con la faccia nell'acqua."

Questo attirò l'attenzione sia di Christophe che di Tyler. Christophe scribacchiò qualcosa.

L'ultima cosa di cui avevamo bisogno era che Tyler e zia Pearl si scontrassero.

La mamma si portò la mano alla bocca. "Come avete potuto non dirmi niente? Mi avete lasciata andare nella piscina."

Pearl scacciò la sorella con un gesto. "È esattamente per questo che non ho detto niente. Reagisci sempre in modo esagerato."

"Forse Carla è caduta proprio come ha fatto la mamma. Solo che nel suo caso l'incidente è stato fatale." Lo dissi più per incoraggiare zia Pearl, che sembrava riluttante a raccontare i dettagli. Non potevamo perdere altro tempo cercando di andare al nocciolo della storia.

"No. Carla è stata strangolata." Zia Pearl tirò fuori il rapporto dell'autopsia dalla tasca e lo passò a Christophe. "Il medico legale lo ha stabilito, proprio qui in questo rapporto."

"Dove l'hai preso?" Christophe si accigliò.

"Lascia stare," scattò zia Pearl. "Lo vuoi leggere o no?"

Christophe non rispose. Fece scorrere il dito lungo il rapporto mentre leggeva. "Niente acqua nei polmoni. Questo è strano."

"Ora mi credete?" Gli occhi di zia Pearl si inumidirono di lacrime.

"Non so cosa fare con questo," disse Christophe. "Bones è già morto. Io conosco il medico legale piuttosto bene ed è al di sopra di ogni sospetto. La mia fonte mi ha detto che la dottoressa aveva dichiarato che era stato un tragico incidente. Non riesco a immaginare che possa aver nascosto delle informazioni o un rapporto medico."

"Beh, forse la tua 'fonte' ha mentito." Zia Pearl fece con le mani il segno delle virgolette. "Il medico legale e Wilt sono gli unici che sanno la verità. E Wilt è l'unico testimone dell'omicidio di Carla. Questo è il vero motivo per cui è scappato."

"Sarà meglio che ci aiuti a trovarlo, Pearl," disse Tyler. "Potrebbe già essere troppo tardi."

CAPITOLO 34

Manny e i suoi sgherri erano già sotto sorveglianza e Christophe diramò un avviso di ricerca per Wilt. Sospettavo che non sarebbe rimasto nascosto a lungo, soprattutto viaggiando con quell'enorme camper. Mi nacque una scintilla di speranza che forse, dopo tutto, Wilt avrebbe potuto cavarsela.

"Se il racconto di Wilt corrisponde a verità, immagino che sia davvero stato il marito a farlo," disse Tyler. "Succede così la maggior parte delle volte."

"Raccoglieremo la dichiarazione di Wilt non appena lo troviamo." Christophe si girò verso zia Pearl. "Nel frattempo, raccontami tutto quello che sai."

Zia Pearl alzò le mani con i palmi in fuori. "Non c'è altro..."

"Il falso matrimonio," suggerii.

"Ah, quello." Zia Pearl mi incenerì con lo sguardo. "Bones faceva la parte del marito sofferente, ma in realtà puntava a una sola cosa: l'impero dei Racatelli. Ha costretto Carla a sposarlo. Se non lo avesse fatto, minacciava di uccidere Rocco. Carla acconsentì, ma lo imbrogliò. Tutti i documenti del matrimonio erano fasulli. La licenza di matrimonio, la cerimonia, tutto."

Mi tornò in mente il fatto che Rocco mi aveva raccontato dell'accordo prematrimoniale. Sembrava evidente che non era vero... solo un modo in cui Carla voleva acquietare Rocco in modo che non si sentisse minacciato. "Bones ha pensato che, uccidendo Carla, avrebbe ereditato le proprietà dei Racatelli. Avrebbe tagliato fuori Rocco, almeno dal punto di vista finanziario."

La mamma fece un sospiro di sollievo. "Grazie a Dio, il matrimonio era falso. Significa che l'eredità di Rocco è salva. Almeno da Bones."

Zia Pearl alzò la mano. "E cosa ci fanno le persone di Manny La Manna in albergo? Lui ha già sue persone all'interno e sta cercando di prendere il comando. È infiltrato nelle operazioni del casinò."

Zia Pearl si girò quindi verso Christophe. "È per questo che sei qui? Per il tentativo di Manny di prendere il potere?"

"Non posso rispondere a questa domanda, Pearl. Quello che ti posso dire è che voi siete al sicuro finché restate qui."

"La rivalità tra le famiglie Racatelli, Battilana e La Manna è in corso ormai da molto tempo," disse Tyler. "Non è davvero un segreto. La sparatoria nella lobby è stato solo uno dei tanti momenti in cui le ostilità si sono riaccese."

Zia Pearl scosse la testa. "Che peccato. Manny era l'unico vero amore di Carla. Stavano davvero bene insieme."

Io mi accigliai, pensando che zia Pearl stava con Manny. "M-ma tu..."

"Ti ho detto che Manny per me era solo un flirt," scattò. "Quando Carla mi ha parlato dei suoi sentimenti per lui, io l'ho lasciato subito. Non approvavo la sua scelta di sposarlo, ma chi sono io per mettermi sulla strada della sua felicità?"

Feci uno sforzo per respirare. "Ha sposato anche Manny? Davvero?"

Zia Pearl annuì. "Quel matrimonio era vero. In effetti, è stato solo qualche ora prima che morisse. Era un segreto e io ero una degli unici due testimoni. L'altro era Rocco."

Ora le cose cominciavano ad avere un senso. "La sparatoria non era davvero per l'impero Racatelli, vero?" Era per il matrimonio. Rocco non era d'accordo e Manny non avrebbe lasciato che gli mettesse i bastoni tra le ruote. Penso che Manny abbia ottenuto quello che voleva, dopo tutto."

Zia Pearl cominciò a piangere. "Ho fatto quello che ho potuto, ma non è stato sufficiente."

Avevo visto molte volte mia zia sul punto di piangere, spesso nelle ultime ventiquattro ore. Ma non l'avevo mai vista in lacrime. Le misi un braccio intorno alle spalle e l'abbracciai. "È tutto a posto, hai fatto del tuo meglio. Avrei solo voluto che tu ci avessi detto la verità dal principio. Sarebbe stato tutto più facile."

Facemmo entrambe un salto al suono del cellulare di Christophe.

Lui si alzò e si diresse verso la cucina. Parlò a voce bassa ma a giudicare dal linguaggio del corpo si sarebbero dette buone notizie."

"Sono sulle tracce di Wilt, non è mai troppo presto. Gli sgherri di Manny lo stanno seguendo. Spero che arriviamo noi per primi."

La mamma rabbrividì.

"Ci sono alcune cose di cui ci dobbiamo occupare, zia Pearl. Come raccogliere i documenti di Carla. I certificati di matrimonio, per cominciare. Serviranno a supportare il tuo racconto."

La mamma si alzò, un po' instabile. "Vi aiuto."

* * *

Ci vollero meno di dieci minuti per trovare i documenti nel cassetto della scrivania di Carla. "Questi mi sembrano autentici." Indicai il certificato di matrimonio di Danny e Carla e passai i documenti a Tyler.

"Non vedo perché non dovrebbero essere autentici," disse. "Carla e Bones avevano una licenza valida e alla cerimonia hanno testimoniato Rocco e il direttore dell'albergo. Dov'è la parte finta?"

Zia Pearl sbiancò. "La licenza di matrimonio… io pensavo fosse fasulla."

"Mmhh-mmhh," disse Tyler. "Viene dalla cappella per matrimoni alla fine della strada. Il matrimonio era reale, valido."

Christophe si accigliò. "Rimane una sola domanda e penso di sapere già la risposta. Chi ha ucciso Bones?"

CAPITOLO 35

Se Christophe e Tyler si erano stancati della versione continuamente rimaneggiata della storia di zia Pearl, non lo davano a vedere.

"Dobbiamo ottenere un resoconto sincero da Wilt," disse Christophe. "Forse lui è più di un testimone."

Tyler annuì. "Forse ha ucciso lui Carla. Non ha un alibi ed è stato l'ultimo a vederla viva." Tyler si girò verso zia Pearl. "Almeno, secondo la versione della storia fornita da Pearl."

"Cosa dovrebbe significare, questo?" Zia Pearl si accigliò.

Tyler non rispose.

"Lo scopriremo al più presto." Christophe gettò il suo telefono sul tavolo. "Abbiamo Wilt. È salvo."

"Che sollievo." Disse Mamma.

"Ve l'ho già detto. Non è stato Wilt." Zia Pearl pestò il piede frustrata. "Bones ha ucciso Carla pensando che, essendole sopravvissuto come marito, avrebbe ereditato tutto."

"Forse Rocco l'ha convinto a farlo e dopo ha ucciso Bones," disse Tyler. "Con Bones, vedovo di Carla, andato, Rocco eredita tutto."

"È ancora più ridicolo," scattò zia Pearl. "Smettetela di fare supposizioni e guardate i fatti."

"Forse Manny La Manna ha ucciso Carla," dissi.

"Manny non avrebbe mai fatto niente del genere." Zia Pearl sembrò quasi offesa dalla mia idea.

"Pensi che questi tizi abbiano un senso morale?"

Zia Pearl mi fulminò con lo sguardo.

"Com'è che sai tante cose di questa gente?" Christophe si strofinò il mento. "E, a questo proposito, come facevi a sapere che Manny aveva infiltrati in albergo, Pearl? Sembra che tu sappia davvero un sacco di cose per essere una spettatrice innocente."

Mi sentii percorrere la schiena dai brividi ripensando al funerale, quando Christophe era sembrato così intimo di Manny. Se Tyler si fidava di lui, doveva essere un tipo a posto, ma io mi sentivo comunque a disagio. "Raccontalo, zia Pearl."

"Prima voglio l'immunità giudiziaria."

"Non funziona come in televisione, Pearl." Sorrise Christophe. "E comunque, non ho l'autorità per garantirtela. Solo il procuratore distrettuale può fare accordi di questo tipo. Posso, comunque, portarti in centrale per un lunghissimo interrogatorio."

Silenzio.

"Oppure, puoi collaborare e possiamo tralasciare le formalità." Sorrise Christophe. "Io so quale sceglierei."

"Va bene." Zia Pearl si rabbuiò e si lasciò cadere sul divano.

Fortunatamente Christophe non era interessato ai dettagli di come Wilt fosse riuscito a scappare, ma solo nel trovarlo. Prese il cellulare che stava suonando e parlò. "Bene, ci vediamo tra dieci minuti."

Christophe si girò verso zia Pearl. "Porteranno qui Wilt tra pochi minuti. Nel frattempo, voglio che tu mi racconti tutto quello che sai di Manny. Sono tutto orecchi. Puoi cominciare subito."

* * *

Zia Pearl finì il suo racconto dieci minuti dopo, senza citare il coinvolgimento romantico. Questo non mi sorprese minimamente, considerato che i suoi racconti erano in contrasto con quelli di Mamma. Una delle due stava mentendo e non avevo dubbi su quale fosse.

Zia Pearl fu incredibilmente aperta con Christophe su Manny e l'infiltrazione nella squadra di sicurezza. Fornì anche spontaneamente alcune informazioni sulle organizzazioni criminose di Racatelli, Battilana e La Manna di cui Christophe sembrava essere all'oscuro.

Almeno, si comportò come se fosse sorpreso. Probabilmente era proprio così: una recita. Era un attore davvero bravo, come, ovviamente, doveva essere un buon agente che lavorasse in incognito. Per quanto riguarda la sua recita da maggiordomo tutti noi avevamo abboccato all'amo con lenza e galleggiante.

"È tutta colpa mia," singhiozzò zia Pearl. "Stavo solo cercando di aiutare Wilt. Ho promesso a Carla che mi sarei occupata di lui se a lei fosse accaduto qualcosa."

La mamma riuscì a stento a respirare. "Conoscevi Wilt prima che venisse a Westwick Corners?"

Zia Pearl annuì. "È venuto da me per chiedere aiuto. Tutto quello che ho fatto è stato dargli una mano."

Io sollevai le sopracciglia.

"Ok, quindi probabilmente si tratta di problemi con il gioco d'azzardo. Questa è Vegas, dopo tutto."

"Continua." Christophe prese di nuovo il suo cellulare. "Va bene se registro tutto?"

Zia Pearl annuì.

"Da chi scappava, Wilt?" Risposi alla mia stessa domanda. "Da Bones? L'omicidio ha a che fare con Wilt?"

Zia Pearl annuì lentamente. "Più o meno."

"Cosa significa 'più o meno'?"

"Wilt aveva un grosso debito di gioco. Quando scoprì che il suo debito in origine veniva da Bones si sentì mortificato. Pensò che Bones volesse ucciderlo. Ma Bones non lo avrebbe mai fatto, se non altro perché non gli sarebbe servito negli affari. I morti non ripagano mai i loro debiti, mentre gli uomini spaventati, sì. Ma Wilt non se ne rendeva conto. È così ingenuo. Ho dovuto aiutarlo."

Mi cascò la mandibola. All'improvviso, il problema con il gioco di Wilt aveva un senso. "Wilt non è nuovo a Vegas, vero?"

"No," disse zia Pearl a voce bassa. "Wilt in qualche modo doveva trovare i soldi e io ho pensato che non ci fosse niente di male ad aiutarlo. Wilt e io eravamo una squadra, ma Manny e Bones hanno scoperto tutti e due il nostro modo di contare le carte. Bones ha minacciato di informare Manny e io sapevo che Manny non avrebbe esitato a ucciderci tutti e due se non avessimo smesso."

"Beh, perché non avete smesso? Questo dà a tutti e due un movente per uccidere Bones. Hai infilato tu quella pallottola nella sua fronte?" Io sapevo già la risposta, ma dovevo chiedere.

Zia Pearl singhiozzò sommessamente. "No, è stato Wilt."

CAPITOLO 36

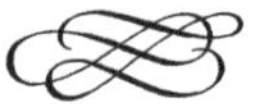

"Wilt un assassino? Non posso crederci." Mi alzai e cominciai a camminare avanti e indietro.

Zia Pearl sospirò. "Chiunque può spezzarsi, Cen. Soprattutto se c'è di mezzo la famiglia."

"Cosa intendi dire? Chi è la famiglia di Wilt?" Mi portai la mano alla bocca. "Wilt è parente di Bones?"

Zia Pearl annuì. "Wilt è il nipote di Bones. Ha fatto anche il test del DNA per provarlo, ma Bones continuava a negare. Sosteneva che Wilt fosse un impostore, che aveva in qualche modo manipolato i risultati del test."

"Come fai a essere sicura che Wilt dice la verità? Magari ha inventato tutto."

Zia Pearl scosse la testa. "È stato Wilt a scoprire il collegamento. Mi ricordo di quando Wilt è nato e conoscevo la sua famiglia. Lui era solo un bambino quando lui e la mamma, Della, spettatori innocenti, furono coinvolti in una sparatoria tra gang. Morì anche il padre di Wilt, che però aveva preso parte alla sparatoria.

"Wilt non morì quel giorno, ma all'epoca non lo sapevamo. Della lo aveva protetto con il suo corpo e questo gli ha salvato la vita. Carla lo scoprì solo molti anni dopo. Era un segreto, lo sapevano solo Bones e quelli che lo avevano aiutato a tenere tutto nascosto. Per farla breve, quel giorno Wilt perse i suoi genitori.

"Bones si sentiva così colpevole per la morte della figlia che non riusciva nemmeno a guardare il nipote. Ufficialmente, il corpo di Wilt non è mai stato trovato. Ufficiosamente, è stato affidato a una famiglia adottiva con un'altra identità. Wilt era troppo giovane per sapere la verità sui suoi genitori o sul nonno che lo aveva disconosciuto. Bones mandava alla famiglia adottiva dei soldi ogni mese ma lo teneva segreto. Wilt è cresciuto senza sapere niente della sua vera identità."

"Ma allora come..."

"Carla ha scoperto dei pagamenti segreti dopo aver sposato Danny e si è chiesta cosa fossero. Ha incaricato un investigatore di indagare sulla famiglia adottiva. I pagamenti risalivano a decenni prima, circa all'epoca della sparatoria in cui erano morti i genitori di Wilt e, si supponeva, lo stesso Wilt. Lei si era sempre chiesta come mai il corpo del bambino non fosse mai stato ritrovato. A quel punto tutto aveva un senso."

"Ma come poteva essere sicura che fosse lui?"

"Quella voglia sulla fronte è unica. Ha sempre lo stesso aspetto di quando era un bambino," disse zia Pearl. "Potete immaginare come la situazione sia precipitata quando lei ha cercato di rimettere insieme Wilt e Bones."

Trattenni il fiato. "Carla lo ha affrontato?"

"Certo che sì. Lei voleva che Danny riconoscesse il nipote. Aborriva l'idea che Wilt fosse cresciuto in povertà tutelato dal governo quando a pochi chilometri suo nonno viveva in mezzo al lusso più sfrenato."

"E Bones, intendo Danny, voleva ancora tenerlo nascosto dopo tanti anni. Faceva finta che Wilt non fosse mai esistito." Forse Wilt sarebbe stato meglio senza aver mai saputo che suo nonno era Danny 'Bones' Battilana. Al momento questo non gli stava portando grandi vantaggi.

Zia Pearl annuì. "Carla lo ha costretto a parlarne e alla fine lui ha ammesso l'esistenza di Wilt. Ovviamente questo lo faceva sembrare cattivo e lui non voleva assolutamente che si sapesse."

Mi rabbuiai, pensando che anche questo dava a Wilt un buon motivo per uccidere Bones. "Perché Carla ha aspettato tanto per tirare fuori la verità?"

"Si è sempre sentita colpevole e aveva paura di Bones. Ma, più il tempo passava, più il pensiero la tormentava. Non voleva che Wilt diventasse vecchio senza mai sapere. L'idea che avrebbe potuto mettere le cose a posto la divorava dall'interno. Alla fine, ha vinto la sua coscienza."

Mi venne un'illuminazione. "È per questo che Bones ha ucciso Carla, vero? Non era per il controllo degli affari dei Racatelli. Era perché voleva che l'esistenza di Wilt restasse un segreto a qualunque costo."

Zia Pearl annuì. "Bones ha strangolato Carla, poi l'ha messa nella piscina per farlo sembrare un incidente. Se l'è anche cavata, perché non verrà mai accusato." Incenerì Christophe con lo sguardo.

"È morto, alla fine non se l'è cavata poi tanto," sottolineai.

"Se mi fornisci prove sufficienti, posso sempre far riaprire il caso," disse Christophe.

Zia Pearl indicò il rapporto dell'autopsia. Lo passò a Christophe. "Come dice il medico legale, Carla era morta prima di arrivare nell'acqua."

"Non c'era acqua nei polmoni perché era già morta." Indicai la parte in fondo alla pagina. "La sua morte è stata classificata come omicidio, ma la polizia l'ha definita un incidente." Speravo solo che il documento fornito da zia Pearl fosse il vero rapporto dell'autopsia e non qualcosa creato da lei.

Christophe prese i documenti da Pearl. "Me la vedo io con il medico legale."

Zia Pearl sembrava sempre più a disagio a mano a mano che parlava. Continuava a guardare l'orologio e una sottile linea di sudore le imperlava la fronte. C'era il rischio che cercasse di fuggire e non si sarebbe incriminata da sola senza un piccolo incoraggiamento. Mantenni la mia mano sulla sua schiena e le feci segno di sedersi sul divano. "Continua."

"So solo quello che mi ha detto Wilt," disse zia Pearl. "Quando

Carla gli ha detto la verità lui voleva affrontare suo nonno. Aveva il cuore spezzato al sentire che l'unico parente, sangue del suo sangue, lo aveva abbandonato. Sfortunatamente, Wilt aveva un problema con il gioco che continuava a peggiorare. Prima che avesse avuto la possibilità di confrontarsi con Danny, aveva accumulato un enorme debito."

"Ma tu hai incontrato Wilt solo a Westwick Corners," dissi. "Mi hai detto che andavamo a Las Vegas per il funerale di Carla."

"Come pensi che abbia saputo del funerale di Carla, all'inizio?" Zia Pearl si alzò dal divano e cominciò a camminare avanti e indietro. "Wilt mi ha cercata subito dopo la morte di Carla. Si era segretamente riunita a Wilt qualche mese fa."

"Riunita? Non capisco."

"Carla è la nonna di Wilt. È stata come una madre per Della ed è sempre stata molto affezionata a suo figlio. È stata lei a dire la verità a Wilt sulla sua identità." Zia Pearl si asciugò una lacrima dalla guancia. "Carla mi ha chiamata e mi ha chiesto di proteggerlo in caso di bisogno. Poi, all'improvviso, è morta. Allora Wilt è venuto da me. È stato testimone dell'omicidio di Carla perché stava proprio qui nella suite."

"Perché non hai detto niente di tutto questo alla polizia prima?" Ora capisco perché Wilt preferiva stare nel camper piuttosto che qui.

"Bones ha sempre fatto quello che ha voluto e non ci sono mai state ripercussioni," disse zia Pearl. "Non volevo mettere Wilt in pericolo perché Bones non avrebbe lasciato consapevolmente in vita nessun testimone. Ovviamente, ora non ha più importanza."

"Forse, ma ora lui è morto, quindi non è proprio vero che se l'è cavata con l'omicidio."

"No, ma i giorni del povero Wilt sono contati, anche con la protezione della polizia."

"Aspetta un secondo... se Carla è morta per prima e Bones, legalmente suo marito, è morto per secondo, Wilt non risulta essere l'erede vivente, al posto di Rocco?"

Zia Pearl annuì lentamente. "Ora capite qual è il mio problema? Non è finita proprio per niente."

CAPITOLO 37

Due poliziotti in uniforme portarono nella suite un Wilt abbattuto e dall'aspetto esausto. "Siete sicuri che dobbiamo portarlo qui?"

Christophe annuì. "Volevo controllare prima alcune cose. Voi ragazzi restate all'ingresso e controllate l'ascensore. Non voglio che nessuno venga qui, chiaro?"

Il più vecchio dei due agenti annuì e se ne tornarono verso l'ingresso con le pistole spianate.

Wilt sollevò i polsi ammanettati. "È stato un incidente. Io ho solo puntato la pistola a Danny ma lui ha lottato per prendermela ed è partito un colpo. Non ho mai voluto ucciderlo."

"Non dire altro finché non troviamo un avvocato." Zia Pearl fece un movimento di taglio con la mano attraverso la gola prima di gettarmi il cellulare. "Cen, chiamane uno."

Presi il cellulare di mia zia e aggrottai le ciglia. "Avresti potuto prestarmi il tuo telefono anche prima." Non me lo aveva lasciato di proposito.

"Tu non c'entri, Cen." Zia Pearl si girò verso Christophe e lo fulminò con lo sguardo. "È stata autodifesa. Qualunque scemo lo capirebbe."

Christophe la ignorò. "Perché lo hai fatto, Wilt? Perché hai aspettato tanti anni?"

"Non ho aspettato. Non avevo idea di avere alcun parente in vita finché Carla non me l'ha detto, qualche giorno fa. Pensava che fosse mio diritto sapere che ero un Battilana, anche se Danny lo negava."

Zia Pearl alzò la mano. "Wilt... ferma."

"No, voglio parlare, con o senza avvocato. Voglio che sia tutto chiaro." Wilt fece un respiro profondo. "Stavo dormendo di sopra il giorno che Carla è morta. Mi svegliai perché sentii discussioni e grida provenire dalla veranda. Riconobbi la voce di Carla e capii che stava litigando con un uomo. Quando il tono delle voci si alzò, io corsi fuori. Ma era troppo tardi. Non potevo più salvare Carla."

Christophe scribacchiò furiosamente nel suo taccuino poi prese il cellulare. "Ti dispiace se registro?"

Wilt scosse la testa. "Non ho niente da nascondere. Quando arrivai fuori, Danny aveva le mani attorno al collo di Carla. Poi la lasciò andare e lei cadde priva di sensi. Non respirava ma provai il massaggio cardiaco prima che Danny mi spingesse via."

"Povera Carla," disse zia Pearl. "Le ho detto di non farlo, di lasciare le cose come stavano. Ma lei insisteva che era la cosa gusta da fare. Quello è il vero motivo per cui Bones l'ha strangolata."

All'improvviso tutto aveva senso. La comparsa di Wilt alla stazione Gas & Go di Westwick Corners. Era venuto a chiedere aiuto a zia Pearl, l'amica più cara di Carla. Sfortunatamente per Wilt, zia Pearl non sempre pensava in modo logico. Il suo folle piano aveva solo peggiorato le cose, fino al punto di perderne il controllo.

"Poi cos'è successo, Wilt?" Chiese Tyler.

"I momenti successivi li ricordo vagamente. Danny mi ha colpito in testa con una sedia e ho perso i sensi. Quando mi sono ripreso, stava spingendo Carla in piscina. A quel punto ho preso la pistola da quel tavolino." Indicò un mobile in stile provenzale a poca distanza dalle porte della veranda.

"L'ho presa solo per spaventarlo. Non sapevo nemmeno che fosse carica, non avevo avuto tempo di controllare. Danny è venuto verso di me e mi ha gettato a terra. Il ricordo successivo che ho è che la pistola ha sparato. Per un secondo ho pensato che il colpo fosse andato in aria, ma poi Danny mi è caduto addosso. Ho capito che la pallottola lo aveva colpito."

"E allora mi hai chiamata," disse zia Pearl. "È stata autodifesa."

I miei occhi incrociarono quelli di Mamma e vidi che stava pensando la stessa cosa. Zia Pearl era potenzialmente complice dell'omicidio. Aveva quasi certamente aiutato Wilt a liberarsi del corpo.

Stranamente, Christophe non fece domande. Invece, si diresse all'ingresso per dire qualcosa agli uomini in uniforme, che qualche secondo dopo se ne andarono in ascensore.

"Manny La Manna è stato arrestato per riciclaggio e associazione a delinquere." Disse Christophe. "Ci sono altre accuse ma al momento non posso dire quali."

"Dov'è Rocco? Sta bene?" Immaginai la situazione di stallo tra Rocco e Manny e non ero sicura che Rocco ne sarebbe uscito illeso.

Christophe annuì. "Sta bene. Ci sta aiutando da un po' di tempo nell'indagine sulla famiglia La Manna. A differenza di Carla, non è mai stato coinvolto in attività criminose. Non ha mai voluto far parte dell'organizzazione Racatelli anche se, volente o nolente, ci era nato dentro."

"Perché non è qui?"

"Arriverà, quando avremo finito di interrogarlo. È stata sua l'idea che voi, signore, alloggiaste qui. Era sorpreso che foste venute ed era preoccupato per la vostra sicurezza."

Le relazioni tra le famiglie criminali mi mandavano in confusione, ma i matrimoni ancora di più. "Ma... e il matrimonio di Carla con Manny? Come marito di Carla non eredita tutte le sue proprietà?

"No," disse Christophe. "Il loro matrimonio è stato reale, ma anche nullo e quindi non valido, dato che Carla era già sposata a Danny. Dopo tutto, il falso matrimonio con Danny si è rivelato vero."

La mamma trattenne il fiato. "Era bigama. Ma allora chi è l'erede di Carla? Se è sempre Bones, intendo Danny, allora va tutto a Wilt."

Wilt agitò le mani ammanettate. "Io non voglio niente."

"E niente avrai. Bones non può ereditare perché ha ucciso Carla. Quindi Wilt non può ereditare da Bones. Quando tutte le scartoffie legali saranno sistemate, Rocco sarà l'unico erede. Proprio come prima," disse zia Pearl.

"Sei sicura che Rocco non..." Il campanello dell'ascensore suonò e la voce mi restò in gola. Manny era stato arrestato, ma magari aveva mandato uno dei suoi scagnozzi a prenderci.

Sembravo l'unica a essere preoccupata.

"Si, ne sono sicuro," disse Christophe. "L'abbiamo tenuto sotto controllo ventiquattr'ore su ventiquattro nelle settimane precedenti la morte di Carla e fino a questo momento. E, a proposito, eccolo."

Rocco entrò con passo deciso nella suite, raggiante. "Sono così sollevato che tutto sia finito. Ho bisogno di qualcosa di forte."

Zia Pearl piegò la testa in direzione di Christophe. "Chris, fai gli onori."

La mamma si alzò dal suo posto e zoppicò verso la cucina, fermandosi sulla soglia. "Scordatevi il margarita. Preparerò lo speciale spritz al vino di Christophe. Sapete, quello che rende le persone incapaci di intendere e di volere".

Mamma mi strizzò l'occhio. "Quel drink è perfetto per l'occasione. Ho già in mente alcuni modi per utilizzarlo."

CAPITOLO 38

Zia Pearl, Mamma e io eravamo sedute davanti a slot machine affiancate. Io ero stretta in mezzo a loro e mi sentivo in trappola. Ero bloccata lì finché Tyler non fosse tornato dalla centrale di polizia. Aveva accompagnato Christophe per fornire un po' più di retroscena sugli eventi delle ultime ore e, supponevo, salutare alcuni ex colleghi.

Come un automa abbassai la maniglia, sperando nei tre uguali inafferrabili. Eravamo lì da più di un'ora e io non avevo guadagnato niente. Zia Pearl, invece, sembrava aver imboccato una serie vincente.

Si sporse vicino a me. "Ho fatto un incantesimo a Manny per neutralizzarlo." Mi fece l'occhiolino. "Proprio come ho fatto con te e Rocco."

"Lo sapevo! Quegli strani sentimenti che avevo per Rocco non potevano essere reali. E non lo definirei proprio un incantesimo neutro."

"Ok, rovente." Rise zia Pearl.

"Mi hai manipolata. Come hai potuto farlo?" A parte essere una cosa subdola, aveva rischiato di rovinare la mia nascente relazione con Tyler. E, di sicuro, era proprio quello che voleva zia Pearl. L'idea che uscissi con lo sceriffo la faceva infuriare.

O no? All'improvviso mi vennero dei dubbi riguardo Tyler e me. E se lui non fosse stato realmente attratto da me? E se invece dei suoi sentimenti fosse tutto il risultato di un incantesimo di zia Pearl?

Come sarei riuscita a distinguere ciò che era reale da ciò che era artefatto?

Sarebbe stata la vendetta finale, un tocco di crudeltà. "Mi hai fatto altri incantesimi?"

"Come cosa?"

"Oh, non so. Qualche altro incantesimo d'amore?"

"Rilassati, Cendrine. Se tu avessi studiato almeno un po' di magia, avresti riconosciuto immediatamente l'incantesimo. L'avresti neutralizzato. È colpa tua."

"Ma Pearl..." La protesta di mamma cadde nel nulla.

Certo, avevo smascherato l'incantesimo, ma avevo deciso di stare al gioco. Con zia Pearl era sempre meglio essere molto cauti. Era completamente imprevedibile. Ma su una cosa aveva ragione.

Dovevo rispettare e sviluppare i miei talenti naturali. Forse, se avessi avuto tempo, se non fossi stata così impegnata a tirar fuori zia Pearl dai suoi molteplici disastri e fallimenti. Ma dipendeva da me trovare il tempo ed era proprio quello che avevo intenzione di fare.

Se mi ci fossi messa d'impegno, forse sarei anche riuscita a fare un incantesimo su zia Pearl per evitarle di mettersi nei pasticci. Questa nuova idea mi diede energia e non vedevo l'ora di mettermi allo studio della magia. Solo che questa volta avevo in mente di fare le mie lezioni in segreto, senza zia Pearl come insegnante. Le avrei fatto vedere.

Mi resi conto in quel momento che stavo facendo esattamente quello che zia Pearl avrebbe voluto dal principio. Solo che invece delle lezioni imposte da lei, avrei fatto tutto da sola.

"Non ti capisco, Pearl," disse la mamma. "Sei già miliardaria. Perché giochi alle slot machine?"

"Cavolo, potrei comprare questo posto," disse Pearl. "Sono più ricca di tutti voi messi insieme."

La incenerii con lo sguardo. "Non è necessario girare il dito nella piaga."

Zia Pearl rise. "Non durerà molto. Quello che resta dopo aver pagato gli avvocati per Wilt andrà al mio fondo di beneficenza preferito."

"Ah, quale sarebbe?" Chiese la mamma.

"La Westwick Corners Revitalization Society."

"Ma non esiste una società con quel nome." Tutto quello che avevamo era olio di gomito. Le continue lamentele di zia Pearl riguardo gli intrusi turisti erano l'opposto di ristrutturare le attività per attrarre persone. L'idea che avrebbe contribuito a portare visitatori a Westwick Corners era contraria alla logica. Non le credevo.

Mi sentii degli occhi addosso e mi girai trovandomi di fronte Rocco. L'attrazione fisica provata prima era passata, sostituita da qualcosa di nuovo. Invece del disprezzo che provavo per il vecchio Rocco, ora sentivo un sincero affetto. Gli anni e la distanza ci avevano cambiati entrambi e ora che l'incantesimo si era esaurito sentivo qualcosa che non avevo mai provato prima per lui.

Amicizia.

"Chi vuole venire a mangiare una bistecca?" Rocco fece un cenno verso la strada. "C'è un ristorante italiano molto carino qui nei pressi."

"Ci saranno dei gangster?" Chiese la mamma.

"Non posso garantire, ma spero di sì." Rocco guardò con malinconia verso il bar. "Mi mancherà questo posto, ma non il crimine e il gioco d'azzardo che gli girano intorno."

Zia Pearl diede uno sguardo furtivo. "Oh, no, guarda chi arriva."

Io incrociai lo sguardo di Tyler e sorrisi. "Può venire a cena con noi."

"Devi proprio invitarlo?" Zia Pearl aggrottò le ciglia. "Penso di aver perso l'appetito."

All'improvviso sentii il bisogno di provare l'incantesimo di amicizia che avevo studiato in segreto.

Feci schioccare le dita due volte poi, senza farmi sentire, pronunciai l'incantesimo. "Andiamo."

Zia Pearl sorrise quando Tyler infilò il suo braccio in quello di lei. "Cosa potrebbe esserci di meglio che una cena con una compagnia di così bell'aspetto?"

Tyler mi strizzò l'occhio e io gli sorrisi.

Zia Pearl non era l'unica con un asso nella manica.

CAPITOLO 39

Con la soluzione dell'omicidio di Carla e Wilt dietro le sbarre per l'omicidio di Danny 'Bones' Battilana non c'erano altri motivi per fermarsi a Las Vegas.

Era poco probabile che zia Pearl causasse altri guai, ma non mi sarei sentita tranquilla finché non avessi saputo che era al sicuro fuori da quella città. Insistetti perché lei e la mamma comprassero i biglietti per tornare a casa in aereo. Fatto quello, ci dirigemmo all'aeroporto.

Tyler camminava davanti a noi attraverso l'affollato aeroporto di Las Vegas, portando le valigie di Mamma e zia Pearl una per parte. La mamma stringeva una cartella con tutte le ricette dei drink di Christophe mentre zia Pearl portava una piccola borsa. Non avevo idea di cosa ci fosse all'interno ma decisi di non chiedere. Qualche volta era meglio non sapere, soprattutto se riguardava mia zia. Avrebbe dovuto passare i controlli di sicurezza, quindi non mi preoccupava.

Lasciai un po' di spazio in mezzo in modo che non fossimo a portata d'orecchio nell'aeroporto rumoroso. "Ricordati, nessuna magia sull'aereo. Rischi di spaventare il personale o i passeggeri. Potrebbe anche esserci un agente di bordo."

"Non usare la tattica della paura con me, signorina." L'umore allegro della zia era svanito. "Mi sono già rassegnata a restare imprigionata in quella scatola di sardine volante. Non c'è bisogno di rinfacciarmelo."

In un certo qual modo, era bello vedere che zia Pearl era tornata la solita irritabile.

"Non preoccuparti, Cen. Ci comporteremo normalmente." Mamma mi strinse la mano.

"Non devi seguirci per tutta la strada fino ai controlli di sicurezza. Siamo perfettamente in grado di pensare a noi stesse," protestò zia Pearl.

"Forse anche troppo," dissi. "Voglio assicurarmi che saliate sull'aereo." Ero sicura che la zia non avrebbe messo in atto alcun trucco, una volta sull'aereo. Ma finché non avesse passato i controlli, poteva sfuggire. Non mi facevo illusioni.

"Non capisco perché non possiamo usare un po' di magia," protestò zia Pearl. "Ruby e io avremmo potuto teletrasportarci indietro a Westwick Corners più rapidamente di quanto ci abbiamo messo per venire."

"Niente magie, zia Pearl. Almeno non finché non sarete a casa a Westwick Corners." Avevo organizzato in modo che zia Amber le andasse a prendere all'aeroporto di Shady Creek e le accompagnasse a casa.

Zia Amber aveva anche una posizione importante nel WICCA, quindi aveva i suoi motivi per assicurarsi che zia Pearl si comportasse bene. Qualunque punizione le avesse assegnato il WICCA sarebbe stata minima, ma almeno zia Pearl doveva rispondere a qualcuno. L'ultima cosa che avrebbe voluto rischiare di perdere era la sua licenza a praticare la magia.

Qualcuno dello *Shady Creek Tattler* sarebbe quasi certamente stato ad attendere l'arrivo di zia Pearl e di Mamma e questa era una storia che volevo che finisse bene. "Non fate niente di stupido che potrebbe danneggiare la nostra tranquilla esistenza a Westwick Corners."

Anche se tecnicamente avrebbe potuto teletrasportarsi quando non la vedevo o quando era sull'aereo, contavo sulla mamma perché la convincesse a non farlo. La gente di solito non sparisce dagli aerei e l'ultima cosa di cui avevamo bisogno era un incidente che avrebbe attirato l'attenzione internazionale. Dato che zia Pearl era già nei guai per aver contato le carte, ero abbastanza sicura che non avrebbe fatto niente di stupido.

Ci fermammo alcuni passi prima del cancello di sicurezza.

"Siamo fortunate che Wilt ha confessato tutto o tu avresti potuto non tornare a casa. Potresti essere chiusa in cella con lui." Lanciai un'occhiata alla mamma. "Tienila d'occhio e ci vediamo tra qualche giorno."

"Penso di aver bisogno di una vacanza dalla vacanza." Rise la mamma.

Ancora non mi era chiaro quanto zia Pearl avesse vinto alla lotteria. Sembrava comunque che avesse richiesto un avvocato di grido per la difesa di Wilt e per pagare la cauzione. Wilt aveva in progetto di partecipare a un programma di riabilitazione per le dipendenze dal gioco, in attesa del processo. Era in buone mani.

Ci fermammo al controllo di sicurezza e salutammo Mamma e zia Pearl prima dell'ingresso.

Mi girai verso Tyler e lo baciai sulla guancia. "Non posso credere che sei venuto fino a Las Vegas. Come facevi a sapere che avevo bisogno del tuo aiuto?"

"Solo un'intuizione. Avevo la sensazione che tu ci fossi dentro fino al collo." Mi tirò vicino a lui e premette le sue labbra contro le mie.

Non ero sicura se si stesse riferendo ai Racatelli o a zia Pearl, ma non avevo bisogno di una risposta. Avevo altre cose in mente.

Guardammo il volo di Mamma e zia Pearl decollare e poi tornammo al parcheggio dell'aeroporto dove era rimasto il camper. Avevamo deciso di riportarlo al concessionario di Shady Creek dove zia Pearl lo aveva preso.

Era saltato fuori che il camper era reale. Zia Pearl non l'aveva creato con la magia. Lo aveva preso per un test drive e non l'aveva mai riportato. Lo aveva fatto sparire quasi completamente una volta solo per confondermi. Era l'unica cosa a proposito di mia zia che fosse prevedibile: avrebbe deviato dal suo percorso per confondermi ogni volta che ne avesse avuto l'occasione. Superarmi in astuzia per lei era come un passatempo.

Tutto il resto era vero. Zia Pearl aveva davvero vinto la lotteria e Wilt era davvero il nipote di Danny 'Bones' Battilana.

CAPITOLO 40

Il sole occhieggiava tra le nuvole basse mentre percorrevamo l'autostrada verso nord. Avevamo superato sole, pioggia e infine una tempesta che aveva minacciato di farci ritardare sulle montagne tra il Nevada e la California del nord. Superammo il passo proprio nel momento in cui il cielo si apriva davanti a noi.

Guardai Tyler alla guida del camper. Era stranamente confortante essere in mezzo alla tempesta con lui e particolarmente romantico nel nostro rifugio su ruote.

I beni di Manny furono sequestrati e lui sarebbe rimasto in galera senza cauzione.

Rocco aveva deciso di vendere l'albergo e prendere le distanze dalla 'famiglia'. Un investitore anonimo gli aveva già fatto un'offerta generosa (con l'incoraggiamento di zia Pearl, ovviamente) che gli aveva consentito un'uscita tranquilla e in bello stile.

Mamma, zia Pearl e un po' di magia avrebbero consentito a Rocco un facile passaggio verso la sua nuova vita. Non ero sicura di cosa fosse esattamente, ma non importava.

"Ah, quasi dimenticavo." Tyler allungò un braccio dietro il sedile e mi passò la mia borsetta. "L'ho trovata sul sedile del passeggero quando ho fatto portare la tua auto a casa dalla stazione di rifornimento."

Frugai all'interno e ne tirai fuori il cellulare. Lo sbloccai, sollevata nel vedere che la batteria andava ancora. Controllai la segreteria. "Sembra che si sia già sparsa la voce. Lo *Shady Creek Tattler* vuole la mia storia. Anzi, vogliono assumermi su due piedi."

Tyler sorrise. "Accetterai?"

Alzai le spalle. "Non so. Magari ci dormirò su." Solo qualche giorno prima avrei accettato il lavoro a qualunque condizione. Ma dopo quest'ultima avventura avevo deciso che da quel momento in avanti le cose sarebbero andate alle mie condizioni.

Mi resi conto all'improvviso che la magia mi dava un vantaggio sugli altri giornalisti. Potevo avere storie che loro non avrebbero potuto, solo con il mio talento naturale. Perché era questo: un talento perfettamente naturale. Dovevo solo imbrigliare il potere di qualcosa che era già in me.

"Andiamo a casa." Sorrisi a Tyler mentre cercavo alla radio qualcosa di allegro.

"Prima le cose importanti," disse Tyler. "Non ci stiamo dimenticando qualcosa?"

Ripassai rapidamente la mia checklist mentale. I bagagli, la benzina e Mamma e zia Pearl accompagnate all'aeroporto senza problemi.

Controllato.

Scossi la testa. "No. Penso che abbiamo fatto tutto."

"E il nostro appuntamento?" Tyler sogghignò. "Ho viaggiato per centinaia di chilometri per vederti e ancora non abbiamo avuto il nostro appuntamento."

Lo guardai e sorrisi. Ero stata ossessionata dal nostro appuntamento e ora che Tyler era insieme a me non ci pensavo quasi più. In parte il motivo era dovuto all'enormità degli eventi che ci eravamo trovati ad affrontare, ma la realtà era che quello che volevo era semplicemente che stessimo insieme. Sembrava già come un appuntamento. Non avevo bisogno di una cena elegante o una serata fuori, solo l'uomo al mio fianco.

Comunque mi sentii male.

"Mi dispiace davvero per il nostro appuntamento, Tyler. Non mi sarei mai aspettata il rapimento, Las Vegas e tutto il resto." Zia Pearl aveva una certa abilità nel mettermi sempre i bastoni tra le ruote. "Rimedierò, lo prometto."

"Non scusarti. Non è colpa tua. Piuttosto, ho un'idea." Prese la prima uscita dall'autostrada poi girò a destra a un incrocio nemmeno un chilometro più avanti.

"Dove cavolo stiamo andando?" Non c'erano città nelle vicinanze e l'unico cartello stradale indicava una stazione di servizio poco lontano. C'era una sola strada per Westwick Corners, e non era quella. Questo era un rapimento per cui non avrei protestato. "Meglio prevenire che curare. Succedono cose brutte quando si resta senza carburante."

Tyler sorrise. "Non abbiamo bisogno solo di carburante. Vedrai."

Rallentammo quando la strada divenne fangosa e piena di pozzanghere. La strada sempre più stretta si avvolgeva attorno a una ripida collina e alla fine c'era a malapena lo spazio per un'auto nella direzione opposta. Anche se non c'era molto traffico. Mi chiesi che senso avesse una stazione di rifornimento in mezzo al nulla.

Qualche minuto dopo arrivammo. Nine Mile Gap era un villaggio minuscolo in mezzo al niente. Era già metà mattina ma non c'era segno di vita, nemmeno alla stazione di servizio pubblicizzata, un minuscolo edificio in metallo con un'unica pompa arrugginita. Era più morto della morte.

"Questo posto sembra non essere da nessuna parte." Fissai le finestre coperte di polvere e grasso mentre ci fermavamo davanti alla pompa di benzina.

"Non più. Qui è dove sono cresciuto," disse Tyler. "Era come Westwick Corners a quei tempi. Oggi è una città fantasma."

"La stazione di servizio è chiusa." L'unica pompa di benzina era arrugginita, con erbacce che avvolgevano anche l'erogatore. I numeri in vecchio stile che giravano al passaggio della benzina erano congelati nel tempo, al prezzo di 20 centesimi per tre litri e mezzo. Mi sentii male per Tyler.

Il passare del tempo raramente era gentile con i ricordi. Non si poteva tornare indietro senza restare delusi. Le cose raramente erano come le ricordavi.

"Va bene, non siamo qui per fare rifornimento." Tyler parcheggiò il camper all'estremità della stazione di servizio e spense il motore. "Il nostro appuntamento inizia ora."

Saltò fuori dal posto del guidatore, girò intorno al camper e aprì la mia porta dalla parte del passeggero. "Conosco un piccolo delizioso ristorante qui. È un segreto ben conservato, molto esclusivo."

Saltai giù dal camper, appoggiandomi alla mano che mi porgeva.

Percorremmo il lato della stazione di servizio, superammo un vecchio edificio in mattoni di tre piani. Girammo l'angolo ed emergemmo su una stradina di ciottoli.

La bocca mi cascò per la sorpresa. Eravamo all'inizio di Main Street in una città fantasma degli anni '50 completamente restaurata. Era tutto pulito e appena verniciato ma comunque non c'era un'anima in giro. Era come se il tempo si fosse fermato in un momento del passato.

"Era una città industriale, tempo fa. Poi la miniera ha chiuso ed è stata completamente dimenticata."

Mi chiesi quali segreti nascondesse la città, al di là della facciata ripulita.

Camminammo lentamente lungo la strada, mano nella mano. "Mi ricorda Westwick Corners, ma più tranquilla." Non avrei mai pensato che potesse essere possibile, invece lo era.

Tyler sogghignò. "Pensavo che ti sarebbe piaciuta. Ora andiamo. Aspetto questo appuntamento da una vita."

Lo seguii all'interno di un piccolo e grazioso caffè con vasi di fiori rigogliosi di lavanda e nasturzio. Il ristorante sembrava l'unica attività aperta. Le tavole del pavimento scricchiolarono sotto i miei piedi quando attraversai la porta diretta nell'interno poco illuminato.

Una donna attraente di quasi cinquant'anni comparve dal retro per salutarci e ci indicò un tavolo su un lato della sala, vicino alla finestra. Un ventilatore a soffitto ronzava sulle nostre teste, creando una brezza rinfrescante. Seguii la donna fino a una postazione affacciata su un ruscello gorgheggiante circondato da vegetazione folta. Era come essere in un altro mondo. "Va bene qui?" La donna fece l'occhiolino a Tyler, che annuì.

"È bellissimo." Sospirai mentre prendevamo posto.

La donna mi sorrise e ci porse i menu. Tyler ordinò due Coca-Cola.

Io aspettai finché la nostra ospite fu quasi in cucina prima di guardare il menu. "Spero che tu non sia delusa, pensando al ristorante francese. In qualche modo recupereremo."

Tyler sogghignò. "A dire il vero non importa dove andiamo. Forse, qui è anche meglio."

Mi strofinai il naso. "So cosa intendi. I ristoranti eleganti di solito hanno porzioni minuscole. In questo momento io potrei mangiare un cavallo."

Tyler rise. "Non intendevo questo."

"Cosa, allora?" Improvvisamente capii. "La donna ti ha riconosciuto subito. Sei stato qui di recente."

"Tante volte, Cen."

All'improvviso mi sentii strana. "Cos'è? Voi due vi conoscete, vero?"

"Mi chiedevo quando te ne saresti accorta. Questa non solo è la mia città, Cen. Quella donna è mia madre."

"Tua madre?" Mi cadde la mandibola e all'improvviso mi resi conto di avere i vestiti impolverati. Mi sistemai la coda di cavallo. "Non hai mai detto che venivi da una piccola città."

Lui rise. "Non me l'hai mai chiesto."

"Ma io ho semplicemente dedotto che, dato che lavoravi a Las Vegas, venivi da lì."

"Quasi tutti là vengono da un altro posto, Cen. Dato che io conosco già la tua famiglia, ho pensato che tu potevi conoscere la mia."

Ora era il mio turno di ridere. "Non mi stupisco che ti piaccia Westwick Corners. Praticamente è affollata rispetto a qui. Ma deve essere dura riuscire a vivere in questo paese. Come fa, tua mamma?"

"In effetti non fa. Si occupa di altro."

Prima che potessi fare ancora domande, la mamma di Tyler ricomparve con le nostre Coche. Riguardandola, la somiglianza era evidente. La mamma aveva gli stessi caldi occhi marrone e lo stesso sorriso caldo del figlio.

"Mamma, ti presento Cen. Cen, questa è mia madre, Vivica."

"Ecco a te, cara." Mi sorrise appoggiando il mio bicchiere sul tavolo, poi posò quello di Tyler. "Ho sentito dei problemi a Vegas. Sono contenta che Ty abbia potuto aiutarti."

"Cen non aveva bisogno del mio aiuto, mamma. Si è occupata di tutto nel modo migliore."

Io arrossii. "Non è stato niente, davvero. Affari di famiglia." Che mi piacesse o no, i problemi di zia Pearl erano anche i miei. Qualunque fossero le sue colpe lei era sempre leale verso coloro cui voleva bene, e anche lei mi avrebbe aiutata.

"Ho sentito che te la sei cavata piuttosto bene." Vivica Gates sorrise. "Considerato che sei stata praticamente buttata in mezzo."

Mi chiesi quanto e come esattamente Tyler raccontasse le cose a sua madre. Alla fine, non era molto importante. Quello che era fatto, era fatto. Le persone avrebbero tirato le proprie conclusioni.

Cambiai argomento. "Nine Mile Gap sembra un posto terribilmente tranquillo."

Vivica sospirò. "La città ha visto momenti migliori, di sicuro. Solo pochi di noi vivono ancora qui."

"Mi dispiace sentirlo," dissi. "La mia città sta seguendo la stessa strada. Tutti se ne vanno alla ricerca di posti più grandi."

Vivica annuì. "Tyler mi ha detto tutto della vostra locanda e dei vostri progetti per far rivivere la città."

"Anche voi potreste," dissi. "Dovete solo trovare il modo di proporre la città ai turisti."

"Oh, non interpretarmi male. A me in un certo senso piace la solitudine. Posso fare le mie magie in pace. È bello non dover nascondere i propri talenti."

Tyler mi sorrise. "Voi due avete molto in comune."

"Tu sei, ehm..." Non riuscivo a dirlo.

"Una strega." Vivica finì la frase per me. "Sì, lo sono."

Mi cascò la mandibola. Non c'era da stupirsi che Tyler tenesse testa così bene alle scene di zia Pearl. Tutto all'improvviso ebbe un senso. "E dunque è questo il tuo grande segreto, vero? Quello di cui zia Pearl continua a parlare." Avevo sempre pensato che fosse qualcosa di brutto, una macchia nel passato di Tyler.

I suoi occhi marrone scintillarono per il divertimento. "Pensi che non ci siano altre streghe in giro?"

"Tu sai di noi."

"Certo che lo so. Posso distinguere una strega a chilometri di distanza."

"Sapevi di me?"

Tyler annuì. "Anche se non ne avevo visto alcuna traccia. O sei molto brava o completamente fuori esercizio."

Io sogghignai. "Mi è stato detto che sono entrambe."

"Probabilmente hai preso da Pearl quel lato, giusto?"

"Sì." Per la prima volta in vita mia, fui davvero orgogliosa di essere una strega. E anche di essere la nipote di zia Pearl. "Ti stanno bene le mie bizzarrie?"

"Certo, anche se non definirei l'essere una strega una bizzarria, Cen." Tyler appoggiò la sua mano sulla mia. "Mi vai bene per quello che sei, senza condizioni. È quello che ti rende così speciale. La stregoneria è un plus."

La reazione di Tyler fu un delizioso cambiamento rispetto al mio ultimo fidanzato, che vedeva i miei talenti soprannaturali come imbarazzanti e potenzialmente dannosi per la sua carriera.

"È bello vedere Tyler con una ragazza che in qualche modo assomiglia a sua madre." Rise Vivica. "Nemmeno io devo fingere di essere normale. Posso essere semplicemente me stessa." Si girò e si diresse in cucina con le nostre ordinazioni.

"Io non avevo idea che tu fossi..." All'improvviso restai senza parole.

"Il figlio di una strega?" Sogghignò Tyler stringendomi la mano.

Io scoppiai a ridere. "Esattamente le parole che stavo cercando."

Per la prima volta in tanto tempo, mi sentii bene con ogni aspetto del mio essere. Stavo bene nella mia pelle. Non dovevo nascondere i miei talenti o fare finta di essere qualcun altro. E ora, ero davvero a casa.

* * *

TI È PIACIUTO *Il colpo delle streghi?* Puoi proseguire la lettura con *"La notte delle streghe"*, il prossimo titolo della serie.

VOLETE ESSERE i primi a sapere quando escono nuovi volumi? Registratevi sul sito

Newsletter:
http://eepurl.com/c0jCIr
Sito:
www.colleencross.com

L'AUTRICE

Colleen Cross è autrice della serie bestseller dei Thriller di Katerina Carter e della serie I Misteri di Katerina Carter. Le sue serie di thriller più popolari parlano entrambe del personaggio di Katerina Carter, contabile forense e investigatrice di frodi con esperienza sul campo. Fa sempre la cosa giusta, anche se i suoi metodi poco ortodossi fanno rizzare i peli e fermare il cuore.

È anche una contabile e un'esperta di frodi e scrive di crimini reali. *Anatomia di Ponzi: Truffe passate e presenti* smaschera le più grandi truffe finanziarie di tutti i tempi e spiega come siano riusciti a farla franca. Predice esattamente il luogo e il momento in cui i più grandi sistemi Ponzi saranno esposti e gli indizi da cercare.

Potete trovarla anche sui social media:

Facebook www.facebook.com/colleenxcross

Twitter: @colleenxcross

o Goodreads:

Per le ultime notizie sui libri di Colleen, per favore visita il suo sito http://www.colleencross.com

Iscriviti alla newsletter per conoscere immediatamente le nuove uscite! http://eepurl.com/c0jCIr

ALTRI ROMANZI DI COLLEEN CROSS

Trovate gli ultimi romanzi di Colleen su www.colleencross.com

Newsletter: http://eepurl.com/c0jCIr

I misteri delle streghe di Westwick

Caccia alle Streghe

Il colpo delle streghi

La notte delle streghe

I doni delle streghe

Brindisi con le streghe

I Thriller di Katerina Carter

Strategia d'Uscita

Teoria dei Giochi

Il Lusso della Morte

Acque torbide

Con le Mani nel Sacco – un racconto

Blue Moon

Per le ultime pubblicazioni di Colleen Cross: www.colleencross.com

Newsletter:

http://eepurl.com/c0jCIr

Lightning Source UK Ltd.
Milton Keynes UK
UKHW012017250123
415976UK00011B/167/J

YOU CAN BELIEVE THIS!

Why Biblical Christianity Makes Sense

Peter Bates

Unless stated otherwise, Scripture quotations are taken from the Holy Bible, New International Version

British Library Cataloguing In Publication Data
A Record of this Publication is available
from the British Library

ISBN 978-1-84685-784-3

First Published 2007 by
Exposure Publishing,
an imprint of
Diggory Press Ltd
Three Rivers, Minions, Liskeard, Cornwall, PL14 5LE, UK
and of Diggory Press, Inc.,
Goodyear, Arizona, 85338, USA
WWW.DIGGORYPRESS.COM

DEDICATION

To Mam and Dad

Always missed

CONTENTS

1: ME

"Always be prepared to give an answer to everyone who asks you to give the reason for the hope that you have. But do this with gentleness and respect."

1 Peter 3 v 15

I have been a Christian for almost 30 years. My parents would not have described my upbringing as "Christian" in the sense that I would now understand that word. Having said that they certainly taught me to have respect for authority, to be considerate to others, and to know the difference between right and wrong. They sent me to a Methodist Sunday School for a while, but when I rebelled against that at the age of about 8 they let me have my own way and did not insist that I continue attending.

At age 11 I had another opportunity to come to faith in God. The school I went to had a thriving Christian Union, and they were particularly adept at persuading the new arrivals to come to their informal and fun-packed lunchtime meetings. I went along a few times, but unfortunately a really silly incident which I am too embarrassed to say any more about resulted in me making the decision to stop going. Seeds were sown which came to fruition later on, but for now a second chance was missed.

I grew up in the 1960's, when all the previously accepted 'certainties' of life were being overturned, including Christian belief and religion in general. This naturally had its effect on me, and when I arrived at my adolescent teenage years in the early 1970's a big part of my personal 'rebellion' was to reject God and religion in all its forms. I was aided and abetted in this by the presence of a large number of 'Christian cynics' at school. I became one of them, and ended up leaving school at the age of 17 with my atheism intact.

At the age of 20 I finally found my way to faith. I came into contact with a group of Christians who seemed to be different to any I had met before. I was curious to find out why. Eventually I realised it was because they had a real *love* in their hearts - love for life, love for others and, as I later discovered, love for God. In fact, when I asked about it, they would explain that it all sprang out of having a *relationship* with God in the Person of the Lord Jesus Christ. After about 6 months of hanging around, curiosity increasing, I decided I wanted this for myself and so, with the help of others praying with me, on 10th July 1977 I asked Jesus to come into my life as Lord and Saviour. I will say more about the build-up to my becoming a Christian in a later chapter. For now I will simply comment that my experience goes completely against the view held by many that religion only survives in the modern world because of parents 'indoctrinating' their children with their own beliefs. I hope I have already said enough to convince you that this was definitely not true in my case.

Shaky start

With the benefit of hindsight it is clear that I made a decision before I was really ready for it. It was like the premature birth of a baby which needs extra support to survive and often continues to have problems for a considerable time afterwards. My faith was very weak initially, there was a lot I didn't understand, and it was a number of years before some important issues were resolved. Of course nobody knows all the answers straight away, but I don't think I even knew many of the questions! I remember a couple of weeks later I was asked to give my 'testimony' to a small home fellowship group and simply gave them an unconvincing account of what I thought they expected me to say. Well, I wasn't convinced anyway, and thinking back I'm surprised that nobody challenged me at the time or realised that something wasn't quite right.

Despite the shaky start I did start to grow in my faith, and in the early 1980s found myself reading a book called *"The Beginning of the End"* by Tim LaHaye, better known these days as the co-writer of the "Left Behind" series. The book was about the Second Coming of Jesus Christ, a topic I knew almost nothing about up to that point, and my faith began to be transformed from then on. I understood what an exciting event the Second Coming would be for a Christian, and whether it happens in my lifetime or not, reading about it brought a few things into clear focus. If time was short, the church had to get its act together if it was to get the message across, and I as an individual Christian had to get my act together if I was to play my proper part in that. In 1981 I heard the Christian speaker David Pawson on his "Let God Speak" tour. One result of this was that I became convinced that I needed to obey God over the matter of water baptism. This was controversial at the time because I was a member of a Methodist church that practised infant 'christening', however the issue was resolved and my baptism took place at a Pentecostal church in 1982. At about the same time I found myself reading *"The Radical Christian"* by Arthur Wallis. Reading this book cleared up a number of issues for me and the end result of that was that in 1982 I left the Methodist Church and took my family to join one of the new 'house churches' that were springing up at the time. I remained as a member of that same church for the next 20 years of my Christian life until moving on again in 2002.

Head or heart?

One of the first things you find out on becoming a Christian is that witnessing and evangelism are priorities. In other words, tell others about Jesus and persuade them to follow him too. Unfortunately over the years this is one area in which I have not been very successful. Initially, in my enthusiasm, I was too blunt with the message and only managed to put people's backs up. Then, discouraged by opposition, ridicule and lack of success, I backed off. I confess I took the easy way out on far too many occasions, and became more hesitant in looking for opportunities to share my faith.

I now realise that one of the problems I was encountering was that I didn't know enough about the reasons why people didn't, or wouldn't believe. This was at least in part because in some ways I didn't really know why I DID believe. My Christianity was based in my personal experience of Jesus - as indeed it ought to be - but it was lacking an adequate intellectual basis. Those who criticise Christians for believing blindly and not using their brains to reason things out would have had a field day with me! You could say that where I went wrong was that I had got the balance wrong between 'head' knowledge and 'heart' knowledge. In my first 20+ years as a Christian I had got used to being told the biggest danger was too much emphasis on 'head' knowledge i.e. knowing *about* Jesus, rather than 'heart' knowledge i.e. actually *knowing* him. How ironic it was that I should discover that my actual problem was the other way round!

One issue that I did not fully understand was the creation-evolution issue. I definitely believed that God created everything in six days exactly as the Bible describes. I had read a few books about it, but to be honest I didn't think of it as anything more than an interesting diversion. I certainly didn't see it as an issue of central importance to the faith, and I was quite prepared to say to people that they didn't have to accept Genesis as long as they accepted Jesus. What I failed to realise was that, if someone is convinced that science has disproved the book of Genesis, there is little chance that they are going to accept the rest of the Bible.

Scales fall

All this began to change in 2001. There was a visiting speaker at the church I then belonged to, who was representing a pro-life (i.e. anti-abortion, anti-euthanasia) organisation. Using explicit imagery and some little-known medical facts he argued the case that the unborn child is a human being from the moment of conception, and one outcome of his visit was that I became actively involved in the pro-life movement. However, a remark he made almost in passing had an even more far reaching effect on my life. He made the point that the only reason why humans are special is that they are created by God in his image. If the human race were the result of millions of years of struggle, suffering, death and "the survival of the fittest", which is essentially what evolution is, then this would mean there is nothing special about us at all. Consequently, if you believe in evolution, there is no logical reason to oppose the destruction of the weak and defenceless such as the unborn, the infirm elderly and the disabled (though thankfully many people who believe in evolution do oppose it).

So in a single stroke the scales fell from my eyes, and I realised that the creation-evolution debate was critically important after all, not just a side issue. Although I arrived at this viewpoint through consideration of pro-life issues, I have come to understand that the book of Genesis is fundamental to everything Christians believe and do. We can trust it to be true from the very beginning, and it is not sufficient simply to say 'the important thing is that God created'. The Bible's assertion that everything was created in 6 normal days approximately 6000 years ago, which has never been (and can never be) disproved by science, is foundational to a correct understanding of Christian doctrine, belief and practice, and also indispensable to the preaching of the gospel. I will say more about this in later chapters. For now I will simply say that since I adopted the "young earth" position as my own starting point, everything about Christianity is a lot clearer to me and my witnessing has real 'teeth' for the first time.

"Claptrap, bunkum, nonsense, tripe..."

In January 2002 I got involved in an exchange of views via the letters page of the local newspaper. I read a letter which was clearly written from an anti-Christian standpoint, and decided to reply to it. The newspaper was good enough to publish my reply, and a few days later, another letter appeared, attacking my position and using uncomplimentary words such as 'claptrap', 'bunkum', 'nonsense', 'tripe' to describe what I had written. The writer's view, very clearly expressed, was that any thinking person would immediately realise there is no God. Any person who believed otherwise either hadn't used their brain at all, or had been brainwashed, or both!

I naturally felt compelled to respond to this, and was pleasantly surprised to see that the paper printed my second letter too. However, a few days later, a second letter appeared from my 'adversary', giving an even more strongly worded denunciation of Christianity and those who claim allegiance to Jesus Christ. At this point I felt that to write a third letter could only result in a public 'slanging match' which I certainly didn't want, so I decided I would not reply again.

However, some important questions had been raised which demanded answers. Many of them were questions that I have heard time and time again from many other people over the years. And now, for the first time ever in my Christian life, I feel I am in a position to give at least some of the answers, and show that the Christian faith has a solid foundation which all thinking people can rely on. So, because I didn't do justice to those questions when I wrote those letters to the paper back in 2002, the idea took root, and gradually grew, of writing this book.

Who am I?

But why should anybody listen to me on these matters? After all, I do not have any significant qualifications in the fields of Theology, History or Science, which are the key disciplines involved. But that shouldn't disqualify me, for Jesus himself pointed out that the more intelligent you are, the more likely it is that you cannot see the wood for the trees (or, as he more colourfully put it: *"You strain out a gnat but swallow a camel"* Matthew 23 v 24). Furthermore, the first preachers of the Gospel were all uneducated men, and the book of Acts accurately records the tremendous effect their faith and boldness had on the Roman world. In any case, I feel that my First Class Honours Degree in Mathematics ("He had to get *that* in!") indicates at least *some* intellectual competence on my part, and the logical thinking skills that underlie much of Mathematics are also an essential part of any discussion of the origin, meaning and purpose of life.

However, my main claim to the 'right' to write this book is my ability to communicate. During the last 16 years, whilst teaching Mathematics in school, I have demonstrated an ability to take complicated ideas and make them *easy* to understand *without* losing their essential meaning. This should of course be true of any teacher of any subject, but I am confident that former students and colleagues would support my claim that it is definitely true in my case. It is of course for you to judge whether you would agree with them or not - *after* you've read the book please!

My purpose in writing the book is to affirm that Christianity, or more specifically the Person of the Lord Jesus Christ, has the answers to all our questions. I intend to pass these answers on to you as I understand them, and also give reasons why I believe they are the right answers. The answers I will give are not new, but have for 2000 years been available to read from the Bible. However, I hope I have succeeded in expressing them in a fresh and understandable way. On the many occasions where I have drawn inspiration from the writings of others I trust that I have given due credit where it belongs. Although this is not an academic work as such, I have tried to ensure that everything I say has a secure intellectual foundation. For ease of reading I have gathered any footnotes and references into one section at the end. If I have made any glaring errors then I apologise in advance and will try to eliminate them from any future editions of this book. For those who are interested in a more detailed treatment of the issues, I have included suggestions for further reading in the bibliography at the end.

Biblical Christianity makes sense - and you can believe it!

Contrary to the view held by many that religion, and specifically Christianity, no longer makes sense in our advanced technological

21st Century world, I say it does! The Bible says *"Jesus Christ is the same yesterday and today and forever"* (Hebrews 13v8) and since it is essentially all about him there is every reason to believe that its message is still relevant to us today. In fact I would go further and say that, in today's rapidly changing world, the Bible as God's Word is the ONLY stable reference point that enables us to make sense of everything. Despite our politically correct culture I also have no hesitation in affirming my belief in the claim of Jesus Christ that *'I am the way and the truth and the life. No-one comes to the Father except through me'* (John 14v6). And despite the ups and downs of life that we all experience, my testimony is that a life following Jesus Christ is the best life that there is. As he himself said: *'I have come that* [you] *may have life, and have it to the full'* (John 10v10).

My prayer is that by the time you have finished reading this book you will find yourself wanting to 'jump' in and make a personal commitment to the Lord Jesus Christ as I have done. It is of course entirely your choice whether you do or not. I hope that you do, but either way I will be grateful that, in reading this book, you will have helped me fulfil *my* calling to make this information known to as many people as possible.

Peter Bates
May 2007

ACKNOWLEDGEMENTS
I would like to thank the following friends for help in proof reading and making constructive comments: Paul Mitchell, Peter Sword, Becky Shinn, Hannah Matthews, Matthew Shinn, Colin & Pat Wright, Michael Taiwo, Dan Matthews, Brian & Celia Miller, Cheryl Shea and Susan Morris Smith. Thanks to their vigilance many errors have been spotted and put right. Any errors that remain must however be my sole responsibility!

Thanks and appreciation also to Dan Matthews for giving me permission to use the words of his song 'The Cross'. Those who have encouraged me in the writing of this book are too numerous to mention by name. Thanks, you know who you are!

2: TRUTH

"Jesus answered: 'I am the way and the truth and the life. No-one comes to the Father except through me'"

John 14 v 6

You may not know the name Tofik Bakhramov, but you have almost certainly heard about his moment of fame in the twentieth century. Tofik was born in 1926, and died in 1993 at the age of 67. When he was 40 years old he made a controversial decision that is still discussed passionately even today, 40 years later. The place where his fateful decision was made was a football pitch in London, England, and the date was 30th July, 1966.

In case you haven't worked it out yet, let me tell you that the occasion was the FIFA Football World Cup Final at Wembley Stadium, between England and West Germany. The final had finished 2-2 after the usual 90 minutes and extra time was in progress. After 11 minutes of extra time Alan Ball of England crossed the ball from the right, and Geoff Hurst shot for goal from about 6 yards out. The ball hit the crossbar, bounced down and then out, but the critical question was: had it crossed the line? If it had, then England had scored and were 3-2 up; if not, the Germans could breathe again.

The first person on the scene was England's other striker, Roger Hunt of Liverpool, whose instant reaction was to turn around, with his arm raised, celebrating the goal. The other players weren't so sure. There were anxious faces as the referee approached the "Russian" linesman, whose name was Tofik Bakhramov (he was actually from Azerbaijan, then part of the Soviet Union). After a moment or two the referee's verdict - obviously based on the view of Bakhramov who was better placed to see - was clear: it was a goal! The England team's reaction immediately changed from anxiety to joy, whereas the German team were evidently not happy as they pleaded with the referee (fruitlessly) to change his mind.

Ever since that day the argument has raged: was the ball over the line or not? Various camera angles have been studied 'ad infinitum' and are all as inconclusive as the original view on the TV on the day. Most England fans are of course adamant that it WAS a goal, and most German fans are equally adamant that it wasn't! Roger Hunt insists it was definitely over the line, hence his instinctive turn and the raising of his arm in celebration. Bakhramov later stated that his view was the ball had rebounded from the net, not the crossbar at all, and had therefore crossed the line before hitting the ground.

England of course went on to score again (Geoff Hurst achieving the only hat trick ever scored in a World Cup Final - a record that still stands to this day) and win the final 4-2. Commentator Kenneth Wolstenholme secured his place in sporting history with the immortal words "They think it's all over...it is now!" However, the fourth goal was only scored in the last minute and if the third goal had been disallowed it may well have been a different outcome. As it turned out, Tofik Bakhramov's decision had been critical.

What is truth?

Two thousand years ago the question "What is truth?" was put by the Roman governor of Judea, Pontius Pilate, to a prisoner in his custody known as Jesus of Nazareth. The answer ought to be simple but, as I discovered while researching this chapter, many people try to make it complicated. It has become the accepted 'truth' today that there is no such thing as 'absolute truth', that 'truth is what you make it' or 'what is true for you isn't necessarily true for me'. This view is particularly strong when it comes to matters of faith or religion, where we are told 'there are many roads to God'. The late great comedian Dave Allen was famous for ending his shows with the words: "Goodnight, and may *your* God go with you" (italics mine).

Subjective truth

The football incident described above illustrates the various ways of understanding the meaning of 'truth' today. First of all, there is subjective truth which depends on a person's individual viewpoint. The English fans believe passionately that the truth is that the ball crossed the line for a goal. The German fans believe equally passionately that the truth is that the ball didn't cross the line and it wasn't a goal. These conflicting views of the 'truth' arise from the fact that both sets of fans are biased in a particular direction. Each side believes that their particular viewpoint IS the truth for the simple reason that they are predisposed to think that way i.e. they have chosen to follow one side or the other. This is not to say that they have not considered the evidence (the TV footage of the incident) but they have each *interpreted* that evidence in favour of their own viewpoint. Rather than allowing the 'facts to speak for themselves' (which they never do, incidentally) and base their opinion on that, they have brought their previously held opinions to influence how they look at those facts. However, neither side will admit that this is the case. As an Englishman, I know that whenever I suggest to my friends that maybe, just *maybe*, the ball wasn't *quite* over the line, I get a fairly lively response!

Of course there are situations where opposing opinions are equally valid and in a sense there is more than one version of the 'truth'. For example, ask 50 people the question "Which is the greatest band in the history of popular music?" you will probably get 50 different answers. Everybody has different tastes in music, and nobody can say that anybody is right or wrong - everybody's answer is 'true' for them. However, is this approach correct when we are considering religious beliefs? If for example we asked a different question, say, "Does God exist?" many people will say 'Yes' and many people will say 'No', but can both groups be right?

Official truth

Secondly, there is official truth, which depends on the authority (or otherwise) of the person declaring something to be true. In the case of Geoff Hurst's goal, the referee was the person with the authority. The reason I can describe it as a goal and not as a near miss was because the referee decided it was one. As a qualified referee, and the person that FIFA put in charge of the final, he had the absolute right to make that decision.

In our society we accept people have the authority to speak on a topic if they have an appropriate academic qualification. When we were at school we listened to our teachers (most of the time!) because we were aware that they knew more about the subject than we did. As adults we will happily take the advice of a doctor or a solicitor because we know that they have studied their subject, passed tough examinations, and also have practical experience. They are professional experts and have earned the right to be believed and trusted. If we are religious people we will consult a pastor or a minister (or the equivalent) if we are having problems or if there is a situation we need advice on. We trust their wisdom as people with (usually) more experience of life than us. In matters relating to the age and origin of the universe, most people these days will listen to what scientists say as they are perceived as being knowledgeable, impartial and simply pointing out the facts.

But even the acknowledged experts are only human and can be mistaken. A football referee can make a wrong decision, and football fans are usually not slow to point it out! Doctors and solicitors can give the wrong advice. That is why in most professions the law requires them to have 'professional indemnity insurance', so that the client can be compensated if they suffer financially from following that advice. And despite what most people think, scientists are not neutral observers but have their own worldview (Christian, other religion, or atheism/humanism) and, like the English and German football fans, they interpret the scientific evidence in the light of that. So although in most cases we trust the decisions, advice and opinions offered by those we deem to have the authority, we must be aware that there will be occasions when they will be wrong.

Observed truth

The third type of truth is 'observed truth'. At Wembley in 1966 the England striker Roger Hunt was probably the only person near enough to see if the ball was actually over the line or not. He has always maintained that it was and his reaction in celebrating the goal was instinctive.

In any sort of court case considerable weight is given to the testimony of eye witnesses i.e. those that actually saw the crime being committed. Observation is also at the heart of the scientific method. When it comes to discussions of origins, Christians are quite entitled to point out that (a) no human being was there to observe the beginning of the universe, therefore no scientific proof as to how it happened can be offered (b) God WAS there and therefore HIS eye witness testimony i.e. the Bible, especially the book of Genesis, should be given precedence. I will explore these issues in more depth later on.

Of course, it is possible that an eye witness is not entirely impartial. An eye witness to a murder may be the lover of the murderer, and willing to perjure themselves so that the killer goes free. German football fans will point out that Roger Hunt was hardly unbiased when he celebrated England's goal - they may even wish to suggest that he knew the ball wasn't over the line but hoped to con the referee by his 'instinctive reaction'. May God have mercy on their souls! I will establish later that the Bible IS God's testimony, and that there is no chance that he is lying to us.

Actual truth

The three types of 'truth' that we have considered so far (subjective truth, official truth and observed truth) are really just different ways of arriving at the truth. The only truth that is entitled to be called absolute truth is the actual truth i.e. what actually happened. Geoff Hurst's shot either crossed the line or it didn't. God either exists or he doesn't. In both of these cases we have a straight choice of two. We may use personal preference, listen to expert advice, or trust the evidence of our own eyes or minds, to arrive at our view of which is correct. Some people will opt for one choice, some will opt for another choice. In both cases, regardless of whether it will ever be possible to know for sure, some people will be right and others will be wrong.

I now want to start being a little more specific about what I believe the truth to be.

Worldviews

There are many possible views about God and the meaning of life i.e. many possible *worldviews*. These worldviews include for example Christianity, Judaism, Islam, Buddhism, Hinduism, agnosticism, secular humanism and atheism. Increasingly the dominant view in society is that all such worldviews are equally valid and should therefore be tolerated. Nobody is 'allowed' to claim that their worldview is true at the expense of the other views which are then held to be false. This poses particular problems for Christians who follow a Jesus who claimed he was the only way to God. Ironically this hyper-tolerant age in which we live is very *in*tolerant towards Christians who take this stand.

Unlike other religions, Christianity stands or falls by the reality (or otherwise) of certain historical events. Creation in six days, a literal Adam and Eve, a global flood in the days of Noah, the 'virgin conception', death and bodily resurrection of Jesus Christ, are just some of those events. If it could be proved that any one of them didn't actually happen, then Christianity is false. In each case it is meaningless to say that it's OK for some people to believe them and others not. They either happened or they didn't!

For simplicity's sake, let us reduce the argument to three basic questions. Firstly, "Does God exist?" It is hopefully obvious that he must either exist or not exist. I believe he exists, you may believe he doesn't. *One of us must be right and the other wrong.* Secondly, "Is Jesus the only way to God?" I believe he is; you may believe that there are 'many roads to God'. Again, *one of us must be right and the other wrong.* Thirdly, "Is there life after death?" You may believe there isn't, and that we just cease to exist at the moment of death. I believe that there is life (and some form of divine judgement) after death. Yet again, *one of us must be right and the other wrong.*

Consequences

The answers to the three questions posed above are not just of theoretical interest. There are important consequences which seriously challenge three 'sacred cows' of modern society.

<u>If God exists</u>, then he is the Creator of the universe, and he must have created it for a reason. He must have a *purpose* for our lives, and this purpose must surely include *all* of our lives, not just a part. It is common these days for us to divide truth up into categories. We may divide it into spiritual truth and secular truth, or we may call our categories religious truth and scientific truth. We may accept that God has the right to determine our behaviour in church on Sunday, but not at work on Monday. Perhaps our angle is to say that a man may hold any religious views privately, but should not seek to express them publicly. We may accept Biblical authority when considering teaching on 'loving our enemies', but believe that science has disproved the Bible on the origins of the universe. ***All of these divisions of the truth are artificial and wrong.*** How many times have you heard people say that the church should keep out of politics? But if the Bible is God's Word then it surely has things to say about how human societies order their affairs - to suggest God doesn't care about politics is sheer nonsense! The slave traders of the 19th Century tried to tell the great William Wilberforce to keep his religion out of politics, yet who doubts now that he did the right thing by ignoring

them and standing firm? The existence of God also means that there is someone to whom we must give account for the conduct of our lives and we cannot just do whatever we want. Incidentally this is precisely why many people refuse to believe in God. Let's face it we all claim the right to run our own lives as we see fit and object strongly to anyone claiming otherwise. We will see *why* we are like this later on.

<u>If Jesus is the only way</u> to God (as he claimed) then it means that all those seeking to reach God any other way are doomed to failure. This is a very unpopular position to take these days, as we are encouraged (with arm higher up the back almost daily it seems) to take the view that all beliefs are equally valid and nobody has the right to say that anybody else's belief is wrong. Of course God has created us with free will to accept or reject him, but this is hardly the point. If there truly is only one way through then it is fatal to gamble on there being another. If a building is on fire and there is only one exit, what would you think of someone who EITHER failed to warn someone in the building OR tried to lead them out by a different way which was certain to result in death? Not very much I suspect. Yet when Christians evangelise using this very argument they are criticised for being 'intolerant'! Personally I would rather suffer this criticism than allow someone to go the wrong way when I could have warned them.

<u>If death is not the end</u>, then we need to give consideration to what happens afterwards. The Bible teaches that this is the moment that God calls us to account for how we have lived our lives, and dispatches us to one of two places for eternity (see Hebrews 9v27). One of those places is somewhere we would want to go, the other we would want to avoid if we knew what it was really like. If all this is true it is obviously a matter of monumental importance to everybody, yet in our society death is almost a taboo subject for discussion and its aftermath even more so. Obviously one must use tact and sensitivity at funerals and when discussing anyone's departed loved ones, but the reality of death is inescapable and we must face up to it. Optimistically pretending it isn't going to happen, or that we cease to exist at that moment, or that everybody automatically goes to heaven, will help precisely nobody.

In all three cases, if I am wrong, then the consequences for me are not too serious. I will have spent my life doing what I believe to be right, and although I may have unnecessarily missed out on doing some things, ultimately nothing has been lost. On the other hand, if I am right then the consequences are potentially catastrophic for anyone disagreeing with me. So surely you owe it to yourself to investigate thoroughly and discover what the truth really is about these matters. I hope at the very least you will take the time to weigh carefully what is said in the remainder of this book before reaching a final conclusion.

Can you handle the truth?

I started this chapter talking about the "Russian linesman" Tofik Bakhramov, who sadly passed away in 1993. I have no idea what his personal worldview was, but he has arrived at, and passed, the moment for him to give account to his Creator, and he now knows the truth. Like him, we will all one day arrive at that moment, and like him we will find that God's decision about us is as final and binding as the referee's decision to award England's third goal in 1966. On that momentous occasion Roger Hunt should probably have followed up and made sure the ball was over the line and not relied optimistically on the decision going England's way. Similarly it is no use our relying on everything turning out right or sincerity being enough. Being sincerely wrong is still being wrong! We must surely want to be certain that when our turn comes the decision goes for us and not against us. This book has been written with the express purpose that we can achieve just that. I hope you will be bold enough to continue reading right to the end and that Jack Nicholson's criticism of Tom Cruise in the excellent film *'A Few Good Men'* ("you can't handle the truth") will not be true of you.

3: FAITH

"By faith we understand that the universe was formed at God's command, so that what is seen was not made out of what was visible."

Hebrews 11 v 3

Many years ago, when I was a young man, I remember going to a party and being the victim of a practical joke which was introduced to me as 'the blanket game'. This game consisted of me sitting on the floor in the middle of the room, and the others covering me up with a huge blanket. I was then invited to "take off the thing you need the least".

Not sure where this was heading, but wanting to show I was prepared to join in the fun, I thought about it and removed one of my shoes, which I then passed out to the others. They then invited me once again to "take off the thing you need the least", so after a few moments thought I took off the other shoe and passed this out as well. I was then invited, for a third time, to "take off the thing you need the least". By this time I was starting to feel just a little insecure, but I took off one of my socks and passed this out. Then the invitation was repeated for a fourth time and off came the other sock.

I was now starting to get quite worried. It wouldn't have taken too many more steps for me to be in an indecent state of undress under the blanket! Although I was much younger then, and my body was much more svelte than it is now, I still wasn't keen to let them see too much of it! I was sure that I must be missing something. Eventually the penny dropped. *The thing I needed the least was the blanket itself!* So I took the blanket off and was greeted with hoots of laughter from the others who had thoroughly enjoyed winding me up. Fortunately I had realised what was going on just in time, and was able to retrieve my clothing before there was too much embarrassment!

I tried to work out later how I had been so easily taken in. I realised that I had been conned into making an assumption about the rules of the game. Although I am fairly sure nobody actually said it, I had made the assumption that the blanket had to stay, no matter what. So when I was invited to 'take off the thing you need the least', everything *except* the blanket was considered. If you like, I had been duped by a sort of 'sleight of hand' into giving up some things that I *did* need (my clothes!), by ruling out any possibility of taking off the thing I *really* didn't need. This was done so cleverly and subtly that I was barely (if at all) aware that an assumption had even been made.

The evolutionary 'blanket'

Something akin to what I have just described has happened to Christian belief in the West over the last couple of centuries or so. The 'blanket' represents the almost universal acceptance that the earth is billions of years old, and that a process known as 'evolution' is responsible for all life forms (including humans) that we see in existence today. The majority of the scientific establishment, the media and the world of education are committed to promoting this idea, and most Christian leaders have felt unqualified to challenge it. The consequences of this have been very far reaching. Just as I abandoned my shoes and socks in the party gimmick, essential Christian doctrines based on Biblical statements which conflict with the supposed 'facts of science' have been abandoned one after another.

Despite the best efforts of many to harmonise the two, there is without doubt a conflict between the Bible and evolution that can never be resolved. The Bible describes a supernatural intelligent being (God) creating the universe and everything in it in six days approximately 6000 years ago. According to evolution, the universe came into existence billions of years ago through a 'Big Bang' and without any external help. The Bible describes the earth being created first and sun, moon and stars created afterwards for the benefit of the inhabitants of the earth. According to 'cosmic evolution', galaxies of stars formed first and planets (including the earth) came into existence later. The Bible teaches that all plants and creatures were created '[to reproduce] *after their own kinds'* (Genesis 1 v 11, 12, 21, 24, 25) and mankind was specially created *'in the image of God'* (Genesis 1 v 27) and *'from the dust of the ground'* (Genesis 2 v 7). This conflicts with 'biological evolution' which claims that there was an unbroken sequence of 'upward' development of creatures from simple to complex, and that mankind was descended from an ape-like ancestor.

As a result of these undeniable differences those with no Christian belief have wasted no time in claiming that 'science' has proved the Bible to be wrong. Many within the Church have tried to salvage something by asserting that the Bible contains much spiritual wisdom from God which is worth following, but it is not a science or history text book and should not therefore be expected to be 100% accurate in these areas. This argument is of course fatuous, as is obvious to most people. If the Bible is wrong on its very first page, what reason is there to take any notice of the rest of it? As naturally as night follows day (or morning follows evening!), therefore, the uncritical acceptance of the evolutionary worldview has led to the loss of the Bible's authority on almost everything.

Sadly, many Christians cannot see that the question of Biblical authority is the real issue at stake. Time and time again I hear that all that matters is that God created and it makes no difference to our beliefs if he created using evolution. But it makes a huge difference! There are implications for the nature of God and man, for the validity of many essential Christian doctrines and not least for the Gospel of salvation itself. We cannot leave the origins debate to the scientists, and simply concentrate on preaching the Gospel. The Gospel is seriously undermined by evolution, so if we are to preach the Gospel effectively then we *must* address the creation-evolution issue.

The fact is that the evolutionary worldview is not the 'done deal' that we are led to believe it is. The whole of society is the victim of a huge 'con trick' just as I was in the blanket game. There is a famous story known as "The Emperor's New Clothes". In the story two conmen promised to make the emperor some new clothes out of a special type of cloth that was invisible to anyone who was too stupid to see it. Because nobody would admit to the emperor that they couldn't see his new clothes, he ended up walking down the street completely naked until a small child shouted out "He's got no clothes on!" The Christian belief and morality that once held sway in the Western world has been 'undressed' by evolution piece by piece and it may be too embarrassing now to remove the blanket. But remove it we must. We must follow the example of the small child in the story and expose the fact that it is the evolutionary 'emperor' who has no clothes!

What exactly *is* 'evolution'?

In its narrowest sense the word 'evolution' simply means 'a process of change'. If evolutionists simply meant that 'things have changed from what they once were', then I doubt that anybody would disagree with them. However, the word is generally used to mean a particular *kind* of change. The process known as 'biological evolution' is usually taken to mean the following:

a) an 'upward' process of development of the world of living creatures, from the 'simple' to the 'complex'

b) a purposeless process which requires time, chance and the operation of 'natural selection'

In its broadest sense, 'evolution' is a philosophy which claims to explain all of the following without reference to God i.e. entirely by natural processes:

i. the existence of the universe ('Big Bang')
ii. the formation of stars, galaxies and planets ('cosmic' or 'stellar' evolution)
iii. the formation of life from non-living chemicals ('spontaneous generation' or 'abiogenesis')
iv. the development of human life from lower life forms ('biological evolution').

In more recent years the use of the word 'evolution' has been broadened still further to include the development of human societies and institutions ('social' or 'political' evolution) and even to explain the development of religion. In fact the whole idea has become so pervasive that it is impossible to turn on the TV or open a newspaper without the words 'evolution', 'evolved' etc putting in an appearance in the least expected places (try it sometime). Not for nothing has evolution been described by some as the ***blanket*** theory of everything!

Evolution is faith not science

The education world and the media, even more than the scientific fraternity, act and speak as if evolution is proven, scientific fact. They are like my friends in the blanket game who 'conned' me into assuming that the blanket could not be removed. In the same way we are 'encouraged' to think that evolution cannot be challenged.

Anyone who dares to publicly challenge it, if they are fortunate enough to get a hearing at all, immediately has to contend with a barrage of scorn and personal abuse designed to make them appear simple and devoid of intelligence (just like the 'stupid' people who couldn't see the emperor's new clothes!) It is rare to witness a believer in evolution give clear reasons for disagreeing with a creationist, and explain the evidence in support of evolution. But I mustn't be too harsh on them. The reason they won't explain the proof for evolution is that they can't! The reason that they can't is that it doesn't exist! Free and open discussion would enable any person of average intelligence to realise this straight away. *Therefore at all costs free and open discussion must be avoided.*

I need to justify my assertion that there is no scientific proof of evolution. Here I will concentrate on biological evolution, which I have described as 'a purposeless process which requires **time**, **chance** and the operation of **natural selection**'. I will now show that <u>none</u> of these three requirements has been proved.

Time

Different sources give different estimates for the age of the universe, solar system and earth, but what is clear is that scientists generally believe all three to be very old. A typical figure for the earth would be 4,500,000,000 years. Time is very important for evolutionists because their argument is that complex life developed from very simple beginnings by making very small changes one at a time. Although they accept that each suggested change is very unlikely to occur they claim that, given enough time, life could eventually have developed to what we see today. However, there is no proof that the long periods of time required have actually existed. *All methods of calculating ages involve making assumptions which cannot be proved to be true.*

Let me illustrate by means of a simple example. If we have, say, a hot cup of tea sitting on the table in the living room, then it will gradually cool down to room temperature[1] in accordance with a mathematical 'rule of decay'. So if we measure the temperature of the tea we can calculate how long it has been standing there. However, this calculation presupposes three things:

i. We know the temperature of the tea when it was put there
ii. Room temperature has stayed constant throughout - this is essentially what determines the *rate* of cooling
iii. There has been no interference with the tea since it was put there (putting milk in it would make it seem that it had been there a lot longer than it actually had)

Many of the methods for calculating ages on the earth employ decay processes (e.g. radiation) which are mathematically very similar to the tea cooling example I have just given. For these techniques to work similar basic assumptions must be made about *initial conditions*, *constant rates* and *no interference*. Since time travel machines only exist in science fiction it is impossible to establish scientifically that these assumptions are valid. Therefore the results obtained cannot be regarded as proved.

The most important of the assumptions for our purposes is the *no interference* assumption. We are talking about enormous periods of time. Depending which specific technique we are using we may be talking about thousands, millions or billions of years. For any calculation to be valid we have to assume that there has been no interference in all that time which affects the quantities of various substances in our sample. *Is this a reasonable assumption to make, even for 'mere' thousands of years?* Christians would point out that there is an account of a catastrophe that would have played havoc with any time calculations made, namely the Biblical account of the global Flood in Noah's day. I will have more to say about that in a later chapter. The main point here, however, is that *the long ages required for evolution to take place have not been, and cannot be, proved scientifically*.

Chance

Currently the only proposed mechanism for evolution is the occurrence of genetic mutations, combined with the operation of natural selection. It is important to understand what a mutation actually is.

Every cell in our body contains a substance called DNA which determines everything about us. We can think of our DNA as a sort of 'computer program' containing huge amounts of information which is required to enable us to be precisely who and what we are. When a child is conceived some of the mother's

DNA, and some of the father's, is 'copied and pasted' to create the new person. This is why children exhibit features of both parents (and it is also why the offspring are always the same kind of creature as the parents - just as Genesis describes!) Normally the 'copying and pasting' is achieved without a hitch, but occasionally by chance there will be errors in the copying, and these errors are what we call 'mutations'. In most cases the mutations have no noticeable effect, but in some cases they do.

If a mutation does have a noticeable effect, usually it is a harmful one. Everybody understands this perfectly! If you ask prospective parents if they want a child whose DNA has experienced a mutation, they will answer a resounding 'NO'. Very occasionally a mutation will have a beneficial effect, and this type of mutation is thought of as the reason why evolution is possible. The argument is that 'bad' mutations are eliminated by natural selection, so over a large period of time these occasional beneficial mutations will accumulate making evolutionary progress possible.

However, even if a mutation is 'beneficial', it is still a 'copying error' and therefore results in a loss of, or damage to, genetic information in the DNA. For example, a species of insect on a Pacific island mutated to a condition where it had no wings, which at first glance appears to be harmful. However, the insects born without wings were no longer blown out to sea, so more of them survived than the ones with wings. Thus the mutation was beneficial to those particular insects, but nevertheless genetic information (for wings) had been lost, not gained.

The significance of this is easily understood. The overall process of 'molecules to man' evolution has to build up enormous amounts of genetic information from an original starting amount of zero. If a businessman is making a loss of £1 every day, there is no way at the end of the year that he can make his £1,000,000 profit. If we start at the foot of a mountain and can only make downward steps, there is no way we can ever get to the top no matter how slight the gradient! So if we can only ever lose genetic information and never gain it, then we will never produce a creature as complex as man no matter how much time we have available. Of course it is possible to *imagine* mutations which result in an increase of genetic information, but that is a far cry from having actual evidence of any. The plain fact is that *no mutation has ever been observed to result in an increase of genetic information*.

Natural selection

The second half of the proposed mechanism for evolution is the process known as 'natural selection'. The generally accepted view is that harmful mutations are eliminated by natural selection, but advantageous mutations are not. Thus over a period of time the creature with the advantage 'outbreeds' all its competitors and becomes the dominant species. This is commonly described as 'the survival of the fittest'. Extrapolating this process over vast eons of time allegedly makes the evolutionary process from 'molecules to man' possible.

A similar process can be observed in the activities of horse breeders who operate what you might call 'artificial selection'. A successful racehorse would presumably be faster and stronger than the majority of horses, so when its racing career is over its owners will rent it out for 'stud' purposes so that its genes for speed and strength are passed on to the next generation. Owners of horses that are not as strong and fast will find it more difficult to find 'stud' work for them (or at the very least will not command as high a price). This procedure has been going on for hundreds, if not thousands, of years. Because of this the horse population has presumably become faster and stronger over time, but they are still horses!

Just as 'planned selection' does not produce new species, but can only ever produce better specimens of a particular species, so 'natural selection' cannot be the engine that drives evolution that many claim it to be. Rather than being a mechanism for 'the survival of the fittest' it would be better described as a mechanism for 'the destruction of the weakest'. As we saw earlier, more mutations are harmful rather than beneficial, and thus <u>*natural selection would tend to maintain the status quo rather than be a driving force for change*</u>.

There is no proof that there has been enough time for evolution to have happened. Chance mutations almost always result in a creature less able to survive. Because of this natural selection, although obviously a fact of nature, is on the side of keeping things as they are. Our conclusion must therefore be that the entire process of evolution is unproven at best, impossible at worst. None of the essential components of evolution has ever been observed happening. 'But', some will object, 'the process happens so slowly that it could not possibly be observed. It is therefore unfair to rule it out on the basis of non-observance'. My response to this is simply to ask: "How can you tell the difference between a process that cannot be observed because it is happening too slowly, and a process that cannot be observed because it isn't happening at all?" The answer is: "You can't".

The next objection is: 'Just because we haven't been able to prove that it did happen, that doesn't mean you have proved that it didn't'. I agree with that statement, but the essential point is: if it hasn't been observed, then the claim that life evolved is not based on science but on faith. Of course, my claim that life was created by a supernatural creator is also a faith position, but at least I am willing to admit it!

Two types of science

Many people, including at least one TV documentary maker who shall remain nameless, are astounded at the suggestion that evolution is a 'faith position' on a merely equal footing to Biblical creationism. The idea persists that the evolutionary view has a superior standing because it has scientific support, whereas the Christian (and especially the creationist) view is based on irrational superstition. But this is simply not true. I will consider later the perfectly reasonable case for the creationist position, for now I want to give an additional explanation as to why evolution is not scientific. This explanation is that there are two types of science that are being confused.

Operational science

The first type is 'operational science' or 'process science'. This type of science has been responsible for the astonishing advances e.g. in medicine, air and space travel, computers, communications and weapons technology that we are all familiar with. Technology has had such an impact on all our lives that the younger generation cannot understand how we ever survived without mobile phones, car satellite navigation systems, CDs, DVDs, iPod's, MP3's, PCs or even TV remote controls. Anybody challenging the position of science against the background of this success has a formidable task. But it must be remembered that the key to this progress lies in the use of the *experimental method.* In simple terms, a scientist observes what happens under given conditions, and if he can repeat the experiment and get the same outcome then he has 'scientifically proved' his theory[2]. Similarly, if the experiment is repeated and a *different* outcome is obtained, then something is wrong and it may be that the theory has to be discarded. *Any theory that is incapable of proof or disproof by direct observation cannot be truly described as scientific.*

Origins science

The second type is 'origins science'. As its name implies, this is the type of science that deals with the origins of everything. Theories in origins science cannot be proved or disproved experimentally, for the obvious reason that we are unable to turn back time to the beginning of the universe to see if it happens the same way again! Instead, scientists must make the following assumptions:

1. The laws of science are universally valid i.e. in all places and all times

2. Processes we observe today have always been happening at the same rate

The first of these assumptions is fairly reasonable. Probably the greatest scientist who ever lived was Sir Isaac Newton. One of his major achievements was his discovery of gravity. Newton showed that the force that causes apples to fall to the earth is the same force that causes the motion of the planets. In other words, this particular scientific law is the same 'down here' as it is 'up there'. Also, the laws of science are basically laws of 'cause and effect' and are time-related i.e. something happened in the past to cause the present situation, which will in turn have an effect on the future. Therefore it is quite reasonable to suppose that the laws are valid at all times. "Scotty", the fictional engineer of the Starship Enterprise in *Star Trek*, makes this point when he tells Captain Kirk that he 'cannot change the laws of physics'!

The second assumption may also sound reasonable but is flawed. For example, as we have seen, all techniques for calculating ages involve making three basic assumptions about *initial conditions*, *constant rates* and *no interference*. But nobody was there in the 'prehistoric past' to verify the correctness of these assumptions. However reasonable or unreasonable they are, it is impossible to give a scientific proof of their validity. Time after time we hear that *'scientists have proved...'* this or that about the age of the universe, or the origin of mankind, or whatever. They have done nothing of the sort. 'Origins science' cannot use the experimental method as 'operational science' does, and therefore its conclusions cannot be relied upon with anything like the same degree of certainty. But evolutionists don't want us to know this!

Further examples
In case you are still not convinced that evolution is based on faith and not science, let me give one or two examples where the evidence seems to speak against the evolutionary position. The evolutionists' 'faith' in evolution is so strong that they will not allow themselves to accept this evidence. Instead they simply 'invent' a solution to patch up the evolutionary theory. As you are reading these, ask yourself who is guilty of 'blind faith' now? One of the examples relates to the age of the Solar System, the other to the evolutionary process itself:

Comets and the age of the Solar System
Comets are 'dirty snowballs' which orbit the sun in very long 'cigar-shaped' orbits. This means they spend most of their time a long way away from the sun, and out of range of observation from the earth. They 'reappear' at regular intervals. The best known is Halley's Comet which returns every 76 years and was last seen in 1985.

The problem that comets present in relation to the age of the Solar System is that, whenever a comet comes near to the sun, a significant part of its mass is lost due to evaporation in the sun's heat. This means that the comet cannot last forever, and scientists estimate an upper limit of 100,000 years before total elimination. But the Solar System is supposed to be about 4,500,000,000 years old, so there shouldn't be any comets at all by now. However, instead of questioning the age of the Solar System (not allowed!), scientists propose the existence of a large 'cloud' of comets, outside the Solar System, which is constantly replenishing the supply of comets. In other words, as old comets 'die', new ones take their place. This 'Oort Cloud' [named after its 'inventor'] has never been observed, and there is no evidence at all that it exists other than it *must* exist to keep the 'billions of years' belief in place. By no stretch of the imagination can this be described as a *scientific* view.

Fossils and the absence of intermediate species

The fossil record is often cited as the classic evidence for evolution, but is it? Evolution supposedly works by a build up of very small changes, or 'mutations', so that over time one species will 'evolve' into another. It follows that there should therefore be a large number of 'intermediate' fossils in the geological record. But let us read the words of Charles Darwin himself on this point:

"Geology assuredly does not reveal any such finely graduated organic chain; and this, perhaps, is the most obvious and gravest objection which can be urged against my theory"[3]

The late Stephen Gould, an evolutionist, admitted much more recently, that:

"The absence of fossil evidence for intermediary stages between major transitions in organic design, indeed our inability, even in our imagination, to construct functional intermediates in many cases, has been a persistent and nagging problem for gradualistic accounts of evolution" [4]

In other words, almost 150 years later, and apart from a tiny number of disputed cases, there are still no intermediate forms found in the fossil record. But does this fact cause scientists to question evolution? No, that's not allowed! Instead, alternative 'versions' of evolution are proposed. One of these alternatives is known as 'punctuated equilibrium' which suggests that the mutational changes all happened so quickly that the intermediate forms died and disappeared without trace. Earlier we heard that it is often claimed evolution cannot be observed because it happens so slowly. The 'punctuated equilibrium' view is saying it leaves no trace because it is happening too quickly! Can both be true?

CONCLUSION

If you have seen something with your own eyes, there is no need for faith because you have just seen it! However, if you believe something without seeing it then this must of necessity involve some sort of faith. In operational science, because something can be observed over and over again, faith is not involved. However, the supposed 'Big Bang' which began the universe was not, and cannot now be, observed by any human being. The alleged beginning of life in a 'primeval soup' was not observed by any human being, and has never been duplicated experimentally[6].

Furthermore, nobody has ever observed the process of evolution happening, nor has any genetic mutation been observed that has resulted in an increase in genetic information, which the evolutionary process requires.

Of course it could likewise be argued that we cannot go back in time to observe the supposed creation of the universe in six days by a supernatural being; nor can we observe the supposed global flood of Noah's day which had such a dramatic effect geologically on the surface of the earth. These statements are both true, but of course the Creator Himself *was* there to observe both of these events, and Noah and his family observed the Flood and survived to tell their tale. Their testimony of what they observed is therefore a critical piece of evidence in the whole debate.

We have two views of origins, summarised as follows:

1. Creation: an all-powerful, all-knowing God designed and created the universe from nothing for a purpose.

2. Evolution: nothing exploded into nowhere to form everything, and then the operation of random, natural, purposeless forces made everything the way we see it today. (Or *"Hydrogen is a colourless, odourless gas which, given enough time, turns into people"*[7])

Of course, these are not the only two views of origins in existence. However, when closely examined, all the alternatives are either a variation of one or the other, or a compromise position involving both. (We shall see in a later chapter that the compromise known as "theistic evolution", i.e. God made evolution happen, is wholly unsatisfactory).

Essentially, therefore, we are faced with a choice between a purposeful God and a purposeless, godless process. Which one is correct depends crucially on the answer to the question:

DOES GOD EXIST?

4: GOD

"Since the creation of the world God's invisible qualities - his eternal power and divine nature - have been clearly seen, being understood from what has been made"

Romans 1 v 20

I felt ashamed to be British. It was no way to behave as guests in another country. The base of the monument and much of the surrounding pavement were covered in graffiti, some of it written on paper, the rest directly onto the stonework. Most of the graffiti had been put there by British people. Not only was the creation of such a disgraceful mess discourteous to our French neighbours, but it was also disrespectful to those who had given their lives opposing the Nazis.

So where was I? Obviously I was in France. It was August 1998 and I was in Paris, at the site of the Liberty Flame, a memorial to the courage of the French Resistance fighters in the Second World War. The monument, which at first glance resembles a large gold coloured chicken, is actually a replica of the flame on the torch held by the Statue of Liberty in New York. Discerning readers will know that directly underneath the Liberty Flame is the underpass which witnessed the tragic car crash which killed Diana, Princess of Wales, Dodi Fayed and their chauffeur on 31st August 1997. The time of my visit is also significant. It was almost exactly 1 year after the accident. Most of the graffiti consisted of messages from British people mourning Diana's death, and wishing to mark the anniversary.

Ever since it happened the crash has been the source of argument and controversy. Was it simply a tragic accident? Was the driver going too fast? Was he drunk? Were the pursuing paparazzi to blame? Or was there something more sinister going on? Despite several investigations by British and French Police all concluding that there is no evidence of conspiracy, the feeling persists in some quarters[1] that somebody high up in the British establishment took a decision to end the lives of Diana and Dodi. I must confess that was my first thought when I heard the news. A recent attempt by a British coroner to conduct the long-overdue inquest without a public jury has done nothing to dispel the idea.

The Big Question

The question everybody wants to know the answer to is: "How did we get here?" In other words, "How was the universe created?" Just like the question of what caused the death of Diana and Dodi, we find that there are two possible answers to this question. The first possibility is that everything was created by some sort of God. The other is that there is a natural explanation which does not need God to exist (e.g. "Big Bang + Evolution"). So the question of how we got here is intimately connected to the question of whether or not God exists. Those other interminably asked questions, about the purpose of life and our final destiny, can also be answered at the same time. If God does not exist, then I for one am lost to see how life can have any ultimate meaning.

Professor Richard Dawkins, author of a number of books on origins, claimed that "Darwin made it possible to be an intellectually fulfilled atheist"[2], but who wants to be intellectually fulfilled if we are left emotionally destroyed? As the distinguished Christian writer John Blanchard brilliantly put it "Atheism's creed is clear and cruel: we began as a fluke, we live as a farce and we end as fertiliser"[3]. But we cannot say that God exists just because we want him to exist - that would be the 'delusion' the atheists are always warning us about. We must find an independent way of finding out the truth.

So how can we tell whether God exists or not? A humorous way of deciding was proposed by the world famous *Monty Python* comedy team. They decided to stage a wrestling match, with one of the wrestlers fighting for "God exists" and the other for "He doesn't". The result was that God exists by 2 submissions to 1. So that settles it! (No, not really!)

There are many different ideas about what or who God actually is. If we define a 'god' as 'something we worship', then our god could be nature, money, status, a creature, another person or maybe even ourselves. In fact our god could be whatever we wanted him, her or it to be. We could even worship a ball called Wilson, as Tom Hanks' character did in the film *Castaway*. A god that we conjure up in our own minds can easily exist (for us) just because we want him to. When the atheist suggests that 'man created god in his own image', parodying the Bible, he is not entirely wrong!

However, the sort of God conjured up by our own imagination is not the sort of God I had in mind. One of the best 'definitions' of God I have seen was actually proposed by an atheist: *"...a super-human, supernatural intelligence who deliberately designed and created the universe and everything in it, including us"*[4]. This is the sort of God I have in mind. The definition fits very closely the Christian God of the Bible, who is all of the following:

a) **omnipotent** - he is all powerful
b) **omniscient** - he is all-knowing
c) **omnipresent** - he is everywhere at all times
d) **eternal** - he has always existed (he created time)
e) **immutable** - he does not change over time
f) **transcendent** - he is *not part of* the created universe
g) **immanent** - his nature permeates the universe

So my question is: "Does *this* God exist?" Unfortunately as God is *'supernatural'* i.e. not part of the natural world, he cannot be detected by our 5 human senses of sight, hearing, smell, touch and taste. It follows that it is impossible to prove *scientifically* that God does or does not exist. To many people this is sufficient proof that God does *not* exist, because in this scientific age one very widespread belief is that anything that cannot be scientifically observed or measured cannot and does not exist. But this is tantamount to saying: "God does not exist because I have decided to assume he does not exist". What sort of proof is that?

Fortunately there is an approach we can take which most people will see as a reasonable way to finally resolve the issue. The coroner and jury in the Diana inquest will consider all the evidence for and against the different possibilities, and ultimately arrive at a conclusion one way or the other. In a similar way I will consider all the explanations for the existence of the universe, and I will arrive at a conclusion about the existence of God. However, unlike the coroner, I am not neutral on the issue. I am more like a prosecution or defence counsel in a criminal court, with a case to prove - I want to show that God exists. At the end of the chapter you will play the role of jury and decide if I have 'proved' my case or not.

My 'case' will consist of two parts. Firstly, I will show that present scientific laws are insufficient to explain the existence of the universe and also life on earth. Secondly, I will show that there is considerable positive evidence which backs up the assertion that a supernatural creator or designer exists. Although scientific *proof* is not possible for reasons previously stated, I will be making extensive use of scientific *evidence* in making my case. Taken together, the two sections will establish that the *naturalistic* view is untenable, leading to the conclusion that a *supernatural* God *must* exist.

EVIDENCE AGAINST THE 'NATURALISTIC' VIEW

The laws of thermodynamics

The physical universe consists entirely of two types of entity: 'matter' and 'energy'. Both of these have long been known to obey laws of conservation i.e.

- matter is neither created nor destroyed, and
- energy is neither created nor destroyed

All **matter** is made up of smaller particles or groups of particles, known as electrons, protons, atoms, molecules etc. These particles are simply *rearranged* whenever a physical change takes place. Similarly, **energy** merely changes from one form into another e.g. heat, light, sound, kinetic energy, chemical energy, potential energy etc.

It took the brilliance of Albert Einstein to recognise that these two conservation laws are really one and the same, because matter and energy are in fact interchangeable in certain circumstances. His famous equation

$$\mathbf{E = m\,c^2} \text{ (\textit{c is the speed of light})}$$

provides the link between the two, and we now have a combined conservation law, known as the ***first law of thermodynamics***, which simply states that nothing is created or destroyed in the physical universe at present (therefore nor could it have happened in the past under present scientific laws). So <u>the universe couldn't have created itself</u>.

So God exists then? Unfortunately, we haven't quite 'proved' that yet. We must first deal with another possibility: that *the universe has always existed*, so it didn't need to be created at all! This is a more difficult argument to refute. To do this we will have to use the ***second law of thermodynamics***. This law is not as straightforward to explain as the first, and it is expressed in a number of different ways.

One form of the law says that, although the total *quantity* of energy remains the same[5], the total quantity of *useful* energy decreases because some energy will be 'wasted' whenever an exchange of energy takes place. Another way of saying this is that there will be a reduction in *order*, or an increase in *disorder*. Scientists have defined a quantity known as *entropy* as a measure of disorder, or the amount of energy wasted. This gives us a third way to describe the law: entropy is always increasing. A simpler way to put all of this would be to say that the universe is 'running down' or 'winding down' (like a clock that has been wound up).

The effects of the second law are well known to all of us. For example, a hot cup of tea left to itself will cool down to the temperature of its surroundings (heat energy flowing from hot to cold is yet another way of defining the law). Similarly, an ice cube will melt at normal room temperature. Other examples we will all be familiar with are: your car bodywork will rust if you leave it out in the rain, food will go off quickly if your freezer breaks down, and a dropped slice of toast will always land butter-side down. OK, the last one was a joke, but I hope the point has been made.

So could the universe have been here forever? If the universe is currently 'winding down', then there must have been a point in the past when it was fully 'wound up' i.e. all its energy in a useful form, fully ordered. This must have been the moment the universe began, since if it had begun any earlier it would have already started to 'wind down'. Conversely, if the universe has already existed for an infinite period of time then by now the universe would have 'wound down' completely i.e. used up all available energy, and reached the scenario known as 'heat death'. The fact that you are reading this book shows that we haven't yet reached that stage! Therefore the universe must have been in existence for a finite period of time and cannot have been here forever. Phew!

The law of biogenesis ("life comes from life")

Life is something we all take for granted. It is obvious when we look around us that there are some things that are alive, and other things that are not. A dog chasing a ball is alive, the ball is not.

We do not have to carry out any scientific experiments to know this. It is also obvious that there is more to a living creature than the particles that make up its body. When the dog dies, all the particles are still there but the life has gone. So, although no universally agreed definition of life exists, we all know what it is.

At one time people believed in a phenomenon known as 'spontaneous generation', in which living things were thought to just 'spring' into existence, either out of nothing or out of non-living matter. The ancient Egyptians believed that snakes, frogs and toads were generated by the mud left by the flood waters of the Nile (is this the origin of 'toad in the hole'?). In medieval times it was believed that maggots spontaneously generated on decaying meat, but in 1668 an Italian scientist called Francesco Redi demonstrated that they were caused by flies leaving their eggs on the meat. He did this by covering some portions of meat and only the uncovered portions 'produced' maggots. In the 19th century the great Louis Pasteur proved that even tiny organisms such as germs and microbes do not arise spontaneously. He thus proved that 'life only comes from life' and killed off the theory of spontaneous generation as effectively as he killed off the germs in his 'pasteurisation' process that we are reminded of every time we buy a pint of milk[6].

In the 19th century the cell, accepted as the smallest and most basic entity that could possibly be described as having life, was thought to be a very simple object. It did not seem unreasonable, therefore, that when evolutionary theory took hold, with its emphasis on small changes producing large ones over time, belief in the spontaneous generation of a single cell persisted, although it became known by a much more scientific-sounding name: *abiogenesis*. However, today the cell is known to be a much more complex object, resembling on a miniature scale a factory production line, and this makes the issue of its generation from non-living matter much more problematic.

Despite this some still believe that there was a 'primeval soup' surrounding the earth, and at some point amino acids started to form (possibly by the injection of electrical energy), leading to proteins and ultimately to life. In Chicago in 1953 two scientists, Stanley Miller and Harold Urey, carried out a controlled experiment in an attempt to reproduce the conditions supposed to have existed at that time. As a result of their experiment some amino acids, stage 1 in the 'chemical process of life', were formed. They were still, however, a long way from being able to claim they had created actual life. Other experiments along similar lines have been carried out more recently, with varying degrees of success.

However, those hoping for 'proof' of spontaneous generation from this sort of experiment have missed a critical aspect of the exercise. If one day such an experiment did manage to produce 'life in the lab', does this mean that they have proved life could have spontaneously generated itself at some point in the past? Not at all! If it proved anything, it would surely prove the complete opposite, that *external intelligent input* (in this case from the scientist) is needed for the formation of life!

Neither of the two major steps to life ('nothing-to-something' and 'non-life-to-life') could have happened by operation of scientific laws without external assistance. Logically this implies the existence of a supernatural designer, but is there any 'positive' evidence that such a designer exists? Read on.

EVIDENCE FOR THE EXISTENCE OF A DESIGNER

Paley's watchmaker

Traditionally, Christians have used the so-called 'design argument' in support of their belief in God. Essentially this argument takes the form: "The universe appears to be designed; therefore it must have had a designer". The design argument is most clearly expressed in the example of 'Paley's watchmaker'.

In this example the universe is likened to a watch that someone might find lying on the ground. Anyone picking the watch up would see its complexity and the fact that it fulfils a specific purpose (telling the time) and would immediately assume that someone (the watchmaker) has designed it for that very purpose. They would surely **not** think that the components of the watch had come into existence by chance, and then, furthermore, come together in just the right arrangement to achieve the required result. Paley's argument was that, simply because there is so much evidence of design in nature, the same deduction of a designer with a purpose *must* be made.

In passing, it is worth pointing out that Paley's example of the watch is highly appropriate. Since mankind's earliest days the movement of the sun, moon and earth in the Solar System has been used to measure time! As I am sure we all know, a *day* is the time the earth takes to turn once on its own axis, a *lunar month* is the time the moon takes to orbit the earth, and a *year* is the time the earth takes to orbit the sun. We will discuss later the origin of a *week*, and interestingly it is nothing to do with the movement of planets!

Anthropic principle

Nobody disputes that the universe and the world of nature *appear* to be designed. Furthermore, not only does the universe look designed, but it actually looks as if it was designed specifically for us! There is a very narrow margin of error when one considers, for example, the distance of the earth from the sun. Much closer and it would be too hot for life, much further away and it would be too cold. Examination of conditions on the planets Venus and Mars is sufficient to convince us of this. Similar arguments apply to the size of the earth, its speed of rotation and orbit, its angle of 'tilt', and its distance from the moon. All of these features, and numerous others, have to be 'just right' in order for life to survive on the earth.

The idea that the universe appears to be precisely designed for human life is known as the *'anthropic principle'*, and there is wide agreement that this is true. However, it is one thing to claim that the universe *appears to be designed*, and quite another to claim that *there really is a designer* who made it all for a purpose, as Christians do. However the probability of obtaining such favourable conditions by chance is so infinitesimally small that even many atheists would accept the unlikelihood of chance being the explanation.

But, so the argument goes, since there are billions of galaxies, with billions of stars in each, then even with a very tiny probability there is a good chance that such conditions will arise in ONE Solar System. Some even go as far as to suggest that there may be billions of universes, and we are just lucky enough to be living in the one where the conditions have turned out to be just right. Of course, nobody has ever actually *observed* any universes other than this one, so the concept of parallel universes really belongs in science fiction rather than serious scientific debate.

Irreducible complexity

One happy memory of my primary school days is a 'project' I did on the structure of the human eye. I can still remember being absolutely fascinated by the number of parts that work together, thus enabling us to see properly. Of course, my primary school resources reduced the information so a young child could understand it, but even the simplified picture it presents is enough for me to make my point. Here is a summary of the main components of the eye:

- ***cornea*** - transparent 'window' to let light in
- ***iris*** - a muscle which regulates how much light gets in
- ***lens*** - focuses the light to form an image
- ***retina*** - a sort of 'screen' at the back of the eye which receives the image
- ***optic nerve*** - takes the image to the brain

For the eye to be any use at all to us, all five components must be present and in working order at the same time. One, two or even three would not be good enough, and may even be a hindrance if the other parts were not operating. This means that the eye has a quality known as *'irreducible complexity'*.

Believers in evolution claim that the eye could have evolved by means of 'natural selection'. However, 'natural selection' works on 'mutations' which happen one at a time, and here we need *five*[7] happening together to produce a working eye which would give a creature an advantage over others. Even Charles Darwin himself realised how unlikely this was in practice: *"To suppose that the eye, with all its inimitable contrivances.....could have been formed by natural selection, seems, I confess, absurd in the highest possible degree"* [8]. I agree with him! 'Irreducible complexity' is evidence for a designer, and is present in so many different situations. The human knee joint, the flight mechanisms of birds, and the incredible defence mechanism of the bombardier beetle are just three examples of irreducibly complex mechanisms.

Intelligent design

A new movement has come into being in recent years, which develops the 'design argument' from an intuitive principle into a rigorous field of scientific study. I refer to the *"Intelligent Design"* movement. Surprisingly, the Intelligent Design movement comes under fire from both sides. Evolutionists claim it is nothing more than 'creationism in disguise' or 'religion masquerading as science'. Biblical creationists claim (correctly) that it does not exclude the possibility of evolution as a process overseen by God. Nevertheless in my view it is a vital part of the argument. The *information theory* which underlies intelligent design consists of interpretation of what is observed, and must therefore be regarded as a scientific discipline. Although it is not able to say 'who' the designer is, or 'how' he, she or it implemented the design process, it does perform the useful function of providing evidence for a designer - my main purpose in this chapter.

Information Theory & DNA

Suppose you arrived home to find the tiles from a game of 'Scrabble' on the table. If there were a few tiles on the table spelling out the nonsense 'word' KMQOWP, you would assume they had fallen out of the box and landed there by chance. If instead there was an 'H' tile next to an 'I' tile, spelling out the word 'HI', then it is possible they were put there deliberately, but it is also possible that they arrived there by chance. However, if a number of tiles were positioned to spell out the words: "YOUR DINNER IS IN THE CAT", you would 'know' that the message was left by your wife, who was fed up waiting for you to come in from work and has disposed of your evening meal! Of course, the tiles COULD have ended up in that arrangement by chance, but who would ever think so?

The first two examples are NOT information, but the third example is, because it meets the following criteria:

- somebody sent it (it was not an accident)
- it is meaningful to the person receiving it
- action is meant to be taken (send out for a take away!)

A particular type of information is present in the DNA molecules found in the cells of all living creatures. A DNA molecule consists of two strands wound round in a 'double helix' structure - a bit like a spring. Attached to the strands is a sequence of molecules, each molecule being one of the chemicals **A**denine, **T**hymine, **C**ytosine and **G**uanine. You can think of the strands as 'paper' on which a message can be written, and the sequence of 'chemical letters' **A**, **T**, **C** and **G** as the message itself. This works in much the same way as Morse code is a sequence of 'dots' and 'dashes', and a computer programme is a sequence of 0's and 1's, the only difference being that this DNA 'language' has four letters, not two.

The actual message contained in the DNA molecules consists of instructions for the 'manufacture' of a living being, including (a) a 'blueprint' i.e. a plan of what the creature will be like (b) 'assembly instructions' i.e. how the creature is to be put together. Other molecules (known as 'RNA' - similar in structure to DNA but not identical) 'understand' the message and carry out the instructions. This message therefore qualifies as 'information' according to the above criteria, and we can conclude that somebody 'sent it' i.e. it was placed there by an *intelligent designer* for a purpose! As already mentioned, it is not possible to say anything about the intelligent designer from this, merely that there is one.

Extra terrestrial designer?

Does the 'intelligent designer' have to be a supernatural being? These days it is virtually impossible to switch on your TV without coming across a science fiction programme which includes aliens from some other planet or part of the universe. Personally I have always enjoyed this sort of programme. However, it must be pointed out that science fiction is fiction, hence the use of the word 'fiction' in its title! It is significant that science fiction began to be popular in the late 19th Century after the general acceptance of evolution. After all, it seems quite a reasonable assumption that if life evolved on earth it must have also evolved elsewhere in the universe. Nobody has ever produced convincing proof that life of any sort exists anywhere in the universe except this earth. Nevertheless, that doesn't stop some people from believing that alien beings *do* exist, and some go even further and suggest that alien beings were responsible for planting life on the earth at some time in the past.

However, even if this did happen (which personally I don't believe) then it wouldn't settle the issue, because we would still be left with the problem of how the alien life forms themselves came into being. In other words, we would be in exactly the same predicament, just on a different planet! If we then deduce that the aliens who created us were themselves created by even more intelligent aliens from yet another planet, we still have the problem of how those super-aliens came into existence. Ultimately we have to say that there was a supernatural creator who created all of them. So **a supernatural God must exist**.

Who designed the designer?

At this point a question that is often asked is: "Who made God?" The answer is that he has always existed and needed no creator. This may sound like a 'cheat', because earlier I did not allow this explanation for the universe. But the universe is subject to the 'natural' law of cause and effect, and must therefore have been caused by something. The same goes for any alien beings that are part of the universe, as we have just seen. However, God is ***supernatural***, and is not subject to any natural laws, so did not need to be caused by anything. So it isn't a cheat! It is beyond our understanding to figure out how it is that such a being as God 'just happens' to exist. This is difficult for us to accept because we are used to thinking that the human mind is capable of anything. However, we have no alternative but to accept it because, unlike God, we ARE limited by the laws of nature and science.

OK, GOD EXISTS. SO WHAT?

Most people believe there is a God of one sort or another, but cannot see what difference that should make to their lives. This attitude reflects unwillingness either to think things through, or to face up to the implications. We live in an age of 'relativism', where everybody is assumed to be in charge of his or her own life, with the absolute right to do whatever they want (subject to laws and customs). But if an all-powerful supernatural intelligent creator exists, then we have to wave goodbye to all that! Whatever purpose he had in making the universe must take precedence over our plans. This is his absolute right as Creator. Many people will be uncomfortable with this thought, but nevertheless we must face up to it because ultimately our lives are entirely in his hands. We ignore his wishes at our own risk. **So we must find out who this God is, and what his intentions are regarding us.**

5: BIBLE

"All Scripture is God-breathed and is useful for teaching, rebuking, correcting and training in righteousness, so that the man of God may be thoroughly equipped for every good work"

2 Timothy 3 v 16-17

It was one of the most daring rescue missions ever mounted. An Air France plane, en route from Tel Aviv to Paris, had been hijacked and diverted to Entebbe in Uganda. The crew and about half of the passengers were released, but the remaining 103 passengers, who were all Israelis or Jews, were being held hostage in an old terminal building.

In the early hours of the morning 29 elite Israeli troops stormed the building to carry out the rescue. Although the Israelis had breached Ugandan national sovereignty, a decision to take matters into their own hands was perhaps understandable in view of the events at the 1972 Munich Olympics, which led to the deaths of 11 Israeli athletes and a German police officer. Although 45 Ugandan troops were killed after they opened fire on the rescuers, from the point of view of the Israelis the mission was an almost complete success. All but 3 of the hostages were safely released, 6 hijackers were killed, and the only casualty among the Israeli troops was the operation commander, Yonatan Netanyahu, brother of the future Israeli Prime Minister Benjamin Netanyahu.

As a 19-year-old still in the process of working out his view of the world, this incident made a deep impression on me. The phenomenon of terrorism was just beginning to make an impact on world politics, and debate was constantly raging as to whether the best approach to a hostage situation was to negotiate or to go in all guns blazing. It seemed to my young impressionable mind that negotiating (a euphemism for 'giving in') on previous occasions had only encouraged further acts of terrorism, so when the Israelis went for the 'all guns blazing' approach at Entebbe, I felt exhilaration and admiration for their courage.

A week or two after this incident I was sitting in a chair, facing five stony faced gentlemen in grey suits. No, I wasn't in court for copying the Israelis! I was being interviewed for a job in the Civil Service. However, it did feel like an interrogation. Having said that, the interview wasn't going too badly until I was asked one particular question. I was asked to tell the panel about a recent news item that had grabbed my attention (and why), and I'm sure I don't need to tell you which one I chose! I knew I had made the wrong choice when I was then asked what I thought about the 45 Ugandan soldiers who had lost their lives simply for doing their duty to their country. As the particular Government department I was hoping to get into was the Diplomatic Service, it is almost certain that revealing my feelings about the Entebbe raid put the final nail into the coffin of my chances.

Finding out about God

From the point of view of the employers, the whole point of an interview, and indeed the whole application procedure, is to find out as much as possible about the applicant so they can decide if he or she is suitable for the job. Application forms, personal references, letters of applications, curriculum vitae (CV's) and face-to-face interviews are all part of that process. At the end of the last chapter we decided that we needed to find out as much about God as possible so we could learn about our origin, purpose and destiny. With a due sense of care and reverence we can draw certain parallels with the job application process and decide *how* we are going to go about this task.

The most effective way for us to find out about God would be for him to turn up in person, so we could put our questions to him directly. After all, it was only at the actual interview that the Civil Service panel found out something about me which made them think I was unsuitable! In fact, as we will learn in a later chapter, God HAS visited Earth in person, and intends to visit again. However, these visits are in accordance with *his* plans and are not scheduled for *our* convenience. We are not in a position to insist that he 'turns up for an interview' just because we want him to. In an interview situation, the employers have the upper hand and have the power to summon the prospective employee to the place of their choice, and at the time of their choice. Failure to comply will mean ruling oneself out of the reckoning! A different dynamic exists between us and God. He is our Creator, we are his creatures, and he has no obligation to submit himself to any of our demands. We will have to look for a different way.

The next best alternative to a personal appearance is the equivalent of the personal reference. It has often been said that 'who you know is more important than what you know' and I suspect we all know someone who got a job mainly on the basis of a personal recommendation. A Christian is a person with a personal (spiritual) relationship with God, and as such is ideally placed to provide such a 'reference'. In a sense the whole of this book is my personal recommendation of God to you. My hope is that, by the time you have reached the end, you will have become convinced by my recommendation and made a decision on the strength of it. Maybe you are considering God for the 'job' of Lord and Saviour in *your* life!

Creation 'Portfolio'

If someone is being considered for a position that involves some degree of creativity, they will probably be asked for a portfolio of their work, as examining this will be a good way to find out about them. Whenever I attended an education interview I was generally observed teaching a lesson. There was always a degree of artificiality about that, because good teaching depends critically on developing a sound working relationship with your students rather than ticking all the right boxes (whatever the Government would have you believe). However, during the observation my teaching skills could be examined, although there would be a limit to what could be learnt about me from one lesson. On the other hand, God's available 'portfolio' is extensive, being the entire created universe, so studying our surroundings would seem to offer a strong possibility of being able to learn something about God.

Who hasn't been impressed by the sight of mountainous scenery? Even if you haven't been to the Himalayas or the Andes or seen Mount Kilimanjaro you will surely have visited at some time the Welsh mountains, or the Scottish Highlands, or the Lake District in England. All of these places give you an awesome sense of the majesty and greatness of God. Sitting by a still lake fills us with a feeling of peace and tranquillity which speaks of an imperturbable God who is in total control and is never ruffled by anything. The spectacular beauty of the stars in the night sky hints at the splendour of God. The sheer variety of plants and animals in nature speaks of the diversity of a God who is never boring or predictable. Supremely, the achievements of the human intellect at its best bear testimony to the even greater intelligence of the one who brought us into being.

However, there are other features of nature that paint a very different picture. Earthquakes and volcanoes cause damage, devastation and death to all that get in their way. Floods can cause devastation to property and loss of life, as the people of New Orleans can certainly testify. When caused by earthquake activity in the 'wrong' place, a flood can become a 'tsunami' on the scale of the one that hit South East Asia in December 2004. The world of nature itself often resembles the "nature, red in tooth and claw" described by Tennyson, rather than an idyllic paradise full of fluffy bunny rabbits. Disease, suffering and death afflict all creatures, including the human race, and much of the suffering is actually caused by human beings indulging in cruelty, violence and war.

An awareness of the bad things that happen in the world often results in a bitter rejection of God. This is because we find it difficult to reconcile the idea of a loving God with one who will apparently destroy 'innocent' lives in natural disasters. Part of our difficulty with this is undoubtedly due to our unwillingness to recognise our own sinfulness, and the sinfulness of the human race generally. Thus we cannot understand that a holy God is being perfectly righteous when he acts in judgement against us in this way. Of course, disasters are not always expressions of God's judgement, and in general the bad things that happen to us are not directly due to any sin we may have committed, although in both cases they may be on some occasions.

The world resembles a piece of artwork that has been vandalised. The original brilliant artwork is still in evidence, but so are numerous smudges and blemishes. If the world were a painting, we would never hang it on our walls! But how can we decide which aspects of the world are God's handiwork and which the work of the vandal (whose identity we shall discover presently)? With a spoiled painting this may be possible (although with some works of modern 'art' we might not be sure!) but *this depends on knowing what the painting was supposed to look like*.

So we find ourselves up against a formidable problem. We are trying to find out what God is like by studying his 'Creation portfolio'. Unfortunately his handiwork has been vandalised, and we cannot rely on our ability to work out what the original 'picture' was like. Unless we have information about God from a different source, we cannot be sure that we are correctly interpreting what we see. But does this independent source of information exist?

God's own revelation

Before ever reaching the interview stage, the employers will have read through the candidate's written letter of application and *curriculum vitae* (CV). The first question they will be considering is whether they can rely on the information supplied by the applicant being accurate. Sadly many people are not entirely truthful when they present their CVs to prospective employers. Very few would tell outright lies about themselves, because many details can be checked up e.g. by consulting previous employers. However, many people are not averse to exaggerating their skills and experience, so the interviewer needs to be wary.

Once again we need to recognise that with God the dynamic is different. In a job application situation the onus is on the candidate to convince the employer of their suitability for the post, and that they should be given it ahead of all other competitors. As the omnipotent creator and sustainer of the universe, God has no need to impress us! He has no obligation to give us any information at all about himself, and certainly has no motive to exaggerate or falsify any information he chooses to reveal. After all, who can sack *him* from his job? So if we were able to find some written information from God himself, telling us about his character and his purposes in creating the universe, then we can surely rely on it being truthful and correct.

But can we find such a revelation from God? Yes we can. What is it? A quick glance back at the title of this chapter will reveal the answer: it is **THE BIBLE**. I am now going to go further and say that the Bible is in fact the ***only*** reliable source of information about God that exists. The reasons for claiming this are:

(a) The Bible reveals God's character. You and I only let people see those parts of our character that we want them to see. Nobody can truly know anything about us, what we are really thinking or feeling, what we are really like deep down inside, unless we choose to let them know. The same is true of God. We cannot know anything about God unless he decides to tell us.

(b) The Bible describes God's purposes. Before using, say, a microwave oven we consult the manufacturer's instruction manual. This will tell us exactly what it is designed to do, and how to make it work. Only the manufacturers know this, because they are the ones who designed the product and put it together. Similarly only God, as the designer and creator of the universe, the world and us, really knows how everything is supposed to work. If we are to find and fulfil our purpose in life, we had better consult the maker's instructions!

(c) The Bible gives God's eye witness account of Creation**.** We have already seen that science can give no definitive answers, because nobody observed creation happening. But actually there WAS an eye witness - God was there! So God (and only God) can tell us what happened and how he did it. Although it goes completely against what we have been told to think, his account *must* take precedence over any other suggestion or theory put forward by anybody else, however 'scientific' or 'reasonable' their explanation sounds.

Of course I am aware that not everybody accepts the Bible's claims to divine inspiration. Just as it is not possible to 'scientifically prove' that God exists, it is also not possible to 'prove' that the Bible in its entirety is God's revelation to us. However, the rest of this chapter represents my case for believing the Bible is exactly what it claims to be - the written Word of God, and the basis for all aspects of belief and behaviour. The essence of my argument is that the Bible has been supernaturally *produced* and also supernaturally *preserved* against all the odds, and only a supernatural *origin* can explain these two facts. Of course, in one chapter I can only skim the surface, but what follows is a representative sample of the issues.

THE BIBLE HAS BEEN SUPERNATURALLY *PRODUCED*

There are four strands to this argument: (i) the Bible's amazing internal consistency (ii) the prophetic knowledge in the Bible (iii) the scientific knowledge in the Bible (iv) the historical knowledge in the Bible. My contention is that none of these four could possibly be there if it was merely a collection of humanly produced writings. Therefore its origin must be supernatural i.e. God.

1. The Bible's amazing internal consistency

The Bible consists of 66 books, written by at least 33 different human writers, over a period of 1500 years. Most of these writers never met each other, and weren't even living at the same time, so any theories of collusion or conspiracy must be instantly ruled out. Nevertheless, when considered as a whole, the Bible does display an astonishing unity of purpose and consistency of message. It is true to say that the message develops with time, as more information is revealed and further details are added to the overall picture, but nowhere does the Bible actually contradict information previously given.

This will come as a surprise to many readers, as we are used to hearing the Bible being debunked in the media and the academic world. We are told that the Bible is riddled with contradictions and therefore cannot be trusted to mean what it says. But the fact is that the supposed contradictions are only in fact *apparent* contradictions. On closer examination it becomes clear that there is a satisfactory explanation which unites both 'sides' of the story. Admittedly some of the 'contradictions' are easier to resolve than others but working it out is all part of the fun of Bible study! I do not intend to carry out a detailed analysis of every possible contradiction as I would need thousands of extra pages to cover them all! I will briefly consider 3 cases.

(i) Two sides to God's character?

One very common charge is that the Old Testament typically portrays God as vengeful and vindictive, whereas the New Testament typically portrays him as full of love and compassion. This distinction is firstly a grotesque caricature, and secondly entirely imaginary! There are plenty of passages in the Old Testament which speak of God's compassion (see Psalm 103 for example) whereas in the New Testament the person who speaks about hell most frequently is Jesus (yes, he of 'gentle, meek and mild' fame!)

These two sides to God's character are complementary rather than contradictory, like two sides of a coin. I like to call them 'LIGHT' and 'LOVE'. We cannot truly appreciate the grace and mercy of God (his 'LOVE') until we have understood how much he hates sin, and we cannot really understand how much he hates sin until we have some comprehension of his holiness and purity (his 'LIGHT'). This two-fold distinction greatly oversimplifies the position of course. The reality is that God has an *infinite* number of facets to his character, complementing each other, and nobody will ever know them all. However, I find it helpful to start with the two mentioned.

(ii) Two creation accounts?

It is often claimed that Genesis chapters 1 and 2 give two different and contradictory accounts of the Creation. In fact this is not the case. Chapter 1 gives the 'big picture' from God's point of view as it describes how God creates everything from nothing and moulds the earth to mankind's requirements. Chapter 2 is a sort of 'close up' which focuses on the Garden of Eden and the creation of Adam and Eve in particular, and is completely compatible with chapter 1. One frequently mentioned 'discrepancy' is that chapter 1 states that animals were created before man, whereas chapter 2 states that Adam was created first. But this is not quite correct. Chapter 2 states that God *brought* the animals to Adam to be named. Chapter 2 v 19 is sometimes translated *"Now the Lord God formed...the beasts...and birds...*[then] *brought them to the man ..."* and this is the source of the confusion. A better translation would be *"Now the Lord God* ***had*** *formed..."* and this suggests that the animals had been created first, agreeing with chapter 1.

(iii) Four resurrection accounts?

Each of the four Gospels (Matthew, Mark, Luke and John) contains a description of the resurrection of Jesus Christ. At first glance these appear to be sufficiently different so as to contradict each other. However, it would be true to say once again that they *complement* one another rather than contradict. In one of my previous jobs I had to check almost every day the report forms that clients submitted following a car accident. Sometimes there would be doubt as to whose fault the accident was and statements would have to be obtained from witnesses. Almost without exception, reading the accounts afterwards would show great variations in how people described the accident. Nevertheless it was usually possible to combine the different versions together to form one coherent description. <u>This is exactly what the Bible does with the four Gospels.</u> The existence of four separate accounts, which CAN be reconciled to produce a fuller picture of what went on, actually *enhances* the credibility of the resurrection story rather than detracts from it.

2. Prophetic knowledge in the Bible

Much of the Bible consists of prophecies of future events. Many of the prophecies contained in the Old Testament were correctly fulfilled before the end of New Testament times. The only way someone can know about the future is if their source is not bounded by time, and this reduces the number of possible sources to one. The existence of these fulfilled prophecies in the Bible is strong evidence that its ultimate author can only be God. Again there are too many prophecies for me to consider each one in detail, but I will look at two specific categories of prophecy to serve as examples.

(i) The prophecies of Daniel

Daniel was a Jew who was among the captives taken to Babylon by the armies of King Nebuchadnezzar in about 605 BC. Despite being a foreigner, he gained the respect of the king and rose in the ranks of his government almost to the very top. During his lifetime the Babylonian empire was conquered by Cyrus the Persian (539 BC) and Daniel probably lived to about 530 BC.

The book of Daniel contains some quite remarkable prophecies. In chapter 2 Nebuchadnezzar has a dream. The contents of the dream, and its interpretation, are supernaturally revealed to Daniel. He describes four world empires, which are generally accepted as referring to Babylon, Persia, Greece and Rome. The final empire is destroyed by a kingdom set up directly by God which lasts for ever. In chapter 7 Daniel is himself given a vision and its interpretation, referring to the same four empires, and again the vision ends with the establishing of an everlasting kingdom by God. The conquest of Babylon by Persia was fulfilled in Daniel's own lifetime, and the coming of Greece and Rome came later just as Daniel had foretold [1].

Chapter 8 contains a remarkable prophecy of the defeat of Persia by Greece under the leadership of Alexander the Great. The prophecy correctly describes the rapid conquest of Persia, and also the early death of Alexander followed by the division of his empire into four sections. The prophecy was fulfilled in the years immediately following 334 BC.

The accuracy of Daniel's prophecies, especially the detail in Chapter 8, is such that many critics have claimed that what we have is a description of events written *afterwards*, rather than a prophecy made 200+ years *beforehand*. Many arguments have been put forward, relating to authorship, language, textual accuracy and historical accuracy, in support of this assertion. One such argument is that the book is partly written in Aramaic, a common language among Jews in the second century BC. But Daniel was one of the principal officials in the early years of the Persian Empire, of which Aramaic was the official language. So there is no reason why he could not have written some of his work in Aramaic! Other books written at a similar time, which do not include the prophecies (and miracles) that Daniel's book includes, are not challenged in the same way. It seems the only reason for the challenge is the challengers' preconceived view that the supernatural does not exist therefore prophecy is impossible.

(ii) Prophecies of the coming of Jesus

The Old Testament contains about 300 prophecies which were fulfilled in the life of Jesus Christ. Here are just a few of them (dates in brackets are approximate):

- Micah (700 BC) prophesied his birth in Bethlehem (*Micah 5 v 2*)

- Isaiah (700 BC) prophesied that he would be born of a virgin (*Isaiah 7 v 14*). Much debate has centred on the precise meaning of the word translated as 'virgin'. Some commentators insist it simply means 'young woman', but what would be the point of a prophecy suggesting that one day a young woman would become pregnant?

- Zechariah (500 BC) prophesied his 'triumphal entry' into Jerusalem, riding on a donkey (*Zechariah 9 v 9*)

- *Psalm 22* (written by King David 1000 BC) and *Isaiah 53* (700 BC) both include several detailed references to Jesus' crucifixion

- *Hosea 6 v 2* (750 BC) and *Psalms 16, 30 and 40* (1000BC) prophesy the resurrection

There is no doubt this time that the prophecies were all written well before the life of Jesus. Instead the charge can only be that Jesus said or did certain things simply to fulfil the prophecies. This may be conceivable in the case of the triumphal entry foretold by Zechariah, but it is difficult to see how Jesus could have 'fixed' the place and manner of his birth. Also, if Jesus were just an ordinary man it is unlikely that he would be trying to deliberately fulfil prophecy whilst hanging on the cross - I suspect there would be more important matters demanding his attention. Finally, if he was able to 'fix' his resurrection just to fulfil prophecy then this surely proves the point I am trying to make!

3. Scientific knowledge in the Bible

Contrary to popular belief the Bible never states that the earth is flat, or stationary. There are one or two references in poetic literature e.g. Psalm 93 v 1 states *"The world is firmly established; it cannot be moved"*. However, I am sure that the pop group The Seekers, when they sang *"We shall not, we shall not be moved..."* [2], didn't mean that they intended to remain motionless in the same place for the rest of their lives! Surely what they meant was that they were set on a course of action and were determined to stick to it. Similarly, the words in the Psalm can be taken to mean that the earth has been set on its course (by God) and it will not be shifted from that course (which it never has been). Numerous references (poetic or otherwise) to the rising or setting of the sun do not prove anything because we use the same phrases today. All we mean is that, because of the rotation of the earth, from our perspective the sun *appears* to rise and set. Incidentally the scientist Galileo took this view. His argument was not with the Bible but with the Church leaders of the time, who were obviously wrong.

Conversely, the Bible contains one or two marvellous jewels of astronomical information which could only be known by God. My favourite two references are in poetic sections, so I wouldn't want to make *too* much of them, but they are intriguing enough to mention them here.

The Old Testament character Job, speaking of God, states: *"He suspends the earth over nothing"* (Job 26 v 7). Thus in about 2000 BC somebody knew that, if you could see the earth from a distance, it would look as if it was hanging around without any visible means of support. Not until the 1960s, when the first photographs of earth were taken from space, was it possible for people to actually *see* the truth of this!

Later on in the book of Job, God himself is speaking to Job and asks him: *"Can you bind the beautiful Pleiades? Can you loose the cords of Orion?"* (Job 38 v 31). The Pleiades and Orion are star constellations, and in most constellations there is no physical link between the stars. They are grouped together by mankind simply for convenience based on their appearance from the earth. In most constellations the stars are different distances from the earth, and they move with different speeds and in different directions, so that they will look different in the future to how they do now. This movement is very slow and the constellations have looked more or less the same throughout recorded human history. It was only in the 18th Century AD that measuring techniques became sophisticated enough for us to tell that the movement was taking place at all.

Recently Channel 4 TV has been running a series of inter-programme links which demonstrate this point perfectly. In each 'link' various objects in the scene are arranged so that they appear to be in the shape of a number '4'. However, this is merely an illusion. As the camera angle changes, firstly the '4' appears as if from nowhere, then once the correct angle is passed it is no longer possible to see the number '4'. Hopefully by the time this book is published they will still be running the links so you can see what I mean!

The main point God is trying to make to Job is, of course, that Job's arguments are futile in the light of God's superior knowledge and power. But for us, the significance of the reference to the Pleiades and Orion is simply that it includes knowledge only the Creator could have known. The Pleiades is different to most other constellations in that its major stars ARE linked together and are moving together at the same speed and in the same direction. So the beautiful Pleiades are bound together just as God pointed out to Job 3000 years ago! On the other hand the stars of Orion ARE moving differently, but at a slower than average rate. Their motion is incredibly hard to detect but it IS there. So the cords of Orion are loosed - the Bible is right again!

4. Historical knowledge in the Bible

The names of many ancient peoples, nations and cities are named in the Bible. One such people were the Hittites. They were around at the time of the Biblical patriarch Abraham who bought some land from them so he could bury his wife Sarah (see *Genesis 23 v 3*). They were still around at the time of King David

(*2 Samuel 11 v 3*) who married Bathsheba who was formerly the wife of Uriah the Hittite[3].

At one time scholars thought that the Hittites, and many of the other peoples mentioned only in the Bible, had no real historical existence. However, in the 19th Century evidence of a people known as the Hittites was discovered by archaeologists, although the academics are in disagreement over whether they are the same people as the Biblical Hittites. Of course, even if they are, this does not prove the supernatural origin of the Bible, merely that its authors had some historical knowledge. However, time and time again similar evidence has been discovered to prove the existence of peoples previously thought to be mythical.

The first mention of the Hittites is actually in Genesis 10v15 where they are said to be descended from Canaan, the grandson of Noah. Genesis chapters 10 and 11, known as the 'Table of Nations', contain a lot of information about the history of mankind from Noah's Flood to the time of Abraham. Bill Cooper's amazing book *"After the Flood"*, which mainly concentrates on the European descendants of Noah's son Japheth, shows that these chapters can be verified from other historical documents and the suggestion that the names are mythological just does not match with the facts! He convincingly demonstrates, for example, that the names of the cities of Moscow and Tbilisi can be traced back to Meshech and Tubal who were two of the sons of Japheth. Japheth's own name is preserved in the names of the Roman god Jupiter and the Greek patriarch Iapetos. Bill Cooper makes the following very relevant point:

"I can say that the names so far vindicated in the Table of Nations make up over 99% of the list, and I shall make no further comment on that other than to say that no other ancient historical document of ***purely human authorship*** *could be expected to yield such a level of corroboration as that!"*[4] (emphasis mine)

THE BIBLE HAS BEEN SUPERNATURALLY *PRESERVED*

Bearing in mind the Bible was completed about 2000 years ago, it is quite remarkable that it has survived to the present day. This is for two reasons: (i) the difficulty in maintaining accurate copies (ii) the many attempts to prevent the Bible's survival. The fact that it *has* survived strongly suggests that it has had supernatural protection, for any 'ordinary' book would surely have disappeared from view entirely given the difficulties.

1. Accuracy of texts

The first printed copies of the Old and New Testaments did not appear until about 1500 AD. Before this date every copy had to be written out by hand. It would not be surprising if a few copying errors had crept in here and there, however it turns out that there have been astonishingly few mistakes, and none which affect any Christian doctrine of any significance.

Before 1500 AD and the invention of printing the Old Testament was compiled and copied meticulously by Jewish scribes known as the Masoretes. There are about 1000 manuscripts in existence, the oldest of which dates from about 900 AD. One expert states: *"Of those that are available, there are scarcely any differences of significance, and support from other sources also warrants confidence that we have the original Masoretic text"* [5]. In the 1940s an amazing discovery was made in a cave near the Dead Sea. Thousands of scrolls were discovered, containing Old Testament manuscripts believed to belong to a Jewish community known as the Essenes. These date from at least the first century AD (possibly the first century BC) and the almost complete agreement with the Masoretic text is confirmation that we have the Old Testament to a high degree of accuracy, bearing testimony to the amazing job the Masoretic scribes actually did.

As far as the New Testament is concerned, over 5,000 hand written manuscripts are in existence in the original Greek. The earliest full manuscript dates from the 4th Century AD, although there are 'fragments' dating back to about 150 AD. Comparison of this large number of manuscripts makes it possible to eliminate almost all discrepancies and gives us confidence that the New Testament we have today is essentially the one that was written 2,000 years ago. The extensive coverage compares favourably with, for example, Titus Livy's *"Ab Urbe Condita"*, written about the same time. There are only about 20 copies in existence, none of which contain more than half of the original content, and the earliest of these dates from around 900 AD. Yet Livy's work is a major source of historical information on the Roman Republic, and nobody seriously doubts its authenticity!

2. Attempts to destroy the Bible

"More attempts have been made to destroy the Bible than any other book, yet it has survived....Copies of God's Word have been burnt, attacked and despised....yet today it has the widest circulation of any book"[6].

The last of the Roman persecutions of Christians took place under the Emperor Diocletian (284 - 305 AD). He confiscated Church property, destroyed Bibles and other Christian books, and even sentenced Christians to death if they refused to renounce their faith. Many years later, in 1536, the English Reformer William Tyndale was burned at the stake for daring to translate the Bible into English. In between, during the time known as the 'Dark Ages' in Europe, there was a much more subtle type of attack. Reading of the Bible was largely restricted to clergy and almost always in Latin. The ordinary man, even if he could read (rare enough in those days), almost never had access to a Bible, and certainly not one in his own language!

In the distant past the attacks on the Bible were different variations of making it ***impossible*** for people to read it - either by burning it, or making it available only in Classical languages, or acquiescing in high levels of illiteracy. In the last 200 years or so a different kind of attack has been made on the Bible - make it ***undesirable*** reading by removing its credibility so no-one will take any notice of it. This attack has been very successful, as most people these days have been persuaded that the Bible is completely mistaken when it talks about the Creation story, Noah's Flood, the Virgin Conception of Jesus, his miracles and his resurrection. Part of the reason for my writing this book is to make a contribution towards reversing this trend.

The Da Vinci Code

No description of attacks on the Bible is complete without a reference to one of the latest ones from the book and film *"The Da Vinci Code"*. I quite enjoyed reading the book which is in the thriller format that I like, and as a mathematician I was intrigued by the references to the Fibonacci number sequence and the Golden Ratio (called 'the Divine Proportion' in the book) [7]. Although I am a big fan of Tom Hanks, and greatly admired director Ron Howard's work on *"Apollo 13"* (also starring Hanks), I have to say that I didn't enjoy the film quite as much as the book.

Obviously the book is a work of fiction but there is a statement at the beginning that claims 'All descriptions of artwork, architecture, documents and secret rituals in this novel are accurate'. Furthermore, the author Dan Brown has claimed on American TV that his novel was 'not just a novel, but scholarly fact - real history'[8]. It is this, together with the actual claims made in the book, that constitutes an attack on Christianity and the authenticity of the Bible. The widespread media debate that accompanied the release of the film in 2006 testifies to the truth of this.

To summarise, the book claims that Jesus Christ never claimed to be God but was an ordinary man (and by implication that the resurrection never happened). It further claims that he was married to Mary Magdalene and fathered a child by her. The 'Holy Grail' is not the cup used by Jesus at the Last Supper, but is in fact the sacred bloodline resulting from Jesus and Mary's marriage. It was Jesus' intention that Mary should succeed him as leader of the church, not the male apostles, and allegedly numerous documents (known as the 'Gnostic Gospels') existing in the first three centuries after Christ supported this assertion. In the early fourth century the Roman Emperor Constantine rescinded the persecution of Diocletian and legalised Christianity (probably the only correct statement in this paragraph). Immediately afterwards he (Constantine) arranged for the Bible to be rewritten without the Gnostic Gospels and replaced by the four we are familiar with today. Ever since about 325 AD the church has taught a pack of lies and has misled the world concerning the true nature of Jesus Christ. In so doing it has engineered male domination of the church and society, and oppressed the 'sacred feminine' as represented by Mary Magdalene, whose descendants are the rightful heirs to Jesus' crown. Dan Brown's book involves two 'ancient' organisations who are desperate in one case to expose this fraud to the world, and in the other to make sure it stays well and truly hidden [9]. Needless to say, if there really was such a fraud then there are enormous implications for the world, not least for this book I am writing now!

However, the idea that Matthew, Mark, Luke and John were 4th Century fabrications is simply not borne out by the known facts. The writings of church leaders in the early 2nd Century show clearly that they were well known and accepted as having apostolic authority (one of the criteria for inclusion as 'Scripture') well before that. For example Ignatius of Antioch, who was martyred in 112 AD, quoted most of the New Testament in his writings, including all four Gospels. In about 150 AD a Christian called Tatian wrote *"Tatian's Diatessaron"* which was a harmony of the four Gospels. Although Tatian was a controversial figure at the time, and some have even suggested he was himself a Gnostic and wrote his Diatessaron with mischievous intent, you cannot write any sort of harmony of four books which do not exist!

Some fragments of the Gnostic Gospels were discovered in 1945 at Nag Hammadi in Egypt. Such information as can be gleaned from them does not back up the claims of the book and in fact in some places supports the opposite view! In particular, Mary Magdalene is described as a companion of Jesus but nothing more than that.

Before concluding the chapter I want to make one final point. If the survival of the Bible in the face of two millennia of opposition is evidence of its supernatural preservation, then what can we say about the fact that it has been subjected to such attack in the first place? No other book could have survived such an onslaught, but there again no other book has had to face one. Does this look like a book that is full of stories that have no basis in reality? Does it look like a book that has one or two pearls of wisdom but is otherwise irrelevant to modern life? Or does it look like a book that is able to make waves for the simple reason that its author is GOD and its message is TRUE?

CONCLUSION

I have no doubt in my mind that the Bible's claim to be 'God-breathed' is *absolutely true*. The Bible is not like any other book. I am aware of this whenever I read it. It cuts through all my defence mechanisms and gets straight to the point, speaking directly to my spirit. I always have the feeling that the words I am reading have been written just for me in whatever situation I am in. It gives me encouragement when times are hard and direction when I am confused. It puts me right when I am in the wrong and affirms me when I am in the right but full of doubt. The Bible equips me for everything I need to know as a Christian. It regularly trains and teaches me, and often corrects and rebukes me. It never lets me off the hook when I am trying to avoid facing up to an important issue. The times when my relationship with God is drifting are exactly the same as the times when I have stopped reading the Bible. (It is often difficult to decide which came first, but there is undoubtedly a connection between the two).

So if the Bible is the written Word of God, what are the implications? Certainly we cannot write it off as irrelevant to the modern era in view of its age. If it is from the eternal God then it must be just as relevant today as it has ever been. If it is our only reliable source of information on what God is like, we will need to read it if we want to get to know God, or even *about* God. If it is the maker's instruction for mankind, then we will need to take notice of what it says about life's purpose and our destiny. If it is the eye witness account of the only one present at the creation of the world, then we must accept what it says whatever we have been taught to believe previously. I have complete confidence that the Bible is all of these things and more, and make no apology for regarding it as the inspired, infallible and inerrant Word of God that it claims to be. In the next chapter I will begin looking at what the Bible actually says. As the saying goes, I will start at the *very* beginning, because that is a very good place to start.....

6: CREATION

"In the beginning God created the heavens and the earth....God saw all that he had made, and it was very good"

Genesis 1 v 1, 31

If you are familiar with the game of Chess you will know that the most important part of the game is the 'opening'. The first few moves determine what sort of game it is going to be, and if you make an early mistake then you are likely to lose the game.

I was always an instinctive player who played one move at a time and never studied the game properly. On a good day I could compete with the best. At school I once held the Chess team captain to a draw. And I cannot let the opportunity pass to mention my 100% record in Division 1 of the Northumberland Chess League - achieved when I played *one* game above my regular level and somehow managed to win! Not enough games to trouble the official chess statisticians, but as a Mathematician I insist that 'one out of one' is 100%! My instinctive tactical ability got me out of trouble a lot of the time, but in the long run it was never going to wash against players of any decent standard.

Some Chess players are able to look at a middle game position and analyse it straight away. The reason they can do this is they know the 'standard' opening sequences, and can see at a glance why every piece is where it is. I could never do that. If I had been watching the game from the start, following every move, then I *was* able to analyse the position, but otherwise it was like starting to watch a film halfway through and trying to figure out the plot.

What I needed to do to become a better player was obvious - I needed to put in some effort to learn about 'opening strategies'. Since I got by a lot of the time on instinct, I didn't see the need to bother. By the time the penny dropped, becoming a really top class player wasn't high enough on my list of priorities.

The way I lived out my Christianity used to be similar to the way I played my Chess. I thought of Creation (God's opening moves, if you like) as an interesting diversion, but I didn't see it as being an essential component of living the Christian life. I was quite happy to take each day as it came, responding instinctively to whatever situation I was faced with, and a lot of the time that worked well. But I think I knew all along that something was missing, although I couldn't figure out what it was. Eventually the penny dropped, and I realised that what you think of the first few chapters of the Bible determines what sort of Christianity you 'play'. I could see that if I was going to develop a fully consistent Christian worldview, I was going to have to know a lot more about the Bible's version of our origins. This time I was prepared to put in the effort required to learn about it.

GENESIS

In the previous chapter I made what I hope was a convincing case for saying that the Bible is the Word of God. God is omniscient (all-knowing) and in particular the only eye witness to the creation of the universe. Therefore what he tells us about that must be correct. Our starting point must be to read what he says, ignoring what we may have heard from other sources, and see what we make of it. Although it is of course impossible to forget everything we have previously been told, it would be a useful exercise for you to read at least the first two chapters of Genesis before reading any more of this chapter. Try to clear your mind of everything except the words in front of you. If you manage to do this, you will hopefully find yourself thinking along the following lines:

(i) God made the universe and everything in it in a week, or to be more precise six days with a day of rest when he had finished. There is no hint in the text that the 'days' are really periods of millions or billions of years.

(ii) All plants and creatures reproduce themselves. For example, the offspring of two horses will always be another horse! There is no hint in the text that creatures change (or 'evolve') into other kinds of creature over a long period of time[1].

(iii) The first man was made separately by God directly from dust, and the first woman made from the first man's body. There is no hint in the text that humans are related in any way to any other creature.

If you were to continue to read into chapter 5, you would find a genealogy of the descendants of Adam which enables you to work out exactly how many years passed until, say, the death of Methuselah. Combining this with a second genealogy in Genesis 11, and other Biblical and historical information, it is possible to calculate the date of creation as approximately 4000BC[2]. It looks very much as if this is precisely the purpose of the numerical information given. There is no hint in the text that the numbers do not represent ages in years, or that there are any gaps in the genealogies.

If you read further up to chapter 7, you would read the account of a global flood sent by God to judge the world, and the building of an ark by a man called Noah, which was used to save Noah, his family and at least 2 of every kind of creature from destruction. There is no hint in the text that the flood was merely a local flood.

If you were really keen and continued up to chapter 12 and beyond, you would find yourself reading about a man called Abraham, who is regarded by all as a real historical figure. Yet there is no hint in the text of a change over from legend to history at the start of chapter 12, or that the first 11 chapters are to be in any way regarded as non-historical. Anyway, how could Abraham be historical if his father, grandfather etc were mythical?

So, to summarise, we can say that there is NO HINT IN THE TEXT of Genesis that the earth is billions of years old, that animals evolve into other kinds of animals, that man is related to the apes, that Methuselah did not live to 969 actual years old, that the flood was not global in extent, or that the early chapters of Genesis are anything other than real history. These are of course the very points which are hotly disputed by many people who choose not to believe the book of Genesis. However, if any of these things really were true, then God could have easily told us simply by using different words. But there is not even a hint of any of them in the words he has chosen to use!

It is only by considering other sources of information outside the Bible that we can find ourselves thinking differently. But the people who promote these alternative ideas are fallible human beings who were not there at creation. God is omniscient and *was* there! So surely we should take God's account as the correct version. Not to do so forces us to say that the Bible is mistaken in its account of the beginning. This opens the door to the possibility that there are mistakes elsewhere in the Bible, and it is no wonder that the end result is to totally demolish the Bible's credibility in the eyes of the world. Of course, if there were strong scientific *proof* of long ages and evolution, for example, we would have a bigger problem defending the Bible. But as I made clear in an earlier chapter, the scientific 'proof' offered is nothing of the sort, but merely opinions based on unprovable assumptions.

GOD

The most reassuring thing about reading the Genesis account of creation is that the God we expected to encounter is exactly the one we find. Here are the first few words with my commentary added on the right:

"In the beginning	(time created)	
God	(who was already there)	
created	(from nothing)	
the heavens	(space)	
and the earth"	(matter)	(Genesis 1 v 1)

And verse 3 completes the initial picture:

"And God said	(God's Word)	
'Let there be light'	(energy)	
and there was light"	(instant effect)	(Genesis 1 v 3)

Note that time itself begins here. The Hebrew word translated 'created' actually means 'created from nothing'. Only a God who is omnipotent, omniscient, eternal and infinite is able to create the whole space-time-matter-energy universe from nothing. God's awesome power is demonstrated by his ability to create simply by giving the word. Eight times in chapter 1 we see the phrase *"And God said..."* and every time it is followed by *"And it was so"* (or the equivalent). God says 'jump' and the universe not only jumps immediately, it asks "How high sir?"

This dazzling 'performance' by God, creating by fiat and demonstrating the ability to command instant obedience, gives credence to the "day means day" assertion. When you tell your children to do something and they respond with "in a minute" you know your parental authority is not being recognised. You have to follow up with "I meant NOW!" to generate some action. If God gives a command and it comes to pass five million years later, how authoritative does that make him look?

You may think that 'same day' obedience is not quick enough, and that it should have happened immediately. That is a good point, but God's purpose in 'stretching it out' to 6 days is found in the Ten Commandments. The fourth commandment relates to the Sabbath day. The Israelites were told they could work for six days, but they had to rest on the seventh. The reason for this is given in Exodus 20 v 11: *"In six days the Lord made the heavens and the earth, the sea, and all that is in them, but he rested on the seventh day".* So the purpose of a six-day creation followed by a day of rest was to give mankind a pattern for the working week. The Bible tells us that *God actually wrote these words himself* on the stone tablets containing the Law, of which the Ten Commandments are part (see Exodus 31v18). Since this is the ultimate origin of the phrase 'set in stone', I think we can take it God regards the reference to six days as non-negotiable!

If chapter 1 shows us a God with all the qualities we expected to find, chapter 2 shows us a God with the qualities we hoped to find. Genesis 2 v 7 states: *"The Lord God formed the man from the dust of the ground and breathed into his nostrils the breath of life, and man became a living being".* Up to this point we have 'witnessed' God *speaking* everything into existence. When he creates Adam he finally gets his hands dirty and then performs what can only be described as the very first 'kiss of life'. This is a very powerful picture of a loving God taking intimate and personal care of the most precious part of his creation.

After creating Adam, God took him to the Garden he had planted and *"...there he put the man he had formed..."* (2v8). The garden was already 'furnished' with trees which were *"...pleasing to the eye and good for food..."* (2v9). God gave Adam the purposeful job to *"...work it* (the Garden) *and take care of it"* (2v15). Adam was given a considerable degree of freedom *"You are free to eat from any tree in the garden"* (2v16) with only 1 small restriction on that freedom *"You must not eat from the tree of the knowledge of good and evil..."* (2v17a) but even that was for his own good *"...for when you eat of it you will surely die"* (2v17b). Finally, God said *"It is not good for the man to be alone..."* (2v18) and while Adam was sleeping he created Eve from Adam's rib with just as much care and devotion as he had created Adam himself. So Adam had everything given to him 'on a plate' - he even had his wife 'supplied to order' and didn't have to go through the process of wooing her! (Fortunately for all of us Eve never said to Adam: *"If you were the only man in the world I* ***still*** *wouldn't go out with you"*!)

Although we have already shown that Genesis teaches that the earth is young and creatures do not evolve, it is worth pausing for a moment to consider what sort of God would have used evolution to create. The evolutionary process as envisaged is essentially one of 'trial and error' where mutations take place, but most are 'failures' (i.e. the creature is disadvantaged by the mutation) and are therefore eliminated by natural selection. Eventually a mutation takes place which confers an advantage and the creature evolves 'one step up'. This process is repeated over and over again during vast aeons of time, until the 'final' creature is arrived at. If this process is 'guided by God', then he is first of all a *weak and inefficient* God, as he cannot complete creation in one step, nor can he get it right first time. Secondly, he is a *cruel and vindictive* God, as he has put large numbers of creatures through unspeakable amounts of suffering and death to arrive at the end result. I cannot understand why anyone would wish to commit their lives to such a God, and I am so glad that the REAL God, omnipotent and loving, is the one clearly revealed in the pages of Genesis.

MANKIND

Made in the image of God

We have already seen the personal attention God gave to the creation of the first man and woman. Not only is mankind special and totally separate from the animals, but we have been created *"in the image of God"* (Genesis 1 v 27). This does not imply a physical likeness. I think the TV comedy character Edmund Blackadder's comment on that subject says all that needs to be said: *"It would be a sad look out for Christians throughout the globe if God looked anything like you, Baldrick"* [3]. The meaning of the phrase has been much debated through the centuries, but I will let Henry Morris give us the benefit of his insight:

"There can be little doubt that the 'image of God' in which man was created must entail those aspects of human nature which are

not shared by animals - attributes such as moral consciousness, the ability to think abstractly, an understanding of beauty and emotion, and, above all, the capacity for worshipping and loving God. This eternal and divine dimension of man's being must be the essence of what is involved in the likeness of God. And since none of this was part of the animal 'nephesh', the 'soul', it required a new creation" [4]

Knowing that we have been so lovingly created (read Psalm 139 v 13-16 for a wonderful description) in the image of God is the only secure source of **individual self worth**. People derive their self esteem from a number of different sources. For example, some people think that having money and possessions makes them important. It is no wonder that such people end up depressed or even suicidal if their wealth is lost (as can easily happen). Career is another possible source, but being made redundant or even being overlooked for promotion can cause similar problems. To some people their family origins are all-important, as the increased interest in researching family histories clearly shows. However, the most obvious trait we have inherited from our ancestors is their mortality i.e. we will eventually die just as they did! The love of a husband, wife or partner can be our *raison d'etre*, but if so our world will be shattered by divorce or the death of our partner. Even looking for personal significance in the fact that our children need us is a precarious occupation. The time will come when they will leave the nest and won't need us any more! There is nothing necessarily wrong with any of the things mentioned in this paragraph, but if we regard any of them as our purpose for existence, or our source of self worth, then we are setting ourselves up for a fall. If instead we rely on our status as the pinnacle of God's creation, it won't shield us from problems, but it will provide us with an unshakable foundation to fall back on.

The special nature of the creation of man "in God's image" is also the basis for the Christian belief in the **sanctity of human life**. Action to defend human life has never been more important than it is in our present age. It is a biological fact that an unborn child is human from the moment of conception, yet abortion is widely accepted in the world and calls for it to become more widespread and more easily available are becoming deafening. At the other end of life demand is growing for the condoning and even legalising of euthanasia, voluntary and involuntary. At first glance demanding the 'right to die' seems reasonable but if God is the giver of life, then only God has the right to take it away, not even ourselves!

Many people in the pro-life movement consider that the beginning of the slippery slope in Britain was when suicide was decriminalised in 1961. Although the motive for doing this was very honourable (bereaved relatives often ended up with financial worries as well because of difficulty in claiming insurance monies) the ultimate effect was arguably to open the floodgates to the outrageous assault on human life that is now taking place (The destruction of human embryos in IVF treatment, stem cell research and cloning barely raises a whimper of protest in the face of 'inevitable' progress). God's own high view of the value of human life is clear from Genesis 9 v 6 where he instructs a post-flood Noah that any man who takes another human life has to forfeit his own. I fear that those who are causing these anti-life philosophies to take hold in the world will be severely dealt with by God in the end.

Made male and female

God's 'prime directive' (to borrow a term from science fiction) for the human race was given in Genesis 1 v 28: *"Be fruitful and increase in number; fill the earth and subdue it.... "*. A key part of this directive was therefore to produce children, and the basic unit of the society was to be the marriage relationship and the family.

Relationships between men and women today are fraught with all kinds of difficulty, so it is difficult to imagine that the first man and woman were ideally matched and had a perfect relationship with one another. But they were, and they did, at least to start with. God showed Adam that none of the animals could be the perfect companion for him, as the naming process makes evident. So God supernaturally created Eve while Adam slept.

It is significant that she was created out of Adam's rib. This says a lot about what their relationship was supposed to be like. The 18th Century commentator Matthew Henry had this to say: *"Eve was not made out of Adam's head, as if she should dominate him, nor out of his feet, that she should be downtrodden by him. She was made out of his side to be his equal alongside him, under his arm to be protected by him, and near his heart to be loved by him"*.

True, as the Bible unfolds we do see differing roles for men and women in the marriage relationship and in society, but equality in value is never in doubt.

Genesis 2 v 24 says: *"For this reason a man will leave his father and mother and be united to his wife, and they will become one flesh"*. Adam and Eve had no parents, and became 'one flesh', just as they were one flesh (literally) in the first place. This is the basis for marriage and the family: one man, one woman, in a permanent relationship, independent of parents.

Genesis 2 v 25 adds: *"The man and his wife were both naked, and they felt no shame"*. There is no justification here for the belief of naturists that nudity is the 'natural' or 'original' state of mankind and we would all benefit by taking our clothes off in public and enjoying ourselves. Quite apart from the fact that the weather in Britain is not often conducive to such activities, this verse does not say 'the man and the *woman* were naked', but 'the man and his *wife* were naked'. If the marriage relationship was to provide a safe and secure environment for the upbringing of children, it first had to enable the husband and wife to be secure with each other. This would include physical intimacy as well as emotional vulnerability.

The marriage relationship as described above is the *only* context sanctioned by God in which physical intimacy, including sexual activity, can take place. Please don't misunderstand this point. God is not anti-sex. It's his invention, not the devil's! God is very much in favour of sex and is very happy when a man and woman find sexual compatibility and happiness. But sex is a little like nuclear energy - it needs to be kept in a secure container as it can cause all sorts of damage if it escapes its boundaries. The container God has devised for it is marriage. The **sanctity of marriage** which can only legitimately be broken by the death of one of the partners is the foundation stone of society as envisaged by God. Marriage is one man and one woman together for life. Thus divorce, adultery, co-habiting, sex outside of marriage, promiscuity, homosexuality and anything else that contravenes this principle were never part of God's plan and can never gain his approval. As a divorcee who has thereby failed to achieve God's ideal I cannot stand in judgement on others, but I must nevertheless affirm that these are God's standards which do not change as they are in the original creation 'blueprint'. Those who wantonly disregard these standards will one day have to give account to God for their behaviour.

As a final point it is worth noting that God's establishment of marriage at the time of creation is the **only basis for morality** in the area of sexual ethics. In the past there were strong cultural pressures to conform to the 'sex is for marriage' principle. Those who stepped out of line were ostracised and became social outcasts. As a result adultery, promiscuity and homosexuality were almost non-existent (or at least were very rarely owned up to!) How often have you heard parents, despairing at the behaviour of their wayward offspring, declare "we didn't do that in my day"? It is a waste of time trying to defend even Biblical morality by appealing to 'majority vote', because as soon as the majority think and behave otherwise (as they do now) there is nothing left to fall back on. The only reason we can claim marriage is the only place where sexual activity should take place is that God made it so at the very beginning.

One human race

Genesis fully sustains the claim that there is just one race of humans, all descendants of Adam and Eve. We illustrate how this could be by considering the case of Cain. Cain was the first of Adam and Eve's children mentioned in the Bible, and Genesis 4 contains the well known story of Cain killing his brother Abel. Cain is banished to the 'Land of Nod' and his descendants are listed. At this point we must answer the thorny question: How did Cain manage to have descendants? Where did his wife come from?

Genesis 5 makes it clear that Adam and Eve had numerous sons and daughters. In fact there is a Jewish tradition which claims they had 56 children altogether, although the Bible does not give the exact number. The only conclusion we can possibly draw is that Cain married his sister (or at least some brothers married sisters to enable future generations to exist). This idea naturally shocks us and fills us with horror because sex between a brother and sister is incest which is illegal in our day for very good reasons.

However, we must realise that the only stipulation on marriage at the outset was that it should be 'one man and one woman for life'. There is nothing to prevent the man and woman in question also being brother and sister. In fact Sarah, the wife of one of the Old Testament's most revered characters, Abraham, was also his half-sister (see Genesis 20v12). God did not outlaw incest for another 400 years or so *after* Abraham's time, when he gave the Law to Moses (Leviticus 18).

One of the reasons for incest being illegal today is to prevent the passing on of 'genetic mistakes' (i.e. DNA copying errors, also called 'mutations') to the next generation. If two people are closely related (say brother and sister) they will very likely have the SAME combination of genetic mistakes inherited from their parents, so if they were to reproduce with each other then this could have a 'doubling up' effect on any offspring, with undesirable consequences. On the other hand if two people are NOT closely related then they are likely to have DIFFERENT combinations of 'mistakes' which will to some extent cancel each other out in the next generation.

If Adam and Eve had never sinned then they would have been able to have children with no 'genetic mistakes' at all, and the same would have applied to subsequent generations. The problems arose following sin and the 'curse' (see next chapter), which introduced the principles of death and decay to the world. Initially there would be very few 'genetic mistakes', so at that early stage there would be no need from a biological point of view for there to be any restriction on marrying a close relation. After a number of generations had passed, this would become a problem, which is why God then outlawed the practice.

So Cain did not have to find a wife from another hypothetical race of humans that had 'evolved separately', but took one who was herself a descendant of Adam and Eve (most likely his sister), and so his descendants would also be fully descendants of Adam and Eve. The same is true of the descendants of the third son Seth, and those of the other sons and daughters. Thus the Genesis account is fully consistent with the idea that there is only **one human race**, and we are all related to each other. We are therefore correct to talk about *the* human race, or *the* human family. Clearly this puts the boot into racist attitudes, which are shown to be wrong as well as utterly meaningless (since there is only one race it is not actually possible to *be* racist in the strict sense of the word). There are also implications for the Gospel as we will see later on.

PLANET EARTH

The Bible says nothing about the earth being at the centre of the Solar System (which it isn't) or even the Universe (which it may or may not be), but what is abundantly obvious is that it *is* at the centre of God's plans for mankind. The whole of Genesis 1 shows God making the earth into a home fit for humanity.

In these days when words and phrases such as 'global warming', 'greenhouse effect', 'ozone layer', 'fossil fuels' and 'pollution' are forever in the news, it is worth pointing out that the proper attitude to these matters can be deduced from the book of Genesis. God has told us to *"Fill the earth and subdue it. Rule over...every living creature"* (Genesis 1 v 28). After he had made the first man, God *"...put him in the Garden of Eden to work it and take care of it"* (Genesis 2 v 15).

The first verse refers to the whole earth, whereas the second refers only to the Garden of Eden. It is not stretching things too far to suggest that each person or family should have their own 'garden' to cultivate and look after, but responsibility for the world as a whole rests with mankind as a whole. First and foremost, however, we must recognise that **we are in charge**. God has given us the *authority* to 'work' the earth, which is best understood as using its resources for the benefit of mankind. He has also given us the *responsibility* of 'taking care' of it i.e. ensuring that the exploitation of its resources does not go too far and damage the earth for future generations. Authority and responsibility always go together and must be kept in balance. It is not difficult to see how this impacts on environmental issues.

What about the rest of the universe? Purely and simply it was all created just for the benefit of people living on the earth. On Day 4 God created the sun, moon and stars as lights and as signs to mark seasons and days and years. Ships have navigated by the stars since time immemorial, and we have already noted that the movement of the earth, moon and sun has been used to measure time for as far back as anyone can remember.

The 'Big Bang' theory says that the dust of the universe gathered together under gravitational forces to form stars (including our sun) and planets (including the earth) formed later when the material had cooled down sufficiently. However Genesis states that the earth, originally covered with water, was created first, and that it had plants growing on its surface before the sun was created. These two views cannot be reconciled, so once again we must accept Genesis as being the correct version. We are not told the original source of light which was created on Day 1, but an omnipotent God would have no problem using a different source, especially since he himself IS light! A day only requires the rotation of the earth relative to a light source, so there is no reason why we cannot regard the first three days as being ordinary days like the others.

God does not tell us *why* he made the sun later, so any ideas we might have are pure speculation. But one piece of pure speculation which seems to make sense is that God realised people could end up worshipping the sun as provider instead of him (and he was right, wasn't he?) He therefore specifically created light first so that sun worship (as opposed to Son worship!) could not be justified.

Is there alien life on other planets? If God's main purpose was to create mankind, give us the earth as our home, and put the rest of the universe in place for our benefit as already described, there is no reason to think that alien life exists anywhere else. It is no coincidence that science fiction novels depicting aliens first appeared in the late 19th Century in the wake of the growing acceptance of evolution. The reason for that was that it did not seem unreasonable to suppose that, if life had evolved here, it may also have evolved elsewhere in a similar way. So we see that belief in the existence of aliens, fostered and encouraged by any number of science fiction films and TV series, originated in the atheistic, evolutionary worldview that is incompatible with Biblical Christianity. Although the Bible does not categorically state that no life exists elsewhere, the most likely answer is that it doesn't.

How can we see stars if light hasn't had time to get here?

One of the most difficult problems for 'young earth creationists' to resolve is how we see light from distant stars. The speed of light is 300,000 kilometres per second, and the distance light travels in a year, known as a light year, is 9,500,000,000,000 kilometres. If the universe is only 6,000 years old, and a star is more than 6,000 light years away, then we shouldn't be able to see it, because its light hasn't had time to get here. But the fact is that we see stars that are millions and even billions of light years away. This poses a serious problem for those who hold the 'six day creation' view. I have heard a number of possible solutions, including the following:

i. light created 'in transit' between star and earth
ii. change in the speed of light over time
iii. relativistic 'time dilation' effects in the far reaches of the universe

All of these possible solutions have their supporters, but none are entirely satisfactory as far as I can see. I have no alternative but to be honest and say that this is a problem which remains unsolved. Of course, we may be looking too hard for a 'naturalistic' solution to this problem. God is a *supernatural* being and the creation was undoubtedly a *supernatural* event, so maybe the solution to the problem is also *supernatural*.

DEATH

Death was completely absent in the creation as originally planned. When God finishes each stage in chapter 1, he is pleased with his workmanship. On 5 occasions the Bible declares: *"And God saw that it was good"*. At the end of Day 6, when God is about to take a well-earned day of rest, it announces: *"God saw all that he had made, and it was very good"* [5] (Genesis 1 v 31).

It is difficult to imagine that God would describe his creation in this way if in fact he had planned it to include death and suffering. It is clear from Genesis 2 v 17 that death would only come in if Adam ate from the tree of the knowledge of good and evil against God's instructions. It is sometimes claimed that this means 'spiritual death', i.e. separation from God, and nobody disputes that this is the case. However, if it means *only* spiritual death, the question must be asked: "What is the cause of *physical* death?" The only answer that makes sense is that God planned physical death to be an integral part of his creation. For God then to describe the creation as 'very good' raises doubts about his omniscience as well as the perfection of his character. It is no wonder that those people who understand God in this way want absolutely nothing to do with him. The only explanation consistent with God's perfect character is that the penalty for sin would include spiritual *and* physical death. The correct translation of God's warning does indeed suggest both, and the fact that Jesus Christ had to die physically as God's solution to the sin problem gives further backing to this explanation.

In fact God did not even want animals to die, never mind humans. Initially mankind and all the animals were vegetarian. This was changed later on after Noah's Flood, so eating meat is allowed now. But the original vegetarian state of man and all the animals is important because it backs up the argument about God's original creation being a death-free zone. Plants (and probably most insects) do not have life in the same way as animals and humans do, so eating fruit and vegetables does not constitute death as the Bible defines it. This is also why all the compromises on the 'six day' position must be rejected, because they all imply that the ground Adam walked on was full of fossils representing millions of years of suffering, struggle and death on the part of God's creatures.

Dinosaurs - where do they fit in?

Firstly, according to Genesis, <u>*birds were created before land animals*</u>. This knocks on the head the evolutionists' belief that some dinosaurs, which are mainly land animals, evolved into birds, quite apart from what has already been said about 'kinds' of creature. Secondly, <u>*land animals were made on the same day as humans*</u>. Despite the widely held perception that dinosaurs disappeared millions of years before humans ever appeared, this surely suggests that humans *must* have encountered dinosaurs!

Because we tend to think of dinosaurs as being very large creatures, it is often wondered how they managed to get them onto Noah's Ark. However, the large dinosaurs are only the better known ones, thanks in part to the *Jurassic Park* films. The average dinosaur was about the same size as a sheep, so would have had no difficulty fitting on the Ark. Also, even for the large dinosaurs, there is no reason why Noah could not have taken young ones on board who would also be quite small. They would not have needed to start breeding until after the Flood, when they would be mature enough to do so. The reason the dinosaurs became extinct was probably due to a combination of climate change, natural selection and human activity - i.e. much the same as the reasons many species are becoming extinct today.

The book of Job offers some support to the claim that humans have seen dinosaurs. In Job 40 v 15-17 God tells Job to *"Look at the behemoth, which I made along with you, and which feeds on grass like an ox. What strength he has in his loins...his tail swings like a cedar".* Nobody knows what a behemoth is exactly, but because of the description of sheer size some have speculated that it is a hippopotamus or an elephant or something similar. However, the giveaway is the tail like the cedar tree. Elephants and hippopotamuses have tiny little tails that cannot match that description, but some species of dinosaur have bigger tails that do[6]!

Dinosaurs are not mentioned by name in the Bible, for the simple reason that the word 'dinosaur' was not invented until 1841. However the King James Bible, the definitive English translation, contains references to 'dragons' (*Jeremiah 51v34*), including 'dragons in the waters' (*Psalm 74v13*) and even 'fiery flying serpents' (*Isaiah 30v6*). These could all be referring to dinosaur-like creatures of land, sea and air. It is noticeable that in newer translations these words have been changed to sound *less* dinosaur-like, perhaps in response to the increasing acceptance of evolution.

There are numerous references to dragons in ancient literature. The hero of the Anglo-Saxon poem *"Beowulf"* (written between 700 and 1000 AD) kills a dragon. In the 13th Century the Italian bishop Jacobus de Voragine wrote *"The Golden Legend"* which includes the story of St. George killing another dragon. An ancient Sumerian story from about 2000 BC also has a hero (Gilgamesh) who kills a dragon in a cedar forest, cutting its head off. No wonder dragons became extinct - seemingly everybody was out to kill them! These stories are (probably rightly) regarded as fiction, but may well be based on real stories of encounters between 'dragons' i.e. dinosaurs and people.

In various places around the world cave paintings of creatures that resemble dinosaurs are to be found e.g. Havasupai Canyon (Arizona) and White Rock Canyon (Utah). Pictures of dragons are often found on Chinese pottery. Many cultures have 'myths' of giant man-eating birds which may be based on actual sightings of pterodactyls (the Arab 'roc', the Maori 'pouakai', the American 'thunderbird' to give examples from three different continents for starters!) Here in Britain we have the mystery of the Loch Ness monster which is reputed to resemble a 'prehistoric' plesiosaur. Despite the legendary nature of these examples, there are rather a lot of them and the phrase that comes to my mind is "there's no smoke without fire". It seems a very real possibility mankind was once familiar with living examples of extinct creatures we now call dinosaurs, and much more recently than we would dare to think!

CONCLUSION

The story we are generally told about human history is an upwardly mobile one. We are told that mankind has apparently been dragging himself up by his own bootstraps for centuries from 'primitive' beginnings to the present level of 'civilisation'. We are also told that this process is ongoing and we will continue evolving and getting better and better. This belief came to prominence in the 19th Century following the acceptance of Darwin's Theory of Evolution. A Twentieth Century that gave us two World Wars, two evil political systems (Fascism and Communism) and more human cruelty and violence than ever seen before doesn't seem to have dimmed the enthusiasm of the faithful. We are apparently marching 'onwards and upwards' to the perfect society!

The picture painted by the Bible is somewhat different. Genesis chapters 1 and 2 indicate that the world and humanity were created perfect at the very beginning. We read of a paradise where everything is wonderful, relationships work perfectly, nothing dies, and God is in his heaven. When you start with such a world, the only way is down, and sadly that agrees with what we see around us. Today's world is far from perfect, relationships break down, suffering and death is all over the place, and we find ourselves wondering if God really is in control.

So what happened?

7: SIN

"Sin entered the world through one man, and death through sin, and in this way death came to all men, because all sinned"

Romans 5 v 12

Geography was one of those subjects that I never liked at school. I found it boring and incomprehensible, and couldn't see the point of learning silly sounding phrases like "warm wet westerly winds in winter". My dislike of the subject was compounded by the old man, glorying in the nickname of 'Stoker', who had been assigned the unenviable task of getting a reluctant Bates to learn about such things. Although as a teacher I object noisily when parents lay the blame for their child's lack of progress at my door, at the time I felt that Stoker took the art of 'putting students off your subject' to an altogether higher level.

You will not be surprised to hear that I was never overjoyed at the prospect of doing Geography homework. I was basically a lazy boy in those days, and would have grasped any excuse not to do it. So when a classmate of mine, who I will simply call 'Dave', told me that there was no need to do it because Stoker never checked up, I needed very little persuasion to follow his advice. To this day I cannot say whether Dave himself believed what he had told me, or was deliberately trying to get me into trouble. Whatever his intentions, in trouble was where I ended up!

Just when I was beginning to think I had got away with it, I found out that Stoker did check up after all! I failed to take the opportunity I was given to catch up the missed work and, unwilling to face the consequences of my idleness and rebellion, I 'bunked off' school. I may never have gone back but for the fact that the inevitable happened, and I was caught!

I decided my best option was to lie about why I had bunked off and stick to my story no matter what. So I spun the same lie to my tutor, my form teacher and also the deputy head whose office I ended up in. I don't know if the deputy head really believed me or not, but to my surprise he treated me very leniently. He made me promise I would come to see him if I got into similar difficulties (the fictional ones) again, and in return for this he promised me that he wouldn't tell my parents about the situation. This was music to my ears and I know he kept his promise because my legs stayed on! When I finally confessed this story to Mam and Dad 25 years later, they both laughed about it, but if they had known about it at the time I would have been in VERY hot water at home.

THE FALL

We ended the last chapter with Adam and Eve installed in a perfect paradise, with an ideal marriage and every prospect of a meaningful and blessed life ahead of them in God's company. We noted that this utopian existence bears almost no resemblance to the world we live in today. We found ourselves wondering what went wrong and how things got so messed up. What did we do to bring such a disastrous situation upon ourselves? The answer is that we rebelled against God and disobeyed him. To be absolutely precise Adam and Eve rebelled against God and disobeyed him.

The story of the temptation of Eve by the serpent rings so true to our ears that I often wonder how anybody ever doubts it[1]. Take my story at the beginning of this chapter, replace Dave by the serpent and me by Eve, and you've got Genesis 3 in a nutshell! Of course, Eve didn't have any Geography homework to do, but at heart the story is exactly the same (with the one obvious difference that I was treated leniently; Adam and Eve were not). I knew I had to do the homework, Eve knew she had to avoid eating the fruit from the tree of the knowledge of good and evil. I was deceived by Dave into thinking I could disobey and get away with it, and the serpent did the same to Eve. The differences in detail between the two situations are unimportant but a closer study of Eve's temptation is quite instructive.

When the serpent said: *"Did God really say, 'You must not eat from any tree in the garden'?"* (3v1), he was setting up what is known as a 'straw man'. God never did say that Adam and Eve were not to eat from any tree in the garden, only the tree of knowledge of good and evil. In other words he lied about what God had said, then challenged his own lie! The tactic of setting up a straw man just to knock it down again is a common one which we must always be on our guard against.

Eve corrected what the serpent said (full marks!) but then made a mistake of her own (bottom of the class!) She said that God had warned them not to even *touch the tree*. I have a feeling that

Adam was a bit careless here when he passed on God's instructions. This is only speculation on my part of course, but I think he may have said something like: "OK, Eve, listen because this is important. God has told us not to eat from that tree over there, or we will die. So *don't even touch it*, right!" This should be a lesson to us to be very careful with God's word and not go beyond what he has actually said.

Having been only partially successful in challenging God's *words*, the serpent moved on to slandering his *character*. He suggested that God was trying to deny Adam and Eve the opportunity of being like himself, which was why he forbade them from eating the fruit[2]. At the same time Eve looked at the fruit and noticed that it was *'good for food and pleasing to the eye'* (Genesis 3 v 6). The serpent's lies found a willing ally in Eve's fleshly desires and this led to a tragic outcome - Eve decided that the evidence of her own eyes was more trustworthy than the God who had forbidden her to eat. She went ahead and ate the fruit.

Where was Adam in all this, we may want to ask? Later on in the same verse we read that he was with her all the time. Not only that, but he ate the fruit too when she gave it to him. What was he thinking of? Even in these liberated days, when chivalry is almost illegal, many a woman will appreciate a man's protection in a physical or financial sense, and many a man will want to give her that protection. But there was Adam, standing idly by while Eve got herself into deep trouble listening to the serpent. In our day male chauvinists will often point out that Eve ate the fruit first to support their claim that women are inferior. In my view Adam's neglect of his responsibility and failure to intervene to protect his wife in the Garden of Eden was even more blameworthy.

The disobedience of Adam and Eve in eating the fruit was the 'original sin', and at root sin is always first and foremost a rebellion against God's authority as Creator. We are so familiar with the thought of running our lives without reference to God that we scarcely even recognise it as rebellion. Most of us have probably done nothing very seriously wrong in the eyes of the world, in the sense that we have never been involved in physical violence or serious financial fraud or robbery, but we have all wanted to be king or queen of our own lives.

Immediately after giving in to the temptation, Adam and Eve recognised their vulnerability, and hid from God, much as I 'hid' by bunking off school. But we were both discovered! I lied to justify myself, whereas Adam became the first person in history to indulge in the practice known as 'passing the buck'. A humorous yet accurate rendition of what took place is: *"God held Adam to account, Adam blamed Eve, Eve blamed the serpent, and the serpent didn't have a leg to stand on!"* (In fact Adam even tried to blame God: *"The woman you put here with me...."* 3v12).

As a teacher I was constantly amazed at the number of times a student would deny it was them (even when caught in the act), or try to blame another student for allegedly leading them on. This failure to accept responsibility often extended even to parents, who would take me to task at parents' evenings if I had said on a report that their child distracted others. They would accept it if I said their child was often *distracted by* others, but took exception to me claiming their child was the source of the trouble!

A more serious aspect of this problem can be observed in the criminal courts. The defence of 'diminished responsibility' is often used on a defendant's behalf in an attempt to avoid conviction or reduce any sentence handed down. In some cases there may well be a sound medical or social reason to justify its use. However, it seems to happen so often that it is difficult to avoid the conclusion that many people are simply looking for an excuse to escape justice.

Most worrying of all is that this attitude is so pervasive that it has now reached the level of the Government itself. When the present Labour Government was first elected in 1997, one of its 'sound bites' was that it would be "tough on crime, and tough on the causes of crime". By 'causes of crime' they meant poverty and other deprived circumstances which would make law breaking understandable. My parents' generation, that grew up in the 1930's in a terrible economic situation that makes much of today's 'deprivation' seem like a picnic in comparison, yet was never guilty of the crime wave we have today, would not have given that suggestion so much as the time of day.

Consequences

Adam and Eve realised immediately that something was wrong. The intimacy of their own relationship was damaged. They were now embarrassed to be naked together and covered themselves up with fig leaves. Their open relationship with God was likewise damaged as their need to hide from him demonstrated. But these were just the dark gathering clouds of the storm that broke out in full when God dealt with their rebellion. Unfortunately for them God was not going to excuse their sin as the deputy head of my school had done for me. God meted out punishments which have had a profound effect on human history from that day to this. We can all recognise that the changes introduced made the world of Adam and Eve significantly more like our own.

Firstly, the whole creation was subjected to a curse[3]. Previously, the land had produced food for Adam and Eve to eat without any serious effort on their part. Now it was doomed to produce thorns and thistles, and to get it to produce what they needed Adam would have to put in considerable quantities of 'blood, sweat and tears'. Which gardener facing a plot full of weeds doesn't know the reality of this? This is one of the reasons why I have never been keen on gardening! In rich countries like Britain a lot of the drudgery has been removed from farming by using machines, but in some parts of the world the daily struggle for survival and to produce food is still all too well known.

The marriage relationship was also damaged. Originally intended to be a relationship of perfect cooperation and mutual respect and love, it became a battlefield where both spouses try to rule the roost. Both husband and wife put pressure on the other to conform to their expectations, at the same time resisting similar pressure in the reverse direction. I suspect many of my divorced (or still married?) readers are nodding knowingly at this point.

Eve's punishment was to suffer great pain during childbirth. This is something all women still experience today. As a man I don't really feel qualified to talk about it, except to say that whenever I have jokingly said that I felt no pain at the birth of my own son, I have noticed a lively reaction from all the mothers in the room!

Finally, as the head of the human race, Adam received the death sentence which he had been warned about in chapter 2. As we discussed in the previous chapter, this warning meant both spiritual death *and* physical death. Genesis 3v19 confirms the inclusion of physical death when God tells Adam: *"Dust you are, and to dust you shall return"*. If we are still not convinced, Genesis 5v5 leaves us in no doubt: *"Altogether, Adam lived 930 years, and then he died"*.

Spiritual death is essentially separation from God. Adam and Eve knew this had happened when they hid from God, and God's final act in the 'Fall' saga was to eject them from the Garden of Eden to demonstrate the seriousness of the situation. Since ejection barred them from having access to the tree of life, it seems that it was done to ensure that the *physical* death penalty eventually took effect. Strange as it seems, this action shows God's mercy towards humanity. The enforcement of the death penalty for sin made it possible for God's plan to restore, renew and redeem his creation to be implemented. We will see how this worked out later.

THE FLOOD

The Fall provides an explanation for some of the problems we are faced with in our world. Death and illness, the oppressive nature of work, labour pains, the battle of the sexes and our feeling of alienation from God can all be traced back to the rebellion in the Garden. However we do not yet have the full picture, and need to know about two further events in the book of Genesis. The first of these is the worldwide flood which took place in the days of Noah, described in Genesis chapters 6 to 9. To sum this event up briefly, God saw that the evil of mankind was worse than ever, and wished he had never created us. He decided to destroy mankind and all the creatures with a global flood. However, he chose to have mercy on one man, Noah, and his family. He gave Noah instructions to build a giant ship (the Ark) so that he and his family and at least two (for breeding purposes) of all land animals could be saved from the catastrophe. The flood took place as predicted and afterwards the human race started again with Noah and his family. Many objections have been raised against the truth of this story, for a number of reasons.

Firstly, it is asked, where did all the water go? The answer is: it hasn't gone anywhere, it's still here! The surface of the earth is very uneven. If all mountains were levelled, and ocean trenches filled in, the water would cover the whole earth to a depth of a few kilometres. So all we need is some sort of worldwide earthquake to move everything into its present place. A careful reading of the Bible account in Genesis chapter 7 leaves us in no doubt that what we normally call 'the flood' was also an earthquake of unimaginable proportions. There would have been massive movements of land as well as water and it is a natural deduction that the present mountains and ocean basins were formed during that time or shortly afterwards.

Secondly, where did all the water *come from*? There is no mystery about this either. The Bible tells us that some came from above, and some from below. Creation scientists have proposed a number of theories over the years, including vast underground water chambers or even a water vapour canopy over the whole earth. Obviously the precise details are not known, but there are plenty of possible sources of water. I find it bizarre that people continually ask these questions about the water. Nowadays many scientists are proposing that a global flood once took place on the planet Mars, which has virtually no water at all. Strange that they can believe this when they have such difficulty believing the same thing about a planet that is almost entirely covered by the stuff!

Thirdly, we are often told, "there is no evidence of a global flood". **WHAT?** About 75% of the land surface of the earth consists of sedimentary rock i.e. rock that has been deposited by moving water. These rock deposits contain huge quantities of fossilised remains of dead creatures. What is this if it isn't evidence of a global flood and earthquake? As creationist speaker and author Ken Ham is very fond of saying, we would expect to find "billions of dead things, buried in rock layers, laid down by water, all over the earth". We do!

At this point the evolutionist usually interrupts to point out that the rock layers could have been deposited over a much longer time frame than the year of the Biblical flood, and the fossil record is actually evidence for evolution. As there is a general pattern of less complex creatures being found in lower rock layers (which are also presumed to be older), superficially this claim would appear to have some substance.

However closer inspection reveals problems. To start with, fossils will generally only form under catastrophic conditions. Rock that is laid down slowly over a huge amount of time would be very unlikely to contain any fossils, yet the sedimentary rocks that exist contain them in abundance. As we saw in an earlier chapter, another major problem is the lack of fossils of 'intermediate' species. If evolution has occurred, then there should be huge numbers of fossils of creatures in the process of changing from one species to another. The fact is that there are only a tiny number of possible cases and none for which their status as an intermediate species is conclusively proven. We could also add that, below a certain level (of rock AND complexity), the fossils come to an abrupt end. Immediately above this level a vast array of quite complex creatures makes a 'sudden appearance'. This is known by geologists as the 'Cambrian explosion' and is more consistent with everything being suddenly created fully formed than a gradual development on an evolutionary time scale.

A much better explanation for the general pattern of increasing complexity is simply that more mobile creatures would escape the flood longer and only be buried in the freshest layers. The overall chaos at the time would also explain the small number of cases which do not fit the pattern. There are a number of other features of our world that are often explained by reference to the passage of huge amounts of time. Examples of these are continental drift, the Grand Canyon, the ice age and the distribution of animal life. I cannot go into detail due to lack of space, but the catastrophic events of the flood year and the radical changes that became evident immediately afterwards provide a much better explanation of all of them.

Noah and the Ark

Another objection to the flood concerns God's instruction to a man called Noah to build a giant ship, known as the Ark, so that his family and all kinds of land creatures could be saved from the coming catastrophe. How, it is asked, could Noah possibly have got them all on board?

One of the reasons people have difficulty in believing the Ark was big enough for the job is the fact that children's Bibles usually have pictures of a 'cartoon Ark' that is wholly unrealistic. You know the pictures I mean - a giraffe's neck and head are sticking out of the roof, a monkey is sitting on Noah's shoulder, Noah himself looks like a cross between Santa Claus and Noddy, and the ends of the Ark are pointing upwards in a highly exaggerated way! This sort of Ark certainly wouldn't have saved the lives of Noah's family and the animals; fortunately the real Ark was nothing like the caricature. The real Ark was most likely a long 'cuboid' (box shaped) object, about the length of a football stadium, the width of a swimming pool's length, and the height of a four or five storey building (Genesis 6v15 has the exact measurements). It has been shown that the exact ratios of the dimensions are ideal for stability and economy of construction[4]. Remember the Ark didn't have to actually sail anywhere; it just had to stay afloat.

The second reason for doubting that all animals could have got on board is the sheer number of animal species, and the size of some of them. However, it was not necessary for every species to be represented, but only every kind. It is not clear exactly what the Bible means by a 'kind', but it is certainly a wider classification than 'species'. In other words, all the species of land animals that presently exist (and also those that have become extinct) have descended from a much smaller number of 'kinds ' that were on board the Ark. The problem of large creatures could be easily dealt with by taking young ones on board, which would not need to breed until they became mature enough after the flood.

A local flood?

It is often claimed that the flood was only local in nature. This doesn't make sense for a number of reasons.

First, consider why God would have told Noah to build a boat if the flood was not going to be global. Surely all God had to tell Noah to do was to move his family somewhere the flood wasn't going to reach! As for the animals, only those living in the flood area would die and the overall worldwide animal population would not be much affected. So for God to put Noah to all the trouble of building a boat at all, and for Noah to carry out those instructions, would have been ridiculous if the flood was only local.

Secondly, God's purpose for having the flood at all was to *'put an end to all people, for the earth is filled with violence because of* them' (Genesis 6v13) and *'destroy all life under the heavens, every creature that has the breath of life in* it' (Genesis 6v17). A little local flood would hardly have done the job, would it? In chapter 7 we read that the flood waters *'rose greatly on the earth and all the high mountains under the entire heavens were covered...to a depth of more than twenty feet'* (Genesis 7v19-20).

The purpose of the flood to destroy everything was achieved without a doubt - Genesis tells us four times!

'Every living thing that moved on the earth perished' (7v21)
'Everything on dry land......died' (7v22)
'Every living thing on the face of the earth was wiped out' (7v23)
'Only Noah was left, and those with him in the ark' (7v23)

It is impossible to make these words mean anything other than what they obviously do mean - that all humans and land animals everywhere on planet earth died apart from the ones that were in the ark.

If a worldwide flood really had happened, and the only survivors were one solitary family, from whom every individual and nation is descended, then there should be traces of the flood events in the 'folklore' or 'ancient literature' of all peoples. And there are! There are 'legends' in almost every culture which sound very similar to the Genesis account in varying degrees of detail. The Aztecs, the Egyptians, the Persians, the Russians, the Chinese, the Cherokee, the Greeks and the Romans are just a few of the peoples who have a 'flood legend'.

Apart from Genesis itself, the best known is the Babylonian 'Epic of Gilgamesh', which bears a striking similarity to the Genesis account. It has a god who is unhappy with humanity and plans to destroy it, a hero who is warned and told to build a boat to save his family and the animals, and the release of birds at the end to test whether the floodwaters had receded. Many scholars claim that the Genesis account is based on Gilgamesh, but there is at least one obvious reason why the reverse is more likely. The Gilgamesh story describes the boat as being made with all dimensions equal, in the shape of a cube. This shape would be very unstable on the high seas, in contrast to the dimensions of the Biblical Ark as previously discussed. It is much more likely that the correct dimensions were 'forgotten' and replaced with just one measurement, than the other way round.

My final point concerns the character of God. After the flood Noah and his family disembarked where the Ark came to rest, on Mount Ararat[5]. God promised he would never destroy the world with a flood again, and the rainbow in the sky was to be the sign of that promise. If God was promising there would never again be a *local* flood then he has clearly broken his promise a large number of times throughout history. Since the integrity of God rules out the possibility of that ever happening, we are forced to conclude, once again, that the flood was global.

So why do people still not believe in a global flood?

The answer to that question is VERY simple and is spiritual rather than intellectual. People don't *want* to believe in a global flood because it reminds them that they are accountable to their Creator who has in the past judged mankind's sin severely and will do so again in the future. Therefore they much prefer to believe the alternative, namely that the fossils were produced over millions of years and that they show the evolution of creatures in a continuous unbroken sequence. This does away with the need to believe in God's judgement in the catastrophic form of a global flood, which is what most people believed in the early 19th Century before the arrival of the geologists Hutton and Lyell who paved the way for Darwin. Incredibly the Bible prophesied that this very scenario will happen! The Apostle Peter put it like this:

"First of all, you must understand that in the last days scoffers will come, scoffing and following their own evil desires. They will say, 'Where is this coming he promised? Ever since our fathers died, everything goes on as it has since the beginning of creation'. But they deliberately forget that long ago by God's word the heavens existed and the earth was formed out of water and by water. By these waters also the world of that time was deluged and destroyed. By the same word the present heavens are reserved for fire, being kept for the day of judgement and destruction of ungodly men". (2 Peter 3 v 3-7)

The reference to *'everything goes on as it has since the beginning of creation'* refers to the 'uniformitarian principle' which is the belief that 'the present is the key to the past' i.e. the processes that we see today (e.g. deposition of sedimentary rock) have been happening at the same rate throughout the past aeons of time. It is difficult to avoid the conclusion that Peter is speaking about the times we are living in. His sober warning is that, despite people's refusal to believe in the past judgement of the flood, in the future a second major judgement, by fire this time, is certain to come sooner or later.

BABEL

When God first created mankind, one of his first instructions was *"Be fruitful and increase in number; fill the earth and subdue it"* (Genesis 1v28). When Noah left the Ark God repeated this command virtually word for word. However, his descendants in the next few generations disobeyed this command, deciding instead that they would settle on a *"...plain in Shinar* [Sumer?]*..."* (Gen 11v2) and build themselves a city *"...with a tower that reaches to the heavens..."* (Gen 11v4)

When God came down to take a close look at what was going on, he seemed to be paying more attention to the underlying motives than the actual deeds themselves. This is always the case. Here his main concern appeared to be that the human race, because there was only one language, had been able to conspire together to rebel against his authority. You would have thought by now that the human race would have learnt that rebellion against God would always have dire consequences. But, as the saying goes, the only thing we learn from history is that man never learns anything from history! Mainly from sources outside the Bible, we learn that an inspirational leader called Nimrod[6] had united all the tribes under his leadership to carry out this task. You could say he was the leader (dictator?) of the very first World Government.

God's supernatural judgement on this latest rebellion was to *"...confuse their language so they will not understand each other..."* (Gen 11v7) This had the dual effect of blocking the plan to build the tower, and forcing the human race to obey the original command to spread out - following the fear and mistrust which would naturally arise living next to people you couldn't understand! Much of the detail of what happened afterwards is shrouded in mystery, and only glimpses of what really happened 'peep out' from behind the curtains of history. The highly respected 9th Century Persian author Ibn Jarir al-Tabari refers to it in his *'History of the Prophets and Kings'*, and even indicates the number of languages (72)[7]. The date cannot be fixed with any degree of certainty. However, the Bible does say that *"Two sons were born to Eber; One was named Peleg, because in his time the earth was divided..."* (Gen 10v25) If, as is likely, this refers to the linguistic dispersion at Babel, then it cannot be any earlier than about 2250 BC. Although secular historians would agree the general point about civilisation spreading out from the Middle East, this date causes them problems because of the generally accepted dates of origin of ancient civilisations. However, a case *can* be made for the founding dates of ancient Babylon, Egypt and Greece being consistent with this date[8].

Although the groups of people who spread out from Babel were initially based on language, the gene pool of humanity would also become divided with the result that skin colour (and other features generally thought of as 'racial characteristics') would become a way of identifying different groups. So the fear and mistrust between different language groups would eventually result in the enmity between nations, and ultimately the ugly racist attitudes we have become all too familiar with.

QUESTIONS

A number of questions may have presented themselves to you while reading this chapter. I will now do my best to anticipate and answer those questions.

You may be wondering what gives God the right to inflict curses, suffering and death on humanity. We have to accept that, as our Creator, God has the right to do absolutely anything with us, through us or to us that he feels like doing. We cannot use the same argument to claim the unrestricted right to do to our children whatever we wish, as I often hear in response to this, because we are not the *absolute* creators of our children in the same way (to put it bluntly we simply use body parts and a process that God himself has created for us!) God created us in his own image with an amazing amount of love and care, and we can therefore rely on him not to act cruelly or vindictively, nevertheless he has *every right* to act exactly as he pleases.

The next point to consider is whether God acted unfairly towards those who rebelled against him. After all, Adam and Eve only ate a piece of fruit! But it is not so much the offence itself as the fact that they defied God's one and only restriction that makes it more serious than it might appear. Adam and Eve had huge freedom to eat from any of the other trees. God can hardly be accused of being strict or mean in terms of the scope he gave them. He specifically warned them of the consequences of disobedience so they can have no complaint. Every parent and teacher knows that if you threaten something you MUST be prepared to carry it out or your whole credibility disappears forever.

We might ask why God made it possible for them to sin at all. Why not just allow them to eat from any tree? Why did he even create the tree of the knowledge of good and evil in the first place? Was it not asking for trouble? After all, people will always hanker after 'forbidden fruit'. To answer this we need to understand that at the heart of God's purposes in creating us was to have a personal relationship with us. This was not of course meant to be a relationship of equals, but it *was* meant to be a relationship entered into freely by both parties. If Adam was to choose to enter into this relationship, which would necessarily involve entering on God's terms, then there had to be an alternative choice or there was no choice at all! In other words, God didn't want 'puppets on a string', so the possibility of disobedience had to exist. He had to take the risk of being rejected or there could be no meaningful relationship at all. Forbidden fruit therefore had to be there in one form or another.

SUMMARY

When something bad happens the first person to be blamed is God. It is logical to think it must be God's fault, because after all he is supposed to be omnipotent, and he could have stopped it happening if he had wanted to, couldn't he? The fact that he did nothing to prevent it must mean he doesn't care, mustn't it? We have all found ourselves in this position at some time or another and when we are in the thick of it it is very difficult to see or think clearly. However the truth is that the world God created was perfect and free of all types of death, disaster and suffering. It is humanity's fault that things are the way they are. We have seen that on three specific occasions in the past God carried out judgements of mankind's sin and rebellion which have resulted in the world being the often cruel and unkind place we now live in.

We may think it unfair that we seem to be suffering for the actions of people who lived thousands of years before we were born. However we must remember that we are their descendants and have inherited our humanity from them. Unfortunately one of the traits we have all inherited is their corrupt, sinful, rebellious nature. You may object to this and say "I always do good things and never harm other people". If that is true then you are a better person than I, but what matters more than what we have or have not done is what we are like inside.

When I was growing up I would have made the same claim of being good and not harming others. In fairness to me it is probably true that most people who knew me would have agreed with that. However the story I told about the Geography homework and the 'bunking off' school gave away three things about what I am really like deep down inside. Firstly, I had an inner attitude of rebellion against authority which kicked into action when encouraged by Dave's temptation. Secondly, I was unwilling to face up to what I had done wrong and simply avoided doing so for as long as I could. Thirdly, deep down I knew the day of 'judgement' would eventually come. If you are honest with yourself you will know that I am not unique!

So am I saying that it is our own fault when something bad happens? Yes and No. We might find ourselves asking: "What have I done to deserve this?" but a direct connection between the two usually doesn't exist. Of course, it might on some occasions. If I were to come to your house and kill you, then your suffering (and that of your bereaved family) would be a direct result of my sin. Also, my own suffering, as I am arrested and imprisoned, is obviously nobody's fault but my own! Such a direct link, however, does not necessarily exist, so we shouldn't beat ourselves up if something bad happens looking for what we did wrong to cause it. Most of the time we can only say that human sin *in general* is the cause of human suffering *in general*, without a specific causal link.

GOD'S PLAN

Throughout this chapter I have focussed on the things that are wrong with the world in which we live, and my aim has been to get you to see that God is not to blame. One of the reasons we do not understand why God does not appear to have acted to eliminate the bad things of the world, is that we have not grasped that his priority is dealing with the most important problem of all.

At the heart of the problem is the corrupt, sinful, rebellious nature that we have all inherited ultimately from Adam and Eve. This has resulted in our separation from God and enslavement to sin, and will eventually result in our facing the wrath of God. God knows that this is our most serious problem and the one that must be solved first. His rescue plan was therefore designed with this in mind. The full renewal, restoration and redemption of mankind and the entire creation will eventually happen but later.

Already in Genesis chapter 3 we get the first hints that God has such a plan. Part of the serpent's punishment was to be crushed by a descendant of the woman (see 3v15). This punishment is to be meted out to Satan himself rather than the actual serpent. Although in veiled language, this is the earliest prophecy in the Bible of the coming of the Messiah. I have already mentioned Adam and Eve's attempts to cover their bodies with fig leaves. God made them proper clothes from animal skins. To do this he had to kill at least one animal, thus introducing the concept of sacrifice, and demonstrating a principle summed up in Hebrews 9v22:

"Without the shedding of blood there is no forgiveness"

So the arrival of death, although obviously an undesirable intruder into the world, also introduced the possibility of forgiveness. The sacrificial system foreshadowed by the killing of the animal for clothing would have its ultimate fulfilment in the death of Jesus Christ for the forgiveness of sins.

8: JESUS

"In the beginning was the Word, and the Word was with God, and the Word was God....The Word became flesh and dwelt among us...."

John 1 v 1, 14

Pop music has been part of my life for as long as I can remember. I can just recall the arrival of the Beatles on the scene, when I was about 6 years old. Throughout the 1960's I managed to keep in touch with the pop 'scene' to some extent thanks to my sister's record collection and portable record player. By the time the 1970's arrived the Beatles were gone but I had my own personal favourites, top of the list being the brilliant Marc Bolan & T. Rex.

But the defining moment came in June 1972 while I was watching a programme called *'Lift Off with Ayshea'.* He looked unlike anybody or anything I had seen before. The fashion for men at the time was the 'hairy hippy' look. Even the original skinhead band, Slade, had given in and grown their hair long. But the man at centre stage had short, spiky hair and was dressed in a multi-coloured jumpsuit and short calf-length boots. The rest of his band looked just as strange, especially the bass player who had long dark hair and grey sideburns! It was not only their appearance which grabbed the attention. From the very first strumming of the acoustic guitar the sound of the music was equally compelling. When the vocals began he sounded quite literally out of this world; he was one of us but at the same time he was *not* one of us.

I was of course watching David Bowie and his band, collectively acting out their stage personae as 'Ziggy Stardust and the Spiders from Mars'. The song they were singing was *'Starman'*, a song with a strong Messianic theme. The 'Starman' of the song title was apparently 'waiting in the sky' to meet us (very 'Second Coming of Christ' as we will see later) but was holding back because he didn't think we were ready for him. However the promise was there that he might 'land tonight' if we proved ourselves worthy. There was also a warning not to tell our parents about him as they would think we had gone mad. To those of us who witnessed David Bowie's arrival on the scene, it seemed as if he himself *was* the 'Starman' or Messiah that he was singing about. Although I am now much older and perhaps wiser, the passing of 35 years has not dimmed the memory of the impact of that performance.

Over the next year or two I became very familiar with David Bowie's music. The lyrics of his songs seemed full of meaning but that meaning was often obscure. It was as if David was an alien being of superior intelligence who was speaking in some sort of divine code that a mere mortal like me could not hope to understand. Later I made the discovery that many of the obscure lyrics were in fact coded references to sex or drugs (or even worse - the occult). It was apparently part of a game that musicians of the time played to see what they could get past the TV and radio censors! But at the time I was an impressionable teenager and for me the lyrics served to enhance the Messianic image of David that the original viewing of *'Starman'* had created.

The space imagery was also critical in establishing David as my musical 'Messiah'. I was born at the beginning of the space age, and had grown up during the 1960's when excitement with space exploration was at its height. In 1969, at about the same time as Neil Armstrong achieved the first moon landing in Apollo 11, a song called *'Space Oddity'* had been released with a space exploration theme. I really loved the song, although in 1972 I did not realise straight away that the singer of 'Space Oddity' and the singer of 'Starman' were one and the same person! When the penny did drop it seemed to complete the circle and strengthened still further the idea that David's coming to prominence was somehow pre-ordained.

The true Messiah

In 1972, if David Bowie had approached me in person and asked me to 'follow him', I would have done so without hesitation. His charisma and sheer personal presence would have been enough. Two thousand years ago, in Israel during the Roman occupation, the son of a carpenter from the town of Nazareth gave exactly the same invitation to a small group of Galilean fishermen. *'"Come, follow me," Jesus said, "and I will make you fishers of men." At once they left their nets and followed him.'* (Mark 1 v 17-18)

Andrew, one of the fishermen, had originally been a follower of John the Baptist, a preacher who was also Jesus' cousin. John had always made it clear that his purpose was to *'Make straight the way for the Lord'* (John 1 v 23). When he realised that John meant Jesus, *'the first thing Andrew did was to find his brother Simon*[1] *and tell him "We have found the Messiah". And he brought him to Jesus.'* (John 1 v 41-42) Two other fishermen, brothers James and John, also became followers of Jesus at the same time as Andrew and Peter (Simon). Soon after that Philip, who was a friend of Andrew and Peter, became a follower of Jesus. He *'found Nathanael and told him, "We have found the one Moses wrote about in the Law, and about whom the prophets also wrote - Jesus of Nazareth, the son of Joseph."'* (John 1 v 45)

At this very early stage Jesus had at least 6 followers, or disciples, who were convinced that he was the Messiah who had been promised to the Jewish people for centuries. But who was this Messiah? What had he come for? Let us take a look back through the Jewish scriptures (the Old Testament) to find out.

Historical background

The story begins in about 2000BC, roughly 200 years after the linguistic dispersion at Babel mentioned in the previous chapter. The human race is now divided into tribes or nations, and God chooses one man and tells him: *'I will make you into a great nation...all peoples on earth will be blessed through you'* (Genesis 12 v 2-3). That man is known to history as Abraham, the ancestor of both Jews (through Isaac) and Arabs (through Ishmael), and he is revered as a founding figure in each of the three major world religions (Judaism, Christianity and Islam, often referred to as the 'Abrahamic' faiths). Although Abraham and his wife Sarah were old and past child-bearing age, God promised Abraham that he would have descendants as numerous as the stars in the sky, and that they would live in the land then known as Canaan.

The remainder of the book of Genesis records the story of Abraham and his descendants. His son Isaac had a son called Jacob who is also known as Israel. Jacob himself had 12 sons who became the 'patriarchs' of the twelve tribes of Israel. One of those sons, Joseph, was sold into slavery by his brothers in the well known story of the multicoloured coat. To cut a long story short, Joseph ended up in Egypt as Pharaoh's right hand man and was instrumental in averting the disastrous consequences of a 7 year drought. His father Jacob and the rest of the family were reconciled to Joseph and came to live in Egypt.

The book of Exodus picks up the story about 400 years later, in about 1300BC, and there we find the Israelites in slavery to the Egyptians. God raised up Moses to be their liberator and we may be familiar with the account of the burning bush, the plagues of Egypt, the crossing of the Red Sea etc. The Ten Commandments and the rest of the law were given through Moses along the way. Moses was also known as a prophet and in Deuteronomy (the fifth book of the Bible) we read that Moses prophesied: *'The Lord your God will raise up for you a prophet like me from among your own brothers. You must listen to him.'* (Deut. 18 v 15) This was the prophecy referred to by Philip when he spoke to Nathanael.

Moses died before the Israelites reach the Promised Land but his successor, Joshua, led them in to conquer the land. By about 1000BC the nation was well established and they had a king called David. This is the same David renowned for having killed Goliath. David and his family came from a small town called Bethlehem.

During the reigns of David and his son Solomon, although neither man was perfect, God blessed the nation of Israel and enabled her to reach the zenith of her power and prosperity in ancient times. After the death of Solomon the nation fractured into two parts, the Northern Kingdom (known as Israel or Samaria) and the Southern Kingdom (known as Judah and including the city of Jerusalem). After about 200 years the Northern Kingdom was conquered by Assyria and her people taken captive. Another 100 years later the same fate befell Judah, when Babylon under the rule of Nebuchadnezzar was the conquering power. This time the descendants of the captives were allowed to return to re-establish the nation, after Babylon itself was conquered by Persia.

Messianic prophecies

During the period of the divided kingdom and the captivity in Babylon, God raised up a number of prophets to speak to the people. In particular the prophet Isaiah, living in Judah before the Babylonian captivity, prophesied the arrival of a very special descendant of David: *'A shoot will come up from the stump of Jesse* [David's father]*; from his roots a Branch will bear fruit. The Spirit of the Lord will be upon him...'* (Isaiah 11 v 1-2) Writing this time in the first person, Isaiah later prophesies: *'The Spirit of the Sovereign Lord is on me, because the Lord has anointed me...'*

(Isaiah 61 v 1) This passage gives us a name for this remarkable descendant of David. Because he refers to being 'anointed' we get the title 'Messiah' (Hebrew) or 'Christ' (Greek), both of which mean 'the anointed one'[2].

Let us briefly go even further back in history, to that moment in the Garden of Eden when God was responding to Adam and Eve's rebellion and dishing out punishments. In Genesis 3 v 15 we have the earliest Messianic prophecy in the Bible, albeit a vague reference. In this verse the Messiah is referred to as 'the woman's offspring' which could be more literally rendered 'the seed of the woman'. This is quite a strange thing to say because, as I trust we all know, in the reproductive process the seed tends to come from the man not the woman! To the discerning eye Isaiah sheds some light on this mystery when he prophesies: *'The virgin will be with child and will give birth to a son, and will call him Immanuel'* (Isaiah 7 v 14). The name 'Immanuel' means "God with us", so Isaiah is not only implying that the Messiah will be conceived in a supernatural way without the involvement of a human father, but also making the astonishing claim that this Messiah will be none other than God himself!

Isaiah was not content to merely prophesy the birth of the Messiah in that very special way. He went on to foretell the destiny of the child that would be born to the virgin: *'To us a child is born, to us a son is given, and the government will be on his shoulders. He will be called Wonderful Counsellor, Mighty God, Everlasting Father, Prince of Peace. Of the increase of his government and peace there will be no end. He will reign on David's throne and over his kingdom, establishing and upholding it with justice and righteousness from that time on and for ever'.* (Isaiah 9 v 6-7)

This destiny is confirmed later by the prophet Daniel who was exiled in Babylon. Daniel also gives another title for the Messiah: *'There before me was one like a* ***son of man****, coming with the clouds of heaven...He was given authority, glory and sovereign power; all peoples, nations and men of every language worshipped him. His dominion is an everlasting dominion that will not pass away, and his kingdom is one that will never be destroyed'.* (Daniel 7 v 13-14, emphasis mine)

Micah was a near contemporary of Isaiah in Judah, and he had a specific prophecy concerning the place of birth of the Messiah: *'But you, Bethlehem Ephrathah, though you are small among the clans of Judah, out of you will come for me one who will be ruler over Israel, whose origins are of old, from ancient times'* (Micah 5 v 2) Bethlehem was, of course, the birthplace of David, so it was entirely fitting that he should be born there.

Incarnation

The doctrine of the Incarnation is central to Christianity. It means that God Himself took on human nature in the person of Jesus Christ. The Incarnation is to be distinguished from a *theophany.* A theophany, a number of which are described in the Old Testament, occurs when God simply appears, sometimes in human form, sometimes as an 'angel'. The best known occasion was when God appeared to Moses in the burning bush (Exodus 3), but there was an earlier appearance in human form to Abraham before God carried out his judgement on the evil cities of Sodom and Gomorrah (Genesis 18 & 19).

The Incarnation was much more than a theophany, because in Jesus God actually took upon himself human nature. So in other words Jesus was divine and human simultaneously. This dual nature was essential for the success of his mission, which was to reconcile God and man, who had become separated by man's sin. Paul describes Jesus in this way:

"There is one God and one mediator between God and men, the man Christ Jesus" (1 Timothy 2 v 5)

People often ask how a man could possibly also be God. That is an understandable question to ask, but the answer is to look at it from God's viewpoint (insofar as any human being can). Obviously no ordinary man could turn himself into God, but surely it is not beyond the capabilities of an omnipotent God to take on human nature? God solved the problem by doing something that is both breathtakingly simple and impossibly profound: he arranged for a baby to be conceived with a human mother, and with himself as Father! Although we cannot hope to grasp all the implications of this act, on our human level it makes total sense in many different ways.

All human babies inherit some of the father's features, and some of the mother's. Quite simply, Jesus acquired his divinity from his Father (God) and his humanity from his mother (Mary). As it was essential for the success of his mission that Jesus be born sinless, there is an immediate problem. Although Mary was obviously a very special young lady to be chosen by God to bear His Son, there is no justification for the belief held by some churches that *she* was born sinless[3]. So how did God ensure that Jesus did not 'inherit' a sinful nature from his human mother? The answer is that we do not know for sure how God managed it, but there are one or two hints in Scripture that the sinful nature is transmitted through the father not the mother (e.g. 1 Corinthians 15 v 22). So Jesus simply acquired *his* Father's uniquely sin*less* nature. Furthermore, it is apparently a biological fact that there is no contact between the blood of a baby and the blood of its mother during pregnancy. Thus Jesus' precious sinless blood avoided being contaminated by Mary's blood while he was being carried by her.

There is one more point I need to explain. Jesus is often referred to as the 'Son of God', and so he is, but unlike other human babies his existence did not begin at the moment of conception. His *humanity* began then, but he himself had always existed. The Trinity is another simple yet profound Christian doctrine, and I must refer to it briefly in order to explain this point. There is only one God, yet at the same time he is Three Persons: the Father, the Son and the Holy Spirit. How God is able to be just One God yet Three Persons at the same time is impossible for us mere humans to understand, but the 'Tri-Unity of the Godhead' is undeniably taught in the Bible. At the moment of Jesus' conception, when God would have bestowed a 'soul' on any normal baby, the Son parted company with the other two and took on human nature[4].

The birth of Jesus

We will now look at further details of Jesus' birth. We focus on a young couple called Joseph and Mary from the town of Nazareth in Galilee who were *'pledged to be married'* (Matthew 1 v 18). We can think of them as 'engaged' in the old fashioned sense; they were irrevocably committed to be married, but the expectation was that there would be no physical consummation until they were actually married. Because Joseph was a descendant of David (as was Mary) they had to make their way to Bethlehem when a Roman census was declared. While they were still in Nazareth the angel Gabriel came to Mary and said these words:

'Do not be afraid, Mary, you have found favour with God. You will be with child and give birth to a son, and you are to give him the name Jesus. He will be great and will be called the Son of the Most High. The Lord God will give him the throne of his father David, and he will reign over the house of Jacob for ever; his kingdom will never end' (Luke 1 v 30-33)

What Gabriel was saying to Mary was that Isaiah's prophecy of the virgin that bore a child who would be the Messiah was about to be fulfilled, and she had been chosen to be the mother! But she doesn't fully grasp what is happening straight away. She asks Gabriel the obvious question that any girl would have asked in her situation: *'How will this be....since I am a virgin?'* (Luke 1 v 34) Gabriel explains:

'The Holy Spirit will come upon you, and the power of the Most High will overshadow you. So the holy one to be born will be called the Son of God' (Luke 1 v 35) Reassured, Mary gives her consent[5] to what is about to take place: *'I am the Lord's servant. May it be to me as you have said'* (Luke 1 v 38).

So Mary becomes pregnant, but what is Joseph's reaction to all this? Put yourself in his position. He is engaged to Mary, and obviously knows that he has not 'jumped the gun' and slept with her before the actual marriage ceremony, yet she is pregnant! She has presumably told him the circumstances, but Joseph is only being human when he has doubts. Well, wouldn't you? So the Bible records:

'Because Joseph her husband was a righteous man and did not want to expose her to public disgrace, he had in mind to divorce[6] her quietly' (Matthew 1 v 19).

The Lord knows what is going on in Joseph's mind, so he sent an angel (we don't know if it was Gabriel this time) to speak to Joseph in a dream:

'Do not be afraid to take Mary home as your wife, because what is conceived in her is from the Holy Spirit. She will give birth to a

son, and you are to give him the name Jesus, because he will save his people from their sins' (Matthew 1 v 20-21)

Matthew then goes on to say that all of this is the fulfilment of Isaiah's prophecy. A possible discrepancy arises here, because Isaiah has said that the child will be called Immanuel ('God with us'), but Joseph was told to call him Jesus ('the Lord saves'). In my view, this discrepancy is resolved when we realise that the meanings of the two names can be combined into one to say: 'God is here to save us'.

The first people, apart from Mary and Joseph, to become aware of the birth of the Messiah, were a group of shepherds in a field. They also had a visit from an angel, who informed them: *'Today in the town of David a Saviour has been born to you; he is Christ the Lord'* (Luke 2 v 11). The shepherds knew to go to Bethlehem, where they found things *'just as they had been told'* (Luke 2 v 20).

As good Jewish parents, Joseph and Mary arranged for their son to be circumcised at 8 days old, and then at 40 days old they went to the Temple with him to make the customary offering (see Leviticus 12). Luke tells us about two touching incidents that took place there that are not very well known even amongst Christians. An old man called Simeon had been promised by the Lord that he would not die before he saw the Messiah. He held the child in his arms and prophesied over him, referring to him as *'a light for revelation to the Gentiles, and for glory to your people Israel'* (Luke 2 v 32). Then an old prophetess called Anna, who was 84 and had been widowed at an early age, *'gave thanks to God and spoke about the child to all who were looking forward to the redemption of Jerusalem'* (Luke 2 v 38).

"What about the Three Wise Men (sometimes called the 'Three Kings')?" I hear you ask. Here it must be said that the much loved Christmas tradition has largely taken the place of the truth in our hearts and minds. Matthew refers to them as "Magi" (probably some kind of astrologers) and nowhere does he say that there were three of them. Furthermore, the assumption that the Magi joined the shepherds in the stable immediately after the birth is almost certainly incorrect. By the time the Magi arrived the 'holy family' were living in a house. It is possible that this visit took place up to two years after the birth of Jesus, as King Herod later ordered the deaths of all boys under two years old.

Although we do not know the exact number of the Magi, or the exact time of their arrival, we do know that there were three gifts. The nature of these gifts is strong evidence that the Magi knew exactly who they were honouring. The gifts were: gold (signifying kingship), incense or frankincense (signifying divinity) and myrrh (signifying death). The tradition of giving children presents at Christmas presumably derives from this, but the Magi did not bring him their gifts because he was a child, but because he was the Messiah!

Finally, what about the 'star of Bethlehem' that guided the Magi to Jesus? Some have suggested it was a comet or a meteor, or maybe even a supernova. However, it is difficult to imagine an astronomical phenomenon being able to accurately guide them to a specific house! We must remember that we are dealing with a supernatural God, and there is no reason why he could not have used a supernaturally created object to serve this purpose. We have to face the fact that we just don't know what it was.

The impact of Jesus

We saw earlier that Jesus' very presence was enough to make several quite ordinary guys just drop everything and follow him. As we read the Gospels what is immediately apparent is that he made a similar impression on almost everyone he met.

When Jesus taught in the synagogue in the town of Capernaum, the reaction was quite unlike the modern stereotype of people falling asleep during the sermon! *'The people were amazed at his teaching, because he taught them as one who had authority, not as the teachers of the law'* (Mark 1 v 22). Even more astonishing is what happened next in the same synagogue. A demon-possessed man called out to Jesus in recognition of who he really was, and Jesus ordered the demon to leave the man, which he did - visibly and audibly! This in turn left its mark with those present: *'The people were all so amazed that they asked each other, "What is this? A new teaching - and with authority! He even gives orders to evil spirits and they obey him"'.* (Mark 1 v 27)

How impressed must Jesus' disciples have been when they realised that he also had power over nature: *'Without warning, a furious storm came up on the lake, so that the waves swept over the boat. But Jesus was sleeping* [how cool was that?]. *The disciples went and woke him...he got up and rebuked the winds and the waves, and it was completely calm. The men were amazed and asked "What kind of man is this? Even the winds and the waves obey him!"'* (Matthew 8 v 24-27)

On one particular occasion Jesus was asked to heal a 12-year-old girl. He was held up on his way (to carry out another healing) and she was dead when he arrived. The Bible then records: *'He took her by the hand and said, "My child, get up!" Her spirit returned, and at once she stood up. Then Jesus told them to give her something to eat. Her parents were astonished...'* (Luke 8 v 54-56) If raising the newly dead is not spectacular enough, then how about the raising of a man who had been dead for four days? Jesus was a friend of Lazarus and his sisters, Mary and Martha. After Jesus had literally called Lazarus out of the grave, the Bible records: *'Many of the Jews who had come to visit Mary, and had seen what Jesus did, put their faith in him'* (John 11 v 45) Wouldn't you have done?

On another occasion Jesus, tired from a long journey, came to be sitting down by a well near a town called Sychar, in Samaria. He sent his disciples into the town to buy food and, while he was waiting for them, he started talking to a Samaritan woman who had come to draw water from the well. Incidentally, in Christian evangelism nowadays, we wouldn't let him do that! We would insist he wait until a female counsellor arrived on the scene to take over. But Jesus wasn't, and isn't, bound by our petty rules, and during the course of his conversation with her it became clear that he knew things about her that she hadn't told him. The Bible informs us that the woman went back to her home town and: *"Many of the Samaritans from that town believed in him, because of the woman's testimony: "He told me everything I ever did".'* (John 4 v 17-18, 39)

Those in authority were also affected by Jesus. After he was arrested, neither King Herod nor the Roman Governor Pontius Pilate were able to find any fault or basis for a charge against him. Three times Pilate tried to release him (see Luke 23). In the end, however, he gave in to the demands of the 'rent-a-mob' crowd and washed his hands of him in the now infamous gesture. But his innocence was recognised even by one of the two criminals who were being crucified with him, who rebuked the other with the words: *"We are getting what our deeds deserve. But this man has done nothing wrong"* (Luke 23 v 41)

Recognition of Jesus' identity

Although the impact of what Jesus said and did is obvious, did everybody realise who he was? A blind man called Bartimaeus, who had his sight restored by Jesus, was in no doubt. As Jesus was passing he twice shouted: *'Son of David, have mercy on me'* (Mark 10 v 47 & 48)

I mentioned earlier a demon-possessed man who was liberated by Jesus. The evil spirit itself clearly recognised him when it cried out: *'What do you want with us, Jesus of Nazareth? Have you come to destroy us? I know who you are - the Holy One of God'* (Mark 1 v 24)

His disciples recognised who he was. On one occasion, Jesus actually asked them who people were saying he was. Then he asked them who they thought he was. One of them, Peter, replied: *'You are the Christ, the Son of the living God'* (Matthew 16 v 16)

At Jesus' baptism **God himself** gave a double confirmation of Jesus' identity; by anointing him with the Holy Spirit in fulfilment of Isaiah's prophecy and also by speaking audibly to him: *'The Holy Spirit descended on him like a dove. And a voice came from heaven: "You are my Son, whom I love; with you I am well pleased"'* (Luke 3 v 22). On another occasion, known as the 'Transfiguration', Jesus took Peter, James and John with him up a mountain, and some very strange things happened: *'His clothes became dazzling white, whiter than anyone in the world could bleach them...a voice came from the cloud: "This is my Son, whom I love. Listen to him!"'* (Mark 9 v 3, 7)

Jesus' own claims about himself

Did Jesus himself understand who he was? Luke records an amusing incident which took place when Jesus was 12 years old. During a trip to Jerusalem for the Passover Feast, Mary and Joseph lost him! Eventually they found him in the temple courts, joining in the religious discussions. Mary's words are recognisable to any parent whose child has gone missing even for a few minutes: *'Your father and I have been anxiously searching for you'* (Luke 2 v48) but Jesus replies calmly: *'Didn't you know I had to be in my Father's house?'* (Luke 2 v 49), gently making the point that God was his Father, not Joseph!

Earlier I quoted part of a prophecy from Isaiah concerning the Messiah. This is now given in full: *'The Spirit of the Sovereign Lord is on me, because the Lord has anointed me to preach good news to the poor. He has sent me to bind up the broken hearted, to proclaim freedom for the captives, and release from darkness for the prisoners, to proclaim the year of the Lord's favour...'* (Isaiah 61 v 1-2) We can be sure that Jesus himself regards this as referring to him, because at the beginning of his ministry he reads out this very passage in the synagogue at Nazareth, and then utters the words: *'Today this scripture is fulfilled in your hearing'* (Luke 4 v 21). Just how much more clearly do you want him to put it?

One incident early in Jesus' ministry is worth telling in full. Not only does Jesus refer to himself by the Messianic title of 'Son of Man' (which he did often) but he also made a telling impact on friends and foes alike:

'One day as he was teaching, Pharisees and teachers of the law, who had come from every village of Galilee and from Judea and Jerusalem, were sitting there. And the power of the Lord was present for him to heal the sick. Some men came carrying a paralytic on a mat and tried to take him into the house to lay him before Jesus. When they could not find a way to do this because of the crowd, they went up on the roof and lowered him on his mat through the tiles into the middle of the crowd, right in front of Jesus. When Jesus saw their faith, he said "Friend, your sins are forgiven". The Pharisees and the teachers of the law began thinking to themselves, "Who is this fellow who speaks blasphemy? ***Who can forgive sins but God alone?"*** *Jesus knew what they were thinking and asked "Why are you thinking these things in your hearts? Which is easier: to say 'Your sins are forgiven' or to say 'Get up and walk'? But that you may know that the Son of Man has authority on earth to forgive sins..." He said to the paralysed man, "I tell you, get up, take your mat and go home." Immediately he stood up in front of them, took what he had been lying on and went home praising God. Everyone was amazed and gave praise to God. They were filled with awe and said "We have seen remarkable things today."'* (Luke 5 v 17-26, emphasis mine)

There are many lessons that can be learned from the incident with the paralytic. The one major point I want to make is that it shows that no-one was in any doubt that Jesus was claiming to be God. One final incident makes this point even more forcefully, although at first the significance of what Jesus says seems obscure.

John's Gospel reports an occasion when Jesus was in a lengthy discussion with some Jews over their claim to be 'children of Abraham' (which of course they were in the physical sense). The discussion reaches its climax with the Jews expressing incredulity over Jesus' suggestion that he has seen Abraham. Then: *"'I tell you the truth", Jesus answered, "before Abraham was born, **I am**!" At this, they picked up stones to stone him..."* (John 8 v 58-59, emphasis mine) When God spoke to Moses in the burning bush, and Moses asked his name, he replied *'This is what you are to say to the Israelites: **I AM** has sent me to you"* (Exodus 3 v 14, emphasis mine). The word translated as 'I Am' is the Hebrew 'Yahweh' or 'Jehovah', which is the sacred name for God that Jews were not allowed to use. The only explanation for the Jews attempting to stone Jesus is that he intended his words to be regarded in precisely the same way. In other words, he was telling them he was God.

Do we accept Jesus' claim to be God?

There are and have been a wide range of reactions to Jesus' claim to be God. Some have said pointed out (correctly) that the Gospels have been written by Christians whose opinions are biased and therefore not to be trusted. But of course those opinions are generally expressed by people who are not Christians and are therefore biased in the opposite direction! Some have even expressed the view that the Gospels are entirely imaginary and that Jesus never even existed. In answer to that it must be pointed out that there are numerous references to him in the writings of non-Christian historians. To quote two examples, the Roman historian Tacitus and the Jewish historian Josephus, neither of whom was sympathetic to Christianity, both refer to the life and death of Jesus, the Christ, whose followers became known as Christians after him. Although admittedly neither of them gives much detail about the life of Jesus, what they do say is consistent with what we know from the Gospels, and nothing they write is contradictory.

Even if we accept the Gospels as a true and fair account of what was said and done by Jesus, it is entirely reasonable to be sceptical about his claim to be God! After all, if I came to you and told you that *I* was God, you would probably think I had lost my mind. Another possibility is that you would think I was deliberately trying to deceive you for some ulterior motive. In either case you would make a mental note never to pay attention to anything I ever said or wrote.

Strangely, this has not happened to Jesus. It is very common to hear people who are not Christians say that they admire many of Jesus' teachings. Two completely contrasting examples will suffice to make the point. The first, and probably best known, is the 'father' of modern day India, Mohandas Gandhi. Although a Hindu, he admired the teachings of Jesus, especially the Sermon on the Mount (see Matthew 5 to 7), in particular the similarity of parts of it to his own principal of non-violence. He is reported as saying on one occasion: *'If Christians would really live according to the teachings of Christ, as found in the Bible, all of India would be Christian today'*[7]. My second example is the late John Lennon, who once caused controversy by claiming that the Beatles were more popular than Jesus. What is less well known is that: *'John admired his central teachings of love, justice, and seeking the kingdom of heaven'*[8].

Personally I am thrilled to find that people as diverse as Gandhi and Lennon (and others) could see the good sense in Jesus' teaching. However, Jesus did not leave us the option of regarding him as simply a good teacher, or even a good person, yet denying that he is God. We cannot pick and choose the bits we like from his teachings, and ignore the bits we don't like. His claims to be the promised Messiah, indeed to be God Himself, force us to make a decision. **Either he is mentally ill, or an evil schemer, or he <u>really is</u> God. There is no fourth option.**

CONCLUSION

When discussing what is wrong with the world, I often hear people ask why God doesn't come and sort out the problems. What they usually don't realise is that he has already been[9]! The purpose of this whole chapter has been to establish that Jesus of Nazareth, a travelling preacher/teacher who was the adopted son of a carpenter who lived in the North-East of first century Israel, was and is the God who created the universe and everything in it.

The objections to this claim are usually centred on the issue of how an ordinary man could be and do all the things the Gospels describe. An ordinary man couldn't, but Jesus wasn't an ordinary man. In fact, an extraordinary man couldn't do them either! Jesus was even more than an extraordinary man, he was 'God Incarnate' or 'God come in the flesh'. Viewed from the correct perspective (God's) there is no reason why an omnipotent God could not arrange a supernatural conception and birth, perform miracles and teach with authority.

The fact Jesus is divine and human simultaneously is essential to him achieving what he came to do. A common error made by supporters of cults and many other religions is to get this balance wrong. If Jesus is divine but not human, then he is merely some sort of apparition and cannot identify with our struggles and weaknesses. On the other hand, if he is human but not divine then he is powerless to save us because he is himself a sinner, and also guilty of deception for the reasons just given. But because he is both divine *and* human he is ideally and uniquely qualified to be the mediator between God and man, and to carry out the work he came to do.

9: CROSS

"The message of the cross is foolishness to those who are perishing, but to us who are being saved it is the power of God"

1 Corinthians 1 v 18

Since 1981 there has only been one TV family that is loved by almost everyone in Britain, and that is the Trotter family from the BBC sitcom *'Only Fools and* Horses'. In case you have been living on the planet Jupiter for the last 25 years, let me explain that the two central characters are two brothers who live with their Grandad (replaced by Uncle Albert after the death of actor Lennard Pearce) in a block of high rise flats in the London district of Peckham. The boys' father left home many years before the series began, and their mother died shortly after that, leaving Derek ('Del Boy'), the older brother, to take care of his younger brother Rodney. Del, a street trader with the gift of the gab, is always promising Rodney that they will soon be rich, but somehow they never quite manage it.

Over the years the Trotters have provided us with an incredible number of classic comedy moments. Who can forget, for example, the chandelier crashing to the floor, or Del Boy falling through the bar while trying to impress some young ladies, or the sight of Del and Rodney dressed as Batman and Robin, unwittingly running to the rescue of a councillor who was being mugged? But while I have been writing this chapter it is a different episode that I have had in mind.

The episode in question is a fairly early one from the 'Grandad' days. Rodney gets involved with an older woman who turns out to be the wife of a violent criminal who is serving time for grievous bodily harm and attempted murder. When Del Boy hears that the husband is about to be released from jail, he realises that Rodney is in danger and encourages the lady to terminate the relationship. Rodney is none too happy with this and falls out with Del over his interference. One evening, after visiting a customer on business, Del is accosted by the husband, and takes the beating that Rodney should have had. The episode ends with the two brothers reconciled after Rodney sees Del's cuts and bruises. The title of the episode is *"No Greater Love"*, which fits in with the subject of this chapter because it is a reference to Jesus' words to his disciples as recorded in John 15 v 13: *'Greater love has no-one than this, that he lay down his life for his friends'.*

Jesus in control

We spent the previous chapter establishing that Jesus is the Messiah who had been promised to the Jews for centuries. There is a glorious moment during his ministry when the penny drops to his disciples that this is who he really is. Jesus has been asking them what people think of him, and then he asks directly *'Who do you say I am?'* (Matthew 16v15) Peter answers him: *'You are the Christ, the Son of the living God'* (Matthew 16v16). Immediately after this he *'began to explain.... that he must...suffer many things...and be killed'* (Matthew 16v21) and this must have come as news to Peter at least because he takes Jesus to one side and proceeds to put him straight! In response to this Jesus utters those well known words *'Get behind me, Satan '* (Matthew 16v23). Oh dear! It seems that Peter went from champ to chump at record breaking speed!

At the risk of sounding irreverent, I sometimes think that Jesus was a little harsh with Peter. After all, as I explained in the last chapter the Messiah was to *'reign on David's throne'* (Isaiah 9v7) and would be given *'an everlasting dominion that will not pass away'* (Daniel 7v14). It was hardly surprising that many people thought he would at least start by kicking the occupying Romans out of the country by force. When he made it clear that his strategy involved suffering and being killed, Peter could have been forgiven for thinking that there might have been more chance of success with one of Baldrick's cunning plans!

Jesus certainly intended to set up a kingdom, as much of his early teaching makes clear. However, as he explained to Pilate later at his trial: *'My kingdom is not of this world. If it were, my servants would fight to prevent my arrest by the Jews'* (John 18 v 36). In fact, one of his disciples (Peter again!) cuts off the ear of one of the arresting party, requiring Jesus to perform yet another healing miracle. He also rebukes him again with the words: *'Do you think I cannot call upon my Father, and he will at once put at my disposal more than twelve legions of angels? But how then would the Scriptures be fulfilled that say it must happen this way?'* (Matthew 26 v 53-54)

These words of Jesus tell us two things. Firstly, the cross was God's plan all along. It wasn't a mistake, or the inevitable result of a rebel taking on forces he couldn't possibly defeat. God had made his intentions plain all along and was now carrying them out through Jesus. The most famous verse in the Bible confirms this: *'God so loved the world that he gave his one and only Son, that whoever believes in him shall not perish but have eternal life'* (John 3v16). Secondly, however it might have looked, Jesus was in control all along. He could have called on angels even while he was dying on the cross. By simply clicking his fingers and saying "I'm the Son of God – get me out of here" he could have called a halt to the whole thing. This ability to press the 'escape' button at any time meant that it was Jesus' decision to die, not Pilate's, not the Jews', not the Romans' or anyone else's. In Jesus' own words: *I lay down my life – only to take it up again. No-one takes it from me, but I lay it down of my own accord. I have authority to lay it down and authority to take it up again. This command I received from my Father'* (John 10 v 17-18).

But why was it God's purpose to send Jesus to the cross? Why did Jesus go there willingly? What did they hope to achieve by it? The problem of the 'human condition' can be described in terms of a situation that we will all know something about, even if it is not part of our personal experience.

A familiar picture

Imagine that you are a young child again. Whatever your family was really like as you were growing up, this time imagine it as a very traditional old fashioned type of family where mother stayed at home and father was out working during the day. Now imagine you have misbehaved. A typical result might be that you are sent up to your room with the words "Wait till your father gets home!" Finally imagine that your father is a strict disciplinarian and you know that you are in big trouble when he finally arrives.

As you are upstairs alone, waiting in fear and trembling for father's return, you will have plenty of thinking time[1]. If you thought logically about your predicament, you would probably come to the conclusion that there were three things you needed:

i. forgiveness (threat of punishment removed)
ii. restoration (back in your rightful place in the family)
iii. self-control (to be able to avoid misbehaving in future)

Now as it happens, these are very similar to the things we need in relation to God. Because of our sinful nature we are separated from him and are awaiting God's wrath and judgement. We need God's forgiveness so that we can be restored to our rightful relationship with him. Our sinful nature is a form of enslavement which controls us and prevents us from behaving in a way which is pleasing to God. So we too need *someone* or *something* to take away the punishment, restore our relationship with God, and free us from the need to sin. OK, here's the good news: there *is* someone *and* something that have done the job! <u>The 'someone' is Jesus, and the 'something' is his death on the cross</u>.

In order to begin to understand how Jesus' death achieves these three aims, we will now consider three situations from the Old Testament that foreshadow the cross. These do not of course exhaust the meaning of his sacrifice, but I believe they have been placed in the Scriptures for the very purpose of shedding light on it for our benefit. There is a certain amount of overlap between the three pictures but it is helpful to consider them separately.

1. Jesus the Passover Lamb

John the Baptist described Jesus as *'the lamb of God, who takes away the sin of the world'* (John 1v29) and this is a reference to the way God delivered the Israelites from slavery in Egypt. God had sent Moses to speak to the Egyptian king, Pharaoh, to demand that he let the Israelite people, who were slaves, leave the country. Pharaoh repeatedly refused to allow this, and each time God sent a plague on Egypt. There were plagues of blood, frogs, gnats, flies, livestock, hail, locusts and darkness[2]. Each time Pharaoh gets close to allowing the Israelites to go, but when the plague is removed he 'hardens his heart' and changes his mind again.

Finally God decides that Pharaoh has had enough chances. The last and most hard hitting plague is the 'death of the first born'. God says through Moses: *'About midnight I will go throughout Egypt. Every firstborn son will die, from the firstborn son of Pharaoh, who sits on the throne, to the firstborn son of the slave girl'* (Exodus 11v5) Specific instructions are then issued to Israel so that their families can escape this plague: *'Each man is to take a lamb for his family...the animals you choose must be year-old males without defect...* [you] *must slaughter them at twilight...*[and]

take some of the blood and put it on the sides and tops of the door frames of the houses...' (Exodus 12 v 3, 5-7) God then promises that *'When I see the blood, I will pass over you. No destructive plague will touch you when I strike Egypt.'* (Exodus 12v13) The rest of the chapter records that the Israelites did as they had been told and when God carried out his threat to strike down the firstborn of all Egyptian families, the Israelites escaped (in both senses - they escaped the death of the firstborn and they escaped from their condition of slavery to the Egyptians). The feast of the Passover was to be celebrated every year at the same time to mark the occasion of the Israelites being set free from slavery in Egypt.

Notice that it was the sacrificial death of the Passover lamb which saved the firstborn of the Israelites from death. The timing of Jesus' death, at the time of the Passover, was not a coincidence but planned to make the point that this was the *real* sacrificial lamb whose blood had the power to save everybody from God's wrath and judgement. Like the Passover lamb who had to be 'without defect', Jesus' perfection and sinless nature qualified him as the only suitable candidate. Unlike the Passover lamb, which had to be sacrificed and eaten once a year, *'Christ died for sins once for all'* (1 Peter 3v18). I guess Peter finally understood what the point of Jesus' suffering and death was! **As our Passover lamb, Jesus enables us to be spared from God's wrath and be free from the power of sin.** It is worth noting at this point that Jesus' death is a sacrifice good enough to deal with *all* sin, and there is no sin that we may have committed that is beyond the power of the cross. We often use the phrase 'might as well be hung for a sheep as a lamb'. If we are using the size of the sheep as a measure of the seriousness of our sin, then even if our sins are the size an enormous flock of very large sheep, the sacrifice of <u>one lamb</u> is enough to cover it, as long as that lamb is Jesus!

God is often caricatured as an angry deity who is thirsting for blood to punish us for our sins. The truth is that he is so pure, holy and just that he simply *cannot* allow sin to go unpunished. A good way of looking at this is to think of God as a judge in a courtroom who realises that the man standing before him is a long standing personal friend. Unfortunately the man is undoubtedly guilty as charged so the judge has no alternative but to pass sentence. Let us say that the sentence is a fine of £5000. Because he knows his friend does not have the money to pay the fine himself, the judge leaves his lofty seat, goes to the clerk of the court, and hands over a personal cheque for £5000, enabling his friend to go free. In the same way God, because of his purity, holiness and justice, had no alternative but to sentence humanity to death as the consequence of our sin. However, instead of forcing us to suffer as we fully deserve, he came to earth as a human and died in our place. (We cannot escape physical death - unless we are still alive at Jesus' Second Coming - but we *can* escape the everlasting separation from God which the Bible describes as the 'second death' - see Revelation 21 v 8).

Going back to Egypt for a moment, it is significant that the final plague was the death of the firstborn son. It is never easy to cope with the death of a loved one, but perhaps the death of elderly relatives is to some extent expected. Without wishing for one moment to downplay the shock and sadness that we all feel in that situation (having been there myself), undoubtedly a far worse thing that can happen is to lose a son or a daughter. I have known a few families that have suffered this and their utter devastation is plain for all to see, as is the utter helplessness of those around them to bring any meaningful comfort. God imposed this terrible penalty on the Egyptians but protected the Israelites from it. We are used to thinking of Jesus' own suffering on the cross as the price of our salvation, and so it is. However we often miss the terrible suffering of God the Father who had to endure the death of his firstborn son in the process.

2. Jesus the High Priest

After the Israelites left Egypt, they began to make their way to the Promised Land. During the course of the journey God instructed them, through Moses, to build a *tabernacle* (or tent), to represent his presence. This was a temporary structure, because it would have to be dismantled every time the Israelites moved on, and reassembled whenever they set up camp. Later on, during the reign of King Solomon, the components of the tabernacle were incorporated into the permanent structure of the Temple in Jerusalem.

Part of the tabernacle was designated as the 'holy place', and only the priests were allowed within this area in order to carry out their duties. All priests had to be Levites i.e. descended from Jacob's son Levi, as were Moses and his brother Aaron who was the first High Priest. Within the 'holy place' was a second area known as the 'Most Holy Place' or 'Holy of Holies'. Within the 'Most Holy Place' was kept the 'ark of the covenant', which contained the Law tablets (i.e. the Ten Commandments and the rest of the Mosaic Law) and was the actual symbol of God's presence. A very ornate curtain separated the 'holy place' from the 'Most Holy Place'. This symbolised the barrier between God and man due to man's sin - nobody was allowed through the curtain into the 'Most Holy Place' apart from the High Priest, and he only did so once a year on the 'Day of Atonement'[3], or in Hebrew, 'Yom Kippur'.

On the Day of Atonement the High Priest would first of all have to sacrifice a bull to atone for his own sins and those of his own family, then sacrifice a goat for the sins of the people. In both cases he had to go through the curtain into the 'Most Holy Place' and sprinkle the blood on the 'atonement cover' of the 'ark of the covenant'. Then he put his hands on the head of a second goat, and confessed all the sins of Israel. The goat was then released into the wilderness, symbolically taking the people's guilt with it. Thus it literally became a 'scapegoat' - this is in fact the origin of the word.

The book of Hebrews in the New Testament calls Jesus *'a great high priest'* (Hebrews 4v14). There are similarities between his work and the actions of the Levitical High Priests, and there are differences. The obvious similarity is that Jesus offered a blood sacrifice to God as atonement for sin. The obvious difference is that it was his own blood rather than that of an animal. Another difference was that Jesus did not have to offer atonement for his own sin, as he was sinless. Finally, whereas the Jewish High Priest had to repeat the sacrifice on the Day of Atonement every year, Jesus *'appeared once for all….to do away with sin by the sacrifice of himself'* (Hebrews 9v26).

The Bible records that, at the precise moment of Jesus' death, *'the curtain of the temple was torn in two from top to bottom[4].'* (Matthew 27 v 51) The tearing of the curtain symbolised the fact that the separation between God and man was broken forever by his sacrifice on the cross. It also meant that the symbolism of the sacrificial system was no longer needed, because the REAL sacrifice had now been made by the REAL High Priest in the

REAL sanctuary - Heaven: *'For Christ did not enter a man-made sanctuary...he entered heaven itself, now to appear for us in God's presence'* (Hebrews 9v24). Jesus was sinless yet fully human and was therefore the perfect person to represent us in making this sacrifice: *'We do not have a high priest who is unable to sympathise with our weaknesses, but we have one who has been tempted in every way, just as we are - yet was without* sin' (Hebrews 4v15). And as far as we are concerned, his sacrifice has produced a glorious outcome: *'Let us then approach the throne of grace with confidence, so that we may receive mercy and grace to help us in our time of need'* (Hebrews 4v16). **As our High Priest Jesus has made the offering which enables us to escape God's wrath and come back into God's presence.** We must understand that we now have *direct* access to God. It may be helpful to us to be in a particular place, or speak to another person, but we do not *need* for example to be in a 'confessional box' to confess our sins. Nor do we *need* a priest or anyone else to be present to obtain forgiveness from God. Asking saints already in heaven to put our requests to God on our behalf is also a waste of time. Quite apart from the fact that we have no idea whether they can hear us or not, we can save time by asking God ourselves - we can be sure that he is listening. Jesus is the only mediator we need and we can cut out all the other middle men!

Just before his death Jesus is heard to utter the words *'My God, my God, why have you forsaken me?'* (Matthew 27 v 46) We use the expression 'God-forsaken' to describe the ultimate place we wouldn't want to be. Jesus experienced being in such a place. The worst aspect of his death was not the physical pain and torture from being crucified, 'excruciating' though that undoubtedly was. Nor was it his betrayal by Judas, his denial by Peter, or his abandonment by the other disciples. As he was taking the burden of the sin of the whole human race on his shoulders, and God cannot look at sin, he experienced rejection from his heavenly Father. Thus the Holy Trinity of Father, Son and Holy Spirit was torn asunder. This separation, albeit temporary, from the other two persons in the Godhead, with whom he had enjoyed perfect unity since the beginning of eternity, was by far the most devastating aspect of his suffering. Jesus truly suffered the fate that we all deserved for our sin and rebellion against God. No wonder that at Gethsemane he had asked the Father to spare him if there was any other way.

3. Jesus the Kinsman Redeemer

If someone in ancient Israel got themselves into such a financial mess that they had to sell their property, or even worse sell themselves as slaves, then it was the responsibility of a near relative to 'redeem' them i.e. pay off the debt and buy back the property or pay the price for their personal release. This enabled them to regain their rightful place in society. The relative would be known as the 'redeemer' or 'kinsman redeemer' to emphasise the fact that he was a member of the same family (well, you wouldn't do it for anyone else, would you?) Another responsibility of the kinsman redeemer, if his brother died without leaving a son and heir, was to marry his widow and produce sons for him. We might think that strange today but the issue of carrying on the family line was very important then, as indeed it still is in some societies.

The book of Ruth in the Old Testament tells a nice story which also gives an informative picture of how the 'kinsman redeemer' worked in practice. Naomi and her husband Elimelech were Israelites from Bethlehem who had two sons. They had gone to live in Moab because of a famine and while there Elimelech died. The two sons married Moabite women, one of whom was Ruth. Unfortunately both sons died too, so on hearing that the famine was over, Naomi decided to return home. Ruth insisted on coming with her, although the other daughter-in-law followed Naomi's urging and returned to her own people.

Back home the harvest was just beginning so Ruth went to work 'gleaning' which meant she picked up small pieces of grain left over by the reapers. The person whose field she was working in was called Boaz, who was a relative of Elimelech. Boaz takes her under his wing and protects her, and with Naomi's encouragement Ruth sets out to win Boaz as her husband. The end result is that Boaz marries Ruth, and in the process becomes her kinsman redeemer, and also Naomi's when he buys the field which used to belong to Naomi's husband Elimelech. And everyone lived happily ever after! Boaz's actions had repercussions several generations down the line, as he and Ruth had a son Obed who became the father of Jesse, who in turn became the father of David, one of Israel's greatest kings.

In Britain today there is no exact equivalent of the 'kinsman redeemer', but there is a role which has similarities, and that is the role of Executor of a deceased person. I have found myself in this role in recent times, so I do know a little about what it is like. The expectation of conducting negotiations with undertakers, banks, solicitors and estate agents constituted quite an onerous responsibility, even though I didn't have to shell out any of my own money (or if I did I was entitled to be reimbursed from the estate). However I was very happy to take it on because in doing so it was my family that I was serving and who would ultimately benefit from what I did. Going back to the story at the beginning of the chapter, although it would probably be putting it too strongly to suggest that Del Boy was 'happy' to take the beating that Rodney should have had, he was prepared to do so because it was a member of his own family that was benefiting. **As our kinsman redeemer, Jesus delivers us from the power of sin and restores us to our rightful place in God's 'household'.** His death on the cross was the price paid to secure our forgiveness of sins and restoration of our relationship with God. Although the price was high, Jesus was prepared to pay it because it was his family that he was serving and who would ultimately benefit from what he did! This is one of the reasons why we must insist that Adam and Eve were real people and all humans are descended from them. We are only in the mess we are in by virtue of inheriting their sinful nature, and we can only turn to Jesus to get us out of it because we are related to him as well as them. *If Jesus is not your kinsman, he cannot be your kinsman redeemer!*

JOB DONE

The day that Jesus Christ was crucified was a very dark day for the world (quite literally because the Bible records that there was darkness for the last 3 hours of Jesus' life – from noon to 3pm) as it was shown finally that the seriousness of humanity's sin was enough to require the life of the Son of God, the Second Person of the Trinity. However, as well as being a dark day, it was also a day to rejoice and celebrate, because the salvation of the human race had been secured, and the restoration of God's creation was finally under way.

Although the resurrection was Jesus' vindication and proof of everything he claimed during his earthly ministry, the moment of completion was actually the moment of his death. In that instant our sins were forgiven, the power of sin and Satan over our lives was broken forever, and our state of spiritual death or separation from God was finally brought to an end. True, there was still plenty of work to be done, but the D-Day landing (to use a World War II analogy) had been successfully accomplished, and VE-Day was now inevitable and only a matter of time. Just before Jesus' death John's Gospel records Jesus as saying: *'It is finished'* (John 19 v 30). By this he meant that the job he had come to earth to do was done. Luke's Gospel records his final words as *'Father, into your hands I commit my spirit'* (Luke 23 v 46). So incredibly, despite the physical agony and the anguish at being rejected by his Father, Jesus is still determined to see it through and trusts his Father with the outcome and also his own destiny.

The last two chapters have made extensive use of Messianic prophecies from the Old Testament. There is one prophecy that I have not mentioned at all until now, and I hope you will agree with me that I have saved the best till last. If Peter and the other disciples had correctly understood this prophecy, perhaps they would not have misunderstood Jesus' purpose in coming. Isaiah's prophecy of the 'Suffering Servant' spells out in astonishingly correct detail just what would happen to "God's Anointed One" and why. To give a flavour here are some of the key verses:

'He was pierced for our transgressions, he was crushed for our iniquities, the punishment that brought us peace was upon him, and by his wounds we are healed. We all like sheep, have gone astray, each of us has turned to his own way, and the Lord has laid on him the iniquity of us all. He was oppressed and afflicted, yet he did not open his mouth; he was led like a lamb to the slaughter, and as a sheep before her shearers is silent, so he did not open his mouth...Yet it was the Lord's will to crush him and cause him to suffer, and though the Lord makes his life a guilt offering, he will see his offspring and prolong his days, and the will of the Lord will prosper in his hand. After the suffering of his soul, he will see the light of life and be satisfied '. (Isaiah 53v5-7, 10-11)

The true story of Jesus' sacrifice on the cross on our behalf touches our emotions in all sorts of ways. For that reason I would like to finish this chapter with the words of a song. The song has been written by the worship leader of my own church, a talented young man called Dan Matthews. The words are a fitting response to what Jesus has done for all of us and Dan puts it much better than I could. Here are the words, printed with Dan's permission:

THE CROSS
I kneel before the cross, hang my head in shame,
I'm humbled I'm in awe, you gave your life for me,
Joy just fills my soul, when I think of what you did,
You broke the chains of death, to set this sinner free.
Cause I'm free by the power of the cross,
And I live by the power of the cross.

Up upon that cross, you gave your life for me,
The biggest trade of all, sinners for a king,
You lived and died for me, your life I can't repay,
Now all that I can do, is fix my heart on you.
Cause I'm free by the power of the cross,
And I live by the power of the cross.

And I thank you for the cross.
Yes I thank you for the cross.

10: RESURRECTION

"If Christ has not been raised, your faith is futile"

1 Corinthians 15 v 7

I have always enjoyed watching detective programmes on the TV. Two of my favourite detectives were played by the same actor. The late John Thaw played Jack Regan in *'The Sweeney'* in the 1970s, and more recently he was the title character in *'Inspector Morse'*. There were similarities between the two characters, both of them hating the bureaucracy that hampered their work, and both passionately wanting to put the villains behind bars where they believed they belonged. Both characters drank too much! The main difference between them seemed to be a cultural one; whereas Jack was frequently seen to visit dodgy pubs and clubs, Morse was often happiest listening to classical music in the comfort of his own home.

I recently bought a set of 13 paperback books consisting of the entire collection of novels written about Morse by Colin Dexter. Reading detective fiction is a different thing to watching on the TV, because as you are reading you feel obliged to look carefully for clues as to who the murderer is. If you think you have missed something you can always turn back to check previous chapters, whereas with TV you cannot do that (unless you are watching a video or DVD of course!) I am quite good at missing clues so have enjoyed reading the books which give me a better chance of filling in the gaps.

For the 8th book in the series Colin Dexter came up with quite an interesting idea which made the story different to any of the others. In *'The Wench Is Dead'* Morse is not solving a modern murder mystery. He spends most of the book ill in hospital, but finds himself reading a book written, and bequeathed to him, by another patient who dies shortly after Morse's arrival. The book is a review of a murder that had taken place in the 19th Century, and Morse soon finds himself thinking that the wrong person had been convicted and hanged for the crime. The rest of the novel is taken up with Morse's efforts to figure out the truth from the evidence which is all more than 100 years old.

It occurred to me while reading *'The Wench Is Dead'* that it would be a waste of time me telling you about any of the evidence that Morse was considering. That is because it would have gone through several stages before reaching you:

1. The eye witnesses made their statements in court
2. The officials recorded the statements in the court records
3. The book Morse read described the court records
4. Colin Dexter described what Morse was reading
5. I described to you what Colin Dexter wrote

It is eye witness statements that are accepted in court - 'hearsay' evidence (someone describing what someone else said) is not permissible. Information that has passed through FIVE stages as described has enormous potential for being distorted and altered beyond recognition. You could not be anywhere near certain that what you were reading bore any resemblance to the truth.

When investigating the claim that Jesus Christ was raised from the dead, we are investigating an incident which took place about 2000 years ago, a lot further back than the murder case that Morse was reading about. You might think that would make it impossible for us to determine the truth about it now. However, it turns out that we have evidence that has not gone through five stages of possible distortion, but consists of the statements of actual eye witnesses, or at worst close associates of the eye witnesses (one stage removed only).

The Four Gospel Writers

It is generally accepted that Matthew's Gospel was written by Matthew the tax collector, one of the original 12 apostles. Matthew was a follower of Jesus from a very early stage, and would have been one of the Eleven (after the loss of Judas Iscariot) who saw the risen Jesus on the evening of the first day.

John's Gospel was written by John, one of the 'inner triumvirate' of Peter, James and John who were the three disciples closest to Jesus. John describes himself as *'the disciple whom Jesus loved'* (John 21v20). He was the first of the Eleven to witness the empty tomb.

Mark's Gospel was clearly written by someone who was very close to the apostle Peter, and is probably the person referred to by Peter as *'my son Mark'* (1 Peter 5v13). We do not know if Mark was Peter's actual son, or a 'son in the faith' i.e. a younger man with whom Peter had a paternalistic relationship. In either case we can take it that Mark is essentially writing Peter's version of events.

The author of Luke's Gospel (and also the book of Acts) was likewise a close associate of the apostle Paul: *'When we arrived at Jerusalem, the brothers received us warmly. The next day Paul and the rest of us went to see James, and all the elders were present'* (Acts 21 v 17-18). It is reasonable to suppose that while Luke was in Jerusalem he had an opportunity to talk with the other disciples who had seen the risen Jesus. In any case, Luke is highly regarded for his historical accuracy in those details that can be independently checked. We can be confident that he has shown at least as much care in his account of the resurrection.

Four conflicting accounts?

When reading the four accounts of the resurrection in the gospels, the first impression is that there are many contradictions between them. The number of women visiting the tomb was 1, 2, 3 or more. There were either 1 or 2 angels at the tomb, and were they sitting or standing, inside the tomb or outside? The words spoken by the angels disagree too. Did Jesus appear to Mary Magdalene first, or to Peter? When the two disciples arrived from Emmaus, did the Eleven already know about the risen Jesus or not?

The one thing that these differences establish straight away is that there was no collusion between the writers. If there had been, they could surely have done a better job of making their stories match up! On the other hand, if we can work out a scenario that fits all four versions of events, this is strong evidence that what we have is four eye witness accounts of the SAME incident, from four different points of view. From my past experience in an insurance broker's office, I can tell you that it was not unusual to get two or three different descriptions of a car accident from the different people involved. Everybody used different words, but it was usually possible to piece together the full story of the accident from the different versions given. It turns out that we can do this for the four gospel versions of the resurrection too! Before reading my 'possible harmonisation', you may wish to read for yourself the 'source material' in Matthew 28, Mark 16, Luke 24, John 20-21 and Acts 1.

A possible version of resurrection day

A number of women, including Mary Magdalene, Salome, Joanna and Mary the mother of James, go to the tomb. Although for example Matthew only mentions the two Mary's, nothing he says necessarily excludes others being there as well. Their visit to the tomb is very early. The descriptions of the time vary, but the short time after the sun begins to rise, when it is still partially dark, fits them all.

The women find that the stone has been rolled away from the entrance to the tomb by an angel. As they enter, the angel (who is sitting on the stone to the right) speaks to them, telling them (a) not to be alarmed or afraid (b) he knows they are looking for the crucified Jesus (c) 'He is not here, he has risen' (d) they should see for themselves (e) to go and tell the disciples [Mark includes the words "and Peter" which supports the idea that he was closely associated with Peter] to meet Jesus in Galilee.

They find the tomb is empty. While they are 'wondering' what has happened, a second angel appears. The angels say to them: (a) 'Why are you looking for the living among the dead?' (b) [REPEAT] 'He is not here, he has risen' (c) 'remember he told you...about being raised on the third day' {see Luke 24 v 4-8}

The women leave the tomb but are initially afraid to say anything. Eventually they regain their composure and go to the disciples who do not believe them. Mary Magdalene makes a point of telling Peter and John, and then she (and probably the other Mary) accompanies the two of them back to the tomb, where they find it empty.

Mary Magdalene stayed outside the tomb after Peter and John leave. The two angels were by then sitting inside the tomb and they ask her why she is crying. She then turns round and meets the risen Jesus. Probably the other Mary is still around and she sees him too. He then reinforces what the angels said and tells them himself to get the disciples to meet him in Galilee. When they go to the disciples they still don't believe her.

During the course of the day Jesus appears to 2 disciples who are out walking in the country to a village called Emmaus. These 2 go to tell the disciples who don't believe them either! A little later

Peter (who wasn't with the others at first) arrives and tells them that he has seen the risen Lord. Finally they are starting to believe it - the two from Emmaus can now tell their story in full.

Jesus finally appears to them all, rebukes them for their lack of faith, shows them his hands and feet to prove it's really him, and eats some fish to prove that his resurrection is physical and he isn't just a ghost! (His apparent arrival through locked doors had made them wonder).

It does not matter if my 'version' of events turns out to be wrong, or someone figures out a better way to put the four gospel accounts together. The fact is that there is at least one way in which the evidence can be harmonised to make sense. This strongly makes the case for believing that the physical resurrection of Jesus Christ is an event that actually happened at a real time and place in history.

After the first day

My account of the first day has to be seen in the context of the whole period between Jesus' crucifixion and ascension back into heaven. The crucifixion took place at the time of the Jewish festival of Passover, and the coming of the Holy Spirit (soon after Jesus' ascension) at the festival of Pentecost, 50 days later. Luke tells us that *'After his suffering, he showed himself to these men and gave many convincing proofs that he was alive. He appeared to them over a period of 40 days and spoke about the kingdom of God'* (Acts 1v3). John also tells us (twice) that Jesus did many other things that are not recorded (John 20v30 and 21v25).

On the later appearances the gospels seem (at first glance) to contradict themselves again. The content of Jesus' teaching differs from gospel to gospel, as does the place where he appears. We should not be concerned about this, as it is perfectly possible, and highly likely, that different occasions are being described! Three of these are particularly noteworthy:

1. (John 20 v 24-29) A week later Jesus appears to Thomas, who was not there on the previous occasion. He lets Thomas actually touch his wounds to satisfy himself that he is the Jesus who was crucified.

2. (John 21 v 1-18) Jesus appears on the shore of the Sea of Galilee, where he first met the fishermen. He performs a miracle in filling their nets with fish, repeating the miracle he had performed when first encountering Peter (see Luke 5 v 1-11). He goes on to restore Peter as leader of the group. After Jesus was arrested Peter had denied three times that he knew Jesus, so here Jesus asks him three times 'Do you love me?' and Peter has the opportunity to 'undo' his failure.

3. Paul tells us of an occasion where Jesus appeared to 500 believers at the same time (1 Corinthians 15 v 6). At the time of writing most of the 500 were still alive if anyone felt they wanted to check his facts! Although sceptics claim this could have been a case of 'mass hysteria' I think it is stretching credulity too far to suggest that 500 people could all be mistaken in exactly the same way at exactly the same time!

We will deal with the final appearance of Jesus, immediately before his ascension into heaven, later on in the book.

Objections to believing in the resurrection

(i) Dead people don't rise!

In the normal course of events I would agree that is completely and utterly true! Although all I can say is that none of the people I have known who have died have got up and walked around or spoken again. In every case I have wished that they would, but to no avail. All the critics can say is that they have never witnessed a resurrection either. They cannot say for definite that it has never happened or that it cannot happen. If we resort to the apparently watertight argument that it is 'scientifically impossible' for the dead to rise, we still have the same problem. Science is based on observation, and if someone were to actually observe the rising of the dead then it MUST be scientifically possible!

I would of course accept that any claim that someone has risen from the dead must be treated with caution to say the least, in view of the experience of the vast majority of occasions when the dead are seen to stay firmly dead. That is why we must subject the Biblical claims of Jesus' resurrection to the closest scrutiny. The Gospels taken together give a consistent account of the resurrection and rule out the possibility of collusion. The evidence is of high quality, from two actual eye witnesses and the close associates of another two. If we were discussing anything other than a resurrection of the dead then this evidence would be accepted in any fair court as being true beyond any reasonable doubt.

(ii) Jesus couldn't have actually been dead

Here the claim is usually that Jesus fainted from the heat as he had been hanging from the cross for several hours in the middle of the day. Everybody thought he was dead and he was placed in the tomb. In the coolness of the tomb he revived and made his way out of the tomb. There are three reasons why this theory does not hold water:

1. There was darkness for the last three hours of Jesus' life. OK, lack of light doesn't necessarily mean lack of heat, but the two tend to go together. Admittedly Jesus did say he was thirsty at one point, and dehydration is certainly a cause of weakness or faintness. However, a much more likely cause was the pain and agony and especially the loss of blood he had been suffering from during the hours he had been on the cross. Even if the allegedly hot conditions had changed to be cooler after his burial, none of the other factors would have changed at all.

2. It is very hard to believe that a man who had gone through what Jesus had gone through, in his seriously weakened state, could have removed his bandages, rolled away the stone and escaped from the tomb past the Roman guard that had been placed outside.

3. John 19 v 31-37 describes what happened at the end of the day on which Jesus was crucified. At the Jews' request, the Romans broke the legs of the two criminals who had been crucified with Jesus. They did this to make them die sooner so they could be taken down from their crosses before nightfall when the Sabbath began. But they could see that Jesus was already dead so they didn't bother. Just to make sure, they stuck a spear in his side and the flow of blood and water proves conclusively that he was indeed dead.

(iii) The disciples must have stolen the body

We can rule this out as a serious suggestion because the disciples had neither the *opportunity* nor the *motive* to steal it.

They did not have the *opportunity* because guards were placed at the tomb for the very purpose of stopping them stealing the body! The chief priests and the elders bribed the guards to say that the disciples stole the body while they (the guards) were asleep. Because they realised the guards would be in trouble with Pilate if it came out that they had fallen asleep, they promised to square things with him. Matthew records: *'The soldiers took the money and did as they were instructed. And this story has been widely circulated among the Jews to this day'* (28v15). It continues to be circulated among all those who seek to deny the resurrection, but the idea that Roman soldiers on a special mission for the Governor really did fall asleep on the job is frankly laughable.

They did not have the *motive* because they knew that the kingdom Jesus was building had truth at its foundation. To continue his work by basing it on a lie would have been impossible. They could never have achieved the results they did with a gospel that had such an inconsistency at its heart. Far from lasting 2000 years, the church would not have lasted 5 minutes. In any case, when their leader was arrested the disciples were in no state to even formulate such a devious plan. Not only did they have no motive, but they had no *motivation* either.

Matthew records that, immediately after Jesus' arrest, *'All the disciples deserted him and fled'* (Matthew 26 v 56). They were still in this frightened state just before they finally saw the risen Jesus, as John records: *'The disciples were together, with the doors locked for fear of the Jews'* (John 20 v 19). It was, however, their leader Peter who was most profoundly affected. Jesus knew that they would all fall away, but Peter insisted that *he* wouldn't. When Jesus told him that he would deny him three times, Peter indignantly replied that he would die before he disowned Jesus. To be fair Peter did better than the others. It was Peter who cut off the ear of the high priest's servant at the time of Jesus' arrest, and unlike the others he *'followed at a distance'* (Luke 22 v 54). But he lost his bottle when his Galilean accent gave him away as one of Jesus' followers[1]. Peter also found it safer to deny that he knew Jesus, and as predicted he did it three times. Realising what he had done, Matthew records: *'He went outside and wept bitterly'* (26v75). Does this sound like a description of the man who later led the church when it 'exploded' into Jerusalem?

There were eleven Apostles who remained after the death of Judas Iscariot. All were martyred for their Christian faith with the possible exception of John who was 'merely' exiled to the Greek island of Patmos. How are we to explain this? If they had stolen the body of Jesus they could have presumably saved their own skins simply by saying "OK, we admit it. We lied. We stole the body all along". Is it likely that they would give up their lives to defend something they knew was a bare faced lie? Is it likely that the disciples who ran away and locked their doors in fear could have been transformed into the spiritual conquerors of the Roman Empire by the deceitful act of stealing the body of their dead leader? Is it likely that a man who was broken to bitter tears by his own failure and cowardice could go on to become the courageous leader of this fearless band? Or are we forced to conclude that the only possible explanation for their dramatic transformation is that the resurrection of Jesus Christ *really, actually* happened?

Why is the resurrection important?
Paul said: *'If Christ has not been raised, our preaching is useless and so is your faith'* (1 Corinthians 15v14). But why is it so vital to the Christian faith that Jesus was raised from the dead? There are several reasons.

Firstly, there is the issue of Jesus' own credibility. When Jesus told his disciples that he would suffer and die, they mustn't have been listening properly. If they had, they wouldn't have objected so much. As well as predicting his death, Jesus also predicted that he would be raised back to life on the third day. What would you think of anyone who claimed that? You would probably think he was a bit of an idiot. When he failed to reappear on the third day, you would be able to say to the poor gullible fools who had believed him: 'I told you so'. On the other hand, if he DID put in an appearance, you would be forced to eat your words! So the first reason why Jesus' resurrection is important is that it confirmed Jesus' credibility and the validity of his teaching.

Secondly, without the resurrection Jesus' sacrificial death was in vain. Paul points out that: *'If Christ has not been raised...you are still in your sins'* (1 Corinthians 15v17). The penalty for sin was death, and Jesus paid that penalty for us when he gave his life on the cross. Another way of looking at that is to say that Jesus defeated death, but how convincing would that claim be if he himself stayed dead? It would be logical to conclude (as Paul does) that the sacrifice had failed and we were still under the sentence of death for our sins.

Thirdly, *'Then those also who have fallen asleep in Christ are lost'* (1 Corinthians 15v18). In other words, there is no hope for believers who have died. When Jesus' friend Lazarus died, he visited his two sisters Mary and Martha and encouraged them with the words: *'I am the resurrection and the life. He who believes in me will live, even though he dies'* (John 11v25). These words are often quoted at funeral services as a comfort to those who are mourning. They express the hope that the deceased person will live again (if they are a believer) and this hope is based on Jesus' claim to actually *be* 'the resurrection and the life'. If Jesus has not been raised, then this is surely a very hollow claim and the hopes of millions through the ages, based on these words, are destined to be dashed. And of course, if there is no hope for those who have already died, then there is ultimately none for those of us who are still alive either.

CONCLUSION

One of the oldest questions in the history of humanity is: 'Is there life after death?' People may speculate and have their 'pet theories' about what happens. All religions have their own view of the matter. But how can anybody actually *know* what happens after death? After all, the only people who know the answer, the dead, are unable to tell us anything. Unless, that is, one of them comes back!

Christians claim that this is precisely what has happened. The heart of Christianity is expressed by Paul when he says: *'Christ died for our sins, according to the Scriptures, he was buried, and he was raised on the third day'* (1 Corinthians 15 v 3-4). Paul then goes on to describe the appearances that the risen Jesus made to Peter, the Apostles, 500 disciples at one time, and finally to himself. In this chapter we have examined the evidence and the other suggested possibilities, and have concluded that the bodily resurrection of Jesus Christ from the dead is a historical event which actually did happen however unlikely it may seem.

We should therefore take note of what Jesus says about the 'life after death' question. Two criminals were being crucified at the same time as Jesus. One mocked him but the other was repentant. To the one who was repentant Jesus said: *'Today you will be with me in Paradise'* (Luke 23v43). Earlier, when talking to his disciples, he had said: *'In my Father's house are many rooms; if it were not so I would have told you. I am going there to prepare a place for you. And if I go and prepare a place for you, I will come back and take you to be with me that you also may be where I am'* (John 14 v 2-3).

Because of Jesus' resurrection we can be sure that these words, written by John under the inspiration of the Holy Spirit, are absolutely and gloriously true: *'Now the dwelling of God is with men, and he will live with them. They will be his people, and God himself will be with them and be their God. He will wipe every tear from their eyes. There will be no more death or mourning or crying or pain, for the old order of things has passed away'* (Revelation 21 v 3-4).

But we must be careful. This idyllic future is not automatic. Just a few verses further on John says: *'He who overcomes will inherit all this, and I will be his God and he will be my son. But the cowardly, the unbelieving, the vile, the murderers, the sexually immoral, those who practise magic arts, the idolaters and the liars - their place will be in the fiery lake of burning sulphur'* (Revelation 21 v 7-8).

So it's the traditional choice between Heaven and Hell.

Which one do *you* want to end up in?

11: CHRISTIAN

"If any man is in Christ, he is a new creation; the old has gone, the new has come!"

2 Corinthians 5 v 17

I was 19 years old when I bought my first car. I paid £75 for a 12 year old Vauxhall Victor. Not the Porsche I would have bought if I could have afforded it, but I was happy with it. Even all those years ago £75 was very cheap for a car, and it became clear to me soon after buying it that it had a dodgy clutch. One day I drove my car round the corner to the petrol station to fill up. After paying for my petrol I tried to drive away and the clutch started playing up. I struggled to manoeuvre the car for a moment or two, then suddenly the clutch engaged and the car jumped forward and rammed a petrol pump (in the process half a ton of rust dropped off the bottom of the car onto the forecourt, but that was the least of my worries!)

The manager of the petrol station took me into his office and made a note of my name, address and insurance details. He then asked me to sign a statement that I accepted responsibility for the damage to the pump and feeling under pressure I did so. Straight away I realised that I shouldn't have signed. Every day in my job as an insurance broker I had to remind clients never to admit responsibility for a motoring accident even if it was their fault. To do so might prejudice the insurer's handling of the claim so all insurance policies have a condition which forbids it. Now I had done the very same thing! I had visions of the pump costing a fortune to repair, and my insurance company refusing to pay, leaving me owing thousands of pounds to the garage. I thought I would become the laughing stock of everybody I worked with and was even worried that I might get sacked! So I panicked, got together what money I could lay my hands on, and jumped on a train to London.

The journey from Newcastle to King's Cross took about 3 hours and by the time it arrived I had calmed down and realised how stupid I had been. The problem was it was now very late on a Friday evening, most of my money had been spent on a one-way ticket, and I had nowhere to stay. Although I had been to London before, I had never been on my own, and to a naive 19 year old Geordie boy the city of London looked a very frightening place. I sat on a seat in the station for a while pondering my predicament, and came to the conclusion that the only thing to do was find a telephone and call my Dad. I thought I had better wait until the morning because he wouldn't take kindly to being woken up in the middle of the night, so I had to hang around the station for hours and hours. I called him as early as I dared, explained what had happened and asked him to get me home, which of course he did.

What is a Christian?

If you were to ask someone this question you may get any of the following answers (not all complimentary!):

A Christian is someone who...

- ...goes to church on a Sunday
- ...was christened as a baby
- ...was brought up by Christian parents
- ...carries out good works in the community
- ...raises money for charity
- ...thinks they are better than everybody else
- ...needs a crutch to be able to cope with life
- ...is living in cloud cuckoo land
- ...has been brainwashed into becoming religious

Although some of the above are unfair and/or based on ignorance rather than knowledge, a few may well apply to someone who is a genuine Christian. Most of them attempt to define a Christian by the things he or she *does*. However they are merely the evidence of a much more radical change that has taken place inside. At the heart of Christianity is the *person* of Jesus Christ and a Christian is someone who has a *relationship* with him. In order to have such a relationship there needs to be a change in who the person *is*.

Jesus described this change as a ***new birth***: *'No-one can see the kingdom of God unless he is born again'* (John 3 v 3). The phrase 'born again' has been misused, abused and overused, to the point where its true meaning has been diluted, and its radical nature obscured. Some Christians are reluctant to use it, but although it is not necessary to *call* oneself born again, a 'born again Christian' is the *only* sort of Christian there is. In other words there is no such thing as a Christian who is *not* 'born again', who has not gone through this radical life changing experience. No-one can say that they have 'been a Christian all my life' since being 'born again' must by definition happen *after* being born the first time. Some Christians can remember a specific date when their new life began, others cannot. As none of us can remember our first birth, we should perhaps not be too concerned that some cannot recall their second. But whether the changeover was sudden or gradual, consciously remembered or not, *there must have been a point when the new life began.*

The Prodigal Son

What actually happens when someone becomes a Christian? To answer this question I want to refer to a well known story that Jesus told, about a rich man with two sons. The story has become known as the 'Prodigal Son' (or 'The Lost Son') and is found in full in Luke chapter 15. I will summarise the main points below.

A rich man had two sons, one of whom asked for his half of the inheritance and *'set off for a distant country'* (Luke 15v13), while the other stayed to work on his father's land. The one who left was enjoying himself for a while but soon ran out of money and found himself in poverty. Eventually *'he came to his senses'* (Luke 15v17) and decided to go home. He realised he had done wrong, spent his father's money, and did not deserve to be taken back. He simply hoped that his father would give him a job, but instead his father welcomed him back with open arms, restored him to the family and threw a party to celebrate his safe return.

You have probably spotted a certain similarity between my trip to King's Cross station and the story of the prodigal son. In both cases we had got ourselves in a terrible predicament far away from home through our own stupidity. Nothing could happen until we recognised the mess we were in, but even when we did realise it we were powerless to put things right. The prodigal son may have been able to get himself home by his own efforts, but he couldn't repair the damage he had done to his family. We had both come to the end and were forced to rely on our fathers to come to our rescue. Like me, the prodigal just wanted to get back and he would have accepted a paid job in his father's household. But he got much more than that. His father saw him coming home and *'ran to his son, threw his arms around him and kissed him'*

(Luke 15v20). He then immediately ordered a celebration because *'This son of mine was dead and is alive again; he was lost and is found'* (Luke 15v24). Incidentally, my Dad wasn't too happy at getting woken up early on Saturday morning and having to go to Newcastle station to buy me a train ticket home (no telephone sales by credit card in those days). By the time I got back he was OK about it and said I had given him the best laugh he had had in ages! All's well that ends well!

The prodigal story illustrates quite neatly that there are two things that must happen for someone to become a Christian. We have our part to play, and God has his part:

1. We recognise our need and choose Jesus
2. God chooses us to be part of his family

We will take a closer look at both of these things now.

Our need

There are many different ways people will claim that their lives are good enough for them to 'get into heaven' i.e. to be acceptable to God. 'I try my best and never hurt others' is one. Another is 'I have never broken the law'. Also, 'I give money to charity', 'I go to church every Sunday' and simply 'I'm a good person' are common ones. It is not easy to accept that we can do nothing to make ourselves acceptable to God. But it is true. Whatever we do by our own efforts can never be quite good enough.

If we think of life as a kind of exam, then God's pass mark is 100%. Some people may be so 'good' that their mark is 95%. Others may be downright evil and score 2%. On a good day I might be generous and award myself 50%. However we all fall short of the pass mark (*'All have sinned and fall short of the glory of God'* - Romans 3v23) and none of us will get into heaven on the basis of our own 'performance'. **We must all rely on the 100% perfect life of Jesus Christ that was sacrificed on the cross**. The person who scored 95% may think this unfair on two counts: (i) they won't get in on merit even though they have done almost everything right (ii) the 'bad' person who only scored 2% can still get in by repenting and having faith in Jesus. They are in good company, because in the story of the prodigal son, the elder brother who did not squander his inheritance, but stayed and worked loyally for his father, had exactly the same complaint! On the other hand, the person who scored 2% may scarcely be able to believe that the option of being saved is available even to him - but it is!

I do not believe it is necessary to have a complete intellectual understanding of all the issues involved before coming to faith. In his book *"The Normal Christian Birth"*, the speaker and writer David Pawson explains that "*Christian initiation is a complex of four elements - repenting towards God, believing in the Lord Jesus, being baptised in water and receiving the Holy Spirit*"[1]. At first I only understood the second of these four elements (faith) and that only partly. It took years before I was sorted out over the other three! In particular I did not fully grasp what repentance meant (I was like the cigarette smoker who says "Giving up smoking is easy - I've done it lots of times!"). However I *was* aware that something in my life was preventing me from becoming the person I was meant to be. Over a period of five years I tried a number of remedies to 'get my life working properly'. One solution I tried was to leave school after A-levels and get a job instead of applying to university (thus obtaining freedom from parental and educational control). Another solution was to quit that job two years later! I tried to broaden my interests in the hope of improving my popularity, but because I was still the same person inside the real problem remained untouched. I have never been a heavy drinker but sometimes made use of alcohol as a temporary escape. In the long run, however, it was making things worse, not better. Like the prodigal son, I was in a *very* distant country. None of my attempts to change my life had the desired effect.

One day I came into contact with a group of Christians who were different to any people I had met before. They weren't just putting on a brave face as I was doing a lot of the time, but they quite obviously had an inner contentment with their lives. Their readiness to accept me as part of their group, just as I was, made a big impression. I watched and listened, spent time with them and even went to church a few times! The desire to try Christianity for myself grew steadily, but at the same time I could sense a resistance within me born out of my previous scepticism. Eventually my resistance was worn down and I ran out of excuses to hold back. I told a few experienced Christians what was going on inside and on 10th July 1977 I asked the Lord Jesus Christ to come into my life to sort me out. I did not understand everything about what I was doing, but there were two things I knew for sure: (1) I didn't have the answer (2) Jesus did! I had recognised my need and chosen to commit myself to following Jesus.

God's choice

No sooner have we made our choice to follow Jesus than we find that he has also chosen us. In fact Jesus said to his disciples: *'You did not choose me, but I chose you...'* (John 15v16). I do not wish to get into a very deep discussion on predestination versus free will at this stage! However I do want to make the point that it gives us tremendous security to know that God has chosen us. We humans are fickle creatures. We can make a decision today, but there are all sorts of pressures and influences in our lives which may cause us to change our minds tomorrow. God is not like that! He is self sufficient and has no need of anything from anybody. His choice of us is therefore entirely of his own free will. Furthermore the Bible is overflowing with assurances of God's faithfulness e.g. Psalm 145v13, 2 Thessalonians 3v3. Supremely Hebrews 13v8 declares: *'Jesus Christ is the same yesterday today and forever'*. Nor is God's decision a 'spur of the moment' thing: *'He chose us in him before the creation of the world'* (Ephesians 1v4). With the benefit of hindsight I can see the work of God in my life, preparing me for, and leading me to, the moment I became a Christian. But the implications of this staggering statement are that he was working on me for a lot longer than that! My decision at a particular instant in history was highly significant, but must be seen in the context of God making *his* decision thousands of years ago. When God decides something it stays decided!

There is more: *'In love he predestined us to be adopted as his sons through Jesus Christ'* (Ephesians 1v5). This last verse should not have surprised us. The prodigal son was welcomed back as a son, not a slave. We have already spoken of the 'new birth' which is Jesus' expression for someone coming to faith. Now we find that we are being adopted into God's family, and this takes practical effect when we make our decision to become a Christian. There would seem to be a contradiction in using both of the expressions 'new birth' and 'adoption' to describe the same event. However, adoption into God's family is different to any other sort of adoption. I will let an expert theologian make the point:

"In human adoption, the children still have the genetic connection with those who bore them. They will always have the physical features and personality derived from their natural parents. But when God adopts lost sinners into his family, he gives them his own nature. They are *recreated* in his image".[2] (italics mine)

Being adopted *and* born into God's family reinforces the point about security. Good parents love and cherish their children and, no matter what they do, will always take them back. Because of human imperfection, there are a few parents to whom this does not apply, but God is not one of them! God is the perfect father who loves and provides for his children and has inexhaustible supplies of patience. He is not going to kick us out[3]!

Another way to describe what God does for us is that he cancels our debt. We are all familiar with the TV ads for debt management companies. One shows a couple who are in debt and every day a new bill arrives through their door. They cannot pay so borrow more money and end up on a downward spiral of debt which they will seemingly never be able to get out of. Then along comes the debt management company who solve all their problems at a stroke and the ad ends with the couple smiling and getting on with an apparently normal life. Of course the debt has not gone away; they just owe the money to the debt management company instead! The terms of repayment may now be manageable, but the money still has to be repaid. Our sin and rebellion against God means that we owe him an enormous debt of righteousness which we can never repay. But Jesus paid our debt on the cross so God looks at our bill and writes across it the words 'Paid in full'. Then just for good measure he rips it up and puts it in the bin.

God loves us and accepts us just as we are. He knows that we will never be able to satisfy his perfect standards, and will never be able to repay the debt we owe. However, Paul reminds us that *'he saved us through the washing of rebirth'* (Titus 3v5). The slate is wiped clean, our debt is settled, our position is safe and the pressure is off! We can get on with being Christians (whatever that entails) without fear or anxiety. But although God loves and accepts us just as we are, it has been said often that he loves us too much to leave us that way. We may be sons and daughters of the King, with an inheritance to look forward to, but we also have a job to do. God has brought us into his family for a purpose, and there is training that we must undergo to make us fit for that purpose. God is quite happy to accept us as we are initially, but intends for us to spiritually grow, learn and develop. Becoming a Christian is not the end, but the *beginning* of a process which will last a lifetime. We will consider that process shortly, but first there is a very important event to consider.

Water Baptism

God has commanded the church to baptise believers. Jesus, after his resurrection, told his disciples to *'...make disciples of all nations, baptising them in the name of the Father and of the Son and of the Holy Spirit...'* (Matthew 28v18). God has also commanded all believers to be baptised. The Holy Spirit, speaking through Peter at Pentecost, said *'...repent and be baptised, every one of you, in the name of Jesus Christ for the forgiveness of your sins...'* (Acts 2v38) So it is crystal clear that baptism is not an optional extra. But what *is* baptism? What is it *for*?

Baptism is an outward sign of an inward reality. In other words, it's a public demonstration of something that has already happened in someone's life. Nobody becomes a Christian, or a member of the church, by being baptised. It is intended to be a powerful witness of the change in a person's life for the benefit of those watching, as well as a declaration to the spiritual powers of evil that the person now belongs to Jesus Christ. At the same time it is a source of blessing, encouragement and strength to the person being baptised as they joyfully obey God's command.

Baptism is someone identifying themselves as a follower of Jesus Christ, who died, and was buried, and was raised from the dead. They are saying that the life they used to have, without Christ, is gone, and will not be coming back. It is a sort of funeral service, but without the sadness, because in this case we don't end with the burial, we end with a new life, made new by God's resurrection power.

Baptism is like having a bath, and not just because the person being baptised gets very wet! Before you have a bath, you take off your clothes. Afterwards, when you're smelling fresh and clean, you don't put on the smelly clothes you have just taken off. Instead, you put on clean clothes, because being clean feels good, and you want to keep feeling that way for as long as possible. So baptism is a recognition that we have 'put off' our old nature, like a set of smelly clothes, and 'put on' a new nature, the nature of Christ, having had our sin washed away by the blood of Jesus.

There are two conclusions to be drawn concerning water baptism. One is that it should be done by full immersion in the water, because mere sprinkling would destroy the imagery of the burial and the bath. The other is that, because it is a response of obedience by a believer in Christ, the baptism (or 'christening') of babies is meaningless. Furthermore, it is deceptive because there are probably millions of people in Britain who think they are Christians because they were christened as babies. These are almost certainly the same people I mentioned at the beginning of the chapter who insist that they have 'been a Christian all my life'. It does not take any sort of university degree to work out the danger they are in if they do not think anything else is needed to make them acceptable to God.

Learning and Growing

I must confess I had a huge struggle with this section. There is so much to say about growing as a Christian, and getting to know Jesus better, that I could have written a whole book on this topic alone. I finally decided that I could use my experience of teaching to make it a manageable length. By recalling what I expected of my students, I could get a handle on what God expects of us as we learn under his hand in the 'school of Christian growth'.

Prayer

My first expectation of my students was that they should turn up for lessons at the specified time. The spiritual equivalent of this is that we should regularly make time to spend with God in prayer. Any relationship requires spending time together if it is to develop, and our relationship with God is no different. Exactly when and where prayer takes place is an individual issue between a Christian and God. It may be possible to stick to regular times, like a school timetable, or it may not. Some people find early mornings easier, others prefer the evenings. There is no hard and fast rule, but a key point in my experience is to realise that God is with us wherever we are and there is no reason to think prayer has to be a formal occasion.

Once my students were in the lesson the next expectation was that they should pay attention to what I was saying. School students have a very short attention span and sometimes you had to waste time repeating instructions two or three times for the benefit of those who weren't listening. It was not unknown for the instructions to be on the board as well and still be asked what the page number was! Many Christians dive straight into a 'shopping list' when praying. We would all benefit from quietly waiting for God to speak first and learning to recognise his voice.

Conversation between teacher and student is vital in any subject. Many different types of conversation take place in class. One student will ask for help with a particular piece of work, whereas another will simply need a new exercise book because the one they have been using is full. A third student will be explaining why they haven't done the homework that was due for today. A fourth may tell me about the programme they watched on TV the night before. Yet another may thank me for help with a particular problem, and if my memory serves me correctly one of my students even told me once that they thought I was a good teacher! All of these forms of conversation have their equivalents in prayer. We make our requests, confess our sins, and give thanks and praise to God. The conversation about the TV programme is also more important than you might think. An essential component of a good teacher/student relationship is being interested in things that are important to them. Likewise God is very happy for us to talk to him about apparently unimportant things. After all he is our father and is interested in whatever concerns us, however trivial it may seem to others.

With all of my students I was careful to make sure they knew I was available to help them with work problems at any time, not just in the lessons. It was a source of great frustration to me when students arrived at lessons with homework half done because they "couldn't do it". I knew that in most cases the problem could have been resolved in less than a minute if they had only come and asked me about it. There is a well known hymn that reminds us that we forfeit a lot of peace and suffer a lot of needless pain just because we won't bring our problems to the Lord in prayer. I know exactly how he feels about that! Prayer is essentially for our benefit (as well as those we pray for), and if we don't do it often enough we will not get to know the Lord as we should, nor will we grow in our faith as expected.

Bible

Another expectation of students is that they should bring all the necessary equipment to lessons with them. This would certainly include their text books, exercise books and a pen. When we come into God's presence to pray, it is advisable to bring a note book and pen so we can write down anything God may say to us. Ideally this should also be the case when we attend church or study groups for the same reason.

A Christian should always bring their Bible, which is our text book of the Christian life. It contains everything we need to know as a follower of Jesus. Paul wrote: *'All Scripture is God-breathed and is useful for teaching, rebuking, correcting and training in righteousness, so the man of God may be thoroughly equipped for every good work'* (2 Timothy 3v16). After Paul had preached the gospel in a town called Berea, it was said of the Bereans that *'they received the message with great eagerness and examined the Scriptures every day to see if what Paul said was true'* (Acts 17v11). Here is an excellent reason for always having your Bible with you: everything you hear must be tested against what the Bible says. Even the best teachers sometimes get things wrong and we will never know if we do not verify what we hear as the Bereans did.

The Bible needs to be studied both formally and informally, and some people benefit greatly from daily Bible notes or Bible study guides to help them do this. Just as everybody has their own individual 'style' in prayer, so there are many different ways of studying the Bible. However, I cannot emphasise too strongly that we must read it! One of the best ways of learning from it is to read it in God's presence, so that as author he can give guidance as to what to read, interpretation of its meaning and application to daily life. Just as a teacher may set reading from a text book as a homework task, there will also be benefit from simply reading the Bible to familiarise oneself with it in a general way.

The Bible is the written word of God and as such is *more* than an ordinary text book. Within its own pages are many descriptions of what it is and does. There is not enough space to include all of them, but here are my favourite selected few:

The psalmist says *'Your word is a lamp to my feet and a light for my path'* (Psalm 119v105) so we can find guidance in the Bible. It is also a form of 'food for the soul', as indicated by Jesus when he responded to Satan's temptation to turn stones into bread by quoting from the Old Testament: *'Man shall not live on bread alone, but on every word that comes from the mouth of God'* (Matthew 4v4). Isaiah compares it to *'the rain and the snow* [that] *come down from heaven'* (Isaiah 55v10) and tells us of its effect from God's perspective: *'It will not return to me empty, but will accomplish what I desire and achieve the purpose for which I sent it'* (Isaiah 55v11). Jeremiah emphasises its power to destroy that which is not holy: *'Is not my word like fire...and like a hammer that breaks a rock in pieces?'* (Jeremiah 23v29) James insists that we must *'not merely listen to the word, and so deceive yourselves. Do what it says'* (James 1v22). If we only listen, we are *'like a man who looks at his face in a mirror...,goes away and immediately forgets what he looks like'* (James 1v24) but anyone who remembers and does it *'will be blessed in what he does'* (James 1v25). Paul describes the word of God as a spiritual weapon: *'Take...the sword of the spirit, which is the word of God'* (Ephesians 6v17) and this image is expanded on later in the New Testament: *'The word of God is living and active. Sharper than any double-edged sword, it penetrates even to dividing soul and spirit, joints and marrow; it judges the thoughts and attitudes of the heart'* (Hebrews 4v12).

Supremely, however, the purpose of the written word of God is to point us to the Living Word, who is none other than Jesus Christ himself. As he said to his disciples: *'You diligently study the Scriptures because you think that by them you possess eternal life. These are the Scriptures that testify about me, yet you refuse to come to me to have life'* (John 5 v 39-40). Let us be careful to ensure that he cannot criticise us in this way. Let us study the scriptures diligently, but let us also remember that they are all about Jesus and it is to him that we must come for eternal life.

Discipline

One of the aims of secondary education is to encourage students to take responsibility for learning, i.e. to develop self discipline. Of course it is unreasonable to expect too much of that from an 11 year old just arriving at the school, but by the time they are 16 and embarking on A-level or vocational courses that they have chosen for themselves, it ought to be very much in evidence.

Unfortunately the process is not as simple as I have perhaps made it sound. There are factors operating against the achieving of that lofty aim. I wrote in an earlier chapter that as a teenager I was myself a lazy student and in particular I hated Geography. I didn't take much persuading when a classmate told me I didn't need to do my Geography homework because the teacher never checked. This story shows us clearly what those factors are: peer pressure (external) and rebellion (internal). Disciplinary measures (e.g. detentions) are often necessary to persuade a student that giving in to these is not a good idea.

When someone becomes a Christian God places a new life within him/her, as we have already seen. God's plan is for the person to become fully mature which simply means to be like Jesus. Unfortunately, the same two factors are in operation in our lives to work against his plan. When we embark on a Christian life we quickly discover that with a new life comes a new direction. Previously we were orientated *away* from God, now we are orientated *towards* him. However (a) the rest of the world is still orientated away from God (b) the old self is still within us and is also still orientated away from God. Both of these are possible sources of temptation for us to go back to our old ways and live our lives contrary to God's wishes.

Many people who become Christians are under the impression that all their problems will instantly disappear. Sometimes this is due to their lack of understanding; sometimes it is sadly the fault of the church for giving false expectations. Whatever the cause, it can be a shock to discover that not only do problems remain, they can get worse or entirely new problems can arise! We continue to live in a fallen world and are therefore not immune to 'normal' suffering. As I mentioned in a previous chapter there need not be an answer to the question 'What have I done to deserve this?' (Although there might be). However, for a Christian, there is another possible explanation: *'The Lord disciplines those he loves'* (Hebrews 12v6).

The writer to the Hebrews then points out that being disciplined is a sign that God really is our Father. Although a teacher is often described as 'in loco parentis' (in the place of parents) it is only the parent who has the ultimate right to discipline and punish their child. We are urged to *'endure hardship as discipline...no discipline seems pleasant at the time, but painful. Later on, however, it produces a harvest of righteousness and peace for those who have been trained by it'* (Hebrews 12 v 7, 11). Paul's words to the Romans assure us that it is all for our ultimate benefit and links the whole disciplinary process with God's original aim of making us like Jesus: *'We know that in all things God works for the good of those who love him, who have been called according to his purpose. For those God foreknew he also predestined to be conformed to the likeness of his Son'* (Romans 8 v 29).

CONCLUSION

Becoming a Christian is the most exciting thing anyone can do. We are all aware that our lives are missing something, and that missing something (or someone) is Jesus! When we recognise that nobody and nothing else can meet our need, and turn to him in repentance and faith, he gives us a 'new birth' which wipes the slate clean and enables us to enter into a whole new life. As members of God's family we have complete security and a healthy environment in which to grow spiritually. Not everything is plain sailing, there will be problems, but these are the problems of the classroom in which we are growing and learning and getting to know God who is our teacher and guide as well as our Father.

Sometimes we will have to endure hardship as discipline in order to learn and grow as God intends. The good news is that enduring hardship is not the only method of growth. God has provided extra resources to support us in our Christian walk. To help us deal with the 'peer pressure' of a world against God, he has given us a whole new 'peer group' of people who, like us, are going in a new direction. To help us deal with the inner struggle with the 'old self', he has given us access to a source of inner strength that will enable us to overcome. We will look at these in detail in the next two chapters.

12: CHURCH

"You are a chosen people, a royal priesthood, a holy nation, a people belonging to God, that you may declare the praises of him who called you out of darkness and into his wonderful light"

1 Peter 2 v 9

It is often stated that football is the religion of North East England. St. James' Park, the football ground that is the ancestral home of Newcastle United, has been referred to as a cathedral. Quite appropriately the stadium stands head and shoulders above the rest of the city skyline. This is particularly noticeable when viewed from Gateshead on the other side of the 'sacred' River Tyne. I was only 9 years old when my Dad first introduced me to the religion of the 'Geordie nation'. However it was between the ages of 17 and 20 that my commitment was at its height. During those 3 years not only did I go to almost all the home games at 'SJP', but I also travelled quite regularly to away games.

Apart from the football itself, the big attraction at home games was the noisy atmosphere. Being part of a huge crowd of people, all on the same side, standing and singing your heart out in support of the team was a fantastic - dare I say religious - experience! Away games were memorable for completely different reasons. The feeling of belonging, taken for granted at home games, was intensified as I travelled on the coach with friends and other committed supporters. Being on a journey is in many ways even more enjoyable than arriving, especially in a group. The travelling was a big part of the attraction, and was certainly one of the reasons I kept going despite the hazards.

Apart from finding the ground in unfamiliar surroundings, the main hazard was hooliganism. The 1970's were the heyday of football violence in England, and most teams had a small but significant minority of 'supporters' who went to the games, not to watch the football, but to seek out the visiting supporters with the intention of doing them harm. In one or two cases travelling fans had paid for their allegiance with their lives, so this was no idle threat. If there were large numbers of us we felt comparatively safe, but often it felt like we were paratroopers who had been dropped into enemy territory depending on our own wits and initiative to survive and carry out our mission.

Nowadays most football supporters wear replica shirts to show their allegiance. Then it was more common to wear scarves or bobble hats in the team colours. Hiding your scarf under your clothing was a way you could reduce the risk of being identified and jumped on, but it was regarded as a mark of courage to keep the scarf around your neck where it could be seen. Mind you there were some places where only the bravest (or most foolhardy, depending how you look at it) would do so. Unfortunately the Geordie accent is very distinctive and even if your scarf was hidden the home fans knew they only had to get you to speak to give yourself away.

Being a Newcastle fan gave me an identity in life. I had faith in the players and literally following the team around the country made me feel like a disciple of sorts. Being part of a group of friends who thought the same as I did produced a sense of belonging and for a while met a deep need within me. Our commitment was strengthened by the knowledge that there were many others who shared it and felt the cause of supporting the team was worth the risks involved. I hope you are beginning to see that calling football a religion is no empty analogy.

What is the church?

Jesus said *'Where two or three come together in my name, there am I with them'* (Matthew 18v20). The church is not a building, it is people. It is people who are meeting together as Christians, with Jesus' promise that he will also be there. At heart the church is simply Christians meeting together to be with Jesus. So, if as few as two people meet together to pray or study the Bible, or merely to talk about their faith, in any place and at any time, that is the church. If we are used to thinking of the church as a building where people gather in a formal service to 'do religious things', then the sheer simplicity and informality of what the church *really* is may surprise or even shock us.

The church as seen by the world usually consists of more than 2 or 3 people. In fact the entire worldwide community of Christians is *the* church, but for obvious reasons you will never see them all meeting together at the same time! For practical reasons a church will be a local community of Christians known as a *congregation*. The size of a congregation will vary for all sorts of reasons, but however big or small a particular church is it has a vital part to play in God's overall plan, and that brings us to the next question.

What is the church for?

If I were to ask you to picture an ordinary church 'doing what it does', there is a good chance that the image you see would be of a lot of people singing hymns praising God. This may well be the church you are part of, or it may be you have watched too much of 'Songs of Praise'! Either way, it is certainly *one* of the things that the church should be doing. As the Apostle Peter reminds us, we are to *'declare the praises of him who called you out of darkness and into his wonderful light'* (1 Peter 2v9). Standing on the Leazes End chanting "We love you, Newcastle, we do" was obviously a good preparation for me! But singing hymns or choruses is only one form of worship. In recent decades a whole new freedom of worship has come into the church as a whole, including the raising of arms, dance and drama to mention just three. I am convinced that we have done little more than scratch the surface of the ways in which God can and should be worshipped. Worship is a huge topic about which much can be written - enough to fill a whole book on its own. But I do not have space to say more here. The mission of the church has many aspects that I wish to touch upon. There are several 'pictures' referred to directly or indirectly in the Bible which will help us to get a handle on what the church is supposed to be and do.

Family

The entire human race is often referred to as 'the human family' and this is a perfectly correct description. As I explained in an earlier chapter, there is a blood connection between all humans as we are all descended from the three sons of Noah, and through Noah himself all the way back to Adam and Eve. However, the members of the church are also sons and daughters in God's *spiritual* family by means of the new birth, so we have a double reason for sibling loyalty to one another. There is a saying that 'you cannot choose your family'. We must accept everyone into the church, regardless of race, gender or social status, provided they have gone through the new birth and have a personal relationship with God through Jesus. As the Apostle Paul said: *'There is neither Jew nor Greek, slave nor free, male nor female, for you are all one in Christ Jesus'* (Galatians 3v28).

There is another saying which characterises families: 'blood is thicker than water'. This means that members of a family will stand by one another and go to much greater lengths to support one another than they would for anyone outside the family. Jesus wants the church to be known for being just like that: *'A new command I give you: Love one another. As I have loved you, so you must love one another. By this all men will know that you are my disciples, if you love one another'* (John 13 v34-35). This cannot be the same as the command to 'love your neighbour as yourself' because it is described as 'new'. The command to love our neighbour is the spiritual equivalent of the popular saying that we should treat others as we would wish to be treated. In other words it tells us to consider the interests of others as being equal in importance to our own. Jesus tells us to go one step further than that and put each others' interests *above* our own by *serving* one another. This command comes just after he has given them a perfect demonstration of what he means by washing their feet. It also comes shortly before his arrest which resulted in him sacrificing his life on their behalf.

Jesus' command to love one another applies to all Christians, but there is a special message for church leaders implicit in it. In washing the disciples' feet Jesus took the place of the lowliest slave even though he was their leader and Lord. Many of the cults around today are 'personality cults' where the wishes of the leader are paramount and must be obeyed. In stark contrast to this church leaders are told to be servants (see Matthew 20 v 25-28 for example). Their leadership position warrants respect but ultimately Jesus alone, as Creator and Redeemer, has the right to unquestioning loyalty and obedience. The right example set by leaders in serving will go a long way towards establishing the strong bonds of mutual love that Jesus requires to be a distinctive feature of his church.

Business

The church is a family, and it also has a family *business* to run. Our business is to carry out the Great Commission that Jesus told us about shortly before his departure: *'All authority in heaven and on earth has been given to me. Therefore go and make disciples of all nations, baptising them in the name of the Father and the Son and the Holy Spirit, and teaching them to obey everything I have commanded you'* (Matthew 28 v 19-20). The importance of this instruction is evident from Jesus' reminder that he has total authority over the whole creation. Whatever anyone inside or outside the church thinks it should be doing, Jesus has made his priorities clear and expects to be obeyed. He's the boss!

It is important to notice that Jesus wants the church to make disciples, not just converts. In other words, our job is not only to lead others to Jesus and the new birth, but also to help them grow to maturity in their faith. A business that concentrates on acquiring new customers, but doesn't attend to their needs afterwards, will not be successful in the long run. Dissatisfied customers will not only go elsewhere, but will also spread the word to other potential customers to follow suit. It has been said that the church is the only organisation which exists for the benefit of its non-members. I agree with this up to a point, but a church that fails to disciple new believers is only doing half the job and is unlikely to grow either numerically or spiritually. The importance of baptism is that the church must ensure that new converts fully appreciate the implications of the change that has taken place and are ready for the discipleship process.

As regards the process of making disciples, Jesus clearly regards the teaching of obedience (to him) as vital. As already mentioned, obedience is due only to Jesus, not the leaders of the church. Some churches have fallen into the error of insisting on submission to leaders whether the leaders are right or wrong. It seems to me that, when I am standing before Jesus at the end of my life and he is drawing my attention to something I did wrong, he will not accept as an excuse the defence that I was only doing what a leader told me. When Peter and John were told by the religious leaders of Jerusalem to stop speaking about Jesus, their response was: *'Judge for yourselves whether it is right in God's sight to obey you rather than God'* (Acts 4v19). Leadership abuse is thankfully rare, but we must retain the safeguard that ultimately God is the only one whose instructions we obey without question.

Making disciples is the primary business of the church, but is that all it should be doing? Opinions vary widely, but I believe the church should be active in politics, education and social action as well. In the Sermon on the Mount Jesus said we are *'the salt of the earth'* (Matthew 5v13) and *'the light of the world'* (Matthew 5v14). As 'salt' we try to preserve standards in a corrupt society, and as 'light' we show the way and offer hope to people lost in the darkness. Sometimes we will find it easier to hide our light under a bowl, just as I often found it safer to hide my football scarf, but those are the very times we must be courageous.

The education world is increasingly vocal in its demand to keep 'religion' out of schools, yet secular humanism is a religion which underpins almost everything in educational ideology! In science most educators are adamant that 'creationism' must not be allowed in yet few seem to object to the faith known as 'evolution' being taught as if it were science! (Reread the chapter on 'Faith' if you have forgotten why it isn't!) I wouldn't necessarily suggest that creationism be made compulsory in science lessons, but the present situation is obviously unacceptable.

As far as politics is concerned, in 2007 we are marking the 200th anniversary of the abolition of the slave trade. This was achieved after a long campaign mainly by Christians led by William Wilberforce. At the time there were many (chiefly those with vested interests) who told them to 'keep their religion out of politics', but few today would say the campaigners were wrong. In today's society there are similar evils that need to be opposed. Many of these issues have arisen because of the rejection of Biblical principles such as 'sanctity of human life' and 'sanctity of marriage', so Christians are surely better placed than any other group to lead the call back to sanity in society.

Christians should be involved in all of the above, and the church's discipleship teaching should certainly refer to them. It is of course for churches and individual Christians to decide under the Lord's guidance which particular issues to actively support, as there are so many that no-one can possibly get involved in them all. Care should also be taken to ensure that 'making disciples' remains the number one priority on the church agenda.

Team

Any business will function more effectively if all employees work together as a *team* rather than separately as individuals. This is seen more clearly if I change location from the workplace to the football field (any team sport would do but football is the sport I know most about) and use a football team as the illustration.

Anyone who has played football even at 'jumpers for goalposts' level knows the frustration of playing in a team when one player 'hogs' the ball and refuses to pass. Dribbling is an important skill and it is very exciting watching a player who is very good at it. That is why players like the late George Best were idolised by the fans. But if a 'dribbler' holds onto the ball too long they will inevitably lose possession and give a chance to the opposition. This happens when the dribbler either thinks they are better than they are or sees the possibility of personal glory by scoring an individually brilliant goal, or both. They fail to recognise that a team mate may be in a better position to score or maybe they don't want to let that player get any credit for personal reasons. Whatever the reason they are not acting in the best interests of the team and may well be to blame for the team conceding a goal or even losing the match.

The aim of every football team is to win the match by scoring goals, but teams will develop different strategies for achieving this which will depend partly on the manager's preferences, partly on the particular strengths and weaknesses of the players he has available. It is essential for success that every player knows the overall strategy and the part he is to play in it. Similarly, every church has the aim of making disciples, but the strategy for the growth of the church will again depend partly on the leadership and partly on every member. If the strategy is to succeed it is vital that every member knows and understands it, so they can *support* it. However, it is also essential that every member has a chance to contribute to the strategy chosen, so that they can *own* it. If a church fails to do either of these things then the result is likely to be individual members feeling they do not really 'belong', all pulling in different directions and looking after their own 'pet' projects instead. The church cannot be a complete democracy but all members must be *'one in heart and mind'* (Acts 4v32) if the aim of making disciples is to be achieved.

Describing the church as a football team gives me a chance to share with you an illustration I often use to explain the Trinity. Every football club has a chairman who owns the club or at least represents those who do. He corresponds to God the Father. There is also a manager who is in charge of the team and is usually a former player. He corresponds to God the Son i.e. Jesus Christ who became human and has experienced life as we do, but who now reigns in heaven. (If Jesus ever did play football he was probably the goalkeeper - after all, "Jesus saves"!) The team is led on the field by the captain who leads by example in the middle of the action. He corresponds to the Holy Spirit who is the third Person of the Trinity. I will be saying more about him and his role in the next chapter. The captain, the manager and the chairman are three different people, but all three are in a sense 'the boss'. Similarly, the Father, the Son and the Holy Spirit are Three Persons, but they are all God. Not a perfect analogy, but one I find helpful.

Army

A fourth picture which helps us to understand the function of the church is an *army*. In 1990 Kuwait was illegally invaded and occupied by Iraqi troops. Whatever one thinks of the present war in Iraq, there is little doubt that in 1990 there was a very strong case for going into Kuwait to remove the invader and restore the country to its previous owners. God is Creator and also the rightful owner of the world: *'The earth is the Lord's and everything in it'* (Psalm 24v1). He delegated to Adam authority to *'fill the earth and subdue it'* (Genesis 1v28). When Adam sinned he allowed Satan to 'invade' God's world and illegally occupy it. Before he began his ministry Jesus fasted for forty days in the wilderness, at the end of which Satan came to him with three temptations. The third was to offer Jesus the whole world if Jesus were to bow down and worship him (Satan). Jesus of course rejected Satan's 'kind' offer, but at no stage did he point out to Satan that he was in no position to make it.

Just like football supporters at an away match, the church in the world is in hostile territory. Although my friends and I never took part in any violence and went to great lengths to stay out of its way, we nevertheless witnessed fights between rival supporters at times. Most football grounds had one 'end' for visiting supporters as the other end was regarded as the home fans' 'territory'. Much of the violence was caused by visiting fans trying to 'take' the home fans' end of the ground. As Christians we are attempting to take back territory illegally occupied by a ruthless enemy who regards it as his. He will do everything in his power to stop us, so although we are essentially fighting an offensive war we should be ready to defend ourselves against counter attacks by *'putting on the full armour of God'* (Ephesians 6v13). As good soldiers we will need to fight our corner, be ready to support our comrades, and above all obey orders from 'General Jesus' at all costs.

To avoid any possible misunderstanding I must make it clear that unbelievers are *not* the enemy. Those who are against Christianity may choose to regard themselves as the enemy, but our response to them is to *'love your enemies and pray for those who persecute you'* (Matthew 5v44). As far as we are concerned: *'Our struggle is not against flesh and blood, but against the authorities, against the powers of this dark world and against the spiritual forces of evil in the heavenly realms'* (Ephesians 6v12). Furthermore: *'the weapons we fight with are not the weapons of the world'* (2 Corinthians 10v4). **We are fighting a *spiritual* war, against *spiritual* enemies, using *spiritual* weapons. We will NOT be using guns, knives, bombs, tanks or missiles. We will NOT under any circumstances be killing people for the cause.** I will be saying more about this spiritual war in the next chapter.

The Lord's Supper

The four pictures I have used to explain the church have several features in common. Firstly, in every case God is in charge: the Father of the family, the boss of the company, the manager of the team, the commander of the army. Secondly, every member has a specific role: son or daughter in the family, job in the business, position in the team and rank in the army. Thirdly, there is a bond between the members: family siblings, business colleagues, team mates and army comrades. These all come together in a fifth picture which is a very important one: ***the church is the body of Christ***. *'He is the head of the body, the church'* (Colossians 1v18). We are the parts of the body, all with a separate function but all essential to the overall health of the body: *'If the whole body were an eye, where would the sense of hearing be?'* (1 Corinthians 12v17) There is a bond between us that is more than merely functional: *'If one part suffers, every part suffers with it; if one part is honoured, every part rejoices with it'* (1 Corinthians 12v26). At the time of writing this I am suffering from an unpleasant stomach ache and it is certainly true that my whole body is feeling bad in sympathy!

The concept of the church as the body of Christ, belonging to him because he bought us with his blood, and also belonging to one another as spiritual brothers and sisters, is brilliantly portrayed in the sacrament known as the Lord's Supper (or Holy Communion).

The Lord's Supper was instituted by Jesus shortly before his betrayal, on the occasion of the Passover feast which has become known as the Last Supper. It consisted of two very simple acts. Firstly, he broke a loaf of bread into pieces and passed it round to the disciples to eat, saying *'this is my body, which is for you; do this in remembrance of me'* (1 Corinthians 11v24). Secondly, he passed round a glass of wine with the words *'this cup is the new covenant in my blood; do this, whenever you drink it, in remembrance of me'* (1 Corinthians 11v25). Paul sums up the meaning of it all when he says: *'Whenever you eat this bread and drink this cup, you proclaim the Lord's death until he comes'* (1 Corinthians 11v26).

Some churches celebrate communion formally, others are more informal. As Jesus is present if only two Christians are meeting together, there is no need for any particular formalities. However the Bible does warn against participating *'in an unworthy manner'* (1 Corinthians 11v27) and we are required to look into our hearts and confess any sins to God before taking part. We should recognise that the bread represents Jesus' body and the wine his blood and remember his sacrifice on our behalf. The imagery of sharing in one loaf and drinking from one glass is designed to emphasise our unity as the body of Christ. This implies that only Christians should take part but there are no requirements beyond that.

It is important to understand that the bread and wine *represent* the body and blood of Christ. Some churches teach that in some mystical way the bread and wine *actually become* the body and blood of Christ and thus Christ's sacrifice on the cross is repeated every time communion is celebrated. This cannot be right because the Bible teaches that Jesus' sacrifice was *'once for all'* (Hebrews 7v27) in contrast to the animal sacrifices of the Jewish system which had to be regularly repeated. The churches that take this erroneous view can usually be identified by the presence of a crucifix i.e. a cross with a body still on it, indicating that Jesus is still suffering on the cross. An empty cross is more appropriate as Jesus is no longer suffering; he is reigning in heaven.

Church leadership

There are few issues as contentious as church leadership. Almost everybody has a different opinion and almost every possibility has been tried. I believe that God does not intend every church to have the same pattern of leadership, but that the best system should be chosen depending on individual circumstances and also the strengths and weaknesses of the 'leadership candidates'.

There are some general principles to follow in determining the nature of leadership. It was Paul's practice to *'appoint elders in every town'* (Titus 1v5) to *'direct the affairs of the church'* (1 Timothy 5v17) thus indicating that leadership was plural. It seems to have been accepted almost everywhere that the days of the 'one man' leadership are well and truly over - and not before time because the demands of leading a church of any size are much too onerous for one man to shoulder them alone.

Before saying any more about what leadership is, I want to say one or two things about what it isn't. First of all, I do not believe the Bible supports the idea of two types of Christian - the clergy and the laity. This is essentially an Old Testament concept where there were a special category of people, known as priests, who had duties that only they were allowed to perform. The position now is that *all* believers are priests (see 1 Peter 2v5). There is much controversy in some churches about the issue of women priests. I sometimes say that I don't believe women should be in the priesthood and, before I get lynched, I make the point that I don't believe *men* should be either, because there shouldn't even *be* a separate class of people called priests. In fact it would be more accurate to say that all female believers are already priests just as all the males are! Closely related to this issue of two types of believer is the issue of distinctive clothing. It is of course true that, following my own analogies, the players in a football team wear a distinctive strip, and soldiers in an army wear a uniform. But they all wear the same strip or uniform! Christians do have a distinctive 'uniform' to wear, but it is not a physical one: *'As God's chosen people, holy and dearly loved, clothe yourselves with compassion, kindness, humility, gentleness and patience'* (Colossians 3v12).

I believe that the starting point for consideration of leadership is the list of 'ministries' contained in Ephesians 4: *'He gave some to be apostles, some to be prophets, some to be evangelists, and some to be pastors and teachers'* (Ephesians 4v11). In terms of the church's mission to 'make disciples', the evangelist is clearly needed to make converts, and the 'pastors and teachers' are needed to help with growth *after* conversion. For 20 years I was a member of a church from its early days, and at the outset there were two elders that God had put in charge. One was gifted as an evangelist, and the other was equally gifted as a pastor. Both were gifted teachers of the Bible, so it was obviously a winning formula for starting a church. There is no controversy about the need in the church for pastors, teachers and evangelists. However, it is a different matter when we are talking about apostles and prophets, for there are those who think they are not needed today.

There can certainly be no apostles or prophets today who are the exact counterparts of the Old Testament prophets such as Isaiah and Jeremiah, or the New Testament apostles such as Peter and Paul. One very big reason for this is that both of these groups of people wrote Scripture which is now complete. However there is surely a need for people to fulfil *some* of the functions that they fulfilled. As regards prophets, the gift of prophecy (see next chapter) is an essential part of church life today, and surely someone who has a regular ministry in the exercise of the prophetic gift is entitled to be called a prophet! As for apostles, who were generally responsible for several churches, their function of supplying external guidance to elders who may be too close to a situation to make an unbiased judgement is surely worth having. One may discuss the precise extent of an apostle's role and authority, but it seems to me that there is a strong case for having them today.

The ultimate purpose of the 'five-fold ministry' is a lofty one: *'to prepare God's people for works of service, so that the body of Christ may be built up until we all reach unity in the faith and in the knowledge of the Son of God and become mature, attaining to the whole measure of the fulness of Christ...we will in all things grow up into the Head, that is, Christ'* (Ephesians 4 v 12-13, 15). The ideas of 'growing to maturity' and 'being built up' suggest two further pictures of the church that are described in the Bible.

The church is the bride of Christ who *'has made herself ready'* (Revelation 19v7). The church is also *'being built into a spiritual house'* (1 Peter 2v5). When a man gets married and is planning to set up home, he has two very obvious needs to be able to do it.

The first is that he needs a bride, and the second is that they need a house to live in. As far as Jesus is concerned, the church is both of these! It is true that we are a family, a business concern, a team and an army, being built to carry out a mission whilst on earth. But an even more profound truth is that we are being prepared to live with Jesus in eternity! Who *wouldn't* want to be part of that?

CONCLUSION

The Christian Church is a unique organisation. Some people love it, others hate it. Many people think it is a good thing, whereas an increasing number see it as a bad thing. Certainly the church in the past (and maybe still today) has acted against its founder's instructions. I would not wish to defend any of that, but just because our predecessors got things wrong in the past is no reason not to try to get things right now. Some are opposed to the church because they do not understand its true nature; on the other hand there are those who oppose it because they understand perfectly! Many people are members of it only because they were brought up in it, and stay out of habit. To others it is a redundant and irrelevant hangover from a previous, superstitious, age. There are many who would see themselves as Christians yet do not see the need to be part of it. This may be because they do not really understand what a Christian is (go back to previous chapter if that's you!) or maybe they are simply dissatisfied with how the church goes about its business and don't wish to be associated with it.

The minister of the first church I belonged to often used to say "if you ever find a perfect church, don't join it because you'll spoil it". What he really meant of course was that I never would find a perfect church, because all churches are made up of people, and all people are *im*perfect. Despite the church's imperfections God wants every Christian to find a local community of believers to belong to. It is not part of his plan for Christians to be individuals and not belong to a church or fellowship group of some sort. The story is told of a pastor who went to visit a member of his congregation who had left the church and no longer attended. The member explained that he felt he didn't need the church and could happily live as a Christian on his own. The member had an old fashioned coal fire which was glowing merrily in the grate. The pastor picked up the tongs, took one of the pieces of coal out of the fire, and placed it on the hearth. To begin with the coal continued to glow as it had while in the fire, but it wasn't long before it started to fade and went out completely. The member saw the pastor's point and rejoined the church. I am sure that you have seen it too.

'Let us not give up meeting together, as some are in the habit of doing, but let us encourage one another - and all the more as you see the Day approaching' (Hebrews 10v25).

13: SPIRIT

"You will receive power when the Holy Spirit comes on you"

Acts 1 v 8

Have you heard the joke about Jack the lumberjack? Jack wasn't very bright, but he was very strong, and he was very good at cutting down trees. One day he was looking for a job and found himself speaking to the foreman, whose name was Norman.

"We've got a job for you if you want it, Jack", said Norman, "but you must understand that this company has an unusual salary structure. If you cut down 50 trees or more in a day, you will get paid in full, but if you don't manage the full 50 trees, you'll get paid nothing. Do you understand?" "That's fine Norman", said Jack, "I'm sure I'll be able to cut down at least 50 trees a day. When can I start?" "You can start right now Jack", said Norman, and he handed Jack the chain saw and off Jack went to cut down trees.

At the end of the day Jack came back looking hot, sweaty and exhausted. "You look like you've had a hard day, Jack", said Norman, "how many trees did you cut down?" "Only 47, I'm afraid", said Jack. "Then I'm sorry", said Norman, "but I can't pay you anything. Come back tomorrow and try again". So Jack came back the next day and this time he did a little better, managing to cut down 48 trees. Unfortunately he had to go away without being paid again, but came back the following day for yet another try.

At the end of the third day Jack came back looking even hotter, sweatier and more exhausted than before. "Did you manage the 50 trees today, Jack?" asked Norman. "Not quite", replied Jack, "49 today, but I'm getting nearer". Norman couldn't understand why Jack couldn't manage the 50 trees. After all, he was keen and seemed like a really strong man, and he had obviously been working very hard all three days. He found himself wondering if there was something wrong with the chain saw. "Let me have a look at the saw, Jack", he said, and Jack handed the saw to Norman so he could examine it.

Norman took the saw, and switched it on. The chain saw roared into life. Jack jumped back, startled, and said *"What's that noise?"*

PIE IN THE SKY

One of the reasons for people being reluctant to join the church is that many of its activities seem utterly pointless and irrelevant to 'real life'. They may know some of Jesus' teaching and be aware that it is something to do with heaven, but it all sounds like 'pie in the sky when you die'. They see Christians working faithfully in the hope of making it to heaven but somehow they seem to be doing it more out of duty than pleasure, and with little expectation of making progress in a society that has largely rejected God. It is little wonder that few people are attracted to the church. The impression given is that becoming a Christian means taking on a burden rather than getting rid of one, and becoming a loser rather than a winner.

As we have seen, becoming a Christian involves recognising that we can do nothing to make ourselves acceptable to God because of our sinful nature. We must accept forgiveness and salvation as a free gift of God's grace. If we are truly repentant at heart then God will give us a new start which has been described as a spiritual rebirth. The problem is that many Christians (and I was one myself for a long time) do not fully understand and quickly revert to a 'religious' approach of earning acceptability with God through good works or church attendance. The Apostle Paul could well ask, as he asked the Galatians: *'Are you so foolish? After beginning with the Spirit, are you now trying to attain your goal by human effort?'* (Galatians 3 v 3)

Jack the lumberjack was provided with a chain saw which had electric power installed. He failed to realise the power that was available to him, tried to cut down the trees in his own strength and couldn't achieve his daily target. God has provided a source of power to enable us to live our Christian lives as he intends us to live them. But, just like Jack the lumberjack, many Christians *either* have not realised the resources that are available to them *or* have not made use of those resources if they are aware. So, like Jack the lumberjack, they struggle on in their own strength, end up hot, sweaty and exhausted, and never quite achieve what they set out to do. The resource God has provided is the Holy Spirit, and with the Holy Spirit comes the necessary power to be and do everything God wants us to be and do. But who or what is the Holy Spirit? The Holy Spirit is a 'he' rather than an 'it' because he is the Third Person of the Trinity. He is the Spirit of Jesus. He is God.

FREEDOM

The Holy Spirit has been described as *'a deposit guaranteeing our inheritance'* (Ephesians 1 v 14). To understand what this means, imagine you have a very rich uncle who has died and left you a lot of money but you lost touch with him years ago. One day you might get a letter from the solicitors dealing with his estate. The letter will inform you about your uncle's death and that he has left you a lot of money (say £10,000,000) in his will. It is likely that it will take some time to finalise an estate of that size, so they will possibly send you a cheque for, say, £250,000 as a 'deposit' or 'first instalment' pending completion of formalities. You will have to wait a while to receive the full inheritance, but for most people a quarter of a million pounds is a big enough 'chunk' to cause an immediate transformation of lifestyle!

In spiritual terms our 'inheritance' is eternal life in God's presence with all that entails. But instead of having to wait until we get to heaven to start experiencing it, we have the Holy Spirit as a huge deposit which means we can start enjoying it now! Instead of waiting for the 'pie in the sky when we die', we can have 'cheer in our beer right down here'! This does not mean that our problems are all over, or that everything will be plain sailing from now on. It *does* mean that we no longer have to struggle alone with sin, or labour fruitlessly to earn salvation, or carry a burden of duty and responsibility around with us all the time. Jesus said: *'Come to me, all you who are weary and burdened, and I will give you rest. Take my yoke upon you and learn from me, for I am gentle and humble in heart, and you will find rest for your souls. For my yoke is easy and my burden is light'* (Matthew 11 v 28-30) Once we accept that this is actually true, and we no longer have to go round and round on an endless treadmill of failure and bondage, it brings a tremendous sense of freedom.

The pendulum factor

One undeniable fact of church life is the 'pendulum factor'. What I mean is that whenever we correct an error in belief or behaviour, the tendency is to make another error of belief or behaviour but in the opposite direction. Freedom includes freedom in worship, and in many churches this has led to 'radical' new behaviours such as raising hands, clapping (hence the term 'happy clappy') and even dancing! In certain types of church things have gone even further with manifestations such as falling over ('being slain in the Spirit'), laughing uncontrollably, trembling and jerking, weeping and staggering, animal movements and animal noises. At least some of these forms of behaviour will seem 'weird' to an unbeliever, and may even cause Christians to suspect things have gone too far. Of course we must be careful not to write something off just because it is beyond our experience. I believe God wants us to carefully distinguish between three possibilities: it is (i) genuinely from the Spirit (ii) a counterfeit produced by Satan for purposes of deception (iii) produced from 'the flesh' by Christians rejoicing in their freedom but 'going too far' under the influence of the pendulum factor. We may need actual spiritual discernment to make this distinction and I will say more about that later. For now I would simply urge anyone who has been put off by any of this sort of activity to take another look.

POWER

Just before leaving his disciples to be taken into heaven, Jesus said to them: *'You will receive power when the Holy Spirit comes on you; and you will be my witnesses in Jerusalem, and in all Judea and Samaria, and to the ends of the earth'* (Acts 1 v 8). So the whole point of giving the Holy Spirit was for them to be fully empowered and equipped for the task that lay ahead of them, namely evangelising the world. I see 5 areas in which this power is to be used, and these areas concern our relationships and dealings with (1) God (2) ourselves (3) believers (4) non believers (5) demonic powers.

1. Power to know Christ

Everything in Christianity begins with our relationship with Jesus. The Holy Spirit makes us aware of his presence in our hearts in a real not just theoretical way. He reveals Jesus' personality to us in an intimate way, and helps us especially to understand how much God loves us. He assures us that we are God's children and as such are able to address him as "Abba" or "Daddy". He helps us to pray and because communication is a vital component in any relationship this plays a key role in our getting to know God better. [Romans 8, Ephesians 1 & 3]

2. Power to become more like Christ

The new birth is not the end of problems, and in one sense it is the cause of a new problem that none of us had before. Our sinful nature is still there, so on becoming a Christian a battle between the 'old' and 'new' us begins which will not end until we die or Jesus returns. The Christian life is a process of unlearning old bad habits and learning new good ones. We need the power of the Spirit to defeat the sinful nature and develop the new life within us. Our minds play a crucial role in this. We need to focus on what the Holy Spirit wants and allow him to lead us and control us. This may sound like a lot of effort on our part but it is simply a decision to co-operate in what he is doing within us and not to resist. Of course it requires an enormous amount of trust to allow anyone this degree of control over our lives. That is why the development of a loving and trusting relationship with Jesus is absolutely vital.

Jesus told us that: *'I am the vine, you are the branches. If a man remains in me and I in him, he will bear much fruit; apart from me you can do nothing'* (John 15 v 5). This reinforces the idea that all we need do, in a sense, is rest in him and let him do the job. The 'fruit' we are to bear is a Christ-like character which is described in detail in Galatians 5 v 22: *'The fruit of the Spirit is love, joy, peace, patience, kindness, goodness, faithfulness, gentleness and self-control'*. Just as actual fruit contains seeds from which new trees can be grown, so these qualities have the potential to cause new life to spring up in the lives of others. Being a Christian on a world mission is no different to any other job. It is always more important to have the right character than it is to have the right skills.
[John 15, Romans 8, Galatians 5]

3. Power to build up the body of Christ

The lesson of Jack the lumberjack is particularly relevant to this section. Power tools have revolutionised the building trade. It is possible, for example, to dig the foundations of a building using a team of men with spades, but easier to use a mechanical digger. Cutting the wood to make the floorboards is also easier if Jack switches his power saw on! I have no idea how bricks would be made without a high temperature kiln, and I have never yet seen a building site where men mix cement by hand in preference to using a mechanical cement mixer. Of course human labour is still needed, both skilled (e.g. bricklayers) and unskilled (hod carriers) but the process is much quicker, and less burdensome on those involved, if all possible machinery is used.

The gifts of the Holy Spirit are the 'power tools' that God has made available for use in building the church. There are nine gifts which are *'given for the common good'* (1 Corinthians 12v7). We are told to *'eagerly desire spiritual gifts'* (1 Corinthians 14v1) but need to recognise that the Holy Spirit *'gives them to each one, just as he determines'* (1 Corinthians 12v11). Astonishingly there are some Christians who believe that the gifts were applicable only to the Apostolic Age (i.e. the time of the early church of Peter and Paul) and are no longer to be used today. The justification for this view is that Paul himself, speaking about the gifts, declared *'when perfection comes, the imperfect disappears'* (1 Corinthians 13 v 10). But when does perfection come? Paul answers this just two verses later when he explains it is when *'we shall see face to face'* (1 Corinthians 13 v 12). In other words not until we meet God in heaven or Jesus returns in person! It is obvious from the present state of the church that the gifts are still needed, and it is equally obvious from the Bible that they are still available.

I believe that Satan has succeeded in tempting many Christians to use the gifts selfishly rather than for the common good. This has led in some cases to pride on the part of the one exercising their gift, as if they have in some way earned it on merit. It has also led to some of those who have *not* received a particular gift feeling resentful and envious and possibly even rejected by God. One is reminded of children squabbling on Christmas Day over the presents they have received (or not!) It is no coincidence that 1 Corinthians chapter 13, one of the most brilliant passages of the entire Bible, is sandwiched between chapters 12 (describing the gifts of the Spirit) and 14 (describing their harmonious and orderly use in worship). Chapter 13 is of course the great chapter on love that is often read out at weddings, but is more immediately relevant to a church situation. *'Love is patient, love is kind. It does not envy, it does not boast, it is not proud. It is not rude, it is not self-seeking, it is not easily angered, it keeps no record of wrongs. Love does not delight in evil but rejoices with the truth. It always protects, always trusts, always hopes, always perseveres'* (v4-7). The fact that Christians have at times not followed the way of love is regrettable but should not prevent us from seeking the gifts God would wish us to have. As has often been said, the answer to abuse is not non-use, but right use.

There is considerable controversy surrounding the gift of speaking in tongues. There are several facets to this controversy. Are tongues still for today or were they solely for use in apostolic times? The answer to this was given above in the context of gifts in general. Should tongues be restricted to private prayers or should they also be used in public? Should everybody be able to speak in tongues or does the Holy Spirit only give this gift to some? If someone has not spoken in tongues does this mean they have not been baptised in the Holy Spirit?

I cannot claim to be an authority on the use of tongues as I only recently began to pray in tongues myself. When I first learned about the gifts 25 years ago I tried to speak in tongues but felt I was just making it up 'from the flesh', so I stopped. For many years I accepted that 'tongues' was one of the gifts I was not going to be given. The argument that tongues edifies (builds up) the speaker finally persuaded me to try again and I have to admit I have noticed a difference. I haven't yet been bold enough to try speaking tongues in public - one step at a time! Although my own attitude to tongues is much more positive than it used to be, in the interests of total frankness I must confess that I still do not see an absolute Biblical statement that *everybody* ought to be able to speak in tongues. That shouldn't stop us trying though!

4. Power to proclaim the gospel of Christ

In my chapter on the person of Jesus I quoted an incident in his ministry known as the healing of the paralytic (from Luke 5 v 17-26). You will recall that the paralysed man's friends couldn't get close to Jesus because of the crowd, so they cut a hole in the roof and let him down right in front of Jesus! Jesus then declared the man's sins forgiven, but to prove that he really had the authority to do that he healed the man as well! This story explains the reason why effective preaching in New Testament times was always accompanied by 'signs and wonders' such as healing and casting out demons. *'The kingdom of God is not a matter of talk but of power'* (1 Corinthians 4 v 20) The message of forgiveness, healing and restoration is all that more convincing if demonstrated with actions as well as words!

Most of Jesus' ministry was spent preaching, teaching, healing and casting out evil spirits. On at least two occasions (Matthew 10 & Luke 10) he sent out his disciples to do the same thing. He told them again after his resurrection (Mark 16) and after the giving of the Holy Spirit they were doing it big time (Acts 5 v 12-16). It was still happening on Paul's missionary journeys (see Acts 14 v 3 and

19 v 11). For over 40 years the British missionary David Hathaway has been proving that God does the same thing today. David has been 'miraculously released from a communist prison, healed of cancer twice, [and] almost killed on five occasions'[1] and for much of his time has worked in Russia, one of the most inhospitable of places in which to preach the gospel. He says of one particular campaign: 'Between May and October 1994 we held 27 17-day crusades in Belarus, Siberia and the Ukraine....We saw approximately 100,000 saved...we recorded approximately 1300 miracles of healing in writing as they occurred'[2]. You may doubt the accuracy of the numbers but having heard the man in person I have no problem believing that God has worked through him just as he says.

5. Power to oppose the enemy of Christ

One day I was out walking on the coast at Tynemouth near to where I live. It was a fine day but, as is often the case, there was a thick mist actually on the coast. The mist was so thick that I couldn't see the headland on which the coastguard station and the ruins of the ancient Tynemouth Priory sit, even though they were less than 100 yards directly in front of me. If I didn't know the area I would have found it difficult to believe they were there at all. The view from out at sea was presumably the same, because I could clearly hear the foghorn sounding, warning approaching ships of the hazards at the mouth of the river Tyne. I found myself thinking that when I got close enough for the headland to become visible, it would make a very scary 'apparition' emerging out of the mist.

Many people find it difficult to believe that there is a spiritual realm for the simple reason that they cannot see it. Interestingly the word 'occult' means 'secret' or 'undetectable by the unaided eye'. However: *'the god of this age* [Satan] *has blinded the minds of unbelievers'* (2 Corinthians 4v4). Although in context that refers to blindness to the gospel, it is reasonable to extend it to include blindness to his very presence. It has been said that: *"There are two equal and opposite errors into which our race can fall about the devils. One is to disbelieve in their existence. The other is to believe, and to feel an excessive and unhealthy interest in them. They themselves are equally pleased by both errors and hail a materialist or a magician with the same delight"*[3]. But if you are involved in a 'turf war' (which we are, with both God and Satan claiming rights over the 'turf' of human hearts) it is important to know who your enemy is and how he operates. Sir Alex Ferguson, manager of Manchester United, may well say that he prefers to let the opposition worry about *his* team, but you can be sure one of the reasons for his success over the years is that he and his staff have always done their homework on the teams they have played against.

Satan's name means 'adversary' so he is well named as the arch enemy of Jesus Christ. Two passages in Isaiah 14v12-15 and Ezekiel 28v2-5 are thought to refer to his fall from grace. A common misconception is that God and Satan are equal enemies on the side of 'Good' and 'Evil', but Satan was created by God, and as such is inferior in every way. Satan cannot go further than God allows (Job 1v12, 2v6), he was decisively defeated at the cross (Colossians 2v15), he will be bound for 1000 years and eventually thrown into the 'lake of burning sulphur' (Revelation 20 v 2, 10). However, in the meantime we have him as an enemy and the Apostle Peter describes him in these terms: *'Your enemy the devil prowls around like a roaring lion looking for someone to devour'* (1 Peter 5v8).

I have often wondered what I would do if I looked out through my window and saw a wild lion wandering around outside. My first reaction would be to stay inside and make sure all the doors and windows were firmly closed! This could only be a short term measure, because I wouldn't want to stay trapped in my house forever. So then I would call for help from the Police or the army in the expectation that they would recapture the lion and take him away, making it safe for me to venture out again. Translating this into spiritual terms, first of all *'he who fears the Lord has a secure fortress'* (Proverbs 14 v 26) and Jesus promises his disciples that *'no-one can snatch them out of my hand'* (John 10 v 28). So our safety is first and foremost in God's hands. However we also have a role: *'do not give the devil a foothold'* (Ephesians 4 v 27). Any hypocrisy, hidden sin or unresolved grudges can provide the devil with just such a foothold.

I said earlier that we needed to know the sort of strategy our enemy would employ. If we do then we will have a better idea of how to resist him successfully. It turns out that several of his more common approaches can be successfully defended by wearing the 'armour' provided by God as described in Ephesians 6. First of all Satan is a liar and a deceiver. He is *'the father of lies'* (John 8 v 44) and *'masquerades as an angel of light'* (2 Corinthians 11v14). He will lie about himself, about God, about us, about others and about almost anything if it serves his purpose. To counter this we must wear the *'belt of truth'* (Ephesians 6v14) which holds the rest of the armour together. Jesus is the truth and God's word is the truth, so the better we know both the more effective our protection against the devil's lies. Also, we must 'remove our masks' and live open and honest lives with each other so there is no room for any misunderstandings. Secondly he is *'the accuser of the brothers'* (Revelation 12v10). He will waste no opportunity to remind us of our sin and will do his very best to make us feel unworthy. Against this we need the *'breastplate of righteousness'* (Ephesians 6v14) which protects the heart. My tactic when Satan reminds me of my sin is to agree with him! I then remind *him* that (a) Jesus has died on the cross in order that my sin may be forgiven (b) my salvation is based on his perfect righteousness not mine. That usually does the trick! The presence of unconfessed sin will unfortunately defeat the object of this and bring us under condemnation.

Thirdly, Satan is a tempter. In the film *'Bedazzled'* the devil is played by actress Elizabeth Hurley who tempts an unsuspecting young man to hand over his soul in return for promises which are not kept. I must confess that if the devil tried to tempt me looking like Miss Hurley I would also be in big trouble! Temptation is Satan's oldest trick, going right back to the Garden of Eden. He also famously tried to tempt Jesus in the wilderness just before he began his ministry. The similarities and differences are striking. He succeeded in getting Eve to doubt God's word, but failed to get Jesus to doubt who he was. Eve succumbed to the threefold temptation of the world, the flesh and the devil. Jesus resisted three times and each time he began his response by saying 'It is written'. Jesus used *'the sword of the Spirit, which is the word of God'* (Ephesians 6v17). Once again it is knowledge of the word of God which makes all the difference.

Space does not permit a discussion of the *'shield of faith'*, the *'helmet of salvation'* or the *'shoes of the gospel of peace'*, but there is one other vital strategy that I need to mention. Any soldier knows that communication is vital in any war situation, particularly contact with the commanding officer. So we are urged to *'pray in the Spirit with all kinds of prayers and requests. With this in mind, be alert and always keep on praying for all the saints'* (Ephesians 6v18). The battle is a spiritual one, and must be fought at the spiritual level. In a modern war the decisive factor is not the number of ground troops, or the number of tanks, or how sophisticated your weapons are. If your enemy has 'air superiority' you simply cannot win, because the side that has control of the skies can see the layout of the battle and knows where the enemy is weakest. Not only are the ground troops better informed so they can target what ammunition they have more effectively, they also have better 'air cover' protection against attack. Praying in the Spirit enables us to provide for ourselves and others necessary 'prayer cover' to enable advances to be made. It can also be compared to satellite surveillance as it can provide 'intelligence' from God concerning the true nature of a situation.

Remember the prowling lion I mentioned a few pages back? I said that we can be safe temporarily by staying in the house, but the only long term answer is for him to be recaptured and taken away. In the spiritual 'turf war' we are involved in, Satan lays claim to people's hearts and lives and uses his 'heavies' (demons who are also fallen angels) to keep them as 'hostages', either by direct possession or by intimidation. Like the Israelis at Entebbe, God has a 'no negotiation' policy with hostage takers! Jesus had this to say on the matter: *'How can anyone enter a strong man's house and carry off his possessions unless he first ties up the strong man? Then he can rob his house'* (Matthew 12v29). We have God's authority to bind demons and to cast them out of people's lives, and this is one major method by which we are to reclaim the territory illegally occupied by Satan and his demons. I would counsel caution in getting involved in this area, however, and my advice would be never to try it alone but always be alongside an experienced practitioner who knows what they are doing. Some Jews in Ephesus saw Paul involved in exorcism and decided they would try it for themselves. *'They would say "In the name of Jesus, whom Paul preaches, I command you to come out"...One day, the evil spirit answered them: "Jesus I know, and I know about Paul, but who are you?" Then the man who had the evil spirit jumped on them and overpowered them all. He gave them such a beating that they ran out of the house naked and bleeding'* (Acts 19 v 13-16). We are dealing with a ruthless enemy who will not hesitate to inflict damage on us if we are not properly prepared for the battle.

In the final analysis the church can stand confidently on Jesus' promise that *'the gates of Hades will not overcome it'* (Matthew 16v18). There is however a principle hidden in this promise that should influence our overall strategy in spiritual warfare. We are often inclined to think in defensive terms, and draw strength from Jesus' assurance that however the devil chooses to attack us he will not be able to overpower us. But hang on - who was ever attacked by gates? Gates are a means of defending against our attacks, not a means of attacking us. Jesus surely means that the initiative is with us, and we should be doing most of the attacking, with the assurance that the gates of Hades are bound to give way. In extending God's kingdom, as in sport or military strategy, 'attack is the best form of defence'!

BAPTISM OF THE HOLY SPIRIT

I have left this controversial topic until last in this chapter because I believe we need to understand what the Holy Spirit is given for, before we consider how he is received. One of the problems that are encountered in reading books on this topic is the wide range of different words used to describe it. Are we baptised in the Holy Spirit, or filled, or do we receive him, or is he poured out, or does he fall on us? Is he received at conversion or do we need some sort of 'second blessing' in order to receive him? In order to make sense of everything we will go back to the beginning and pick our way through the relevant Scripture references.

The promise of the Holy Spirit was first given explicitly through the prophet Joel in the Old Testament. Through Joel, God said: *'I will pour out my Spirit on all people'* (Joel 2v28). The next reference is from John the Baptist: *'He* [Jesus] *will baptise you with the Holy Spirit and with fire'* (Matthew 3v11). At Pentecost *'All of them were filled with the Holy Spirit'* (Acts 2v4). After Peter has finished preaching, he urges the hearers to: *'Repent and be baptised...and you will receive the gift of the Holy Spirit '* (Acts 2v38). In Samaria *'Peter and John placed their hands on them, and they received the Holy Spirit'* (Acts 8v17) and in Caesarea, at the home of Roman centurion Cornelius, *'the Holy Spirit came on all who heard the message'* (Acts 10v44). Despite the different words used, it is evident that all of these are descriptions of the same event. In every case something happened to those involved that was obvious to those watching. Except for Samaria, all occasions included speaking in tongues.

Baptism speaks of initiation, and the accounts in Acts track the initiation of first Jews, then Samaritans (a mixed Jew/Gentile race) and then Gentiles (non-Jews) into the experience of Holy Spirit baptism. The disciples were expecting to be witnesses *'in Jerusalem, and in all Judea and Samaria, and to the ends of the earth'* (Acts 1v8) and here was that outwardly spreading process happening before their very eyes. The original apostles were obviously fully believers beforehand, as were the Samaritans, and possibly the Gentiles too. It seems a reasonable deduction that the initial phase was special and thereafter it was to be expected that all believers would receive the Holy Spirit at the new birth. If only it were that simple!

In Ephesus (Acts 19) the Apostle Paul comes across a group of about twelve disciples who had almost certainly been converted through the ministry of a man called Apollos. On speaking to them, Paul discovers that they have only received 'John's baptism' and have not heard about the Holy Spirit. He lays hands on them and *'the Holy Spirit came on them, and they spoke in tongues and prophesied'* (Acts 19v7). Looking back to chapter 18, we see that Apollos himself *'knew only the baptism of John'* (Acts 18v25) and Paul's associates Priscilla and Aquila *'invited him to their home and explained to him the way of God more adequately'* (Acts 18v26). So it does seem that it is possible for people to be genuine believers, i.e. fully born again, but not have received the Holy Spirit.

If we are not sure whether we have received the Holy Spirit or not, we can always ask God again. Jesus was teaching his disciples about prayer when he said: *"Which of you fathers, if your son asks for a fish, will give him a snake instead?...If you then...know how to give good gifts to your children, how much more will your father in heaven give the Holy Spirit to those who ask him!"* (Luke 11 v 11, 13)

CONCLUSION

Being a Christian need not be a chore although to many that is exactly what it is. All Christians need to discover the reality and power of life in the Spirit, and to stop struggling and striving. The blessings of eternal life are available now without having to wait for heaven, and a Christ-like character comes by remaining in Christ.

If the church is to be effective in carrying out the mission given to it by Jesus, then it needs to make use of every ounce of the power of the Holy Spirit. As well as needing every individual Christian to be filled with the Holy Spirit, the church needs all the gifts to be fully operative in the lives of its members and its corporate life. If God's kingdom is to be extended against the opposition of Satan who is an extremely resourceful enemy, then full use needs to be made of the spiritual armoury and weaponry provided by God. As we will read in the next chapter, the battle is set to intensify and we will need the fullness of the Spirit more than ever.

14: FINALE

"Jesus was taken up before their very eyes, and a cloud hid him from their sight...This same Jesus, who has been taken from you into heaven, will come back in the same way "

Acts 1 v 9, 11

We've all seen him. The little man on the street corner, holding the banner that seems far too big for him to manage. He is trying to attract everybody's attention, but they are all walking past, mostly ignoring him, but some laughing at him. When he turns so that you can read the words on his banner, you realise why he is being so badly treated: "THE END IS NIGH".

Then there are the other guys, you know the sort I mean, each of whom claims that he is the Messiah, come back to sort the world out. I remember one in particular, who appeared on a very famous TV chat show. The host, a really nice guy by all appearances, was embarrassed to have to inform him that the audience was laughing AT him, not WITH him.

And then there are the ones who think they have it all worked out. They know the date, time, and exact location that the Messiah will appear. Many are brave enough to put their predictions in writing. I believe in 1987 someone published a book called "88 REASONS WHY JESUS WILL RETURN IN 1988". You haven't heard of that book? I wonder why not. Perhaps it vanished from the shelves on 1st January 1989.

Yet despite the laughter and the ridicule, there is something about all of these people that makes us uncomfortable. We can see that at the very least they have badly misunderstood something, but what? Is there a real message out there that we need to know about? Whatever it is, it must be important, because there seems to be no end of people willing to expose themselves to ridicule to make us listen to it.

The answer is that there IS a real message and it IS important enough for us to know about it. It is now my turn to expose myself to possible ridicule for bringing it to you. However, I will try to avoid making the mistakes of the people referred to above. I will simply tell it to you as I see it, and it will then be up to you to decide whether it is worth taking notice of or not. The whole of this book has been based on that principle and I see no reason to change now!

JESUS' SECOND COMING

Shortly before his arrest and crucifixion, Jesus reassured his disciples with these words: *'Do not let your hearts be troubled. Trust in God; trust also in me. In my Father's house are many rooms; if it were not so, I would have told you. I am going there to prepare a place for you. And if I go and prepare a place for you, I will come back and take you to be with me that you also may be where I am'* (John 14 v 1-3). This promise to 'come back' cannot relate to his resurrection because after that he did not take his disciples with him but returned to heaven without them. It must therefore mean that he intends to return again at a later time.

When Jesus came to earth the first time, he was born in almost total obscurity to a young Jewish couple in an insignificant country which was a distant outpost of the mighty Roman Empire. The reason most of the Jews did not recognise him was that they were expecting a glorious Messiah arriving in spectacular style to overthrow the Romans and restore the glory days of the kingdom of Israel. We seem to have the reverse situation now. Many are expecting him to return in the same humble circumstances that he arrived that first time. This is what makes it possible for people to claim they are themselves the Messiah, as many have done, and to acquire a sizeable following deceptively on the back of their claims. Jesus did of course warn us about all that when he told us that *'false Christs and false prophets will appear and perform great signs and miracles to deceive even the elect - if that were possible'* (Matthew 24v24). We should not therefore be surprised if many people are deceived.

Why don't we listen to Jesus? As well as warning us about the deception, he also gave us information about his coming which should make it impossible for anyone to be deceived about it. When Jesus comes again it will not be like the first time, but this time the whole world will see him arrive: *'As lightning that comes from the east is visible even in the west, so will be the coming of the Son of Man'* (Matthew 24v27) and *'At that time the sign of the*

Son of Man will appear in the sky, and all the nations of the earth will mourn. They will see the Son of Man coming on the clouds of the sky, with power and great glory' (Matthew 24v30). Does it sound likely to you that a false Messiah could fake that?

But when will it be? When the disciples asked this question, Jesus told them: *'It is not for you to know the times or dates the Father has set by his own authority'* (Acts 1v7). This reinforces what he had told them earlier: *'No-one knows about that day or hour, not even the angels in heaven, nor the Son, but only the Father'* (Mark 13v32). These words were spoken while Jesus was on earth, and it seems reasonable to suppose that the Son does know now that he is in a position of authority in heaven. But *we* don't! So the people who tried to work out the exact date were bound to end up looking foolish. They did!

On the other hand, when the disciples asked Jesus *'what will be the sign of your coming and of the end of the age?'* (Matthew 24v3) he did not refuse to answer but gave them a considerable amount of information to enable them to know when his coming is close. From this I conclude that it is his intention that we know when we are in the *general* time of his coming, although not the specific time.

Birth-pains

When the disciples asked Jesus about signs, he told them that wars, famines, plagues and earthquakes would be *'the beginning of birth-pains'* (Matthew 24v8). Obviously I have not experienced childbirth but my understanding of birth pains (or 'contractions' as they are more usually called) is that they start off mild and with a long time gap between them. As the birth approaches, they become more severe and more frequent, and are at their worst immediately before the baby is actually born. In other words, you can tell how close you are to the birth from the severity and frequency of the birth pains. Significantly the last book in the Bible, the book of Revelation, describes the climax of this process with utter devastation to the world's population caused largely by wars, famines, plagues and earthquakes!

Few people would dispute the *impression* that wars, famines, plagues, earthquakes and disasters of all types are indeed becoming more frequent and more severe in our own time. This may of course be due to more thorough news coverage of world events. It may also be due to the choices made by newspaper and TV editors as to what news to report. It is of course impossible to find completely accurate statistics going back any length of time. I did find some very interesting earthquake statistics from the US Geological Survey National Earthquake Information Centre on the website www.shalomjerusalem.com. According to those between 1970 and 2005 the number of earthquakes in the world per year increased steadily from less than 5000 to more than 25000. The figures for earthquake magnitude unfortunately suggested a trend downwards rather than upwards. It may still be the case that wars, diseases and natural disasters are all increasing and if so this would be an indication that the end of the age is approaching. Two well known 'end times' writers think so. "It is our thesis that many other signs, or birth pains, have arisen since [World War I]. Many of them grew out of that first 'sign', until today the 'birth pains' are very intense - and may even be in the last phase"[1] Although the evidence that I have seen is inconclusive, in the light of the other signs which I will discuss later I am inclined to agree with them.

WHAT EXACTLY WILL HAPPEN?

Christians do not agree on exactly what will happen in the 'end times'. There are a wide range of views, but they can be broadly divided into two groups. The first group believes that things in the world will get worse and worse, including severe persecution of the church, and when Jesus comes back he will overturn all of that and set up a 1000 year reign known as 'the millennium'. In this view the second coming is the end of the *age* but not the end of the *world*. The second group believes that things in the world will get better and better, and by the time Jesus comes back he will have already established his kingdom through the church to such an extent that there will be almost nothing left for him to do. There are many variations but these two are the bare bones of it.

When Jesus is asked about the signs of his return, his answer would seem to support the pessimistic view: *'You will be handed over to be persecuted and put to death...many will turn away from the faith and betray and hate each other...the love of most will grow cold, but he who stands firm to the end will be saved'* (Matthew 24 v 9, 10, 12, 13). However his next words give hope for the optimistic view: *'This gospel of the kingdom will be preached in the whole world as a testimony to all nations, and then the end will come'* (Matthew 24v14). Of course he only says the gospel will be 'preached', not 'believed', and it seems only fair that people in every country get to hear the gospel at least. Jesus expressed the belief that this worldwide preaching may not meet with universal success when he asked the disciples: *'When the Son of Man comes, will he find faith on earth?'* (Luke 18v8)

I believe that there is room for a combination of the optimistic *and* pessimistic views. The evidence of history clearly favours the notion that persecution actually strengthens the church, whereas a period of revival always fades away, and the church becomes comfortable, lukewarm, wet and wishy-washy. One has only to look at certain parts of the church in Britain today to see the truth of the latter point! But how does persecution strengthen the church? Let me illustrate using anti-biotics and superbugs! It is commonly believed (wrongly) that extensive use of anti-biotics has caused bugs to evolve into a more resistant, and therefore more dangerous, species. However, the truth is that there were a small number of bugs who already had resistance to anti-biotics, but most did not. The bugs that did not have the resistance were eliminated, leaving the resistant bugs free to reproduce among themselves resulting in a population of bugs that is much more resistant to anti-biotics (this is an excellent example of the operation of natural selection but does NOT constitute evolution as most scientists define it). In a similar way persecution has the effect of causing many professing Christians to fall away. Those who are more committed remain and can then evangelise more effectively and 'reproduce' themselves resulting in a stronger and overall more committed church than before. The church has always known persecution, but Jesus indicates that near the end it will intensify and many will fall away, but this will result in a stronger church that will be able to grow in numbers and maturity. This has certainly been happening in Communist and Islamic countries in the 20th Century, and is on the verge of happening now in the Western countries as well. It looks as if we are in for a really tough time from those who oppose the church, but also a really exciting time as many flock to join us in the last days!

The Rapture

Another source of disagreement between Christians concerns the order of events in the very last of the last days. A careful reading of many 'second coming' prophecies suggests that there are two aspects to Jesus' return: Christians are 'gathered up' to meet with Jesus in the air, and Jesus comes back with his church to judge and reign. The 'gathering up' of the church is known as 'the Rapture', and the disagreement centres on when precisely the Rapture happens. The final few years before the second coming, during which God's wrath will be unleashed on an unbelieving world, are known as 'the Tribulation'. The issue is whether the Rapture takes place before, during or right at the end of the Tribulation. Eminent Christians can be found to support any one of the three positions!

The church established by Paul at Thessalonica seems to have had some of the same uncertainties over this issue that we have today. Reading Paul's two letters to the Thessalonians is quite revealing about these matters. It appears that there was some concern over the fate of those who died before Jesus came back. Had they missed it and were they lost for good? Paul's reassuring reply gives the clearest description of the Rapture in the entire Bible: *'The Lord himself will come down from heaven...and the dead in Christ will rise first. After that, we who are still alive and are left will be caught up together with them in the clouds to meet the Lord in the air'* (1 Thessalonians 4 v 16-17). It is not yet clear whether this event happens at the same time as the glorious return described in Matthew 24v30, but the second letter sheds light on this point.

There appears to have been further uncertainty in Thessalonica, stirred up deliberately to cause disruption, that the 'day of the Lord' may have already happened and this time those still alive have missed it! Again Paul's reply is reassuring: *'We ask you, brothers, not to become easily unsettled or alarmed by* [reports] *saying that the day of the Lord has already come...that day will not come until the rebellion occurs and the man of lawlessness is revealed, the man doomed to destruction'* (2 Thessalonians 2 v 2-3). He seems to be saying that an unmistakeable event will take place beforehand, and that event is the revealing of the 'man of lawlessness'. Paul identifies this character as the one Christians call the 'AntiChrist': *'He will oppose and will exalt himself over everything that is called God or is worshipped, so that he sets himself up in God's temple, proclaiming himself to be God'* (2 Thessalonians 2 v 4).

Paul goes on to give additional information which has puzzled Christians down the ages, and at first glance appears to contradict what he has already said: *'You know what is holding him back, so that he may be revealed at the proper time. For the secret power of lawlessness is already at work, but the one who now holds it back will continue to do so till he is taken out of the way. And then the lawless one will be revealed, whom the Lord Jesus will overthrow with the breath of his mouth and destroy by the splendour of his coming'* (2 Thessalonians 2 v 6-8). The question is: who or what is holding him back? The answer which makes most sense to me is that he means the Holy Spirit, acting through the church, and when he mentions being 'taken out of the way' this is a reference to the Rapture of the church. At the moment the Holy Spirit is restraining the activities of the AntiChrist, through the church's ministry as 'salt' preserving standards in a corrupt world. After the Rapture of the church, the 'preservative' will be gone. The apparent contradiction in this interpretation is that we now have the Rapture happening *before* the AntiChrist is revealed, not afterwards. I do not think it is stretching the passage too far to suggest that the AntiChrist will come to power before the Rapture, but can only carry out his mission unopposed after the church has left the scene. Thus his 'revealing' is partial at first, but becomes total later.

Taken as a whole, then, these passages from the Thessalonian letters appear to be saying this: Those Christians who have already died will not miss out, in fact they will be first to join Jesus in the clouds, and those who are still alive will follow immediately afterwards - this is the Rapture. Just before this the AntiChrist will come to power, although he will not be able to 'do his worst' until the church is out of the way. After 3½ years (see Revelation 13 v 5) Jesus will return to overthrow and destroy him. He will be accompanied by the church (see Matthew 24v31 and Jude v 14-15). Some would accuse me of wishful thinking that the church is to be spared the events of the Tribulation. I agree that I wish to think we will be spared! However, at whatever stage the Rapture happens, there are still going to be some very tough times for the church to live through before 'checking out'. We will be dependent on the Lord for strength and courage to endure to a greater or lesser extent, for a longer or shorter time. Whichever way you look at it, there is serious trouble ahead.

SIGNS OF THE END OF THE AGE

So we come back to the question of how we can tell that we are near to the end. Before attempting to answer that question I want to make the point (again) that interpretation of end times prophecy is a minefield and very easy to get wrong. There is a warning to this effect at the end of John's gospel: *'Peter...asked: "Lord, what about him* [John]*?" Jesus answered: "If I want him to remain alive until I return, what is that to you? You must follow me". Because of this, the rumour spread among the brothers that this disciple would not die. But Jesus did not say that he would not die; he only said "If I want him to remain alive until I return, what is that to you?"'* (John 21 v 21-23) In the 25 years since I first read about the second coming I have seen many unlikely predictions made on very flimsy scriptural evidence, which were later rejected or became impossible. For that reason I do not propose to go into any detail, but stick to the big picture. To use a football analogy (for a change!) it is my belief that we are so near to the end that the fans are whistling loudly for the referee to end the game. It is not possible to say exactly how much longer he will wait, but we *can* tell that time is very short. Hopefully by the time you have finished this chapter you will find yourself in agreement with me.

The Final War: Israel v the Rest of the World

One event which will undoubtedly take place at the end of the age is a huge military confrontation between the nation of Israel on one side, and the rest of the nations of the world on the other. There are many scriptures that refer to this final conflict. Here are just a few:

<u>Zechariah 14:</u> Zechariah prophesies *'I will gather the nations to Jerusalem to fight against it...then the Lord will go out and fight against those nations...on that day his feet will stand on the Mount of Olives...the Lord my God will come, and all the holy ones with him'* (Zechariah 14 v 2-6). This prophecy is undeniably linked to the final war because of the reference to the Lord standing on the Mount of Olives. This is exactly what the angels promised when Jesus ascended into heaven from that very mountain!

<u>Luke 21:</u> Jesus speaking: *'When you see Jerusalem being surrounded by armies, you will know that its desolation is near...this is the time of punishment in fulfilment of all that has been written...at that time they will see the Son of Man coming in*

a cloud with power and great glory' (Luke 21v20, 22, 27). Although Jerusalem has been surrounded by more armies during history than most of us have had hot dinners (most notably AD 70 when the Romans destroyed the city and the temple) Jesus appears on this occasion to be referring to the very last time it happens just before his return.

Revelation 16 & 19: John's vision: *'Spirits of demons...go out to the kings of the whole world, to gather them for the battle on the great day of God Almighty...they gathered the kings together to the place that in Hebrew is called Armageddon'* (Revelation 16 v 14, 17). Later John says: *'I saw the beast and the kings of the earth and their armies gathered together to make war against the rider on the horse and his army'* (Revelation 19v19). He has already described the 'rider on the horse' in terms which can only mean he is Jesus, returning with the church. Needless to say the kings and their armies get well and truly trounced!

Ezekiel 37-39: Chapter 37 contains Ezekiel's astonishing vision of the valley of dry bones, which came together, acquired flesh, then physical life, then finally spiritual life. Ezekiel's prophecies were given during the exile in Babylon, but this 'dry bones' prophecy was not fulfilled by the return from Babylon because it is referring to a time when Israel will return from *many* nations (see v 21) and will remain in the land *permanently* (see v 25). Chapters 38 and 39 tell the story of an invasion involving many nations which is supernaturally defeated by God and results in Israel turning back to the Lord. This may refer to the final war or it may in fact refer to an earlier occasion (chapter 38v13 suggests that there are nations of the world that do not participate in the invasion). It certainly refers to a time after the nation of Israel has been re-established in the Promised Land, never to leave again.

For this final war to take place, one essential pre-condition is that the Jewish people must once again be living in, and in control of, their ancestral 'Promised Land' and its capital, Jerusalem. In AD 70, Jerusalem and its temple were destroyed by the Romans, and the Jewish people were scattered to live in other countries. That situation persisted until the late 19th Century when Jews fleeing persecution began to return and settle there. This process was accelerated after the First World War thanks to the 'Balfour Declaration' which declared British support for a Jewish homeland in Palestine. Following the coming to power of the Nazis in 1933, and the subsequent Holocaust which claimed the lives of 6 million Jews, immigration increased dramatically. In 1948 the State of Israel declared its independence and despite incessant Arab opposition and terrorist activity it is still there today. **I submit that the establishment of the State of Israel after nearly 2000 years of dispersion, and its survival against all the odds, is an indisputable sign that we are in an advanced stage of the 'end times'**.

AntiChrist

A second pre-condition of the final war is that the armies of the rest of the world must be under a single command. This would seem to require some form of World Government and indeed the Bible predicts that in the last days there will be a leader who is *'given authority over every tribe, people, language and nation'* (Revelation 13v7). This man is known as the 'AntiChrist' and he is the same as the 'man of lawlessness' we have already met from 2 Thessalonians. His character and the nature of his power are described in detail in Revelation 13 where he is simply referred to as 'the beast'. One reason for the title 'AntiChrist' is that he is placed in power by Satan: *'the dragon gave the beast his power and his throne and great authority'* (Rev 13v2). It seems that AntiChrist gains the world's confidence by a devilish miracle counterfeiting the resurrection of Jesus Christ: *'One of the heads of the beast seemed to have a fatal wound, but the fatal wound had been healed. The whole world was astonished and followed the beast'* (Rev 13v3). Another reason for calling him AntiChrist is *'he opened his mouth to blaspheme God...he was given power to make war against the saints and to conquer them'* (Rev 13v6-7). The 'saints' in question are not the church, that has been removed in the Rapture, but the so called 'tribulation saints' who become believers afterwards and are referred to in Revelation 7.

It is also said of AntiChrist that *'All inhabitants of the earth will worship the beast - all those whose names have not been written in the book of life'* (Rev 13v8). He will have a sidekick, known to Christians as the 'False Prophet', also described as a 'beast'. His job is explained: *'He exercised all the authority of the first beast on his behalf, and made the earth and its inhabitants worship the first beast...he performed great and miraculous signs...he deceived the inhabitants of the earth'* (Revelation 13 v 12-14). So it will be the task of the False Prophet to lead the rest of the world into a false religion which will effectively be Satan worship. It is reminiscent of the 'cult of personality' which was associated in the 20th Century with the likes Hitler, Stalin and Mao, but on an even bigger scale than in any of those cases. When one considers the size of the military commitment required, for example, to defeat Hitler, it is clear that anyone who controls the whole world in the same way can only be defeated by outside intervention i.e. by Jesus returning from heaven. Thankfully this *will* happen at the appointed time.

We may wonder how such a situation could possibly arise. Surely he would be stopped well before he was in a position to impose dictatorial authority in that way? I suppose if he turned up out of the blue and announced "I'm the AntiChrist and I'm here to take over" then he would be shown the door[2]. But I believe that Satan is more cunning and subtle than that, and knows all about the 'frog in the saucepan' principle. I have never tried this and I don't recommend anyone does, but apparently if you throw a live frog into a saucepan containing hot water it will jump straight back out again. However if you put it into a saucepan with cool water it will stay there quite happily. You can then heat the water so slowly that it hardly notices and by the time the water is too hot and it wants to jump out it finds that it can't because it has been cooked!

The European Union has been built using precisely this strategy. At first it was supposedly a trade agreement designed to encourage cooperation between the nations of Europe and reduce the risk of a third major war on European soil. This was the basis on which it was 'sold' to the British people in the 1970's. Since then it has changed from the 'European Economic Community' to the 'European Community' and in 1992 it became known as the 'European Union'. It is now clear that it has been the intention all along for Europe to become a 'super-state' *replacing* its member nations. There has been considerable deception by politicians in Britain and elsewhere to enable this plan to proceed step by step without the European public being aware of what is really going on. Since we know that Satan is the 'father of lies', this should give us grave concern as to the real origin and destination of 'the European project'. A similar process has been happening on a worldwide basis which is preparing the stage for the AntiChrist.

Globalisation

Throughout the 20th Century, and especially since the Second World War, power has been draining away from the nation state. Political power is being gradually taken by international organisations such as the European Union and United Nations. The UN is often thought to be weak, and there are constant demands for its power and authority to be 'beefed up' so it can truly fulfil its role of peacekeeper. UN troops are restricted to defensive operations but additional 'coalitions' and 'alliances' have been formed for offensive purposes when the need has arisen (e.g. Iraq and Afghanistan). Economic power is becoming more and more concentrated in the hands of the multi national corporations, and also supranational financial institutions such as the World Bank and the IMF. Improvements in communications and transport have contributed to this process and helped to create a feeling that the people of the world are all part of one huge community. More recently the arrival of the Internet has made this global community even more real. It is possible that this scenario was foreseen by the prophet Daniel almost 3000 years ago. Speaking about the 'end times', an angel said to him: *'Many will go here and there to increase knowledge'* (Daniel 12v4). Although the modern travel, information and communications explosion is only one possible interpretation of this prophecy, it certainly fits!

Other developments have also served to accelerate this process of 'globalisation'. There is a growing belief that environmental problems such as global warming cannot be solved by individual people or governments but only by strong action on a worldwide basis. This belief effectively took off in the 1960's when the first pictures of the earth were taken from space. These impressed on us the reality that we all live on the one planet that seems capable of supporting life and if we are to survive at all then we must cooperate in taking care of it.

On the spiritual side of life there have been considerable efforts since the 1940's to reunite many Christian denominations under the banner of the World Council of Churches. Although the Roman Catholic Church is not officially a member of the WCC there have been discussions between the Roman Catholic Church and other denominations (for example the Church of England) on the question of reunification. In more recent years the 'Interfaith' movement has promoted closer relations between *all* the major religions of the world. It is not difficult to see that progress is being made towards a 'One World Religion' to work alongside a 'One World Government'. This is very much in line with the spirit of the age which considers all religions the same, but it is at odds with the mission of the church to proclaim Jesus as the only Saviour of mankind. No doubt many sincere and well meaning people are involved in ecumenism, the WCC and 'Interfaith', but the tragic outcome may well be to play into the hands of the 'False Prophet' in his task to cause all people on earth to worship the AntiChrist.

The collapse of the Soviet Union in 1991 was widely predicted to destabilise the world politically and lead to an increase in anarchy and terrorism in the world. This has magnified the demand for a 'new world order' to replace the old Cold War standoff that had kept an uneasy peace for almost 50 years. Since the terrorist attacks (if that is what they were) on America on September 11th, 2001, and Britain on July 7th, 2005, both countries' Governments have used the security argument to justify the introduction of laws which will significantly curtail the freedom of their citizens. Recent technological advances have made the 'Big Brother' society more possible than we could ever have imagined just a few years ago - satellite surveillance, biometric passports, identity cards, CCTV cameras, speed cameras, electronic tagging, DNA analysis to name just a few.

One chain of development that has the potential for a very sinister outcome is the advance towards the 'cashless society'. When credit cards first came into existence signatures were verified in the shop but no contact was made to the card company unless the purchase was over a certain amount (say £50). Then the technology was devised that would make instant authorisation possible for any amount, but signatures still needed to be checked. Now with 'chip and pin' a four digit number is used to verify identity rather than a signature, and this appears to have vastly reduced the number of cash purchases and hence the demand for cash. Fraud is still possible because cards can be lost or stolen, and people are surprisingly careless about writing down their PIN number. An obvious improvement would be for the chip to actually be inserted into the body rather than the credit card, as this could reduce the probability of fraud to almost zero, and at the same time make it possible for cash to be dispensed with entirely. The technology to do this is already in existence. Tagging of pets and even human criminals is already being done. However the sinister overtones of such technology can be easily spotted by going back to the Bible: *'He* [the false prophet] *also forced everyone, small or great, rich and poor, free and slave, to receive a mark on his right hand or on his forehead, so that no-one could buy or sell unless he had the mark'* (Revelation 13 v 16-17). In the very next chapter an extremely good reason is given for not receiving the mark: *'If anyone worships the beast and his image and receives his mark on the forehead or on the hand, he, too, will drink of the wine of God's fury, which has been poured full strength into the cup of his wrath...There is no rest day or night for those who worship the beast and his image, or for anyone who receives the mark of his name'* (Revelation 14 v 9-10, 11). So it is possible that we are just a short step away from the MARK OF THE BEAST. **My advice would be not to agree to any form of chip being implanted into your body, especially the forehead or right hand.** Incidentally there has been endless speculation about the meaning of the mark. The Bible says that it is the number of the name of the beast, and that number is 666. To me knowing exactly what that means is much less important than refusing the mark no matter what the consequences.

I submit that the ever increasing pace towards economic, political and even religious integration on a global basis is another sure sign that the end of the age is approaching. The *will* is there to create a totalitarian world government, and the *technology* now exists to make it a reality which cannot conceivably be removed without outside intervention. The return of Jesus Christ is the only hope - but WHAT A HOPE!

SEX AND VIOLENCE

If you are still not convinced that 'the end is nigh', then I have one final argument to bring to you. Jesus told us: *'As it was in the days of Noah, so it will be at the coming of the Son of Man. For in the days before the flood, people were eating and drinking, marrying and giving in marriage, up to the day Noah entered the ark; and they knew nothing about what would happen until the flood came and took them all away'* (Matthew 24 v 38-39). At first sight there is nothing wrong with the behaviour that Jesus has described. We all need to eat and drink in order to go on living, and marriage as we know is God's preferred setting for sexual activity. But it is the implication that people are concerned with these things to the exclusion of spiritual reality that identifies the real problem. If one feature of life characterises our age more than any other, it is that most people live their lives without reference to God. Even many of those who say they believe in God do not see the need to take his wishes into account when making important decisions.

If we go back to the book of Genesis and remind ourselves of what was happening in Noah's time, we get the idea that Jesus may have been hinting at something more. *'Now the earth was corrupt in God's sight and was full of violence. God saw how corrupt the earth had become, for all the people on the earth had corrupted their ways'* (Genesis 6 v 11-12). It is clear from the context that the reference to corruption certainly includes sexual immorality, but is not necessarily restricted to that. Sexual immorality, corruption, and violence are another characteristic feature of the age we live in. Pornography has never been more widely available than it is now with the advent of satellite TV, videos and DVDs and the Internet. It is almost impossible to escape its effects. The Apostle Peter could have been describing our present society when he spoke of Lot who had settled in the sexually immoral city of Sodom: *'Lot, a righteous man, who was distressed by the filthy lives of lawless men...living among them day after day, was tormented in his righteous soul by the lawless deeds he saw and heard'* (2 Peter 2 v 7-8).

The Apostle Paul's words are also strangely familiar: *'There will be terrible times in the last days. People will be lovers of themselves, lovers of money, boastful, proud, abusive, disobedient to parents, ungrateful, unholy, without love, unforgiving, slanderous, without self-control, brutal, not lovers of the good, treacherous, rash, conceited, lovers of pleasure rather than lovers of God - having a form of godliness but denying its power'* (2 Timothy 3 v 1-5). Next time you are reading a tabloid newspaper see how many of these behaviours you can tick off from its pages!

I submit that the catastrophic decline in moral standards and the flood of sexual immorality, corruption and violence that are plain for everybody to see in our society strongly support the notion that the end of the age is almost upon us.

CONCLUSION

The following are the reasons I have submitted for believing that we are living in the final stages of history before the return of Jesus Christ:

- 'Birth pains' - increase in frequency and severity of wars, diseases and natural disasters
- Israel's re-establishment in the Promised Land in fulfilment of Biblical prophecy
- Globalisation in the economic, political, cultural and religious senses
- The arrival of technology capable of establishing and maintaining in power a totalitarian world government
- The catastrophic decline in moral standards accompanied by the widespread availability of pornography

These signs are all referred to in the Bible. The Bible is the word of God, who is eternal and knows everything about the future as well as the past and present. ***We can therefore count on everything God has predicted in its pages coming true, however strange and unbelievable this all sounds***. So what should our reaction be to all of this? First of all, if you are not a Christian but are thinking about these issues, then you need to be aware that time is running out for you to decide. So get a move on!

For those of us who are Christians, one thing we cannot do is sit back and simply wait for it all to happen. Of course there is nothing we can do to make Jesus return any sooner or later, as the time is already decided. But in discussing the signs Jesus tells us repeatedly to be 'ready', 'watchful', 'awake' and 'alert' (as the saying goes: "Be alert; the church needs lerts!") For Christians the return of Jesus Christ is something to look forward to and we are encouraged to *'eagerly await'* (Philippians 3v20) his arrival. As I have already said, we are in for some tough times before he gets here, and we will get impatient for his return. But we must *'be patient and stand firm'* (James 5v8) because *'he who stands firm to the end will be saved'* (Matthew 24v13).

The shortness of the time means that more than ever we need to give priority to reaching the unsaved. This will mean setting aside all other activities and living lives of total dedication to Jesus. As Peter said, *'What kind of people ought you to be? You ought to live holy and godly lives as you look forward to the day of God and speed its coming'* (2 Peter 2 v 11-12). There is work to be done in reaching as many as possible in the time that is left, so we must roll up our sleeves and get on with it. But at the same time we can draw great encouragement from the fact that the Lord will come back soon to take us to be with him. I will leave the last words to the Lord Jesus Christ himself: ***'When these things begin to take place, stand up and lift up your heads, because your redemption is drawing near'*** **(Luke 21v28)**.

15: JUMP

"Wide is the gate and broad is the road that leads to destruction, and many enter through it. But small is the gate and narrow the road that leads to life, and only a few find it"

Matthew 7 v 13-14

THE SINKING SHIP AND THE MAN IN THE LIFEBOAT

The party on board ship is in full swing. You are there with several of your friends and everyone is enjoying themselves. However, something is not quite right. You can't put your finger on it, but there is a nagging doubt at the back of your mind that you cannot get rid of. You decide to go out on deck to get some fresh air and clear your head. Once outside you notice in the sea below a man in a small lifeboat. He is trying to attract your attention. You crane your neck forward to hear what he is saying. He says the ship is sinking, and he is calling to you to jump.

At first you don't believe him. You look back at the ship, and nothing seems to be wrong. Judging from the loud party music everybody is having a great time. Nobody else has noticed the ship is sinking, or if they have they don't seem to be in a hurry to do anything about it. On the other hand why is this man in the sea in the lifeboat in the middle of the night? If he's not telling the truth he must be crazy to be out there! You hear his voice again, a little more insistent this time. The message is the same: the ship is sinking and you had better jump.

You want to believe him, but somehow it all seems so unlikely. As well as that, the lifeboat seems a long way down, and the jump looks risky. The man in the lifeboat assures you that it is perfectly safe, but there's a strong wind blowing, and you're wondering if you might be blown aside and land in the water instead of the lifeboat. Why would you risk it anyway when you are perfectly safe on board? You are just about to turn back and go inside when the man in the lifeboat calls again. Once again he is urging you to jump.

This time you call back, asking him why you should. Why would you be better off jumping? He replies that you will have to actually jump to find out, but promises that it is for your own good. He repeats his warning that the ship is sinking, more urgently this time. You are beginning to think that you will go for it, when you feel a hand on your shoulder. One of your friends has realised that you have left the party and come to find where you are. "This man called to me from the boat" you explain, "He says the ship is sinking". "You don't want to listen to *him*" your friend replies, "he just wants you to jump into the sea and drown. It's a great party in there. Come back inside and join in". You enjoy partying a lot, and are almost tempted to go back in, but something in you tells you that if the ship really is sinking you would be crazy NOT to jump.

You tell your friend that you haven't made up your mind yet, but need a little more time to think. Your friend shrugs and goes back inside. You call to the man in the lifeboat and ask him how he knows the ship is sinking. He tells you that he can see clearly from his position off the ship. For someone still on board it is almost impossible to tell, especially with the noise and excitement of the party, but for him it's very obvious that the ship is indeed sinking. This makes sense to you, but you are still not sure if you want to make a leap into the unknown. What if he is wrong? You will have made the jump for nothing, and you are afraid of losing your friends. They may ridicule and even disown you for abandoning them. And you still might land in the water!

You make up your mind to wait for a while to see if the ship really is sinking. "After all", you are thinking, "there's no hurry. There will almost certainly be other lifeboats I can get into later on if it turns out he is right". At this point you hear him calling to you again. It is as if he is able to read your mind, because this time he is telling you that time is running out, his is the only lifeboat that will get you to safety, and he is going to have to leave soon. This may be your last chance to jump!

It's make your mind up time! Everything hinges on whether or not this man is telling you the truth. If he is right and the ship is sinking, then there really is no alternative but to jump whatever the cost. On the other hand, if he is wrong then at best you will end up looking stupid, at worst you may even drown in the sea because you left the safety of the big ship. Do you believe him? Do you dare jump?

INTERPRETATION OF THE ALLEGORY

An allegory is a story that has a symbolic meaning. Every part of the story corresponds to something in the real world. Having reached the last chapter of this book it may already be obvious to you what my story of the sinking ship and the man in the lifeboat means, but I am going to spell it out anyway. I recommend you read the whole chapter because if you think you know what I am about to say you may be surprised.

The **big ship** represents the world. Actually it would be more accurate to say it represents *your* world, the world you live in i.e. your life, rather than Planet Earth or the whole of the actual world. The ship is on a journey, and all of us in our lives are on a journey of some sort. Unfortunately, most of us don't seem to realise that our ship is sinking, and is never going to get us to where we want to go. You may not have worked out yet exactly where it is you want to get to, but ultimately your efforts are destined to prove fruitless. You may have all the personality in the world, or all the business acumen. You may be blessed with a wonderful family and a great bunch of friends. You may have had all the luck going and become one of the richest people in the world, but the stark truth you must face up to sooner or later, as we all must, is that one day you will die. If you are very rich you may be able to afford the best medical care known to mankind and live to be over 100 years old, but ultimately the day of reckoning must come. On that day you will stand before Almighty God who created you, and no matter how 'good' a person you have been, your sinful human nature will be enough to condemn you.

The **party** represents all those things in the world that occupy your time and thoughts and prevent you from thinking about eternal issues. Let's be honest, nobody likes thinking about death, so to avoid doing so we fill our minds and our lives with all sorts of things to save ourselves the trouble. We may centre our lives on our family, our career, or even our football team! We may spend our lives in pursuit of money, power, pleasure, possessions or any combination of the four. Incidentally there isn't necessarily anything wrong with any of these things in themselves. You may even have thought of something entirely different, but if it is preventing you addressing the issue of your eternal destiny then you need to set it aside for a while. The fact that you have read this book hopefully means that, like the hypothetical 'you' in my story, you have detected a nagging doubt in your mind about life, and have decided to 'go out on deck' to do some clear thinking.

The **man in the lifeboat** represents Jesus. If you thought that he represents me then in a way you were right, but only in the sense that I am *his* messenger boy. There are any number of ways Jesus could use to call to you. He could use a book like this, which may have been given or loaned to you by a friend. He could use your friend's life or words to challenge you about *your* life. He could use something you have seen on TV, or your own thoughts, or something that has happened (or is even still happening) in your life. As Jesus is the Creator I am sure there are dozens of ways he could call to you that I would never think of. Whatever the *method* of calling, the *content* of the message is still the same: there is something wrong, he has the only solution, and you need to 'jump'.

The **friend** represents anybody or anything that would seek to persuade you not to 'jump'. It may be an actual friend or a member of your family who is sceptical about the claims of Christianity. It may be a book or a TV programme written by someone with an anti-Christian view. It may be a teacher you had at school who you listened to because you assumed they knew more than you did. It may be something in your own thoughts or memory which inclines you against belief in Jesus. It may be personal pride that cannot accept there is nothing you can do to 'earn salvation' and insists that you will keep on trying until you are literally 'blue in the face'! On the other hand maybe it is guilt at something you have done in the past and as a result you don't think God will ever accept you. It may be someone you know who became a Christian, had a bad experience and is doing everything in their power to 'spare' you from what they suffered. Maybe you have even tried it before yourself and for whatever reason it didn't work out. Ultimately all of these attempts to dissuade you come from Satan, the enemy of Jesus. Although he is inferior to Jesus, he is still pretty 'creative' when it comes to thinking up ways to lie, deceive, accuse and intimidate.

REASONS FOR NOT 'JUMPING'

There are a number of reasons why you may not have decided to 'jump' yet. The principal ones are referred to in my allegory and it is likely that at least one of these applies to you or has done so in the past. The interpretations are as follows:

'Nothing seems to be wrong'. You may be perfectly satisfied with your life and don't see a need for change. If this is true then I'm not sure why you have read this book at all! Of course most of us are a very poor judge of our own character. In my last job I always found it difficult to fill in the 'self-appraisal' form which was part of the staff appraisal process. I was always tempted to either over or under estimate my own qualities. A much more balanced assessment is always obtained from someone who knows the person well, which is why most employers seek references for anyone being considered for a job. In life we can be too close to our own situation to see problems and are often the last person to realise when things are going badly awry.

'Nobody else has noticed'. This is commonly known as the 'herd instinct'. If your friends or associates are fairly like minded people then it is possible that you may *all* be heading for problems. The question has been asked: "If all your friends jumped off a cliff would you do the same?" The only sane answer to that question is "Of course not" but it is surprising in reality how many people do just that because they are not even aware of what is happening. It is accepted wisdom these days that right and wrong is decided by majority vote, but that is sheer nonsense. 'Everybody does it' is not an excuse that God will accept on the day of judgement.

'It all seems so unlikely'. In a sense this is the reason I decided to write this book in the first place. Using human reason many people have reached the conclusion that Christianity is nothing but ignorant superstition that has been proved wrong by science. I hope I have made clear the limitations of science and human reasoning, and that because God is omniscient then whatever he says is right no matter how unlikely it sounds to our sophisticated 21st Century minds. If my arguments have failed to convince you there is nothing stopping you going back to any particular chapter for another look!

'You don't want to listen to him'. In my story the friend is trying to challenge the motive of the man in the lifeboat. Does this remind you of anything? The words of the serpent in the Garden of Eden were designed to do just that. It's the oldest trick in the book. God is only concerned for our good but the enemy's plan has always been to make us think otherwise. Sadly he has been very successful and that is why there will always be people who will try to persuade you not to trust him. If you have a friend who is trying to hold you back have you ever wondered about *their* motives?

'You enjoy partying a lot'. It is certainly true that there are many things in the world that are enjoyable. It is also true that if we choose to follow Jesus there are things we may have to give up. But behind this line of thinking is the thought that there is no fun in following Jesus, and that is just not true! It is just another one of Satan's lies. The trouble with parties is that eventually you have to go home, and if you have unwisely consumed too much alcohol there is a price to pay the next day. The joy of following Jesus is deeper and more permanent than anything you might get from a party, and there's no hangover in the morning!

'Why would you risk it?' If you really are safe on the ship then this is a valid question. On the other hand, if the ship is sinking then there's no risk involved at all. Staying on board will lead to certain drowning, whereas jumping at least offers a chance of safety. It's like the man with the incurable illness who has only a short time to live. His doctor tells him that there is an untested cure but nobody really knows if it works or not. What has he got to lose in trying it? If he doesn't try it, he will soon be dead. If he does try it, he may still die but it is possible he will survive. Even if he doesn't make it, he isn't any worse off.

'Why would you be better off?' This question is really the last two points combined together. Staying at the party may seem more enjoyable when compared to jumping off the ship, but in the long run being saved is surely better than drowning! When I became a Christian I felt a little disorientated at first until I got my bearings, but with the benefit of 30 years hindsight it was without doubt the right thing to have done. I often shudder when I think of where my life might have taken me if I had NOT chosen to follow Jesus.

'You are afraid of losing your friends'. Back in our schooldays it was always those who were a little different who appeared to have few friends. When someone becomes a Christian they are setting out deliberately to be different, so there is no doubt that losing friends is a real risk. However, the 'fair weather' friends who will disown you in such circumstances were probably never your true friends in the first place. I have been lucky in that I have several good friends who accepted my change of direction (although so far none has decided to follow suit). There is no guarantee that you will be so fortunate. However the good news is that even if you do lose friends you will make many new ones through church events. Jesus promises that any gains will be a *hundred* times any losses (see Matthew 19 v 28-29).

'There's no hurry'. If you are young and healthy this may well be true. However accidents happen and suddenly you may find that you have a lot less time than you expected. On 3 occasions in my life I have been involved in motor accidents (twice as a car driver, once as a pedestrian) which could have proved fatal if I had been only slightly more unlucky. On each occasion I was unaware of any danger 10 seconds beforehand. Even if this never happens to you, time is not unlimited. As I explained in the previous chapter, it is my conviction that the return of Jesus Christ to earth is very close. For the Christian this is great news, but for the undecided, and also for those who have decided against him, it means that it will soon be too late to make a decision to change.

'There will be other lifeboats'. It is an almost universal belief these days that 'there are many roads to God' and all religions are more or less the same. This belief may be almost universal but I am afraid it is simply wrong. Jesus said it: *'No-one comes to the Father except through me'* (John 14 v 6). The Apostle Peter said it: *'Salvation is found in no-one else'* (Acts 4v12a). I am often asked the question: "What about people who have never heard about Jesus? Surely it would be unfair of God to condemn them". My full answer to that question is in the footnotes[1], but if it was something you would have asked, surely the point is that you *have* heard about Jesus so cannot claim ignorance in any case! There is only one 'lifeboat' that will get you off the ship and if you let it go you should not expect there to be another.

THE HEART OF THE MATTER

The real reason you have so far not put your faith in Jesus is in your heart and not in your head. All of the above 'reasons for not jumping' can in fact be reduced to two: PRIDE and FEAR.

There is a right and a wrong type of **pride**. It is right to be proud of your children, for example, or of a special achievement (I expect

Steve Redgrave is proud of his 5 Olympic Gold medals and rightly so). Where pride goes wrong is when we have too high an opinion of ourselves, or when we regard some things as being 'beneath' us. We are like King Naaman in the Old Testament (2 Kings 5). He had leprosy and was at first too proud to go and wash himself in the River Jordan to be healed as the prophet Elisha had told him. His servants persuaded him by saying *'If the prophet had told you to do some great thing, would you not have done it?'* (2 Kings 5 v 13) Finally Naaman *'dipped himself in the Jordan seven times, **as the man of God had told him**, and his flesh was restored and became clean like that of a young boy'* (2 Kings 5 v 14, emphasis mine). In the context of this book we find it difficult to accept that there is a supernatural being who knows more than we do, and that there is nothing we can do to save ourselves. If Jesus had told us to climb a mountain, or swim the English Channel, or pay £5000 to be saved, many more people would gladly go for it. When he tells us to throw ourselves on his mercy and accept the free gift of salvation, we react like Naaman did when told to go and wash in the river, even though it is a much simpler thing to do than many of the things we would have willingly done.

There are many different forms of **fear** represented in the story. There is fear of the unknown, fear of what others may think, fear of pain and fear of looking stupid to name but four. The common element in all cases is that we are not sure we have the resources to see us through. Before jumping it is wise therefore to count the cost. Jesus was speaking of this when he said to the crowd who were following him: *'Suppose one of you wants to build a tower. Will he not first sit down and estimate the cost to see if he has enough money to complete it? For if he lays the foundation and is not able to finish it, everyone who sees it will ridicule him, saying "This fellow began to build and was not able to finish"'* (Luke 14 v 28-30). Here is the paradox: we are to throw ourselves on God's mercy and accept salvation as a free gift because there is nothing we can do to earn it. However, at the same time as being free, it is going to cost us everything we have. Jesus went on to say to that same crowd: *'Any of you who does not give up everything he has cannot be my disciple'* (Luke 14 v 33). He does not necessarily mean money or possessions, although that may be the cost for some. Nor is he saying we will lose friends, jobs or reputations, although these may well be part of the package. What he is really referring to is ***surrendering to him*** the right to run our own lives as we choose. This is a huge price to pay and if we have not fully understood this from the outset then there may come a point later on when we will have to make an embarrassing withdrawal.

THE BOTTOM LINE

Ultimately both pride and fear are based on a **lack of faith** in God. Pride means we do not recognise that God is more intelligent than us when it comes to knowing our needs. Fear means that we do not recognise that God is more capable than us when it comes to running our lives. So whatever specific form pride or fear takes it is always doubt of God's omnipotence or omniscience or both.

The manufacturer of any product will always know more about the product than anyone else. God is our Creator and therefore *must* know more about how we work than we do ourselves. As for his omnipotence, I don't know anyone else who can create a universe or raise someone from the dead. Do you?

The opposites of pride, fear and doubt are humility, courage and faith. So to 'jump' will mean essentially three things:

i. Having the ***humility*** to recognise that you can do nothing about your own sinful nature and throwing yourself on his mercy

ii. Having the ***courage*** to recognise the huge personal cost that will be involved and stepping out anyway

iii. In doing the first two, having the ***faith*** in God's ability to put your life in order and ultimately to save you

Do you have it in you to do these three things, or are you going to go back to join the others in the party?

Go on. Jump.

FOOTNOTES

CHAPTER 3: FAITH

1. In fact it will never actually reach room temperature as this takes an infinite amount of time.

2. In passing, we may well ask why we should expect the same result every time. The answer is that the universe behaves in an orderly way because it was created by an orderly Creator. It is significant that science originally came to prominence in a Europe that held a Christian world view and therefore recognised that this orderliness could be relied on. This gives the lie to the suggestion that Christian, and especially creationist, beliefs tend to hold back scientific discovery. **The exact opposite is the truth.**

3. Darwin, C. *"The Origin of Species"* page 227

4. S.J. Gould, in *'Evolution Now: A Century After Darwin'*, ed. John Maynard Smith (New York Publishing Co., 1982)

5. www.answersingenesis.org/creation/v16/i2/evolution.asp

6. See next chapter for a discussion of the 1953 Miller-Urey experiment.

7. Quotation taken from *"Why I Am Not An Evolutionist"* by Andy Carmichael 2003 on www.sloppynoodle.com

CHAPTER 4: GOD

1. And I don't only mean Mohammed al Fayed, who quite reasonably wants to know the truth about the death of his son.

2. Dawkins, R, *"The Blind Watchmaker"* page 6.

3. Blanchard, J, *"Has Science Got Rid of God?"* page 117

4. Dawkins, R, *"The God Delusion"* page 31

5. Strictly speaking, this applies in a 'closed' system, but if nothing else exists (which we are assuming at this stage) then the universe must be a giant closed system.

6. This process also provided the much maligned comedian Benny Hill with one of his best ever jokes. Listen carefully to his song *"Ernie: the Fastest Milkman in the West"* and you will see what I mean!

7. As already stated I have limited myself to five parts for simplicity - there are obviously many more than this when the eye is considered in detail. The greater the number of parts the stronger the argument of improbability that the eye ever evolved in this way.

8. Darwin, C, *"The Origin of Species"* page 152

CHAPTER 5: BIBLE

1. Both visions appear to include an element of prophecy relating to the 'end times', and opinions vary on the exact interpretation of these parts, but that need not concern us here.

2. *"We Shall Not Be Moved"* (Traditional, arranged by Judith Durham, Athol Guy, Keith Potger and Bruce Woodley) Warner Chappell Music Ltd 1965

3. This story casts King David, one of ancient Israel's heroes in a very poor light. Uriah was in David's army, and when David decided he was going to marry Bathsheba, he arranged for Uriah to be stationed where he was almost certainly going to be killed. The inclusion of this story in the Bible is further testimony to its integrity as most other historical documents will omit any information about the flaws of their leaders.

4. Cooper, Bill *"After The Flood: The early post-flood history of Europe traced back to Noah"*, page 12

5. Morris, H.M. & H.M. III, *"Many Infallible Proofs"*, page 49

6. Victor Pearce, *"Evidence for Truth: Archaeology"*, page 262

7. I also felt obliged to rise to the challenge posed by one of the characters who stated that you could make 92 other English words using the letters in the word 'PLANETS'. I've found 136 so far. Any challengers?

8. *"Good Morning America"*, ABC Television, 3rd November 2003

9. Leonardo Da Vinci was allegedly a member of one of these organisations and the 'Da Vinci Code' refers to his attempts to leave cryptic clues in his work revealing this 'truth' and the location of the Holy Grail.

CHAPTER 6: CREATION

1. Creationists do not claim that creatures have stayed unchanged since the very beginning. That would be nonsense. A huge amount of genetic variability was built in at the outset, enabling 'adaptation' or 'speciation' to occur. However the 'kinds' described in Genesis constitute barriers which cannot be crossed, thus rendering impossible 'molecules to man' evolution.

2. In the 17th Century James Ussher, Archbishop of Armagh, calculated the year of creation as 4004 BC. It is common to mock this date but Ussher was a respected Christian scholar in his day. It is not widely known that two of the most renowned scientists of all time, Johannes Kepler and Sir Isaac Newton, also calculated a similar date.

3. *"Blackadder: The Whole Damn Dynasty 1485 - 1917"* page 131

4. Henry M. Morris, *"The Genesis Record"* page 74

5. One translation reads 'exceedingly good', which raises the interesting possibility that God is Mr. Kipling in disguise! (For the uninitiated, "Mr. Kipling" is a brand of bakery products which has long been sold with the slogan "Mr. Kipling bakes exceedingly good cakes"!)

6. In the interests of total honesty I should say that my Bible has a footnote which explains that the word translated 'tail' could conceivably mean 'trunk', which would make the 'elephant' suggestion plausible.

CHAPTER 7: SIN

1. The presence of a talking serpent might be one reason for the story sounding more like one of *'Aesop's Fables'* to some people. However, the most likely explanation for that is that the serpent was possessed by Satan and given the ability to speak supernaturally. Satan, once known as Lucifer, is an angelic being created by God who fell from grace, but has still retained some of his angelic powers. See *Isaiah 14 v 12-15* and *Ezekiel 28 v 2* for verses which may refer to the fall of Lucifer.

2. The Bible does not say the fruit was an apple as tradition maintains.

3. The fact that the whole creation was affected by human sin is another argument against the existence of extra terrestrial beings. How unfair would it be for aliens who had done nothing wrong to be effectively punished for humanity's misdemeanours?

4. See the DVD *"How Well Designed Was Noah's Ark?"* with Dr. Werner Gitt (Answers in Genesis 2004)

5. Over the years there have been rumours that the remains of the Ark have been found, but no conclusive proof has ever been presented.

6. The Bible does tell us that Nimrod was the great-grandson of Noah via Noah's son Ham; that he was *"...a mighty hunter before the Lord..."* (Gen 10v8) and that he formed a kingdom of eight cities whose capital was Babylon. It does not specifically link his name with the building of the Tower of Babel, although nothing in the Bible contradicts this possibility.

7. See http://en.wikipedia.org/wiki/Nimrod_(king)

8. See http://www.answersingenesis.org/creation/v22/i1/peleg.asp

CHAPTER 8: JESUS

1. Simon became known as Peter, the first leader of the church in Jerusalem and the writer of two letters which are included in the New Testament.

2. 'Anointing' was a form of ritual often used in Old Testament times. It involved the application of oil to the body and signified that the person being anointed was being chosen by God for special favour or responsibility. It was generally associated with priests, kings and sometimes prophets.

3. Mary herself confirms this when she refers to 'God my Saviour' shortly after becoming pregnant, in what has become known as 'Mary's Song' or the 'Magnificat' (Luke 1 v 47). Why would she acknowledge her need of a Saviour if she had never sinned?

4. Obviously attempting to do justice to a doctrine such as the Trinity in 3 lines is doomed to failure! However, I trust that I have given enough information to explain my point.

5. Some of those opposed to Christianity are prepared to make the scandalous claim that Mary was 'raped by God'. For example these very words are incorporated in a song from the musical *'Jerry Springer - the Opera'* which caused Christians the length and breadth of the land to protest in large numbers. I would not have wished to even mention this, but for one thought: in inspiring Luke to record Mary's explicit consent to what took place the Holy Spirit shows his usual amazing wisdom and foresight and kills off that outrageous suggestion at a stroke.

6. Although the language used here suggests they are already married, this is explained by the nature of the wedding customs of the time as already described.

7. From http://www.quotationsbook.com/quotes/6593/view

8. http://www.beliefnet.com/story/197/story_19780_1.html

9. The world's problems do not seem to have disappeared, as most people would agree. However, Jesus' coming was only 'Stage 1'. He will come again to finally eliminate evil in all its forms, as we shall read later.

CHAPTER 9: CROSS

1. Remember this is a traditional old fashioned family so you don't have a CD player, a TV or a computer in your room!

2. Many attempts have been made to explain these plagues naturally. This may or may not be possible, but since God is supernatural he does not *need* to use natural means.

3. 'Atonement' means 'eradication of guilt for sin', 'payment of the penalty for a crime', 'reparation for an offence or injury'.

4. The fact that it was torn from top to bottom, and not bottom to top, is evidence that this was God's doing, not man's. The curtain was probably something like 30 feet high, so it would have been difficult - probably impossible - for anyone at ground level to have torn it from the top!

CHAPTER 10: RESURRECTION

1. As a former travelling football supporter who was often under threat of exposure because of my Geordie accent, I can identify with Peter's situation here. It was usually safer to hide my

football scarf and any other identifying features, and keep my mouth as shut as possible! Fortunately in those days it was rare for fans to wear the replica shirts that are almost compulsory today, so it was quite easy for me to deny my allegiance.

CHAPTER 11: CHRISTIAN

1. David Pawson, *"The Normal Christian Birth"* page 11.

2. From *'System of Bible Doctrine'* by John Thornbury, p104

3. Christians disagree about whether it is possible to lose your salvation. I do not propose to enter that discussion, except to say that at the very least it would require a conscious, premeditated, sustained decision to walk away from God again. God will not give us up easily if at all.

CHAPTER 13: SPIRIT

1. David Hathaway, *'The Power of Faith'*, page 9

2. David Hathaway, *'Why Siberia?'* page 200

3. C.S. Lewis, *"The Screwtape Letters"* page IX

CHAPTER 14: FINALE

1. Tim LaHaye and Jerry B. Jenkins, *"Are We Living In The End Times"* page 43.

2. Apparently in 1957 then Secretary of General of NATO Henry Spaak said the following words. "We do not want another committee, we have too many already. What we want is a man of sufficient stature to hold the allegiance of all people, and to lift us out of the economic morass into which we are sinking. Send us such a man, and be he God or Devil, we will receive him". Quite a sobering thought really! Quotation taken from *"Warning"* by Barry Smith, 1980, ISBN: 0-908961-03-0.

CHAPTER 15: JUMP

1. ***Concerning the fate of those who have not heard the gospel.*** Let us make the assumption that those who have not heard are **not** condemned and see where it takes us. If that were true then God could save the whole world simply by saying to the church "Don't tell anybody about Jesus", whereas he has in fact told us to do the complete

opposite. By doing so he is making it possible for people to be condemned when they wouldn't have been before they heard the gospel. This suggests that he actually *wants* to condemn people. If that was what he wanted then the easiest way to achieve it would be for him NOT to have sent Jesus in the first place! So God must be a very mixed up individual, because he has first of all sent Jesus to make salvation possible, then sends the church out with the good news that makes condemnation possible. ***God is omnipotent and omniscient and definitely NOT mixed up!*** Therefore our original assumption must be wrong and we are forced to conclude that those who have not heard **are** condemned. *[Any mathematicians reading this may recognise the proof known as 'reductio ad absurdum' or 'proof by contradiction'!]* God is not being unfair because (a) the creation itself provides enough information about him so that people *'are without excuse'* (Romans 1 v 20) (b) out of the goodness of his heart he has also sent the church to make the message even clearer to understand. He may have other methods that we know nothing about, just as he spoke through the Old Testament prophets before the time of Jesus. As Creator he has every right to do whatever he likes without telling us about it. However, any method of communication he chooses to use will be giving the same message that salvation is through Christ alone - *'there is no other name under heaven given to men by which we must be saved'* (Acts 4v12b).

BIBILIOGRAPHY

Arthur Wallis
"The Radical Christian"
Kingsway Publications 1981
ISBN: 0 86065 162 2

Nancy Pearcey
"Total Truth: Liberating Christianity from its Cultural Captivity"
Crossway Books 2004
ISBN: 1-58134-746-4

Ken Ham
"The Lie: Evolution"
Master Books 1987
ISBN 0-89051-158-6

Jonathan Sarfati
"Refuting Compromise"
Master Books 2004
ISBN: 0-89051-411-9

John Blanchard
"Has Science Got Rid Of God?"
Evangelical Press 2004
ISBN: 0 85234 568 2

Werner Gitt
"In the Beginning was Information"
CLV: Christliche Literatur-Verbreitung e.V. (Germany) 1997
ISBN: 3-89397-255-2

William Dembski
"Intelligent Design"
Inter-Varsity Press 1999
ISBN: 0-8308-2314-X

Stuart Burgess
"Hallmarks of Design"
Day One Publications 2000
ISBN: 1 903087 01 5

John Walvoord
"Daniel: The Key to Prophetic Revelation"
Moody Press 1971
ISBN: 0-8024-1752-3

Henry Morris II & III
"Many Infallible Proofs"
Master Books 1974
ISBN: 0-89051-005-9

Brian Edwards
"Nothing But The Truth"
Evangelical Press 1978
ISBN: 0-85234-614-X

Victor Pearce
"Evidence for Truth: Archaeology"
Eagle Publishing 1993
ISBN: 0 86347 577 9

Bill Cooper
"After The Flood:
The early post-flood history of Europe traced back to Noah"
New Wine Press 1995
ISBN: 1 874367 40 X

Brian Edwards
"Da Vinci: A broken code"
Day One Publications 2006
ISBN: 1 84625 019 6

Henry Morris
"The Genesis Record"
Baker Books 1976
ISBN: 0-80106-004-4

Andy McIntosh
"Genesis for Today"
Day One Publications 1997
ISBN: 1 903087 15-5

Russell Humphreys
"Starlight and Time"
Master Books 1994
ISBN: 0-89051-202-7

Gary Bates
"Alien Intrusion"
Master Books 2004
ISBN: 0-89051-435-6

Henry Morris & John Whitcomb
"The Genesis Flood"
Presbyterian and Reformed Publishing Company 1961
ISBN: 0-87552-338-2

Michael Oard
"An Ice Age Caused by the Genesis Flood"
Institute for Creation Research 1990
ISBN: 0-932766-20-X

Ken Ham, Carl Wieland & Don Batten
"One Blood"
Master Books 1999
ISBN: 0-89051-276-0

Michael Green
"Who Is This Jesus?"
Kingsway Publications 2004
ISBN: 1-84292-182-1

John Thornbury
"System of Bible Doctrine"
Evangelical Press 2003
ISBN: 0-85234-526-7

John R. Cross
"The Stranger on the Road to Emmaus"
Goodseed International 1997
ISBN: 1-890082-14-7

Frank Morison
"Who Moved The Stone?"
Faber & Faber 1930
ISBN: 0 571 03259 1

Colin Dexter
"The Wench Is Dead"
Pan Books 1990
ISBN: 0-330-31336-3

David Pawson
"The Normal Christian Birth"
Hodder & Stoughton 1989
ISBN: 0-340-48972-3

Michael Green
"30 Years That Changed The World"
Inter Varsity Press 1992
ISBN: 0-85111-261-7

Gerald Coates
"What On Earth Is This Kingdom?"
Kingsway Publications 1983
ISBN: 0 86065-217-3

Andrew Walker
"Restoring The Kingdom"
Hodder & Stoughton 1985
ISBN: 0-340-37280-X

Clifford Hill, Peter Fenwick, David Forbes & David Noakes
"Blessing The Church?"
Eagle 1995
ISBN: 0-86347-186-2

Bro. Segun Taiwo
"The Ministry of the Holy Ghost"
Balm of Gilead Ventures 2001
ISBN: 978-052-907-1

Barry R. Smith
"The Devil's Jigsaw"
International Support Ministries 1998
ISBN: 0-908961-08-1

Lyndon Ellis
"Blinded by the Lie"
Wagtail Graphics 1998
ISBN: 0-646-35174-5

John Walvoord
"Every Prophecy of the Bible"
Cook Communications Ministries 1990
ISBN: 1-56476-758-2

Tim LaHaye & Jerry B. Jenkins
"Are We Living In The End Times?"
Tyndale House Publishers 1999
ISBN: 0-8423-3644-3

David Hathaway
"Why Siberia"
Eurovision Publications 1995
ISBN: 0-9525132-0-X

David Hathaway
"The Power of Faith"
Thankful Books 2004
ISBN: 1-905084-01-3

C.S. Lewis
"The Screwtape Letters" 1942
Harper Collins edition 2001
ISBN: 0-06-065293-4

Charles Darwin
"The Origin of Species" 1859
Oxford University Press 1996 (paperback edition)
ISBN: 0-19-283438-X

Richard Dawkins
"The Blind Watchmaker"
Penguin Books 1986
ISBN 0-14-014481-1

Richard Dawkins
"The God Delusion"
Bantam Press 2006
ISBN 0-593-05548-9

Dan Brown
"The Da Vinci Code"
Corgi Books 2003
ISBN: 0-552-14951-9

Richard Curtis, Ben Elton, Rowan Atkinson & John Lloyd
"Blackadder: The Whole Damn Dynasty 1485 - 1917"
Penguin Books 1998
ISBN: 0-14-028035-9

Printed in the United Kingdom
by Lightning Source UK Ltd.
120821UK00001B/31